Christine Lawens

Weit hinter dem Horizont

Anmerkung der Autorin:

Den Leuchtturm am Strand gibt es nicht, gab es nie.
Die Weberei in Locronan existiert nur noch als
Museum.
Es ist ein fiktiver Roman.

Christine Lawens

Weit hinter dem Horizont

Bretagne-Roman

Bibliografische Information der Deutschen Nationalbibliothek:
Die Deutsche Nationalbibliothek verzeichnet diese
Publikation in der Deutschen Nationalbibliografie;
detaillierte bibliografische Daten sind im Internet
über http://dnb.dnb.de abrufbar.

Covergestaltung:© Bookdresses
Verwendete Fotos: Bigstockphoto, Unsplash

Herstellung und Verlag: BoD – Books on Demand,
Norderstedt

ISBN: 978-3-8423-3466-3

Kapitel 1

Paris, September 2012

Das kleine Mädchen rennt über Wiesen und Felder hinunter zum Atlantik. Seine langen schwarzen Haare flattern im Wind, und als es sich bückt, um einen locker gewordenen Schnürsenkel zuzubinden, leuchtet das blaue Kleid hell in der Sonne des frühen Herbstes.

»Maman«, ruft es. »Maman, wo bist du?« Suchend dreht das Mädchen sich um. Und plötzlich sieht es die Mutter. Sie steht auf dem Leuchtturm und lässt den Wind durch ihr Haar streifen. Sie wird immer blasser, vergänglicher. Entfernt sich immer weiter von der Tochter, weg aus deren Leben.

Der Himmel wird dunkel, die Wellen des Atlantiks schlagen tosend gegen die Felsen. Die Mutter reagiert nicht auf die Rufe der Tochter, die nun in lautes Schluchzen übergegangen sind, sie wendet sich ab, dahinter steht der Vater. Und langsam verschwinden sie in der Düsternis des herbstlichen Nebels. Überall schwarzer Rauch, ohrenbetäubender Lärm und Feuerzungen auf dem Wasser. Die Eltern sind gegangen.

*

Die restliche Nacht warf sich Florence unruhig im Bett hin und her. Sie wachte schließlich um neun Uhr am folgenden Morgen vollkommen erschöpft auf. Obwohl sie sich so zerschlagen fühlte, konnte sie nicht mehr einschlafen. Also ging sie ins Bad, putzte sich die Zähne und wusch sich mehrmals das Gesicht, bis ihr klar wurde, dass die dunklen Ringe unter ihren Augen keine verschmierte Wimperntusche waren.

»Tränensäcke«, murmelte sie. »Ich bin zu jung für Tränensäcke, und dies sind keine Säcke, sondern Koffer. Große Schrankkoffer.«

Nach dem Duschen fühlte sie sich besser. Sie zog sich an und ging in die Küche, um den Kaffeeautomaten einzuschalten.

Es läutete an der Tür, und Florence sah durch den Türspion, dass es der Postbote war. »Madame Letrec, verzeihen Sie die Störung, aber ich bekomme Ihre Post nicht in den Briefkasten.« Er überreichte ihr einen großen Stapel Umschläge.

»Vielen Dank für Ihre Mühe«, sagte Florence und schenkte ihm ein Lächeln. Sie sah ihm nach, wie er die Treppe hinuntereilte, und nahm dann ihre Post mit nach drinnen, wo sie ein heißer Kaffee erwartete. Sie stellte die Tasse auf den Tisch und sichtete den Stapel. Zwischen dem üblichen Sortiment von Leserbriefen, Werbesendungen und Rechnungen befand sich ein Brief aus einem Kloster in Südfrankreich, an sie persönlich adressiert. Sie trank ihren Kaffee und drehte den Umschlag unschlüssig in den Händen. Während Florence das Kuvert öffnete, keimte eine unerklärliche Vorahnung in ihr auf.

Sie setzte ihre Brille auf und begann zu lesen. Ihr Puls beschleunigte sich, ihr Mund wurde trocken, und ihre Hand zitterte, als sie die Zeilen nochmals überflog. Irrtum ausgeschlossen.

Florence' Hand mit dem Briefpapier sank kraftlos herunter. Sie hatte das Gefühl, die Welt um sie herum breche zusammen. Nach einer Weile bückte sie sich,

6

um das Schriftstück, das ihr entglitten war, aufzuheben.

Mehrmals las sie den Brief durch, der aus einem Kloster in den Pyrenäen stammte. Langsam stand sie auf, ging zu dem Familienfoto und brachte nur ein Wort heraus: »Maman!«

Dann stolperte sie in ihr Schlafzimmer, stopfte einige Sachen in ihre Reisetasche, nahm ihre Autoschlüssel und ihre Handtasche. Schon zum Gehen gewandt, ließ sie ihr Gepäck fallen, griff noch einmal nach dem Telefon und wählte Patricks Nummer in der Anwaltskanzlei. Sie wusste, dass er bereits hinter seinem Schreibtisch saß. Er war ein Perfektionist, und Florence kannte seine Marotte, alles bis ins Kleinste vorzubereiten, nichts dem Zufall zu überlassen, ganz gleich, wie unwichtig der Klient war.

»Hallo, ich hoffe, es gibt einen triftigen Grund für deinen Anruf. Du weißt, unter welchem Zeitdruck ich stehe und …«

»Patrick«, unterbrach ihn Florence hastig, »Patrick, hör mir jetzt bitte genau zu! Wenn du nach Hause kommst, bin ich bei meiner Großmutter in der Bretagne. Ihr geht es nicht gut, und sie will mich sehen.«

Patrick schwieg, dann antwortete er unsicher: »Das tut mir leid, aber ich denke, du musst nicht gleich so überreagieren. Außerdem«, hier machte er eine bedeutungsvolle Pause, »haben wir heute Abend ein wichtiges Abendessen.«

Unwillkürlich musste Florence lachen. »Du hast ein wichtiges Abendessen. Dir fällt schon etwas ein, um mich zu entschuldigen. Migräne. Genau, sag ihnen, ich hätte Migräne, das klingt stets glaubhaft.«

»Florence, ich versteh wirklich nicht, warum du dir das antun willst. Ich bin mir sicher, dass deine

Großmutter eine Handvoll von Medizinkoryphäen um sich geschart hat. Wäre heute nicht …«, Patrick zögerte einen Moment, ehe er weitersprach, »dieses Abendessen, dann würde ich dich …«

»Geh du zu diesem wichtigen Dinner«, fiel ihm Florence rasch ins Wort, glücklich darüber, dass er offensichtlich in Erwägung zog, sie zu begleiten. Patrick war kein Mann der großen Worte.

»Lass mich bitte ausreden, Florence! Ich wollte sagen, dass ich dich begleiten würde, wenn es den Termin nicht gäbe, aber ich möchte dabei sein. Es ist eben wichtig.«

Florence war enttäuscht, doch nach kurzem Zögern überspielte sie diese Regung und antwortete mit betonter Heiterkeit: »Ich muss jetzt los. Viel Erfolg bei deinem Termin. … Sicher wird der Gastgeber mit deiner Anwesenheit zufrieden sein«, setzte sie noch hinzu.

»Melde dich, wenn du angekommen bist, Florence.«

Florence entschloss sich, nichts von dem Brief zu erzählen, sie hätte dadurch nur eine endlose Diskussion entfacht. Sie legte auf und verließ das Haus.

Vor ihrem Wagen blieb sie stehen. Seltsamerweise hatte sie es nicht mehr eilig, wegzukommen, nach Locronan in die Bretagne zu fahren und vielleicht eine Antwort auf die Frage zu bekommen, die auch heute noch wie eine unsichtbare Wand zwischen ihr und ihrer Großmutter stand. Sie hatte Angst vor der Wahrheit, Angst vor dem, was sie dort erwartete. Wie ein kalter Hauch streifte sie die Endgültigkeit des Todes, der ihrem heimlichen Traum von einer Rückkehr ihrer Eltern unbarmherzig und für alle Ewigkeit ein Ende gesetzt hatte. Als Florence die Autotür öffnete, wusste sie, der Moment war gekommen, um endlich das Schweigen zu brechen, das über dem Leben ihrer Eltern lag.

Das schöne Pariser Herbstwetter war irgendwo unterwegs verschwunden, im Westen türmten sich Wolken übereinander. Die Landschaft vor Florence' Autofenster hatte sich verändert. Die Bäume wurden spärlicher und kleiner, bogen sich leicht immer in die gleiche Richtung. Der Wolkenberg vor ihr riss unvermittelt auf und ließ schräge Sonnenstrahlen hindurch, wie ein starker Projektor.

Die sanfte smaragdgrüne Hügellandschaft erstreckte sich vor ihr und brachte sie ihrem Ziel näher. Es war, als könnte der Wagen einfach keinen anderen Ort ansteuern.

Dieses Gefühl der Gewissheit hielt an, als sie Locronan erreichte und hügelabwärts an Granithäusern vorbei und durch gepflasterte Gässchen fuhr. Rasch erreichte sie den Marktplatz, der zusammen mit dem Brunnen und der mittelalterlichen Kirche das Herz des Dorfes bildete. An jedem Haus hingen die Geranien in ihrer vollen Üppigkeit herunter. Florence musste sich beherrschen, um nicht den Wagen zu stoppen und herauszuspringen. Sie bog in eine kleine mittelalterliche Gasse ein, auf deren Kopfsteinpflaster man noch das Getrappel der Pferde zu hören vermeinte, die wie der ganze Ort den früheren Charme bewahrt hatte. Plötzlich ging ihr das alles zu schnell. Sie wusste nicht, ob sie schon bereit war, herauszufinden, was sie hier nach fast zwanzig Jahren erwartete.

Sie fuhr weiter, und hinter der nächsten Kurve tauchte die graue Silhouette des Schlosses auf. Vor

der Einfahrt zum Anwesen ließ sie den Wagen ausrol-
len.

Kapitel 2

Locronan, 2012

Florence stützte sich auf das rostige schmiedeeiserne Tor und sah hinauf zum alten Schloss. Wie lange war sie nicht mehr zu Hause gewesen? Acht Jahre? Zehn Jahre?

Zu lange. Und doch nicht lange genug.

Eine Zeile aus einem Werk von Thomas Wolfe kam ihr in den Sinn: »Du kannst nicht nach Hause zurück zu deiner Familie, zurück nach Hause zu deiner Kindheit.« Aber jetzt war sie hier.

Der Knoten in Florence' Magen wurde fester. Ihr Gewissen warf ihr vor, ihre Großmutter vernachlässigt zu haben. Die Stimme in ihrem Inneren sprach die Wahrheit. Noch während sie am Tor stand, wurde ihr eines klar: Die Tatsache, dass sie dieses Haus mied, hatte nichts mit mangelnder Liebe zu tun. Sie liebte die Bretagne, liebte diesen Ort, liebte ihre Großmutter Adélaide – und doch widerstand irgendetwas in ihr, ganz tief und unerreichbar in ihrem Inneren verborgen, dem unerbittlichen Drang, nach Hause zu gehen. Zu viele traurige Erinnerungen. Zu viel Verwirrung.

In Paris, knapp sechshundert Kilometer entfernt, achtzehn Jahre nach den Geschehnissen, war Florence Letrec eine gänzlich andere Person – eine Person, die für sich eine Nische geschaffen hatte. Sie hasste die verstopften Straßen, den Lärm und die Hektik dieser großen Stadt, aber die Anonymität gefiel ihr gut. Ihr Leben seit der Sorbonne hatte sie sich selbst geschaffen. Jetzt war sie nicht mehr das verhätschelte, introvertierte Kind von früher. Sie hatte sich aus eigener Kraft neu erfunden und sich zu einer lebendigen Frau entwickelt.

Sie hatte auch ihren Kleiderstil angepasst. Bevor sie nach Paris kam, hatte sie sich über ihr Aussehen und ihre Kleidung keine Gedanken gemacht. Sie beobachtete die Frauen, mit ihrer Eleganz und einem Hauch Nonchalance. Ihr Casual Look wurde durch einen weiblichen, edlen Stil ersetzt.

Eine Kommilitonin nahm sie unter ihre Fittiche. »Präge dir ein, was Coco Chanel mal gesagt hat: ›Eine Frau sollte sich jeden Tag so anziehen, als könnte sie ihrer großen Liebe begegnen.‹« Gemeinsam zogen beide durch die trendigen Läden, und Florence hatte noch nie in ihrem Leben so viel an einem Tag eingekauft: zwei Röcke, einen Mantel, einen Trenchcoat und Kaschmirpullover in dezenten Farben. Und das Wichtigste: Lingerie. Florence musste schmunzeln, als sie daran dachte, wie Jacqueline sie in die Dessousabteilung des Kaufhauses Galeries Lafayette schleifte. Florence fühlte sich inmitten der Slips, BHs und Strapse so verloren wie an ihrem ersten Tag in der Universität.

An der Sorbonne hatte Florence alles gefunden, was sie sich gewünscht hatte. Einen Platz, an den sie gehörte. Intellektuelle Herausforderung. Einen Sinn.

Sie hatte ihrer Großmutter nicht nachgeeifert und nicht ihrem Wunsch entsprochen, das Letrec-Unternehmen zu führen. Sie wollte Schriftstellerin werden. Mit Leib und Seele war sie Autorin historischer Romane und konnte sich nichts vorstellen, was sie mehr ausfüllte, als ihre Leser mit der Schönheit der französischen Literatur vertraut zu machen. Ihr Vater hatte ihr als Kind die Bedeutung von Aufrichtigkeit und Bildung eingeimpft. Für ihn schien es nichts Wichtigeres im Leben gegeben zu haben. Bildung hatte Arnaud Letrec stets als unabdingbare Voraussetzung für eine zivilisierte Gesellschaft betrachtet.

So war Florence inmitten von Büchern aufgewachsen und in der sanften, aber bestimmten Art eines engagierten Unternehmers mit pädagogischen Merkmalen erzogen worden. Er erwartete von ihr, dass sie außergewöhnliche Leistungen in der Schule erbrachte, wie sie später auch ihre Großmutter erwartete. Sie enttäuschte diese Erwartungen nie. Nur ein einziges Mal.

Jetzt war sie zweiunddreißig Jahre alt und entsprach äußerlich dem Klischee einer Schriftstellerin. Sie trug ihr mittellanges schwarzes Haar aufgesteckt. Ihre Lesebrille aus Horn hob sich stark von dem hellen Teint ihres Gesichtes ab. Hohe Wangenknochen verliehen ihr ein etwas hochmütiges Aussehen, das jedoch von ihren rehbraunen Augen gemildert wurde.

Endlich hatte sie die Vergangenheit hinter sich gelassen – so vollkommen, dass ihr Freund Patrick sie unbarmherzig neckte. Sie sei eine geheimnisvolle Frau, die nie über sich sprechen würde.

»Ich rede immerzu über mich«, hatte sie das letzte Mal, als dieses Thema aufgekommen war, protestiert. »Wir reden doch über alles.«

Er hatte den Kopf geschüttelt. »Wir reden über das Leben, über Literatur, das Gesetz, deine Arbeit und meine. Wir sprechen über Bücher, Filme und Politik. Manchmal sogar von einer Heirat. Ich weiß, was du von all dem hältst. Ich kenne deine Meinung, kenne deinen Standpunkt zu vielen Dingen.« Er lachte und beugte sich eindringlich vor. »Ich weiß, was da drin ist …« Er tippte ihr mit dem Zeigefinger gegen den Kopf. »Aber oft denke ich, dass ich noch nicht einmal angefangen habe, zu erahnen, was da drin vorgeht.« Er ließ die Hand auf ihr Herz hinabgleiten.

Völlig überrascht von Patricks plötzlichem Wortschwall, wandte Florence den Blick ab. »Da gibt es nicht viel zu wissen, Patrick. Ich bin bei meiner Großmutter aufgewachsen, nachdem meine Eltern bei einem tragischen Unfall ums Leben gekommen waren.«

Dass sie fast jede Nacht von einem schrecklichen Ereignis träumte, verschwieg sie.

»Ich möchte mich einfach lieber auf die Gegenwart und die Zukunft konzentrieren, als bei der Vergangenheit zu verweilen.«

»Dann verbirgst du also nichts vor mir, du geheimnisvolle Frau? Irgendein schreckliches Geheimnis?« Er grinste und verdrehte die Augen.

Florence lachte. »Touché, du hast mich erwischt. Ich bin aufgeflogen.« Sie stieß einen melodramatischen Seufzer aus. »Bevor ich nach Paris gekommen bin, habe ich im Haus meiner Großmutter ein Bordell betrieben, habe aus dem Kofferraum meines Wagens mit Drogen gedealt und das Geld über Bankkonten in Genf gewaschen. Ich bin unverschämt reich und auf der Flucht vor dem Mossad.«

»So was Ähnliches habe ich mir schon gedacht.« Patrick zuckte die Achseln. »Ich bin am Verhungern. Lass uns nebenan ins Bistro gehen.«

Bei der Erinnerung an dieses Gespräch und den Ausdruck in Patricks Augen, als er davon sprach, ihr Herz kennenlernen zu wollen, atmete Florence tief durch. Sie hatte nicht einkalkuliert, wie verletzlich die Liebe einen Menschen machte. Emotionen waren so unberechenbar und grausam. Mit dem Intellekt kam

14

sie sehr viel besser zurecht. Ihr war es lieber, eine Beziehung auf einer philosophischen Ebene zu halten. Patrick war in ihr Leben gekommen, aber nicht in ihr Herz. Der Verteidigungswall war, seit sie *ihn* verlassen hatte, undurchdringbar.

Patrick war ein faszinierender Mann, der ganz genau wusste, was er vom Leben erwartete.

Geliebt und begehrt zu werden war eine mächtige Verlockung, wie Florence feststellen musste. Nur konnte sie nicht über ihren Schatten springen. Ihre tiefe Liebe gehörte Serge Renaud. Damals hatte sie das Gefühl gehabt, als würde sie die erste Stufe einer steilen Treppe verfehlen und die ganze Treppe herunterpurzeln, ohne sich irgendwo festhalten zu können. In dieser Zeit schlang sich die Macht ihrer Liebe zu Serge um die Wurzeln ihrer Seele, und je stärker diese Liebe wurde, umso mehr verspürte sie den Drang zu fliehen.

Bei Patrick ließ sie es erst gar nicht so weit kommen. Sie hatte sich rechtzeitig zurückgezogen und ein Kontrollsystem dazwischengeschaltet. Ihr wurde bewusst, dass sie, seit sie Patrick kannte, nichts anderes tat, als sich auf ihre Arbeit zu konzentrieren. Sie hatte sich nie richtig Zeit genommen, all diese Veränderungen in ihrem Leben und in ihrer Beziehung zu überdenken und zu überlegen, was sie sich für die Zukunft wünschte. Vielleicht würde es ihr guttun, wenn sie sich mal eine Pause gönnen, allein wegfahren würde und »auf das hören, was dein Herz dir sagen möchte«. Aber wohin? Zu Großmutter. Ins Schloss, in dem die Erinnerungen an ihre Jugend schlummerten. Sie würde versuchen, in dieser Auszeit kein Papier, keinen Füller, geschweige denn eine Tastatur anzurühren.

Und nachts von leeren Blättern träumen, die sie höhnisch anstarrten.

Dann war der Brief gekommen.

Kapitel 3

In all den Erinnerungen, die Florence' Kindheit betrafen, stand das Schloss hoch, gewaltig und stolz da wie auf den Fotos in ihrem alten Album, mit der einladenden geschwungenen Steintreppe und dem in den Himmel ragenden Turm.

Aber jetzt wirkte es dunkel und verwittert. Einer der Fensterläden hing schief herunter. Hatte es beim letzten Mal auch schon so ausgesehen? Oder hatte Florence nur das gesehen, was sie hatte sehen wollen?

Florence atmete tief durch, umklammerte den Griff ihrer Reisetasche und ging zur Haustür. Oben im ersten Stock bewegte sich ein Vorhang. Florence läutete, wartete und läutete noch einmal.

Sie wollte gerade in ihrer Tasche nach ihrem eigenen Schlüssel suchen, als die Haustür von einer finster dreinblickenden Matrone in Schwesternkleidung geöffnet wurde.

»Ja bitte?«, fragte die Frau. »Was wollen Sie?«

»Ich bin Florence Letrec. Und wer sind Sie?«

Die Frau antwortete einen Moment lang nicht, sondern blieb reglos in der Tür stehen. »Die Enkelin aus Paris. Richtig. Nun, ich denke, Sie kommen besser herein«, sagte sie schließlich.

Florence drängte sich an ihr vorbei in die Halle. Alle Vorhänge waren zugezogen, um die Nachmittagssonne auszublenden. Im Haus roch es muffig. *Der Geruch der Vergangenheit lastete über allem.* Dieser Gedanke durchzuckte Florence plötzlich. Doch genauso schnell schob sie ihn wieder beiseite und sah sich um. Alles war vertraut und doch ganz anders, als sie es in Erinnerung hatte. Es fehlten die frischen Blumen in der Eingangshalle. Florence nahm alles ringsherum in Augenschein. Der riesige Kristalllüster, der seit alters von der Decke schwebte, war mit Spinnweben verhangen, als würde hier eine Riesenspinne ein ganz besonderes Abendessen vorbereiten. Sie betrachtete die Seidenbespannungen an den Wänden und die Ahnenporträts, welche ihre Gedanken in eine längst vergangene Zeit abschweifen ließen. In diesem Gemäuer, dachte Florence, finden sich Erinnerungen an alle bedeutenden Epochen der bretonischen Geschichte. Ein Labyrinth von Gängen, Fluren, Treppen und Passagen führte über die Salons mit bedeutenden Gemälden und Wandzeichnungen hinauf in das Obergeschoss.

»Ich bin die Krankenschwester«, erklärte die Frau. »Ich heiße Lucienne Rocher.«

»Ich sehe, dass Sie eine Schwester sind. Was tun Sie hier?«

»Ich pflege Ihre Großmutter.«

Florence runzelte die Stirn. »Seit wann braucht Großmutter denn eine Pflegerin?«

»Seit sie sich eine Lungenentzündung geholt hat.«

Alle Luft entwich aus Florence' Atemwegen. »Lungenentzündung? Wann ist das passiert?«

Lucienne Rocher zuckte die Achseln. »Vor drei Wochen. Die Antibiotika schlagen mittlerweile an, aber sie ist noch sehr schwach.«

Wie angewurzelt stand Florence da, während sich Schuldgefühle in ihr breitmachten und sie nach unten zogen, als würde sie im Treibsand stehen. Sie hätte früher kommen sollen.

Sie öffnete den Mund, um weitere Fragen zu stellen, aber die Schwester hatte ihr bereits ihre breite

Rückseite zugewandt und marschierte zu der Doppeltür auf der anderen Seite des Wohnzimmers.

»Hier entlang«, brummte Rocher, als würde Florence den Weg zum Schlafzimmer ihrer Großmutter nicht kennen. Die Pflegerin stieg die Eichentreppe hoch, und Florence ging ihr nach. Oben angekommen, stolperte sie fast über eine große graue Katze, die sich auf dem Treppenabsatz niedergelassen hatte.

»Weg mit dir, du Miststück!«, rief Lucienne und stieß sie mit dem Fuß an.

Die Katze fuhr zusammen und sprang maunzend auf. Dann begann sie um Florence' Knöchel zu streichen.

»Na, du, dich kenne ich ja gar nicht«, sagte Florence. Sie nahm den Kater hoch und kraulte ihn unter dem Kinn, bis er wie ein leiser Motor zu schnurren begann. »Du bist aber ein Lieber.«

Rocher wandte sich um und blickte finster in Florence' Richtung. »Tiere sind im Zimmer der Patientin nicht gestattet.«

Florence' Zorn flackerte auf.

»*Die Patientin*«, sagte sie, »heißt Madame Adélaide Letrec. Ich bin ihre einzige Enkelin Florence Letrec. Und dieser Kater gehört offensichtlich genauso zu dieser Familie wie ich.«

»Pah«, schnaubte Lucienne und stapfte in Großmutters Zimmer davon. Florence wollte etwas erwidern, ließ es aber bleiben.

Am Ende des dunklen Flurs, am Ende eines Korridors voller geschlossener Türen, stand eine Zimmertür offen. Rocher eilte geschäftig umher, säuberte das Tablett, auf dem die Medikamente standen. In dem großen Bett mit den vier Pfosten lag Adélaide auf

Kissen gestützt und mit einer Satindecke zugedeckt. Ihre Augen waren geschlossen, ihre Atmung war schwer und mühsam. Einen Augenblick lang sagte Florence keinen Ton und beobachtete nur die knorrigen Finger ihrer Großmutter, die die Decke umklammert hielten. Ihre Haut wirkte brüchig und durchsichtig wie altes Pergamentpapier.

Wie hatte es dazu kommen können? Als Florence ihre Großmutter das letzte Mal gesehen hatte, trug sie ein edles Kostüm mit viel Schmuck und ein dezentes Make-up. Sie rauchte nur mit einer Zigarettenspitze. Trotz ihrer heute dreiundachtzig Jahre hatte Großmutter immer zehn Jahre jünger ausgesehen und sich auch so verhalten. Jeden Tag hatte sie ein stundenlanges Pflegeprogramm und Gymnastikübungen allem anderen vorgezogen.

Und jetzt hatte sich ihre Großmutter auf einmal in eine alte Frau verwandelt, im Augenblick eine sehr kranke. Schließlich öffneten sich die hellgrauen Augen, und ein schwaches Lächeln erhellte das faltige Gesicht. »Florence, mein liebes Kind!«, flüsterte die vertraute Stimme. »Endlich bist du gekommen.«

»Ich bin hier, Großmutter.« Florence' Stimme zitterte. Sie nahm die faltige Hand von Adélaide.

Die Berührung schien ihr Kraft zu verleihen, sie wandte sich ihrer Enkelin zu. Ihr Blick hing fest an Florence' Gesicht. »Danke, Madame Rocher.«

»Aber, Madame Letrec«, protestierte sie. Doch die faltige Hand winkte sie aus dem Raum. Die Krankenschwester schoss einen giftigen Blick in Florence' Richtung, marschierte aus dem Zimmer und schloss die Tür hinter sich.

Adélaide lächelte schwach und sank zurück auf die Kissen. Florence' Hand hielt sie noch immer umklammert.

»Sie ist eine gute Seele«, beteuerte die alte Frau leise, »aber ein wenig zu herrschsüchtig. Du wirst sie in ihre Schranken weisen müssen.«

»Das werde ich, Großmutter«, antwortete Florence mit mehr Zuversicht, als sie tatsächlich empfand. An der Herrschsucht der Pflegerin hatte sie keinen Zweifel. Wo die gute Seele begraben lag, war Florence bislang verborgen geblieben.

»Würdest du bitte die Vorhänge öffnen, mein Liebes?«, bat ihre Großmutter. »Rocher hält immer alles dunkel, und dadurch wird es muffig. Sie scheint zu denken, mein Zustand würde sich bessern, wenn sie die Welt ausschließt. Aber jetzt bist du da, und ich will dich ansehen.«

Florence ging zum Fenster und zog die schweren Samtvorhänge zurück. Die gelbe Herbstsonne fiel durch die verschmutzte Fensterscheibe ins Zimmer.

»Jetzt komm hier herüber«, befahl Großmutter.

Florence gehorchte sofort und setzte sich auf die Bettkante.

Eine schmale, von starken Venen durchzogene Hand hob sich von der Decke, umfasste Florence' Kinn und drehte ihr Gesicht ihrer Großmutter zu. Der Griff war sanft, gleichzeitig aber auch fest.

»Sieh mich an. Geht es dir gut?«

Florence' Eingeweide krampften sich zusammen, und sie wandte den Blick ab. »Sicher, Großmutter, mir geht es gut«, sagte sie. »Es tut mir leid. Ich wäre eher gekommen, wenn ich gewusst hätte, dass du so krank bist.« Und gewusst hätte, dass meine Mutter noch vor einigen Tagen gelebt hat, schob sie in Gedanken nach.

»Das weiß ich doch, Kindchen. Darum habe ich dir ja auch nichts davon erzählt.«

»Was sagen die Ärzte?«

Adélaide verdrehte die Augen. »Ärzte *praktizieren* Medizin«, sagte sie. »Ich bin nie davon überzeugt gewesen, dass sie sie perfektioniert haben. Wenn du es genau wissen willst, sie sagen, dass eine Lungenentzündung in meinem Alter gefährlich sein kann. Ich habe aber ganz gut auf die Antibiotika angesprochen, darum haben sie nicht darauf bestanden, mich ins Krankenhaus einzuliefern. Ich kann nur nicht genau sagen, wie lange es dauern wird, bis ich wieder gesund bin.«

»Aber du wirst doch wieder gesund werden«, entgegnete Florence und gab sich die größte Mühe, die Aussage nicht wie eine Frage klingen zu lassen.

»Ob ich sterben werde, meinst du?« Adélaide lachte. »Ja, ich werde sterben. Irgendwann. Aber noch nicht in naher Zukunft.«

Ein nervöses Lachen zwang sich auf Florence' Lippen. Sie atmete aus und entspannte sich etwas. Ihre Großmutter war krank, aber sie war immer noch Adélaide. Diese Erkenntnis brachte ihr ein gewisses Maß an Trost und Sicherheit. Nicht genug, aber ein wenig.

»Du siehst verändert aus«, sagte Adélaide gerade. »Du bist sehr dünn. Und dein Haar …«

»Ich hatte noch keine Gelegenheit, zum Friseur zu gehen.« Florence fuhr sich mit der Hand durch das glatte Haar. »Ich bin …«, sie suchte nach dem passenden Wort, »beschäftigt gewesen.«

Adélaide kämpfte mit den Kissen und versuchte, sich etwas höher aufzurichten. Selbst solch eine kleine

Anstrengung schien sie zu erschöpfen. Sie lehnte sich zurück und schloss die Augen.

»Wenn du dich ausruhen musst, werde ich später wiederkommen«, sagte Florence.

»Das wirst du nicht tun. Wir haben uns seit einer Ewigkeit nicht mehr gesehen, und wir müssen miteinander reden.«

In Paris hatte sich Florence vorgenommen, ihre Großmutter gleich zur Rede zu stellen, was es mit diesem seltsamen Brief auf sich hatte. Doch als sie die zerbrechliche Frau vor sich sah, hatte sie sich anders entschieden. Der Sog der Schuldgefühle zog Florence noch weiter herunter. Sie wandte den Blick ab. »Großmutter, es tut mir leid, dass ich nicht für dich da war.«

»Wie viel Uhr ist es?«

Florence runzelte die Stirn und sah auf die Uhr. »Es ist Viertel nach vier. Warum?«

»Ich habe mich gerade gefragt, wie lange du dich noch mit Schuldgefühlen quälen willst, nur weil du dein eigenes Leben führst.«

Florence starrte sie an, dann lachte sie. »Natürlich hast du recht. Ich sollte an dich denken und wie du dich fühlst.«

Großmutter schüttelte den Kopf. »Nein, ich meine es ernst. Wie lange? Werden zehn Minuten ausreichen? Prima. Ich warte zehn Minuten, während du dich schlecht fühlst, dann können wir vielleicht unsere Unterhaltung fortsetzen.« Sie schloss die Augen.

Florence saß auf der Bettkante. Stille senkte sich über den Raum, die nur von dem leisen Ticken der Uhr und dem rasselnden Atem ihrer Großmutter unterbrochen wurde. Eine Erinnerung aus ihrer Kindheit. Von Anfang an, selbst in den ersten schwierigen Tagen von Florence' Aufenthalt in diesem Haus, war Großmutter offen und direkt zu ihr gewesen, eine Ehrlichkeit, die in der Regel mit einer gesunden Prise Humor gewürzt war. Florence mochte sich selbst zwar infrage stellen, aber sie wusste immer genau, woran sie bei Großmutter Adélaide war. Sie brauchte nicht unnötig Energie darauf zu verwenden, Gedankenspiele zu spielen. Großmutter war die einzige Person in ihrem Leben, der Florence uneingeschränkt vertraute, und dieses Vertrauen hatte ihr in einer Angst machenden und unsicheren Welt einen kleinen Kokon der Sicherheit gegeben.

Nach einer Weile öffnete Großmutter ein Auge. »Ist die Zeit um?«

Florence sah auf die Uhr. »Es sind jetzt achteinhalb Minuten, aber ich werde die letzten eineinhalb Minuten einfach überspringen, wenn es dir recht ist.«

Großmutter tätschelte ihre Hand. »Einverstanden. Und jetzt erzähl mir von deinem neuen Roman, dem Mann in deinem Leben und von deinen Plänen.«

Florence nickte. »Ja. Es ist alles in Ordnung.«

Großmutter sah sie an. »Das klingt nicht sonderlich begeistert. Ich dachte, das sei, was du dir immer gewünscht hast – eine erfolgreiche Schriftstellerin zu werden. Was du ja auch erreicht hast.«

Florence atmete ein und hielt die Luft eine Weile an. »Sicher, das wollte ich auch. Aber im Augenblick ist alles ein wenig verwirrend. Patrick hat mich gebeten, ihn zu heiraten.«

Großmutters Lippen verzogen sich zu einem Lächeln. »Ist er ein guter Mann? Du hättest es schlechter treffen können.«

Florence wusste, dass sie mit dem letzten Satz auf Serge anspielen wollte.

Serge Renaud, der Sohn des Leuchtturmwärters. Als sie hier ankam, hatte sie für einen Augenblick an ihn gedacht. Jetzt stellte Florence erstaunt fest, wie lebendig er in ihr geblieben war. Je mehr sie darüber nachdachte, je weniger wusste sie, was dieser Mann ihr bedeutet hatte. Florence war überwältigt von einem tiefen Gefühl des Verlustes. Nach all den Jahren war Serge plötzlich wieder real für sie geworden. Es war so, als hätte er einen Winterschlaf in ihrem Inneren gehalten. Die Erinnerung an ihn stieg an die Oberfläche und löste ein körperliches Verlangen in ihr aus, das Florence gleichzeitig beunruhigte und traurig machte.

»Was ist mit dir, Kind?« Ihre Großmutter sah sie mit einem prüfenden Blick an.

»Was?«

»Ich habe dir eine Frage gestellt.«

»Entschuldige, ich bin etwas müde von der langen Fahrt.«

»Ist er gut zu dir?«

»Ja, er ist ein *anständiger* Mann.« Sie sah zum Fenster. Ohne Zweifel, dachte sie, konnte Patrick freundlich und großzügig sein, humorvoll und verlässlich, aber Florence kannte genauso gut Wesenszüge wie bitteren Sarkasmus, Arroganz, Stolz und einen knallharten Willen, die Welt und die Menschen darin nach seinen Vorstellungen zu formen.

Adélaide nahm Florence' Hand. »Dein Verlobungsring ist wunderschön. Und auch dein Äußeres, deine Frisur und wie du dich kleidest, gefällt mir sehr gut. Dieser Patrick scheint einen guten Einfluss auf dich zu haben.« Sie sah ihre Enkelin an. »Da ist doch noch etwas, was du nicht aussprichst.« Adélaide zog eine Augenbraue in die Höhe.

Florence schüttelte den Kopf. »Ich weiß nicht genau, ob ich für eine Ehe bereit bin. Zumindest jetzt.« Ihre Antwort sollte die Wahrheit verbergen, denn die konnte Florence nicht artikulieren. Wie sollte sie auch Gefühle erklären, die sie selbst nicht verstand?

Adélaide wandte den Kopf und wisperte eine Frage, an die Florence bisher nicht zu denken gewagt hatte. »Willst du dich von ihm trennen?«

»Was? Nein, natürlich nicht«, stotterte Florence.

»Das ist normalerweise der Grund, wenn eine Frau … allein zu ihrer Großmutter fährt.«

»Was redest du da?« Florence verschränkte krampfhaft die Finger ineinander. Sie presste ihre Füße fest auf den Teppich und wappnete sich gegen die bevorstehende Predigt über Verantwortung, Jugendsünden und frühere Dummheiten.

Sie blieb aus.

Großmutter nahm einen Schluck Wasser aus einem Glas, das auf ihrem Nachttisch stand, lehnte sich wieder in die Kissen zurück und blickte Florence an. »Du musst dir sicher sein.«

Dieser einfache Satz hallte in Florence' Kopf mit der Macht eines prophetischen Orakels nach. Ihr fiel keine passende Antwort ein, darum beschäftigte sie sich mit den Kissen ihrer Großmutter. »Du scheinst müde zu sein. Soll ich gehen?«

»Noch nicht. Ich werde ein wenig ruhen müssen, aber erzähl mir zuerst von dir. Ich möchte mehr von dem hören, was in deiner Welt vorgeht.«

Florence setzte sich wieder auf die Bettkante und überlegte, was sie erzählen könnte – etwas, das nicht die Unsicherheit enthüllte, die sie nun schon seit Wochen plagte. »Nun, mal sehen … Patrick soll Partner in der Anwaltskanzlei werden. Sehr vielversprechend.«

Großmutter winkte mit der Hand, um sie zum Weitersprechen aufzufordern.

Florence gehorchte, flatterte von einem Thema zum nächsten. Sie erzählte von Patrick, ihren umfangreichen Recherchen für den nächsten Roman, von der Wochenendreise mit einer Bekannten, die sie nach Lourmarin in die Provence geführt hatte, wo sie Albert Camus' Grab besucht hatte, von ihren älteren Werken und deren Verkaufszahlen. Von allem Möglichen, nur nicht von sich selbst und dem Brief aus dem Kloster. Alles oberflächliche Dinge, Plaudereien bei einer Cocktailparty.

Schließlich ging ihr der Gesprächsstoff aus. Sie betrachtete ihre Großmutter und stellte fest, dass sie noch blasser und ausgezehrter wirkte als zuvor.

»Du bist erschöpft, Großmutter.«

»Ich bin etwas müde. Vielleicht sollte ich jetzt ein wenig ruhen.« Sie begann zu husten, tief und rasselnd.

Die Krankenschwester erschien in der Tür. »Es ist Zeit für Ihre Medikamente, Madame Letrec.«

»In Ordnung.« Adélaide wandte sich Florence zu. »Wir setzen dieses Gespräch später fort, Liebes. Du bleibst doch, nicht?«

»Natürlich. Solange du mich brauchst.« Florence gab ihrer Großmutter einen Kuss auf die Wange und floh in den Flur. Die Pflegerin schloss die Tür hinter ihr.

Kapitel 4

Was, grübelte sie niedergeschlagen, *tue ich hier eigentlich?*

Sie lag auf dem Bett und dachte an den Brief in ihrer Handtasche.

Maman war dreiunddreißig Jahre alt gewesen, als sie angeblich bei einer Explosion am Leuchtturm mit ihrem Vater und Gérard Renaud umgekommen war. Florence vernahm bis heute noch die Detonation und das Vibrieren der Erde.

Oft fuhr sie nachts aus dem Schlaf, hörte den ohrenbetäubenden Knall und sah die lodernden Feuerzungen auf dem Atlantik.

An diesem späten Abend hatte solch ein Chaos geherrscht. Es schien, als sei der ganze Ort auf den Beinen. Der untere Teil des Leuchtturms stand noch, der obere Teil fehlte.

Niemand konnte sich vorstellen, was die Explosion ausgelöst hatte.

Man fand die Leichen einige Tage später am Strand. Das erzählte man sich. Und bei der Beerdigung standen drei Särge in der Kirche. Sie und Serge standen eng beieinander. Und doch jeder für sich, einsam und allein. Lobeshymnen und Beileidsbekundungen wurden Hunderte von Malen wiederholt. Was jeder der drei doch für ein liebenswerter Mensch gewesen sei.

Vielleicht sollte Florence es einfach glauben, weil es so häufig wiederholt worden war. Aber wenn Wortfülle ein Mittel gegen den Schmerz sein sollte, so hatte die Überdosis nicht gewirkt. Trotz ihrer vierzehn Jahre hatte Florence es besser gewusst.

Es war Großmutter, die ihr sagte, dass Gott für den Tod ihrer Eltern nicht verantwortlich sei, dafür, dass schreckliche Dinge auf dieser Welt passierten. Alle diese wohlmeinenden Menschen, die behauptet hatten, ihre Eltern und Serges Vater seien liebenswerte Menschen gewesen, hatten nur eine einfache Antwort auf eine sehr schwierige Frage gesucht.

Nach dem Tod ihrer Eltern war Florence hiergeblieben, um bei ihrer Großmutter zu leben.

In den ersten Jahren ihres Heranwachsens hatte Florence noch an den Rockschößen ihrer Großmutter gehangen. Großmutter wusste, was es bedeutete, Gott gegenüber aufrichtig zu sein. Dem Allmächtigen gegenüber nahm sie nie ein Blatt vor den Mund. Sie war der Überzeugung, Gott sei groß genug und könne mit ihren Fragen, ihrem Zorn und ihrem Schmerz fertigwerden.

Das war eine wichtige Lektion, aber eine Lektion, die für Florence zunehmend schwieriger zu lernen war, vor allem aus zweiter Hand. Als sie der Kindheit entwuchs, und damit dem Heiligtum und dem Schutz ihres überlieferten Glaubens, und sich an ihre eigenen geistigen Überzeugungen heranzutasten begann, lernte sie, ihre beharrlichen Fragen zu unterdrücken. Sie boten oberflächliche Antworten statt tief gehender Gespräche.

Sehr schnell verstand Florence die Botschaft: Gute Christen behielten ihre Zweifel für sich. Sie begruben ihren Schmerz, um Gott damit nicht in Verlegenheit zu bringen. Sie fanden Entschuldigungen für nicht erhörte Gebete. Gute Christen stellten keine Fragen, wie zum Beispiel die, ob man sich auf Gott verlassen könne oder warum Leid passierte, wenn er die Menschen doch liebte.

Glauben hieß, das Boot nicht zum Wanken zu bringen. Mit der Frage nach dem Warum sprach man Gott gleichzeitig auch sein Misstrauen aus.

Und so hielt Florence den Mund. Zumindest in der Öffentlichkeit. Nie mehr wollte sie das junge Mädchen sein, das sie damals gewesen war – das Tod und Schmerz erlebt hatte und keine Erklärung für das Warum finden konnte. Florence begann langsam, ihre Kindheit fein säuberlich wegzupacken. Sie spürte bereits in frühen Jahren, dass da draußen in der Welt irgendetwas auf sie wartete, etwas, das sie finden oder verlieren musste. Trotzdem machte sie alles mit, besuchte jeden Sonntag den Gottesdienst und gab sich den Anschein der Frömmigkeit, doch nur selten fand sie unter den guten Christen, die neben ihr auf der Kirchenbank saßen, einen Geist wie den ihrer Großmutter.

Bis der Brief aus dem Kloster eintraf.

Jemand klopfte an Florence' Tür. Nur mühsam wurde sie wach, jede Bewegung war schmerzlich langsam. Ihr rechter Arm war eingeschlafen. Vorsichtig bewegte sie ihn. Es kribbelte wie unzählige Nadelstiche in ihrer Handfläche. Das Licht im Zimmer hatte sich verändert. Es war nicht mehr so hell. Wie viel Uhr war es jetzt? Wie lange hatte sie geschlafen? Florence fuhr sich mit der Hand über die Wange, um ihr Haar zurückzustreichen; auf ihrem Gesicht hatte sich das Muster der Chenillebettdecke eingedrückt.

Das hartnäckige Klopfen hörte nicht auf. Sie schüttelte den Kopf, um ihre Gedanken zu ordnen, rollte sich vom Bett herunter und taumelte zur Tür.

Rochers finsterer Blick begrüßte sie, als sie die Tür öffnete. »Das Abendessen wird kalt«, fuhr die Frau sie an. »Unten im Salon.«

Florence zog ihre Schuhe an und folgte der Krankenschwester den Flur entlang und die hintere Treppe hinunter. Noch immer im Halbschlaf, stolperte Florence und wäre beinahe hingefallen. Rocher beachtete sie nicht, sondern stapfte unbeirrt weiter und verschwand um eine Ecke.

Im Salon war das Essen bereits angerichtet, und Florence nahm Platz.

»Ihre Großmutter hat schon vor einer Stunde zu Abend gegessen«, murmelte Rocher und kam damit der Frage zuvor, die Florence auf den Lippen hatte. »Noch einen Wunsch?«

»Nein. Danke, Madame Rocher. Sie sind doch nicht die Haushälterin, sondern nur die Krankenschwester.«

Wortlos ergriff Rocher die Fleischplatte und begann, ein Stück vom Rinderbraten in Salzkruste auf Florence' Teller zu balancieren. Doch bevor sie ihn abstellte, richtete sich ihr Blick auf Florence.

Florence sah auf das Stück Fleisch und musste ein Lachen unterdrücken, weil eine Erinnerung in ihr aufstieg. Sie, Serge und sein Bruder Pierre wollten deren Eltern mit einem Essen zu ihrem Hochzeitstag überraschen. Die kleine Schwester Angélique tänzelte in der Küche umher und redete ununterbrochen. Serge und Pierre würzten den Rinderbraten und legten ihn auf das Backblech. Sie forderten Angélique auf, in den Keller zu gehen und viel Salz zu holen, während Florence sich um die Kartoffeln und das Gemüse kümmerte. Die beiden Brüder gaben sich viel Mühe, das Fleisch schön mit Salz zu ummanteln. Nach einer halben Stunde im Backofen war der Braten bereits verbrannt. Und es roch noch dazu sehr merkwürdig. Alle schauten sich fragend an, und Florence griff nach der Tüte, die Angélique aus dem Keller gebracht hatte. Es war Streusalz anstatt Meersalz.

»Stimmt was nicht?« Lucienne Rocher riss Florence aus ihren Gedanken.

»Was? Doch, doch, es ist alles in Ordnung. Ich habe mich nur an etwas erinnert.«

»Im ganzen Leben werde ich euch junge Leute nicht verstehen«, sagte sie, während sich ihre Augen in Florence' bohrten. »Warum sind Sie hier?«

»Was für eine Frage ist denn das?«, platzte Florence heraus. Sie stützte ihre Ellenbogen auf den Tisch, zog die Serviette mit der rechten durch die linke Hand und schnappte nach Luft. Sie spürte, wie erschöpft sie war. »Ich bin hier, weil ich meine Großmutter liebe.«

Rocher stellte den Teller ab, aber ihr Blick hing nach wie vor an Florence' Gesicht. »Tatsächlich.«

»Ja, tatsächlich.«

Rocher schwieg, starrte Florence aber weiter an, bis diese stammelte: »Und ich muss mir über ein paar Dinge klar werden. Persönliche Dinge. Ich brauche Zeit für mich.«

»Das ist wenigstens ein wenig ehrlicher.« Triumphierend nahm sie die Schüssel mit den Kartoffeln und reichte sie Florence.

»Ich wusste nicht, dass sie krank ist.«

»Krank oder nicht, sie hätte ihre Familie gebraucht. Und wird sie auch in Zukunft brauchen.«

Florence unterdrückte die aufsteigenden Schuldgefühle. »Ich weiß. Im August habe ich mit Großmutter am Telefon gesprochen. Sie sagte, sie hätte eine leichte Erkältung.«

Schwester Rocher zog eine Augenbraue in die Höhe. »Phh.«

»Das stimmt. Ich liebe sie, und ich würde alles für sie tun.«

»Alles?«

Florence nickte. »Alles.« Sie beugte sich vor. »Was kann ich tun, Madame Rocher, um meiner Großmutter zu helfen?«

Ein seltsamer Ausdruck trat auf das Gesicht der älteren Frau, als würde sie einen Geist aus einer lange tot geglaubten Erinnerung sehen. Dann entspannte sich ihre Miene wieder.

»Hören Sie zu«, sagte sie. »Und was meine Arbeit hier im Hause betrifft: Ich bin Mädchen für alles.«

Lucienne Rocher hatte sich schon abgewandt, ging mit strammen Schritten in Richtung Küche, als sie sich plötzlich umdrehte und zurück zu Florence ging. »Ihrer Großmutter geht es gut. Es wird nur ein wenig Zeit brauchen, bis sie wieder bei Kräften ist.« Sie berührte Florence vorsichtig am Arm.

Florence hob den Kopf und starrte die Pflegerin an, als befände sie sich in Trance. Sie nickte – und dann kamen die Tränen. Plötzlich umklammerte sie wie eine Ertrinkende den Arm von Schwester Rocher. »Ich mache mir solche Vorwürfe«, brachte sie mühsam hervor, »ich habe doch nur noch sie …«

»Sie ist in Ordnung.« Lucienne Rocher tätschelte ihre Hand. »Sie braucht viel Ruhe. Wollen Sie mit mir nach draußen gehen und eine Zigarette rauchen?«

»Ja.«

Sie gingen auf die Veranda, stiegen die Stufen hinunter in den Park und setzten sich auf eine Bank.

Wortlos klopfte die Pflegerin zwei Zigaretten aus ihrer Schachtel.

»Wird meine Großmutter das Bett wieder verlassen können?« Ihre Stimme war nicht mehr als ein heiseres Krächzen in dem herbstlichen Garten.

»Aber ja doch.« Die Schwester sprach plötzlich ganz sanft, kein Anzeichen mehr von Feindseligkeit. Ihre glühende Zigarettenspitze drehte sich in ihre Richtung.

»Ich wusste nie, was Angst ist«, flüsterte Florence, blickte an ihr vorbei und in die Blätter über ihnen. »Ich dachte, Angst hätten nur andere. Ich habe nie verstanden, wie Menschen mit Angst leben können. Menschen, die sich vor der Dunkelheit fürchten, vor der Nacht, vor der Zukunft.« Florence sah, dass sich die Blätter leicht im Wind bewegten. »Aber jetzt schließt sie mich in einen Kokon ein, aus dem ich nicht entfliehen kann.« Sie zog an ihrer Zigarette und sah dem Rauch nach, der sich in Richtung Baumwipfel verzog.

»Das kann ich gut verstehen. Aber es ist auch eine ganz normale Reaktion. Glauben Sie mir, Mademoiselle …«

»Florence!«, unterbrach sie die Schwester. »Nennen Sie mich Florence.«

Die Pflegerin nickte, hielt ihr die Hand hin und lächelte zum ersten Mal. »Lucienne!«

Als Florence ihre Hand ergriff und in das freundliche Gesicht sah, ließ sie ihren Gefühlen erneut freien Lauf. Jetzt brach alles aus ihr heraus, all die Angst und das Entsetzen, die Sorge und die Schuldgefühle, die Verwirrung und der Kummer. Sie weinte einige Minuten lang, während Lucienne sie in den Armen hielt.

Kapitel 5

Das Gesicht ihrer Mutter. Eine im Regen stehende Gestalt mit Kapuze. Ein Schatten am Fenster. Das Signalfeuer des Leuchtturms, das in der Ferne aufblitzte, ein herzzerreißender Schrei.

Sie saß aufrecht im Bett, fuhr sich mit den Händen durch die Haare und stieß einen tiefen Seufzer aus. Die Bilder des Traumes verfolgten sie. Von irgendwo tief aus ihrer Erinnerung tauchte ein keltisches Märchen auf: *Einst lebte die wunderschöne Etain zusammen mit den anderen Unsterblichen – mit Angus, dem ewig jungen Weltenwanderer, Fuamnach, der dunklen Zauberin, und Midir, dem Weltenbauer – in der lichten Anderswelt Tir-na-nog …*

Großmutter hatte ihr dieses Märchen vor fast zwanzig Jahren erzählt, als Florence nach dem Tod ihrer Eltern allein mit ihr im Schloss wohnte. In jener Zeit hatte alles ihr Angst gemacht – die knackenden Geräusche in dem großen alten Gemäuer, der Wind in den Blättern, das Klappern der Fensterläden. Und natürlich der Traum – vor allem der Traum.

Gemeinsam hatten sie dann über die Geschichte gesprochen, immer und immer wieder, bis sie bei den Wörtern »Geister« und »Gespenster« beide in Lachen ausbrachen. Dann hatte Großmutter ihr über das Haar gestrichen und ihr leise etwas vorgesungen, bis sie eingeschlafen war.

Die Erinnerung an diese beruhigende Berührung war für Florence immer noch lebendig. Auch hatte sie diesen Wänden ihre Geheimnisse, Träume und Wünsche anvertraut. Sie, Florence, gehörte hierher. Warum nur beschlich sie dieses Gefühl, eine Fremde in ihrem eigenen Heim zu sein?

Mit weit aufgerissenen Augen legte sie sich wieder hin und beobachtete das Spiel von Licht und Schatten an der Decke. Eine kühle Brise wehte durch das geöffnete Fenster, und in der Ferne hörte sie das Schnauben eines Pferdes und das leise Klingeln eines Telefons.

Florence fuhr im Bett hoch. Das Telefon! Sie hatte versprochen, Patrick sofort nach ihrer Ankunft anzurufen. Sie schnappte sich den Wecker auf ihrem Nachttisch und starrte die Leuchtanzeige an. Viertel vor drei. Sollte sie ihn jetzt stören oder bis zum Morgen warten?

Sie stand auf und suchte in ihrer Handtasche nach ihrem Handy. Sie musste feststellen, dass der Akku leer war. In dem riesigen Haus hatte Großmutter nur zwei Telefone – eines unten in der Eingangshalle und das andere in ihrem Schlafzimmer. Als Florence auf die Universität gegangen war, hatte sie darauf bestanden, dass Großmutter sich einen Anschluss in ihrem Schlafzimmer installieren ließ. Sie zog ihren Morgenrock an und schlich die Treppe hinunter.

Patrick nahm beim zweiten Läuten ab.

»Ich bin so froh, dass du anrufst«, sagte er. »Ich habe mir Sorgen gemacht.«

»Es tut mir leid, dass ich mich nicht früher gemeldet habe. Ich … ich habe es vergessen.«

Es folgte eine lange Pause. »In letzter Zeit vergisst du ziemlich viel«, bemerkte er. »Du wirkst … ich weiß nicht, ein wenig distanziert. Als würde dich etwas beschäftigen, über das du nicht reden kannst.« Seine Stimme wurde rau. »Ich kenne dich, Florence. Ich weiß, wenn etwas nicht stimmt.«

Innerlich protestierte Florence. Wie konnte er sie kennen, wenn sie sich nicht einmal selbst kannte? Er kannte das Bild, die Person, die sie geschaffen hatte, und das, was er sehen wollte. Und diese Person liebte er: die geheimnisvolle Frau. Wenn sie ihn näher an sich heranließ, ihn hinter das Geheimnis blicken ließ …

Sie schob den Gedanken beiseite. »Mit mir ist alles okay.«

Ein langes Schweigen folgte. Schließlich sagte er: »Also gut.« Sie hörte ihn seufzen. »Wie geht es deiner Großmutter?«

»Sie hat eine Lungenentzündung. Schon seit drei Wochen.«

»Das tut mir leid.« Seine Stimme war sanft und mitfühlend. »Richte ihr liebe Grüße aus, okay?«

»Das werde ich.«

»Du fehlst mir.« Sie konnte ihn beinahe vor sich sehen, wie er vorgebeugt am Telefon saß, mit eindringlichem Blick, ganz auf sie konzentriert. »Bist du sicher, dass du mir nichts erzählen möchtest?«

Florence zögerte. Dann sagte sie: »Nein, Patrick. Mir geht es gut. Wirklich. Ich muss nur über ein paar Dinge nachdenken, eine Bestandsaufnahme machen. Vielleicht habe ich hier bei Großmutter die Gelegenheit dazu.«

»Also gut. Ich rufe dich morgen an. Ich liebe dich.«

Für immer?, dachte sie. *Eher unwahrscheinlich.* Sie schloss die Augen und schluckte den Kloß in ihrem Hals hinunter. »Ich liebe dich auch. Gute Nacht.«

Florence legte auf und schlich die Stufen wieder hoch. Sie sah den dunklen Flur entlang, straffte die Schultern, öffnete jede Tür und sah in jedes Zimmer.

Neben dem Schlafzimmer ihrer Großmutter befand sich das Badezimmer. Dann zwei Zimmer, die ihre Eltern bewohnt hatten. Das erste war deren Schlafzimmer, und Florence ging hinüber in den angrenzenden dazugehörigen Salon. Dies war ein reizvoller Raum, groß, luftig, mit hoher Stuckdecke und mehreren Fenstern mit Blick auf den zwei Hektar großen Park. Er war wie das Schlafzimmer in sanften Tönen gehalten – apricot, cremefarben und ab und zu ein Tupfer Rosa und Gelb – und atmete jene verblichene Eleganz, die von würdigem, altem Adel zeugte. Unter den wertvollen Möbelstücken stach ein Louis-XV-Sekretär ins Auge, ein Unikat mit Messingbeschlägen. Dieser Schreibtisch, der zwischen zwei Fenstern an der Stirnseite des Zimmers stand, gefiel Florence ganz besonders. Er hatte ihrer Mutter gehört. Die bequeme Sitzgruppe sowie die zwanglos verteilten Beistelltische, auf denen früher frische Blumengebinde zu stehen pflegten, vervollständigten die Einrichtung. Florence wischte mit dem Handrücken eine Träne fort, die über ihre Wange lief. Dann straffte sie die Schultern und verließ den Raum.

Auf der anderen Seite des Flurs, hinter dem Zimmer ihrer Großmutter, betrat Florence ihr Schlafzimmer, in dem sie gewohnt hatte, bis sie nach Paris gegangen war – ein geräumiges Zimmer mit drei Fensterfronten. Der Nordostturm. Vom linken Fenster aus konnte man ein Stück vom Atlantik sehen und früher auch den Leuchtturm. Jetzt hatte man freie Sicht. Als Kind hatte Florence Angst vor diesem Zimmer gehabt, weil das Mondlicht, das von allen Seiten ins Zimmer fiel, unheimliche Schatten warf. Später, als Teenager, hatte sie es richtig in Besitz genommen. Sich jetzt in dieses Zimmer zurückziehen zu können war tröstlich für sie.

Die wenigen Kleidungsstücke, die sie mitgebracht hatte, verloren sich in dem riesigen Eichenschrank. Florence legte sich auf das Bett. Ihr war gar nicht klar gewesen, wie müde sie war. Ihr Rücken schmerzte vor aufgestauter Anspannung. Sie zog sich die Decke über die Füße und versuchte zu schlafen.

Aber Großmutters ausgezehrtes und verwelktes Gesicht verfolgte sie. Sobald sie die Augen schloss, wurde Florence von einer Flut kurz aufblitzender Erinnerungsbilder überschwemmt. Der Nachthimmel in einem glutroten Feuerschein, helle Lichtfetzen, Adélaides trauernde Züge. Es schien Florence wie ein Aquarell, das an den Rändern verschwamm und in der Mitte verblichen war. Die Bilder verwirrten Florence für einen Moment. In was für einer Welt befand sie sich? Das Ausmaß ihrer Suche nach ihrer Identität überwältigte sie. Dazwischen drängte sich immer wieder das Bild von Patrick.

Ihr Kopf schmerzte, und jeder Nerv in ihrem Körper war angespannt. Sie knipste das Licht an und setzte sich im Bett auf.

Ja, Patrick liebte sie. Aber er kannte sie nicht richtig. Er wusste nichts von ihren Albträumen, der Furcht, die Florence selbst nicht erklären konnte. Er hatte keine Ahnung von ihren Bedürfnissen und Schwächen, die unter der Oberfläche lauerten. Nach so vielen Jahren der Übung hatte sie gelernt, sie gut zu verstecken. Sie griff nach ihrer Zigarettenpackung und ihrem Kimono und verließ wieder ihr Zimmer. Schwach leuchtende schmiedeeiserne Wandlampen säumten die Diele im oberen Stockwerk und zeigten den Weg.

Sie musste nur nach rechts abbiegen, die Diele entlanggehen, links die Treppe hinuntergehen, dann war sie im Eingangsbereich. Geradeaus war die Eingangstür und links davon die Bibliothek, in der sie in Ruhe rauchen konnte.

Es war totenstill im Haus. Kein Sparren knarrte, keine Bohle quietschte. Während die Gänge und Zimmer oben mit vornehmen Wollteppichen ausgelegt waren, bestanden die Böden unten aus großen, abgelaufenen Steinplatten, die sich wie Eis unter ihren nackten Füßen anfühlten.

Weitere Leuchter entlang der Wand spendeten gedämpftes Licht, während sie leise die geschwungene Treppe hinunterlief und durch die lächerlich große Eingangshalle ging.

Vorbei an den Porträts ihrer Vorfahren, an dem bretonischen Tisch, der angeblich von der Herzogin Anne de Bretagne stammte, und dem Schwert an der Wand, das Urgroßvater Arnaud bei seiner letzten Schlacht im Krieg 1870 geschwungen hatte.

Als sie endlich in die mit Büchern gesäumte Bibliothek hineinschlüpfte, war sie außer Atem.

Sie schloss die Tür leise hinter sich, lehnte sich gegen sie, wartete, dass ihr Herzschlag sich beruhigte und ihr Atem wieder gleichmäßig ging. Im Raum war es mucksmäuschenstill, und eine sanfte Beleuchtung schien. Gott sei Dank war niemand da. Sie hatte halb damit gerechnet, dass sie – irgendwo – der Pflegerin in die Arme laufen würde. Sie wollte keine Erklärungen abgeben. Nur ihre Ruhe.

Es roch nach modrigem Papier, Leder, Feuer, das in dem verrußten offenen Kamin gebrannt hatte. Früher hatten die frischen Blumen, die auf dem Kaminsims und auf den im Raum verteilten Tischen platziert gewesen waren, ihren betörenden Geruch freigegeben.

Eingebaute Bücherregale aus Mahagoni, reich verziert und handgeschnitzt, säumten drei der Wände. Der riesige offene Kamin aus Granit nahm die vierte Wand ein.

In den Regalen müssen mehrere Hundert Bücher stehen, dachte sie, während sie die ledergebundenen Exemplare mit ihren ausgeblichenen goldenen Titeln betrachtete, die sie bereits als Kind bewundert hatte, und sich fragte, ob sie es schaffen würde, sie alle mal zu lesen.

Von allen Räumen des Schlosses mochte Florence diesen am liebsten. Die dunkelbraunen Lederstühle und Sofas sahen alt und bequem aus. Das gesamte Mobiliar war antik, hinterließ aber nicht den Eindruck, als hätte man es auf Hochglanz poliert, und es war auch nicht mit einem »Bitte nicht anfassen«-Schild versehen worden. Es hatte genau die Patina, die Möbel bekamen, wenn sie genutzt wurden, so als ob Menschen ihre Füße auf den Couchtisch gelegt hätten, um das eine oder andere ausgedehnte Nickerchen in den tiefen Kissen der Sofas zu machen, die seitlich neben dem offenen Kamin standen.

Neugierig sah sich Florence die Titel der vielen Bücher an, der größte Teil war in französischer Sprache, Märchen und Sagen überwiegend in Bretonisch. In einem anderen Schrank standen ledergebundene Ausgaben großer französischer Schriftsteller: Zola, Victor Hugo …

Nachdenklich strich Florence mit der Hand an den Büchern entlang, bis ihr ein zerschlissener Band in die Augen stach: *Le Misanthrope* von Molière.

Sie zündete sich eine Zigarette an und inhalierte tief. Sie fühlte sich plötzlich so entspannt wie seit Tagen nicht mehr. Sie wollte lesen, das Buch durchblättern, die Stellen finden, die sie in der Schule besonders geliebt hatte. Dabei zündete sie die zweite Zigarette an, die sie im nächsten Moment wieder im Aschenbecher ausdrückte.

Dort, zwischen den Seiten, lag zusammengefaltet ein Aufsatz von ihr. Florence nahm die zwei Blätter in die Hand und fing an zu lesen.

Der Menschenfeind von Molière – Aufsatz von Florence Letrec

Unter den Widersprüchlichkeiten der Liebe, die Molière behandelt, ist die Liebe einer Figur zu ihrem charakterlichen Gegenpol sehr häufig. Diese Konstellation birgt unendlich viel dramatisches Potenzial und wirft die Frage auf, ob eine solche Liebe unerfüllt bleiben muss. Die Liebe zum Gegenpol, zum Alter Ego ist die Ursache für Konflikte und Probleme und zwingt die handelnden Personen des Stückes unerbittlich, die Wahl zu treffen zwischen Liebe und Egoismus.

In der dritten Szene des vierten Aktes sagt Célimène zu Alceste: *»Sie lieben nicht, wie man mich lieben sollte.«*

Sie will ihm ihr Verständnis von Liebe aufzwingen, worauf er antwortet: *»Ich wünschte, dass der Himmel Ihnen bei der Geburt nichts gegeben hätte, weder Rang noch Herkunft noch Wohlstand, und meine Freude wäre alleine Ihre Sonne und versöhnte Sie mit Ihrem traurigen Geschick.«*

Was ist das für eine Liebe, die das Wesen des Geliebten ändern will? Es ist der absolute Gipfel des Egoismus.

Er will, dass sie sich durch ihn verwirklicht. Doch Célimène hat ihren eigenen Freundeskreis, ihr eigenes Vermögen und ihren freien Willen, ungewöhnlich für eine Frau in dieser Epoche. Seiner Zeit weit voraus, nimmt sich Molière eines äußerst brisanten Themas an: der Unabhängigkeit der Frau.

Beide Helden tragen ihre eigene Welt mit sich, und keiner ist bereit, auch nur einen Schritt auf den anderen zuzugehen. Diese unvernünftige Leidenschaft, die Alceste zu bekämpfen versucht, ist oft zutiefst ergreifend. Wenn zum Beispiel Alceste, der Aufrichtige, Unversöhnliche, der radikale Feind der Lüge, Célimène bittet, ihn anzulügen.

Vierter Akt – dritte Szene

»Tun Sie, was Sie können, um unbescholten wenigstens zu scheinen, und ich will alles tun, um Ihnen blind zu trauen.«

Er hofft bis zuletzt, sie ändern zu können; vergeblich. Denn ein Mensch lässt sich nicht einfach ändern. Niemand hat das Recht, so etwas zu verlangen. Und wenn auch sehr umständlich und in der gezierten Sprache des 17. Jahrhunderts, ist Célimènes Botschaft an Alceste eindeutig. Was sie ihm sagen will, ist: *Wenn du mich liebst, dann nimm mich, wie ich bin, denn ich werde mich nie ändern. Akzeptiere mich, wie ich bin, dann akzeptiere ich dich, wie du bist.*

Denn wenn man über Liebe und Egoismus heutzutage spricht, dann nur, weil sich nichts, absolut nichts geändert hat und weil es immer noch schwierig ist wie damals, Liebe mit Selbstverwirkli-

chung zu vereinbaren. Alceste ist unnachgiebig, egois-
tisch und besitzergreifend. Célimène ist leichtlebig,
unverantwortlich, untreu.

Doch wenn sie die Fehler des anderen akzeptieren, wenn sie darüber sogar lachen würden, hätte die
Liebe den Egoismus besiegt. Aber solche Opfer kann
man nur für eine wahre Liebe bringen. Und woran
erkennt man wahre Liebe?

Wenn man auf einmal das Gefühl hat, dass der
einzige Mensch, der einen trösten kann, der ist, der
einem am meisten wehgetan hat. Dann ist man ein
Liebespaar.

Ihre Augen schmerzten vor Müdigkeit. Mein Gott,
dachte sie, da war ich elf Jahre alt und habe so altklug
geklungen. Den konnte nur ihre Mutter in dieses Buch
reingelegt haben. Sie drehte eines der Blätter um und
entdeckte die Handschrift ihrer Mutter.

Für meine so kluge und talentierte Tochter. Ich möchte deinen wundervollen Aufsatz mit einem Zitat von
Alfred de Musset kommentieren. Er hat nach einer
Vorstellung gesagt: *»Statt darüber zu lachen, hätte
man weinen müssen.«* Wie ich finde, zu Recht. Eine
große Liebe scheitern zu sehen ist tragisch. Unsere
beiden Helden enden in der Wüste ihrer Einsamkeit.
Was könnte trostloser sein? Ich denke, das wollte
Molière uns mit auf den Weg geben. Und jeder sollte
sich einmal ganz ehrlich die Frage stellen: Geht mir
das Glück des Menschen, den ich zu lieben behaupte,
über mein eigenes Glück? Bin ich bereit, auf ihn einzugehen, seine Enttäuschung und seine Freude mit
ihm zu teilen? Und gibt es auf der Welt etwas Schöne-

res als einen Bund zwischen zwei dieser unvollkommenen Geschöpfe?

Florence ließ das Blatt sinken. Ihre Augen brannten vor Erschöpfung. Irgendetwas in ihr sträubte sich gegen die Worte ihrer Mutter und löste ein Durcheinander an Gefühlen aus. Resigniert löschte sie das Licht. Morgen, morgen gab es vielleicht eine Antwort.

Kapitel 6

Florence ging über den Marktplatz. Sie fühlte sich ruhig und ausgeglichen, zumindest redete sie es sich ein. Sie hatte eine ganz normale, völlig verständliche Aufregung verspürt, da sie immer noch an die Zeilen ihrer Mutter denken musste. Sie ging zum Blumenstand und kaufte ein paar Schnittblumen und frisches Obst.

»Die kleine Letrec wird auf andere Weise dafür büßen«, sagte eine ältere Frau.

Florence hörte diesen Satz ganz deutlich und räusperte sich neben der Person. »Niemand außer Gott hat das Recht, über mich oder meine Familie zu richten, Madame Cabrol.«

Plötzlich trat eine Totenstille ein, als Florence sich wieder umdrehte. Die Menschen unterbrachen ihre jeweiligen Tätigkeiten, alle Blicke richteten sich auf sie, einige alte Frauen bekreuzigten sich, als sie vorüberging, und eine Schwangere zog ihre Kinder eng zu sich her. Bei einigen der gemurmelten Kommentare war das Wort »Kerridwen« zu hören, der doppelte Mond, die Göttin, die zugleich Dämon ist.

Florence ignorierte den Vorfall und sah das kleine Geschäft mit dem Namen »Pâtisserie«. In Paris gab es Hunderte davon. Nur das hier war neu. Sie ging hinein und sah sich um. Plötzlich stand eine junge hübsche Frau vor ihr und machte große Augen.

»Florence?«

»Das glaube ich jetzt nicht. Angélique?«

Die beiden Frauen fielen einander in die Arme und juchzten wie kleine Kinder.

»Was machst du hier?« Florence sah Freudentränen in Angéliques Augen schimmern.

»Ich besuche meine Großmutter. Sie ist krank.«

»Ja, ich habe so was schon gehört, es ist doch nichts Ernstes?«

»Nein. Na ja, eine verschleppte Lungenentzündung. Sie ist aber auf dem Weg der Besserung.«

»Bestell ihr schöne Grüße von mir.«

»Arbeitest du hier?«

»Dieser Laden gehört mir. Komm, schau dich mal um. Wir backen die süßen Galette-Kekse, verkaufen Butterkuchen aus Douarnenez und Teekuchen aus Vannes. Und wir organisieren Hochzeiten und Taufen.«

»Das ist toll.«

»Hast du Zeit für eine Tasse heiße Schokolade?«

»Ja, gerne.«

Florence folgte Angélique in ein gemütliches Hinterzimmer, das wie eine Profiküche eingerichtet war.

»Setz dich.«

»Seit wann hast du den Laden?«

»Seit zehn Jahren. Kurz nachdem du das letzte Mal hier gewesen bist, habe ich ihn eröffnet. Auch Pierre hat sich selbstständig gemacht. Er hat ein Restaurant in der Rue du Prieuré und einige Zimmer, die er vermietet. Es läuft gut.«

»Schön, wenn Geschwister so gut zusammen harmonieren.«

Angélique strahlte und nickte nur.

»Und was macht dein Bruder Serge?«

Florence spürte Angéliques Verwirrung. »Äh … das weißt du nicht?«

Florence schaute fragend zurück. »Was soll ich wissen?«

»Er leitet doch euer Unternehmen. Deine Großmutter hat ihn zum Geschäftsführer gemacht. Obwohl
sie doch immer gegen eure damalige Beziehung war.«

»Ich … ich dachte, er sei in Brest bei der Marine.« Florence hatte das Gefühl, als habe ihr jemand
einen Schlag in die Magengegend versetzt.

»Er war bei der Marine und war während der Zeit
auf Urlaub hier, und na ja, kurz und gut. Dann hat er
bei euch in der Firma angefangen und abends über ein
Fernstudium seinen Abschluss in Betriebswirtschaft
gemacht. Und du wirst es nicht glauben. Er hat alle
Romane von dir. Er hat sie mir ausgeliehen, und ich
dachte, ich müsste einen Vertrag unterschreiben, dass
ich sie ihm unversehrt wieder zurückgebe. Er liest
sogar Molière, Sartre und Simone de Beauvoir.«

»Wo wohnt er jetzt? Ist er verheiratet?« Florence
wusste gar nicht, was sie zuerst fragen sollte. Sie war
völlig verwirrt.

»Er wohnt in unserem Elternhaus. Meine Mutter
leidet an Alzheimer und ist in einem Pflegeheim. Verheiratet ist er nicht. Er hatte damals in Brest eine Beziehung. Aber die ging in die Brüche. Seitdem lebt er
allein.«

Florence spürte eine Welle von Zuneigung in sich
aufsteigen, als sie Angéliques vertrautes Gesicht sah,
den liebevollen Blick, der ihr galt, als Angélique die
beiden Tassen auf den Tisch stellte. Nur wenigen
Menschen gegenüber konnte sich Florence so offen
zeigen wie der jungen Frau, die ihr nun gegenübersaß.
»Wie schön, dich zu sehen!«

Lachend griff Florence nach Angéliques Hand,
um sie anschauen zu können. Strahlende braune Augen blickten ihr aus dem von kurz geschnittenen kas-

tanienbraunen Haaren umgebenen Gesicht entgegen. Angélique schien noch wie früher zu sein.

»Als du plötzlich im Laden standest, konnte ich es gar nicht fassen. Florence, du hast dich kaum verändert.« Angélique musterte Florence rasch. Sie tat es schnell, weil sie – wie Florence wusste – alle Dinge mit großer Schnelligkeit erledigte, nicht, weil sie oberflächlich war. »Du bist ein wenig zu dünn«, stellte sie fest. »Vielleicht kommt es mir aber auch nur so vor, weil ich auf deine Figur neidisch bin.«

»Du siehst noch genauso fantastisch aus wie früher. Und aus mir spricht ganz gewiss der Neid.«

Angélique lachte, doch gleich darauf wurde sie ernst. »Es tut mir leid, dass deine Großmutter krank ist. Hoffentlich wird sie bald wieder gesund. Sie ist doch so ein lieber Mensch.«

Florence tat Angéliques Mitgefühl gut, obwohl sie ihren Schmerz inzwischen überwunden und etwas Abstand gefunden hatte.

»Wie lange wirst du bleiben?«, fragte Angélique.

»Das kann ich nicht genau sagen. Es gibt für mich einiges in der Gegend zu tun.«

»Auf keinen Fall solltest du versäumen, ab und zu im *L'océan* zu essen.«

»Es ist mir vorhin bereits aufgefallen. Und das gehört Pierre?«

»Ja. Ich habe dort vor drei Jahren meine Hochzeit gefeiert«, sagte sie mit einem strahlenden Lächeln. Sie hob ihre rechte Hand und deutete auf den Ring. »Es hat mich einige Jahre meines Lebens gekostet, ihn davon zu überzeugen, dass er ohne mich nicht leben kann.«

»Ich freue mich für dich«, sagte Florence. »Du hast einen Mann, ein Geschäft! Meine Großmutter hat mir nie Neuigkeiten von hier berichtet. Dabei war ich wirklich sehr neugierig.«

»Und ich habe eine kleine Tochter. Nina ist zwei Jahre alt. Komischerweise ist sie nach Serge geraten.« Angélique schaute nun wieder ernst drein. Sie legte die Hand leicht auf Florence' Arm. »Du wirst ihn wiedersehen.«

Es war keine Frage, sondern eine Feststellung.

»Wenn es sich ergibt.« Florence bemühte sich um Gelassenheit. Sie durfte sich nicht von der Besorgnis in Angéliques Blick beeindrucken lassen. Sie wusste, dass es zwischen Angélique und Serge außer der Geschwisterbeziehung das Gefühl der Zugehörigkeit zu einer festen Gemeinschaft in Locronan gab. »Vielleicht besuche ich ihn mal in der Firma.«

Angélique betrachtete prüfend Florence' Gesicht. »Weißt du, was du tust?«

»Ja«, antwortete Florence und verbarg ihr Unbehagen. »Ja, ich weiß es«, bekräftigte sie.

»Dann ist ja gut.« Angélique zog ihre Hand zurück. »Bitte schau irgendwann mal wieder bei mir rein, entweder hier im Laden oder bei mir zu Hause. Wir wohnen nicht weit von Serge entfernt. Mein Mann wird garantiert mit dir plaudern wollen, und ich möchte dir gern Nina vorstellen.«

»Natürlich werde ich kommen.« Impulsiv ergriff Florence Angéliques Rechte. »Es ist wirklich schön, dich wiederzusehen. Es war nicht nett von mir, nichts mehr von mir hören zu lassen, aber …« Sie biss sich auf die Lippe.

»Ich verstehe dich«, versicherte Angélique. »So, jetzt muss ich aber schleunigst zurück nach vorne. In der Nebensaison, wenn nicht so viele Touristen hier sind, geht unser Versandservice sehr gut.« Sie seufzte und schien zu überlegen, ob Florence tatsächlich so gelassen war, wie sie vorgab. »Hier, nimm noch einen Kuchen mit für dich und deine Großmutter. Ich will aber wissen, wie er euch geschmeckt hat.«

»Danke. Sehr lieb von dir.«

Florence verließ den Laden und schlenderte noch ein wenig über den Marktplatz. Dann entschied sie sich, etwas Kleines essen zu gehen. Sie brachte rasch ihre Einkäufe zu ihrem Wagen. Es war kurz nach ein Uhr, als Florence im *L'océan* eintraf. Das Restaurant gefiel ihr auf Anhieb. Es machte keinen feinen, aber einen sehr gemütlichen Eindruck. Hier herrschte eine andere Atmosphäre als in den vornehmen Restaurants von Paris, in denen sie mit Patrick oder Bekannten zu speisen pflegte. Dieser Raum wirkte einladend und heimelig.

Gemälde und Drucke von Fischerszenen und Schiffen aller Art zierten die weiß verputzten Wände. Weiteres Schiffszubehör fand sich als Dekoration im ganzen Restaurant. Ein Kompass, dessen Messingarmaturen glänzten. Ein großes, buntes Dreiecksegel war hinter der Bar drapiert. Unter der Decke hing ein Ausguck, aus dem üppiger Farn wucherte.

Es war Mittagszeit, und viele Paare und Familien waren anwesend, da die Herbstferien begonnen hatten. Es roch gut und verlockend, und das leise Geräusch von Stimmen übte eine beruhigende Wirkung auf Florence aus.

Während sie sich umschaute, stellte sie fest, dass hinter der gemütlichen Atmosphäre ein gut organisierter Betrieb funktionierte. Die Kellner und Kellnerinnen waren flink, ohne zwischen den Tischen zu hetzen. Die Fenster ermöglichten einen herrlichen Ausblick auf die Außenterrasse, den schönen Garten und den Kirchturm.

»Florence!«

Sie erkannte die Stimme sofort. Lächelnd drehte sie sich um.

»Pierre, ich freue mich, dich zu sehen«, begrüßte sie den Bruder von Serge und Angélique.

Auf seine ruhige, überlegte Art betrachtete Pierre sie. »Schön wie eh und je«, meinte er dann. »Angélique hat es mir zwar gerade schon am Telefon gesagt, aber es gefällt mir natürlich sehr viel besser, es mit eigenen Augen festzustellen.«

Florence lachte. In Pierres Gegenwart fiel es ihr leicht, sich zu entspannen, ausgelassen und fröhlich zu sein, da Angélique ihr ja bereits einiges erzählt hatte.

»Wie ich hörte, gab es in eurer Familie gleich mehrere Anlässe, um zu gratulieren. Die Hochzeit deiner Schwester, deine kleine Nichte und dein eigenes Restaurant.«

»Ich nehme alle Glückwünsche dankend entgegen. Darf ich dir als Gegenleistung den besten Tisch des Hauses anbieten? Einer so erfolgreichen Schriftstellerin.«

»Mit weniger habe ich nicht gerechnet.« Florence hakte sich bei Pierre ein. »Du machst einen zufriedenen Eindruck«, bemerkte sie, während Pierre sie zu einem Tisch am Fenster führte. »Und einen glücklichen.«

»Das bin ich auch.« Pierre strich mit den Fingern leicht über Florence' Hand. »Es tut mir leid ... dass deine Großmutter krank ist, Florence.«

»Danke, Pierre. Sie ist auf dem Wege der Besserung.«

Pierre nahm Florence gegenüber Platz. Seine Augen hatten einen viel sanfteren und weicheren Ausdruck als die seines Bruders. Es war Florence immer ein Rätsel geblieben, warum Pierre mit dem verträumten Blick, ein ehemaliger Fischer, und Serge, der immer zur Marine wollte, so unterschiedlich sein konnten.

»Schön, dass du wieder hier bist«, sagte Pierre. »Wir haben dich vermisst – wir alle.«

»Alle?«

»Ja, alle.«

Florence faltete die weiße Stoffserviette auseinander und wieder zusammen. Wie gerne hätte sie jetzt eine Zigarette geraucht.

»Es ändert sich vieles im Laufe der Zeit«, meinte sie. »Du und Angélique gebt dafür das beste Beispiel ab. Als ich damals fortging, hatte ich den Eindruck, dass du deine kleine Schwester für so etwas wie eine lästige Plage hieltest. Habe ich mich etwa so sehr getäuscht?«

»Daran hat sich nichts geändert«, behauptete Pierre und lachte. Er schaute zu der jungen Kellnerin mit dem rötlichen Pferdeschwanz auf, die an ihren Tisch getreten war. »Das ist Simone, sie wird sich gut um dich kümmern. Simone, das ist Florence Letrec.« Er warf Florence einen schelmischen Blick zu. »Oder sollte ich dich lieber als *die* Schriftstellerin Florence Letrec vorstellen?«

»Nein, nein«, antwortete Florence schmunzelnd.

»Madame Letrec ist unser Gast, ein ganz besonderer Gast«, erklärte Pierre der Kellnerin. »Wie wäre es mit einem Aperitif vor dem Essen, Florence? Oder einem Glas Wein?«

»Sancerre«, ertönte eine tiefe männliche Stimme. »Gut gekühlt.«

Seine Worte schienen von weither zu kommen, obwohl er neben dem Tisch aufgetaucht war. Florence spürte, wie seine Stimme in ihrem Körper vibrierte. Ihr Herz hatte einen Aussetzer, bevor es stolpernd weiterschlug. Die Luft im Lokal war greifbar, war dicht und waberte wie Nebelschwaden vor ihr. Wie ein elektrisches Pulsieren breitete sich in Florence' Magengegend, in ihrem ganzen Inneren langsam ein Wiedererkennen aus; die Erinnerung erwachte nicht erst in ihrem Kopf, sondern in ihrem Körper. Dann zwang sie sich, gelassen zu Serge aufzublicken.

Die braunen Locken fielen ihm in die Stirn. Unter den reifen Gesichtszügen und dem Dreitagebart entdeckte sie Spuren eines Jugendgesichts. Nur die Linien um Augen und Mund waren tiefer geworden.

»Madame hat eine Vorliebe für den Weißwein von der Loire, Simone.«

»Jawohl, Monsieur Renaud«, antwortete Simone ehrerbietig.

Bevor Florence etwas erwidern konnte, war die Kellnerin davongeeilt.

»Hallo, Serge«, begrüßte Pierre seinen Bruder. »Es ist jedes Mal von Neuem erstaunlich, wie du die Bedienung auf Trab bringen kannst.«

Serge zuckte mit den Schultern und legte die Hand auf die Stuhllehne seines Bruders. »Ich habe Appetit auf Hummersalat mit Artischocken.«

Die Atmosphäre war seit Serges Erscheinen angespannter geworden, und jeder der drei bemühte sich nach Kräften, das zu ignorieren.

»Den kann ich wärmstens empfehlen«, sagte Pierre eifrig zu Florence.

»Ich werde ihn probieren. Leistest du mir dabei Gesellschaft?« Sie lächelte Pierre an, als spüre sie den düsteren Blick des Mannes an seiner Seite nicht.

»Das kann ich leider nicht. Ich bin nicht nur der Restaurantbetreiber, sondern auch der Koch. Vielleicht schaffe ich es, mich später noch ein Weilchen zu dir zu setzen.«

Pierre warf seinem Bruder einen warnenden Blick zu, bevor er ging.

Nachdem Pierre in der Küche verschwunden war, nahm Serge unaufgefordert den Platz seines Bruders ein. Florence richtete sich kerzengerade auf.

»Was soll das, Serge? Du hast zwar das Recht, dich im Restaurant deines Bruders aufzuhalten, aber ich bin sicher, dass du meine Gesellschaft zum Mittagessen ebenso wenig möchtest wie ich deine«, sagte sie steif.

»Mit dieser Vermutung irrst du, liebe Florence.« Er lächelte der Kellnerin zu, die den Wein brachte, und fügte hinzu: »Tut nichts zur Sache.«

Während Simone den ersten Schluck in Serges Glas goss, saß Florence stumm und mit unbeweglicher Miene am Tisch. Sie hielt es für unschicklich, die Diskussion in Gegenwart der Bedienung fortzuführen, und wollte warten, bis diese gegangen war.

Serge hob das Glas an die Lippen. »Er ist gut«, befand er dann. »Danke, Simone, ich werde selbst eingießen.«

Die Kellnerin nickte und stellte die Flasche auf den Tisch. Danach legte sie zwei Speisekarten daneben und zog sich zurück.

Serge ergriff die Flasche und füllte Florence' Glas. »Da wir uns beide für dasselbe Restaurant entschieden haben, können wir uns einem kleinen Test unterziehen.«

Florence antwortete nicht. Sie trank von ihrem Wein. Er war kühl und trocken. Sie erinnerte sich noch genau daran, wie sie zum ersten Mal eine Flasche Sancerre mit Serge geteilt hatte. Damals hatten sie auf dem Boden in einem Zimmer des kleinen Hauses gesessen, das direkt an sein Elternhaus angebaut war. Seine Großmutter hatte bis zu ihrem Tod dort gelebt, und danach bewohnte es Serge. Es war die Nacht gewesen, in der sie sich zum ersten Mal geliebt hatten. Florence nahm einen zweiten Schluck.

»Was für einen Test?«, fragte sie schließlich.

»Wir haben heute Gelegenheit festzustellen, ob wir beide es schaffen, ein zivilisiertes Mahl zu uns zu nehmen. In der Öffentlichkeit zu speisen gehört zu den Dingen, zu denen wir früher nie kamen.«

Florence runzelte die Stirn und beobachtete, wie Serge sein Glas hob. Sie hatte ihn niemals Wein aus einem Weinglas trinken sehen. In seinem Domizil hatte es nur Plastikbecher gegeben. Das Kristallglas wirkte in seiner Hand sehr zerbrechlich, die Farbe des Weines hell und rein, ganz anders als der unergründliche Ausdruck der dunkelbraunen Augen Serges.

Ihre Großmutter hatte es nie gutgeheißen, wenn sie mit Serge ausgegangen war, den sie als eine Art unteres Volk betrachtet hatte. In gewisser Weise war jetzt vieles anders. Wie ein Schwarm Tauben, die auf dem Boden aufgeschreckt worden waren, flatterten die Gedanken ihr durch den Kopf. Sie sah einen Neunzehnjährigen, der unbekümmert und ohne Lebensplanung nur in der Gegenwart lebte. Und nun saß ihr ein gut aussehender Mann in Anzug und Krawatte gegenüber. Ein Betriebswirt, der ihre Romane gelesen hatte. Serge war Großmutters Angestellter, was sie immer noch nicht richtig verstand. Sie wollte aber zu diesem Zeitpunkt diesbezüglich keine Fragen stellen. Sie hatte andere Fragen zu klären.

Impulsiv hob auch sie ihr Glas und prostete Serge zu. »Auf unser Wiedersehen.«

»Ich hätte es nicht besser ausdrücken können.« Serge stieß leicht mit ihr an und ließ sie keine Sekunde lang aus den Augen. »Dunkelblau steht dir ausgezeichnet«, sagte er und betrachtete ihren Pullover. »Es ist das Blau einer sternenklaren Nacht, die deine Haut so hell, so zart wirken lässt wie etwas, das man sehr, sehr vorsichtig berühren muss.«

Florence starrte ihn an. Der leise, vertraute Ton seiner Stimme hatte sie immer eigenartig berührt. Nun hatte er mit seinen Worten eine geheimnisvolle Atmosphäre geschaffen, der sie sich nicht entziehen konnte. Manche Dinge änderten sich nie.

Serge lehnte sich zurück. »Wie schmeckt dir der Wein, Florence? Vielleicht hätte ich mich vorher erkundigen sollen, ob sich dein Geschmack gewandelt hat.«

»Der Wein ist sehr gut.« Florence nahm erneut einen Schluck und legte anschließend beide Hände um den hohen Stiel, als könne sie an ihm Halt finden.

»Bist du verlobt?« Sein Blick fiel auf ihren Ring.

»Ja. Er heißt Patrick Bonnaire, und er ist Anwalt.« Florence wickelte sich eine Haarsträhne um den rechten Zeigefinger. »Mein Privatleben ist etwas kompliziert.« Aus lauter Verlegenheit über dieses unvermutete Geständnis hob sie ihr Weinglas an.

»Vielleicht hast du ein Bedürfnis nach Komplikationen.«

»Es muss wohl so sein«, antwortete sie mechanisch. Serge hatte sich seine Eigenart, nicht lange drum herumzureden, offenbar bewahrt. Die Erinnerungen hatten mit seinem Aussehen begonnen, nun war da seine Direktheit, und auf einmal stürzte Florence in einen überfüllten Speicher voller Bilder, die sie eigentlich nie wieder hatte anschauen wollen. Sie verdrängte sie mit aller Macht. Sie riss sich zusammen und beschloss, ihre Gefühle genauso ordentlich in verschiedene Schubladen zu packen wie ihre Kleidung zu Hause.

»Angélique und Pierre sehen gut aus«, bemerkte sie, um das Thema zu wechseln. »Es freut mich, dass deine Schwester Mutter geworden ist. So habe ich es mir damals schon vorgestellt, die perfekte Maman.«

»Ja, sie ist eine gute Mutter.« Serge hob sein Glas und ließ die flach einfallenden Strahlen der Sonne hindurchscheinen.

»Was macht deine Maman?«

Ein Schatten legte sich auf Serges Gesicht. Florence bemerkte es, weil sie solch einen Schatten von früher kannte.

»Geht es ihr gut?« Sie kannte doch die Antwort, warum stellte sie diese Frage, dachte Florence und war irritiert.

»Sie leidet an Alzheimer und ist in einem Heim untergebracht.« Serge schaute aus dem Fenster.

»Das tut mir leid.« Sie berührte seinen Arm, zog die Hand aber ganz schnell wieder zurück.

Serge wandte sich erneut an Florence. »Du bist doch nicht hier, um dir …« Er brach ab und blickte Florence in die Augen. »Du willst die Firma übernehmen, richtig?«

»Wie kommst du denn auf den Unsinn?«, meinte Florence.

»Das ist für mich der einzige plausible Grund, aus dem du hier wieder auftauchen könntest«, brummte Serge.

»Nein.« Sie bemühte sich um einen gelassenen Tonfall. »Deshalb bin ich nicht gekommen. Aber vielleicht kannst du mir nützlich sein.«

»Du findest mich also nützlich.«

»Dreh mir nicht die Worte im Mund herum«, wies Florence ihn zurecht.

Simone brachte den Salat und stellte die beiden Schüsseln vor Florence und Serge hin, ohne etwas zu sagen. Serges düsterer Blick mochte sie davon abgehalten haben, irgendetwas zu äußern.

»Du findest mich also nicht nützlich?«

»Ich habe die Erfahrung gemacht, dass es ganz erheblich Zeit und Ärger erspart, wenn man die am besten geeignete Person mit einer bestimmten Aufgabe beauftragt«, wich Florence aus, ließ das Weinglas los und nahm ihre Gabel. »Es gab keinen anderen Grund außer dem Gesundheitszustand meiner Großmutter, nach Locronan zurückzukommen.« Sie musste aufpassen, dass sie sich nicht verplapperte. Mit dem Nützlichsein hatte sie ihn wahrscheinlich nur noch neugieriger gemacht. Sie hob den Kopf und fügte hinzu: »Und ich recherchiere für mein neues Buch. Das ist alles.«

Serge spürte, wie Zorn in ihm aufstieg. Doch er beherrschte sich. Wenn er sich auf eine Diskussion mit Florence einließ, musste er wachsam bleiben. Sie war stets scharfsinnig gewesen, aber in der Zwischenzeit hatte ihre Schlagfertigkeit an Schärfe zugenommen. Sein Herz krampfte sich zusammen, als er an die frühere, auf alles neugierige Florence zurückdachte.

Er lachte kurz auf. »Recherche, selbstverständlich«, wiederholte er sarkastisch. »Na ja, und deine Großmutter. Wie lange hast du sie nicht mehr besucht, acht Jahre, zehn Jahre? Findest du es nicht selbst merkwürdig, dass du plötzlich wieder hier bist?«

»Du hast recht.«

»Danke.«

»Bitte.«

»Oh, Florence …« Serge verstummte und griff nach seinem Glas. Er brachte kaum einen Bissen hinunter. Mit allen Sinnen nahm er Florence' Nähe auf. Wie früher verspürte er den Wunsch, mit seinen Fingern durch ihr Haar zu streifen. Er erinnerte sich an das Gefühl von Glück und Zufriedenheit, wenn er Florence in die Arme geschlossen und ihren Körper gespürt hatte.

Er dachte daran, wie sie ihn sehr ernst angeschaut hatte, bevor die Lust die Oberhand in ihr gewann und sie sich frei und ungehemmt dem letzten ekstatischen Augenblick überließ. Würde sie sich je wieder wie einst an ihn schmiegen? Wenn sie miteinander geschlafen hatten, flüsterte Florence seinen Namen, als genüge ihr der Klang, um sich zu vergewissern, dass ihre Wonne, ihre Glückseligkeit kein Traum waren. Wie gerne würde er seinen Namen nochmals aus ihrem Mund hören, während sie eng umschlungen nebeneinanderlagen und langsam in die Wirklichkeit zurückfanden!

Er sah Florence an. Eine Haarsträhne fiel ihr ins Gesicht. Gedankenverloren drehte sie diese um ihren Zeigefinger und blickte auf ihr Weinglas. Doch Florence lächelte nicht. Sie sah aus, als habe sie Kummer, und Serge wurde bewusst, wie gut er sich an diesen Gesichtsausdruck erinnerte. Aber das mit der aufgewickelten Haarsträhne war nicht die Florence, die er kannte. Seine Florence stampfte mit den Füßen auf, wenn sie sich falsch verstanden fühlte. Er kannte ihre Wutanfälle, die sich langsam und unbemerkt aufbauten, bis sie plötzlich überkochte und gleich darauf wieder ruhig und ausgeglichen war.

Als seine Schwester ihn angerufen und ihm erzählt hatte, wer bei ihr im Laden war und jetzt auf dem Weg zu Pierre sei, hatte er in sich hineingehorcht und festgestellt, dass es nur Neugierde war, weshalb sie hier war. Keine große Sache.

Nur hatte er nicht damit gerechnet, dass ihm bei ihrem Anblick das Herz bis zum Halse schlagen würde.

Wenn er bei ihrem Anblick überhaupt mit einem Gefühl gerechnet hatte, so war es Wut über ihren damaligen Weggang. Doch er hatte sich geirrt. Sein Zorn war etwas anderem gewichen. Serge spürte wieder die gleiche Lücke, die sie hinterlassen hatte. Bis zu diesem Augenblick war ihm nicht klar gewesen, was er nun erkannte, dass er sein Herz für Florence aufgespart hatte. Es war zu spät. Sie lebte in Paris, würde bald heiraten und war das geworden, was sie immer werden wollte: Schriftstellerin.

Da saß sie: greifbar und doch unberührbar, anwesend und doch für ihn verloren, seine Florence und die Florence eines anderen Mannes.

Schweigend beendeten Serge und Florence ihr Mahl. Anschließend tranken sie Kaffee.

Florence musterte Serge verstohlen. Seine Miene verriet nichts. Dennoch spürte Florence, dass er irgendeine Entscheidung getroffen hatte, die sie betraf.

Sie erhoben sich beide. »Ich bringe dich zu deinem Wagen.«

»Das ist nicht nötig.«

Sie spürte den Griff seiner langen Finger um ihr Handgelenk.

»Es gehört sich so«, sagte er. Sein Tonfall ließ keinen Widerspruch zu. »Du legst doch bestimmt großen Wert auf gute Manieren.«

»Das schon. Nur …« Sie verstummte und schaute sich um.

»Ich möchte mich bei Pierre bedanken.«

»Das kannst du in den nächsten Tagen tun. Er ist sehr beschäftigt.«

Florence wollte protestieren, da sah sie, dass Pierre gerade hinter einer Tür verschwand, die vermutlich zur Küche führte.

An Serges Seite verließ Florence das Restaurant und trat hinaus in die milde Mittagsluft. Die Sonne stand hoch und verlieh den Wolken im Westen eine strahlend weiße Färbung. Der Marktplatz wirkte wie ausgestorben. Man saß am Mittagstisch. In einer Stunde würden die Geschäfte erst wieder öffnen.

Jetzt wäre es schön, unten am Wasser zu sein, dachte Florence. Das Licht wirkte weich, und es war fast windstill. Sie würde das endlos wirkende weite Meer fast für sich allein haben …

Florence wandte den Blick vom Atlantik ab und ging in Richtung ihres Wagens, den sie in einer Seitengasse geparkt hatte. Wie töricht, sich solchen Träumen hinzugeben! Es gab einen triftigen Grund, warum sie hier war, und sie benötigte dringend Schlaf.

Serge schien zu ahnen, wo ihr Auto stand. Damals hatte sie es ständig dort abgestellt. Im Gegensatz zu heute hatte sie sich dann bei ihm eingehängt, über die

Ereignisse des Tages gesprochen und gelacht. Bevor sie in den Wagen gestiegen war, hatte sie ihn geküsst, lange und hingebungsvoll. »Vielen Dank, Serge«, sagte sie und suchte umständlich ihre Autoschlüssel in ihrer Handtasche. »Es war nett, sich mit dir zu unterhalten.«

»Ja?« Serge betrachtete sie prüfend. »Hm … wir hatten immer schon eine andere Vorstellung davon, wann eine Unterhaltung nett ist und wann nicht.« Er legte die Hand in ihren Nacken.

»Nicht«, flüsterte Florence, wich ihm jedoch nicht aus. Sie wollte nicht verletzlich erscheinen, sondern zeigen, dass sie keine Empfindungen mehr für ihn hatte. Aber bereits die Berührung seiner Finger weckte sehnsüchtige Gefühle in ihr. Wie früher.

»Da ist noch etwas, das du mir schuldest, Florence Letrec.« Serge ließ sich nicht beirren. Er hatte das Bedürfnis, sie für die langen Jahre der Einsamkeit und der Qual zu bestrafen.

Sein Kuss war nicht sanft. Hart und verlangend presste er seinen Mund auf ihre Lippen. Dann zog er Florence fest an sich. Ihre Arme waren zwischen ihren Körpern gefangen, und Serge spürte, dass sie die Hände zu Fäusten ballte. Erst versuchte sie ihn von sich zu schieben, dann stieß sie ihm die Fäuste gegen die Brust. Ihr Gesicht war verzerrt.

Gut. Sollte sie ihn hassen. Mit ihrer Ablehnung konnte er eher fertigwerden als mit ihrer zurückhaltenden Höflichkeit.

Doch es fiel ihm schwer, sich nicht von seiner Begierde überwältigen zu lassen und sich zu beherrschen. Der vertraute Geruch von Florence' Haut, der süße Geschmack ihrer Lippen hatten nichts von ihrem Reiz eingebüßt.

Florence hoffte, dass mit dieser Umarmung endlich ein Schlussstrich unter die Vergangenheit gezogen werden könnte. Aber schon bald musste sie feststellen, dass die Erinnerungen übermächtig wurden. Florence wusste, wo sie ihre Hände hinlegen musste. Sie wusste, wie sie diesen Mann umarmen musste. Sie spürte genau, wo sie nachgeben und wo sie Widerstand leisten musste. Natürlich tat sie nichts davon.

Serges Küsse hatten stets ein prickelndes Gefühl in ihr hervorgerufen. Sein muskulöser Körper, der so gut zu ihrem zu passen schien, übte immer noch eine elektrisierende Wirkung auf sie aus. Und den Geschmack von Salz und Meer, der unzertrennlich mit Serge verbunden war, nahm sie auch dieses Mal wieder intensiv wahr.

Florence leistete keinen Widerstand, wollte ihm nicht die Genugtuung geben und sich wehren. Sosehr sie sich dann aber bemühte, ihre Empfindungen unter Kontrolle zu halten – es gelang ihr nicht.

Leidenschaftlich erwiderte sie Serges Kuss. Langsam öffnete sie die Fäuste und legte die Hände auf seine Taille. Serge hatte mit seiner Zunge nun ein zärtliches und zugleich ungeduldiges Spiel begonnen.

Er küsste Florence, und sein Kuss wurde leidenschaftlicher. Sie ließ es geschehen. Für einen winzigen Augenblick fühlte sich Florence, als sei sie wieder sechzehn.

Kapitel 7

Serge summte vor sich hin, drehte den Knauf und drückte gegen die Tür. Sie hatte sich im Laufe der Zeit verzogen und klemmte zunächst. Dann gab sie nach, und er blickte ins Halbdunkel. Die Luft roch feucht und muffig. Dem Raum war nicht anzumerken, ob ihn seit 2002 jemand betreten hatte. Er sah genauso aus wie damals, als sei Serge nur kurz hinausgegangen, um eine Runde mit dem Mofa zu drehen oder eine Pizza zu holen.

Gott, sie war ein wunderschöner Teenager gewesen. Sie selbst hatte ihre helle Haut gehasst und sich blonde Haare und größere Brüste gewünscht. Aber er wollte sie genau so, wie sie war. Mit der Pizza fütterten sie sich gegenseitig im Bett, und er war immer wieder fasziniert von ihren Lippen, wenn er mit dem Daumen darüberstrich, und von der Art, wie sie die Mousse au Chocolat aus ihrem Mundwinkel leckte. Dann kicherte sie und behauptete, er sei sexsüchtig, was er natürlich war mit seinen achtzehn Jahren. Aber er glaubte auch, dass sein Verlangen und seine Liebe sich nicht auseinanderhalten ließen, weil Florence und er in jeder Hinsicht wie füreinander geschaffen waren.

Serge zog die Tür hinter sich zu, blieb auf dem bunten Läufer in der Mitte des Zimmers stehen und ließ alle Erinnerungen zu, die sich einstellen wollten: Florence, wie sie, nur mit einem T-Shirt von ihm bekleidet, am Tisch saß, Crêpes aß, die er spätabends für sie gemacht hatte, und ihm von ihrem ersten Tag am Gymnasium in Brest erzählte – vor Patrick, bevor sie an der Sorbonne studierte; Florence, wie sie mit Nägeln zwischen den Lippen auf der Leiter stand und

Fensterrahmen annagelte. Florence, wie sie auf seinem Bett schlief, ein Buch von Molière auf der Brust. Florence, wie sie am Morgen ihrer Abfahrt zu ihm kam und seine Hoffnung aufleben ließ, um sie dann endgültig zu vernichten. Zuerst hatte er an diesem Morgen geglaubt, er habe sie mit all seiner Sehnsucht und seinem Zorn zu sich beschworen wie einen Geist. Vielleicht war es wirklich so gewesen. Jetzt dachte er, dass sie vielleicht an diesem Morgen und in all den Jahren danach keine Macht mehr über ihn gehabt hätte, wenn er sich gleich nach der Trennung von ihr hätte lösen können.

Genau diese Welle von Erinnerungen, von Bildern einer gemeinsamen Zukunft, die dann vernichtet wurde, hatte er all die Jahre gefürchtet – deshalb hatte er dieses Haus nie mehr betreten. Bevor seine Mutter an Demenz erkrankt war, hatte sie darauf gewartet, dass er es ausräumte, um es als Ferienwohnung vermieten zu können. Er hatte ihr immer versucht klarzumachen, dass er das täte, sobald er bereit dazu sein würde – was er bislang nicht gewesen war. Dennoch war es heilsam und notwendig, heute diesen Ausflug in die Vergangenheit zu unternehmen. Er musste das in sich bereinigen, es wurde höchste Zeit.

Serge wanderte durch den Eingangsraum und die Küche, strich über die Arbeitsplatte, erinnerte sich an die vier Jahre, die er hier gelebt hatte.

Serge öffnete den Küchenschrank. Er war leer bis auf ein paar Konserven. Als er bemerkte, dass er seit geraumer Zeit ins Leere starrte, warf er einen Blick auf die Uhr. Erschrocken stellte er fest, dass er sich schon seit über einer Stunde hier aufhielt. Er ging zur Treppe und blickte nach oben in den offenen Raum unterm Dach. Den musste er noch hinter sich bringen.

Die letzte Stufe knarrte, schon immer. Oben blieb er stehen und sah sich um. Da war das Bett, die Kommode, auf der ein alter Fernseher stand, der Kleiderschrank. Alte, abgenutzte Möbelstücke, die ihm vertraut waren, vertrauter als das neue Mobiliar nebenan in seinem Elternhaus, das er jetzt bewohnte.

Natürlich sah er unwillkürlich Florence vor sich, wie sie in seinem Bett lag, doch vor allem stach ihm eine kleine versilberte Schachtel ins Auge, die auf der Kommode stand. Er hatte sie Florence 2001 zu Weihnachten geschenkt. Er trat zu der Kommode und berührte das Kästchen. Dann blickte er auf, schaute durchs Fenster auf die sich herbstlich färbenden Bäume.

Er holte tief Luft und öffnete die Schachtel. Darin lag nur ein einziger Gegenstand, ein kleines Stück aus seiner Vergangenheit, das er vor seinem geistigen Auge immer als eine Art Klapperschlange angesehen hatte, eingerollt und lauernd: Florence' silberne Kette mit einem Anhänger. Das keltische Herz. *Es steht für die ewige Liebe und soll durch das Herz, welches in den ewigen Knoten eingebunden ist, ein Zeichen für die Verbundenheit der Menschen und der keltischen Sage sein.*

Er nahm sie heraus und hatte den Impuls, hinunterzurennen, in seinen Kombi zu springen und zu Florence aufs Schloss zu fahren, um sie ihr zurückzugeben. Hier, das brauch ich nicht mehr, hätte er gerne gesagt. Oder: Ich glaube, das solltest du jetzt selbst aufbewahren. Oder: Ich möchte, dass du dieses Erinnerungsstück aus unserer Vergangenheit aufbewahrst, und nein, ich bin dir nicht böse. Besaß *sie* überhaupt ein Souvenir aus ihrer gemeinsamen Zeit?

Er hatte den Impuls, seine Geschichte mit Florence zu schützen, obwohl ihm selbst nicht klar war, weshalb. Vielleicht wollte er auch einfach nicht wie ein liebeskranker Idiot wirken – was er ziemlich lange gewesen war. Jedenfalls war ihm die Vorstellung, mit einer anderen Frau durch dieses kleine Haus zu gehen, ein Gräuel. Diese Räume waren so von Florence erfüllt, dass er befürchtete, eine andere Frau könne sie dort sehen und riechen – so wie er.

Aber nach ihrer Nervosität bei der Begegnung heute Mittag zu schließen, legte sie keinen Wert auf ein weiteres Treffen. Vielleicht erst recht nicht auf eine solche Geste. Wie damals nach ihrem ersten Kuss hatte sie ihn forschend und abwartend angesehen. Es hatte ihn aus dem Konzept gebracht. Er hatte sich abrupt aus der Umarmung gelöst, ihr leicht zugenickt und sich abgewandt, ohne sich noch einmal nach Florence umzublicken. Wie wenig hatte sie sich verändert, und trotzdem sollte nichts mehr so sein wie früher? Sie hatte damals ein Schmuckstück abgelegt, um ein anderes anzulegen, oder mehrere. Florence hatte abgeschlossen mit der Vergangenheit. Er sollte es auch tun. Vielleicht würde er ihr die Kette zu Weihnachten nach Paris schicken. Doch vorerst hielt er sie in der Hand. Heiße Wellen stiegen in Serge auf, und ihm wurde klar, dass er ihnen Einhalt gebieten musste. Dann ließ er sie zurück in die Schachtel gleiten und steckte sie in die Jackentasche.

Er war jetzt vierunddreißig, nicht zu alt, doch alt genug, um einsam zu sein. Er war nicht mehr ausgegangen: Seitdem er wieder hierher nach Locronan zurückgekommen war, hatte er niemanden kennengelernt, der ihn interessierte. Es war seine Schuld, das wusste er. Es gab etwas, das einen Abstand zwischen ihm und jeder Frau entstehen ließ, die ihm näherkommen wollte, etwas, das er glaubte nicht ändern zu können, selbst wenn er es gewollt hätte. Manchmal, kurz vor dem Einschlafen, fragte er sich, ob es sein Schicksal war, allein zu sein.

Als er bei der Marine in Brest gewesen war, hatte er mehrere Liebschaften gehabt, darunter eine längere – eine Meeresforscherin mit tiefblauen Augen und blondem Haar. Obwohl sie drei Jahre befreundet waren und eine schöne Zeit miteinander hatten, empfand er für sie nie das Gleiche wie für Florence.

Doch auch Valérie konnte er nicht vergessen. Sie war zehn Jahre älter als er, und sie war es, die ihn lehrte, wie man eine Frau verführt, wie man sie berührt und küsst, welche Koseworte man flüstert. Sie verbrachten bisweilen ganze Tage im Bett und liebten sich auf eine Weise, die ihnen beiden Befriedigung brachte.

Valérie hatte gewusst, dass es nicht für immer sein würde. Als sich ihre Beziehung dem Ende näherte, hatte sie einmal zu ihm gesagt: »Ich wünschte, ich könnte dir geben, wonach du suchst, doch ich weiß nicht, was es ist. Da ist etwas in dir, das du vor jedem verschlossen hältst, auch vor mir. Es ist so, als wäre ich gar nicht die, bei der du wirklich bist. Deine Gedanken sind bei einer anderen.«

Serge versuchte, es abzustreiten, doch sie glaubte ihm nicht. »Ich bin eine Frau – ich spüre so was. Manchmal, wenn du mich anschaust, fühle ich, dass du eine andere siehst. Als wartetest du darauf, dass sie plötzlich aus dem Nichts auftaucht und dich von all dem hier wegführt.«

Zwei Monate später trennten sie sich, und er ging zurück nach Locronan.

Dass sie sich früher oder später über den Weg laufen würden, war fast unvermeidlich. Insgeheim hatte Serge jedes Mal damit gerechnet, dass er Florence im Restaurant treffen oder sie auf dem Marktplatz sehen würde – sollte sie zu Besuch bei ihrer Großmutter sein. Serge hatte niemals überlegt, was er tun würde, wenn sie sich wiedersahen. Selbst wenn er einen Plan gehabt hätte, so hätte er ihn jetzt vermutlich verpfuscht.

In den letzten Jahren hatte er die heftigen Worte, die er ihr zuletzt entgegengeschleudert hatte, zunehmend bereut. Warum war er so gemein zu ihr gewesen? Weshalb hatte er das Ende ihrer Beziehung nicht mannhaft hingenommen? Auch wenn sie ihn offenbar nicht genug liebte, um ihn zu heiraten; auch wenn sie nur auf eine kurze Abschiedsnacht vorbeigekommen war – er hätte sie mit guten Wünschen nach Paris gehen lassen sollen, anstatt diese unreife Bemerkung vom Stapel zu lassen. Doch damals war er jung, stur, zu stolz und zutiefst verletzt. Hatte er wirklich geglaubt, dass es die Hölle für ihn sein würde, sie wiederzusehen?

Das war es nicht. Im Gegenteil, sein Herz hämmerte wie wild, und er spürte ein merkwürdiges Kribbeln in den Fingern. Er hätte sie nicht küssen dürfen.

Sie sah müde, aber noch immer strahlend aus, als würden ihre schwarzen Haare und ihre helle Haut durch etwas aus ihrem Inneren erleuchtet, durch eine besondere Energie, die auch ein anstrengender Tag nicht gänzlich zum Erlöschen bringen konnte. Serge wusste, dass sie Schriftstellerin geworden war, dass sie einen Erfolg nach dem anderen verzeichnen konnte. Er hatte alle ihre Bücher gelesen. Er fand sie immer noch wunderschön. Und überraschenderweise hatte er große Freude empfunden, sie plötzlich vor sich zu sehen. Damit hatte er nicht gerechnet. Er war so sicher gewesen, dass alle Gefühle für sie erloschen waren. Doch nun musste er feststellen, sie waren nur unter dem Geröll der Erinnerungen verborgen gewesen und arbeiteten sich nach und nach wieder ans Tageslicht.

Kapitel 8

»Das Wichtigste, was du bei meiner Tochter beachten solltest, ist die Tatsache, dass sie einen ausgeprägten eigenen Willen besitzt«, erklärte Angélique und fing in letzter Minute eine Vase auf, die nach einem Stoß von Nina umzufallen drohte.

Florence beobachtete, wie die pausbäckige, schwarzhaarige Nina auf einen Ledersessel kletterte, über dem sich ein ovaler Spiegel befand. Die Kleine lächelte ihr Spiegelbild an. In der geraumen Zeit, seit Florence Angéliques Haus betreten hatte, war Nina keine Sekunde lang ruhig geblieben. Sie war flink und wendig. In ihren Augen lag eine wilde Entschlossenheit, ihren Dickkopf auf die eine oder andere Weise durchzusetzen. Angélique hatte recht gehabt. Ihre Tochter war ihrem Bruder Serge tatsächlich in vielerlei Hinsicht ähnlich.

»Ja, das ist unverkennbar«, antwortete Florence. »Woher nimmst du nur die Energie, ein Geschäft und einen Haushalt zu führen und nebenbei diesen Wirbelwind zu beaufsichtigen?«

»Von Vitaminen wie Spirulina und anderen Algen«, offenbarte Angélique. »Von unzähligen Wunderpillen. Nina, lass die Finger vom Spiegel!«

»Nina!«, rief das Kind sich selbst zu und schnitt Grimassen vor dem Spiegel. »Übsch, übsch, übsch.«

»Das Selbstbewusstsein der Renauds«, kommentierte Angélique trocken. »Es kommt immer wieder durch.«

Florence lachte und sah zu, wie Nina rückwärts von dem Sessel herunterkletterte und auf ihrem mit Windel gepolsterten Hosenboden landete. Mit wenigen Handbewegungen zerstörte die Kleine einen Turm aus Holzklötzen, den sie erst vor wenigen Minuten aufgebaut hatte.

»Sie ist so niedlich«, sagte Florence. »Und wenn sie es selber weiß, zeigt das nur, wie klug sie außerdem ist.«

»An dieser Klugheit zweifle ich besonders dann, wenn sie eine komplette Zahnpastatube, Duschgel und Haarshampoo auf den Fliesen des Badezimmers verteilt. Ob Wand oder Boden, spielt keine Rolle.« Seufzend lehnte sich Angélique im Sessel zurück. Sie genoss es, die Montagnachmittage mit ihrer Tochter verbringen zu können. Es waren die einzigen Stunden, während der Laden geschlossen blieb.

»Du bist schon einige Tage hier, und wir hatten noch keine Gelegenheit, ausführlich miteinander zu reden.«

»Du bist sehr beschäftigt.« Florence beugte sich vor, um über Ninas schwarzes Haar zu streichen.

»Du auch …«

Florence hörte die Frage aus Angéliques Worten heraus und lächelte.

»Du vermutest, dass ich nicht zum Spazieren und Relaxen nach Locronan gekommen bin, richtig?«

»Also gut, warum soll ich länger taktvoll um den heißen Brei herumschleichen, wenn ich vor Neugierde platze«, gestand Angélique. »Was machst du denn den lieben langen Tag?«

»Ich kehre zu meiner Kindheit zurück«, entgegnete Florence wahrheitsgemäß.

»Ach so.« Ohne sonderlich erstaunt zu sein, nahm Angélique diese Mitteilung zur Kenntnis. »Deine Kindheit.« Sie rettete einen Rhododendrenstrauß vor dem neugierigen Tastversuch ihrer Tochter und gab Nina ein Plüschtier.

»Deine Großmutter weiß doch alle Geschichten über dich zu erzählen.«

»Es handelt sich um eine Art Recherche für meinen neuen Roman«, schwindelte Florence. Denn sie bemerkte, dass Angélique etwas angespannt wirkte und sich plötzlich wieder entspannte. Von dem Brief wollte sie niemandem erzählen, solange sie nicht mit ihrer Großmutter darüber gesprochen hatte. Aber Angéliques aufgeregte Neugier ließ bei Florence eine Warnglocke anschlagen.

»Über dein Leben?« Angélique staunte. »Das ist also der Grund, weshalb du plötzlich wieder aufgetaucht bist.« Sie hielt inne, lachte verlegen und fuhr dann fort: »Du musst entschuldigen, Florence, aber was ist denn so interessant an deinem Leben? Oder gibt es ein Geheimnis, dem du auf der Spur bist?«

»Nein, kein Geheimnis.« Florence lachte etwas zu laut. »Wie ich schon sagte, es ist ein historischer Roman, und hier gibt es nun mal viel Historie in der Gegend.«

Florence wusste nicht, was es war, aber Angélique versuchte sie auf eine geschickte naive Art auszufragen. »Was meintest du denn mit Geheimnis?«

»Nichts. Ist mir nur so in den Sinn gekommen.« Angélique lächelte verlegen.

In diesem Moment ertönte ein unregelmäßiges Trommeln, und sie warf einen Blick auf ihre Tochter, die mit einem ihrer Bauklötze auf den Boden eines Plastikeimers einschlug.

»Ich werde dir, wenn du möchtest, später mal einige Kapitel zum Lesen geben«, sagte Florence. »Natürlich nur, wenn du Lust dazu hast.«

»Ja, sehr gerne.« Angélique schenkte ihr ihre ungeteilte Aufmerksamkeit. Florence hoffte, dass ihre Worte logisch genug klangen und ihre Stimme Angélique nicht verraten hatte, dass Florence sich diese Logik nicht nur für andere, sondern vor allem für sich selbst zurechtgelegt hatte. »Ist das der einzige Grund, weshalb du zu Serge gesagt hast, er könnte dir nützlich sein?«, fragte Angélique.

Unruhig zupfte Florence an ihrer Bluse und erwiderte leicht gereizt: »Ja, das ist der einzige Grund.«

Angélique schwieg einen Augenblick. Es schien sie zu betrüben, dass ihre Freundin aus Kindheitstagen sich offensichtlich selbst betrog. »Florence, er hat dich nie vergessen.«

»Nein! Nein, das glaube ich nicht«, entfuhr es Florence. Sie schüttelte heftig den Kopf.

»Es stimmt aber. Florence, ich kenne ihn gut und habe ihn sehr gern.« Angélique stand auf, um Nina abzulenken, denn die Kleine hatte gerade festgestellt, dass es ihr viel mehr Spaß bereitete, die Holzklötze durch das Zimmer zu werfen, als sie aufeinanderzusetzen.

»Obwohl er manchmal schwierig sein kann. Er ist mein Bruder.«

Sie platzierte ihre Tochter vor einer Reihe von Stofftieren und nahm dann wieder neben Florence Platz. »Wir Geschwister halten fest zusammen. Und du bist die einzige Frau oder Exfreundin meines Bruders, zu der ich ein gutes Verhältnis habe. Deshalb möchte ich …«

»Ich verstehe«, unterbrach Florence sie. Die Versuchung war groß, ihr Herz auszuschütten, über ihre Gefühle zu sprechen. Doch sie wich aus. »Glaube mir,

Angélique, was zwischen mir und Serge war, ist längst vorüber. Das Leben geht weiter.«

Angélique räusperte sich.

»Wie du meinst«, gab sie schließlich nach. »Du siehst selbst, was mir in den vergangenen Jahren zugestoßen ist.« Sie schaute mit gespieltem Entsetzen auf Nina. »Jetzt erzähl mir, wie es dir ergangen ist. Wie war dein Leben?«

»Ruhiger.«

Angélique lachte. »Manchmal habe ich tatsächlich den Eindruck, dass es in jedem Zirkus beschaulicher zugeht als in diesem Haus.«

»Es war nicht leicht, Literaturagenten und Verlage von meinen Geschichten zu überzeugen. Ich habe mich ganz auf dieses Ziel konzentrieren müssen«, sagte Florence. »Und wenn man anschließend Schriftstellerin ist, bleibt auch nicht viel Zeit für irgendetwas anderes.«

Florence stand auf und ging im Zimmer umher, unzufrieden darüber, dass ihre Beschreibung so leer und uninteressant klang. Es war damals ihr fester Wille gewesen zu lernen, weiterzukommen, und sie hatte Freude an der Schriftstellerei. Jetzt, da sie zu Angélique darüber sprach, hörte es sich so an, als sei ihr Leben unerfüllt und hohl.

Sie schrieb fast den ganzen Tag, und das so gut wie jeden Tag. Und ihr Manuskript durchzuarbeiten bedeutete für sie, nicht aus der Geschichte rauszukommen. Wenn sie sich mal ein Wochenende freinahm, um mit Patrick aufs Land zu fahren, brauchte sie oft zwei Tage, um wieder reinzukommen. Ihr Ziel war es, pro Tag zehn bis fünfzehn Seiten zu schreiben. Also gönnte sie sich zwischendurch keine Pause. Diese Zeit hier in der Bretagne war eine Ausnahme.

Florence betrachtete die vielen Spielsachen, die im Zimmer verstreut lagen. Ein T-Shirt war achtlos über die Lehne eines Stuhles gehängt worden, auf dem Angéliques Handtasche stand. So unbedeutend diese Gegenstände auch sein mochten, sie wirkten wie Symbole für Familie und Zusammengehörigkeit. Eine eigenartige Furcht vor der Rückkehr in die große Pariser Wohnung erfüllte Florence plötzlich. Abrupt wandte sie sich zu Angélique um.

»Die Jahre an der Sorbonne waren faszinierend und schwierig zugleich«, sagte sie und verdrängte den Gedanken, dass ihre Worte wie eine Verteidigung anmuten könnten. »Ich konnte mir nicht vorstellen, dass dieser Beruf so hart und anstrengend ist wie das Studentendasein.«

»Härter«, meinte Angélique nach einer kurzen Pause, »denn du musst die Antworten kennen.«

»Ja.« Florence ging in die Hocke, um sich Ninas Sammlung an Plüschtieren anzuschauen. »Ich betrachte es als ständige Herausforderung.«

»Was nicht immer der Fall ist«, vermutete Angélique.

»Richtig.« Florence lachte. »Aber wenn der Entwurf der Geschichte fertig ist, gehört dies zu den Augenblicken, die mich für die Mühe belohnen. Mutter zu sein, stelle ich mir ähnlich vor. Du musst kreativ sein.«

»Zumindest mache ich den Versuch«, entgegnete Angélique trocken.

»Wie bei mir.«

»Hm …« Angélique legte den Kopf schief. »Sag mal, bist du mit deinem Leben zufrieden, bist du glücklich?«

Nina drückte einen grünen Plüschdrachen an sich und hielt ihn dann Florence hin. Wie auf Befehl kam Florence der unausgesprochenen Aufforderung nach und liebkoste das weiche Stofftier. Dies gab ihr Zeit, über Angéliques Frage nachzudenken. Sie hatte stets ihr Ziel im Auge gehabt, ohne an Glück und an Erfüllung zu denken. Patrick hatte ihr diese einfache, im Grunde selbstverständliche Frage bis heute nie gestellt.

»Ich bin gern Schriftstellerin«, antwortete Florence schließlich. »Ich wäre unglücklich, wenn ich es nicht sein könnte.«

»Du weichst dem eigentlichen Thema aus, Florence.«

»Manchmal kann man nicht mit Ja oder Nein antworten.«

»Serge!«

Bei Ninas Ausruf zuckte Florence unwillkürlich zusammen und fuhr herum.

»Nein, sie meint den Drachen«, erklärte Angélique, ohne auf Florence' heftige Reaktion einzugehen. »Er hat ihn ihr geschenkt, also heißt er Serge.«

»Aber natürlich.« Florence sah sich das Tier an, das mit seinem weit geöffneten Maul und den weichen, eckigen Zähnen aussah, als lachte es den Betrachter an. Sie gab Nina ihr Lieblingsspielzeug zurück und richtete sich auf. »Es passt zu Serge, dass er nicht wie alle anderen gewöhnliches Spielzeug verschenkt.«

»Allerdings.« Angélique blickte Florence fest in die Augen. »Er hat in allem einen ganz außergewöhnlichen Geschmack.«

Florence musste schließlich doch lächeln. »Du gibst nie auf, richtig, Angélique?«

»Nicht, wenn es um eine Sache geht, an die ich fest glaube.« Angéliques Antwort verriet ihren Trotz und ihre Ausdauer, die Eigenschaften, die ihr geholfen hatten, so lange zu warten, bis ihr Ehemann ihr endlich seine Liebe gestand.

»Ich bin fest davon überzeugt, dass du und Serge«, sie lächelte, »dass ihr zusammengehört«, fuhr sie fort. »Wie der Wind und das Meer.«

»Du hast dich nicht verändert. So viele Jahre sind vergangen, du bist Ehefrau, Mutter und Geschäftsfrau geworden, aber du hast dich kein bisschen verändert.«

»Die Tatsache, dass ich Ehefrau und Mutter geworden bin, bestärkt mich darin, dass meine Einschätzungen richtig sind.« Angélique verstand es, ihr Selbstbewusstsein einzusetzen, wenn sie es für angemessen hielt. »Das mit dem Geschäft war eher Zufall. Man hat es mir angeboten, und ich habe zugesagt, ohne zu zögern. Pierres Restaurant gehört ihm nur zum Teil«, fügte sie erklärend hinzu.

»Wie das?« Überrascht schaute Florence sie an.

»Pierre besitzt einen Anteil von siebzig Prozent.« Angélique lehnte sich zurück und lächelte Florence an. Sie genoss es, Florence etwas mitzuteilen, was diese vermutlich nie für möglich gehalten hätte. »Die anderen dreißig Prozent am *L'océan* gehören Serge.«

»Serge?« Florence vermochte ihre Verblüffung nicht zu verbergen. Der Serge Renaud, den sie zu kennen glaubte, hatte nie etwas anderes im Sinn gehabt, als zur Marine zu gehen. Eine Fabrik zu führen und Anteile an einem Restaurant zu besitzen erforderte mehr als Kapital. Es erforderte Ehrgeiz.

»Er hat es dir offensichtlich nicht erzählt.«

»Nein, das hat er nicht.« Obwohl er Gelegenheit dazu gehabt hätte, erinnerte sich Florence. An dem

Mittag, an dem sie gemeinsam im Restaurant gespeist hatten, hätte er es ihr erzählen können. Dann fiel ihr ein, dass er etwas zur Sprache bringen wollte, es aber unausgesprochen gelassen hatte.

»Es passt irgendwie nicht zu ihm«, fügte sie leise hinzu. »Ich meine, es war bereits eine Überraschung, dass er das Unternehmen meiner Großmutter leitet. Es ist nicht zu fassen.«

»Ich war auch überrascht, abgesehen von Pierre. Nun, er kennt unseren Bruder besser als jeder andere.«

Florence dachte an die gemütliche Atmosphäre, das hervorragende Essen und die flinke Bedienung. Und an Angéliques schönes Lädchen. »Ihr habt etwas Tolles zustande gebracht«, lobte sie. »Allerdings kann ich mir Serge als sesshaften Bürger von Locronan kaum vorstellen.«

»Serge weiß, was er will«, entgegnete Angélique. »Meines Erachtens weiß er bloß nicht immer, wie er es erreichen soll.«

Florence wollte sich nicht länger mit diesem Thema befassen. »Ich habe große Lust, am Strand spazieren zu gehen. Kommst du mit?« fragte sie.

»Nichts würde ich lieber tun, aber …« Angélique wies mit einer Handbewegung auf ihre Tochter, die in den letzten Minuten sehr ruhig gewesen war. Nina hielt den grünen Drachen mit beiden Händchen fest umschlungen und lag in tiefem Schlaf inmitten der übrigen Plüschtiere.

Florence lachte leise. »Sie hat sich völlig verausgabt.«

»Das war nur die halbe Power. Die andere Hälfte Energie noch hinzu, und es wird ganz schön anstrengend. Aber wenn sie schläft, habe ich auch meine Ruhezeit.« Vorsichtig hob sie Nina auf und wiegte sie in ihrem Arm. »Ich wünsche dir viel Spaß bei deinem Spaziergang. Wenn du Lust hast, kannst du ja wieder mal in meinem Laden vorbeischauen.«

»Ehrensache«, versicherte Florence und strich Nina über ihr zartes Gesicht, über das dichte schwarze Haar, das so sehr dem ihres Onkels glich. »Sie ist so hübsch, Angélique. Du kannst so stolz sein.«

Florence verließ Angéliques Haus und ging zu ihrem Wagen. Die Wolken hingen tief, wodurch der Ort mit seinen grauen Granithäusern düster und unheimlich wirkte. Doch der Regen konnte sich nicht entscheiden. Florence konnte ihn förmlich riechen. Der Wind würde die reinen Tropfen vom Atlantik bald herübertragen. Es war die Richtung, in die Florence fuhr.

Auf diesem Landstrich von Frankreich fühlte man sich unwillkürlich mehr zum Meer hingezogen als in anderen Gegenden. In diesem Punkt hatte Florence volles Verständnis für Serges Vorliebe. Ihr ging es ebenso.

Es war ihr in Paris leichter gefallen, den Erinnerungen auszuweichen, die für sie mit dem Ozean verknüpft waren. Obwohl sie die felsige raue Küste der Bretagne liebte, war sie nie hingefahren, um sich nicht den schmerzvollen Bildern der Vergangenheit auszusetzen. Hier im Finistère ließen sie sich nicht verdrängen. Vielleicht hätte sie in Locronan bleiben sollen, doch sie liebte den Blick aufs offene Meer und konnte nicht widerstehen.

Sie hielt den Wagen an, stieg aus, um ein paar Schritte zu gehen. Die Luft war feucht, und der Wind spielte mit ihrem Haar. Florence kam an zwei Anglern vorbei, die mit tief ins Gesicht gezogenen Mützen auf der Mole saßen und darauf warteten, dass ein Fisch anbiss. Die beiden Männer unterhielten sich, aber die Brandung übertönte ihre Worte. Worum sich ihre Gespräche auch immer drehen mochten, vielleicht um den Fang vom gestrigen Tag oder um die besten Köder, sie konnte ihre Verbundenheit und ihre Freundschaft spüren, und ein Gefühl von Frieden breitete sich in ihr aus. Florence störte die beiden nicht, und auch die Angler sprachen sie nicht an. Die Bewohner des Finistère waren weder unfreundlich noch unhöflich, sie drängten sich nur niemandem auf.

Die Farbe des Wassers war so grau wie die des Himmels. Florence faszinierten immer wieder die unterschiedlichen Launen der Witterung. Wenn sich das Meer so rau und aufgewühlt wie heute zeigte, empfand sie es als Spiegel ihrer eigenen inneren Unruhe, die sie sich selbst allerdings nur selten eingestand.

Höher und höher hinauf schienen die Wellen ihre schäumenden Kronen zu tragen, um sie mit lautem Getöse an den Strand zu werfen. Der Schrei der Möwen klang nicht klagend, sondern wild. Der Atlantik bot bei jedem Wetter ein überwältigendes Schauspiel.

Florence ging bis zum Strand. Ungeschützt dem Wind ausgesetzt, der einzelne Strähnen ihres Haares löste, stand sie dort, hob ihr Gesicht und blickte mit weit geöffneten Augen auf die kaum erkennbare Linie des Horizontes.

Es tat ihr gut, die Urgewalt der Natur wieder zu spüren. Das düstere, bedrohliche Licht kurz vor einem Sturm, der beständige Wind vom Atlantik passten zu ihren Gefühlen. So vieles hatte sie erlebt und erfahren, was sie aus dem Gleichgewicht warf, und sie wollte mit sich selbst ins Reine kommen.

Nicht nur der Brief. Auch Serge. Seine Gegenwart wühlte sie auf und machte sie wehrlos und verletzlich. Im Alter von siebzehn Jahren hatte sie sich von ihm in einen Strudel ziehen lassen. Sie war überwältigt gewesen von seiner Art. Später hatte sie erkannt, dass seine Freiheitsliebe niemals auf ihren Lebensstil übertragbar sein würde, weil er sich damals vom Leben treiben ließ, während sie auf ein festes Ziel zustrebte, ohne nach rechts und links zu schauen.

Vielleicht war er mit der Firma und den Anteilen am Restaurant nun eine Bindung eingegangen. Offenbar scheute er Verantwortung nicht mehr. Das freute Florence, doch an der Tatsache, dass sie aus zwei verschiedenen Welten stammten, änderte es nichts.

Sie, Florence, hatte sich von Anfang an für ein geordnetes Leben entschieden. Erfolg war ihr Genugtuung. Ohne ihren Beruf konnte sie nicht leben. Er bedeutete nicht nur Arbeit oder Beschäftigung. Als sie mit Angélique gesprochen hatte, war ihre Schilderung vielleicht nicht überzeugend gewesen. Wie auch immer, Florence glaubte zu wissen, dass man am Ende mit leeren Händen dastehen würde, wenn man zu viel erhoffte und verlangte. Im Übrigen musste sie sich damit abfinden, dass man das Rad der Zeit nicht zurückzudrehen vermochte. Sie hatte ihrem Leben eine bestimmte Richtung gegeben, die es weiterzuverfolgen galt.

Mittlerweile hatte draußen auf dem Meer der Regen eingesetzt. Florence sah den dunklen Vorhang, der allmählich weiter vorrückte.

Mit zwanzig ging sie nach Paris. Sie schrieb Serge die ersten zwei Jahre einmal im Monat, ohne jemals eine Antwort zu erhalten. Schließlich schrieb sie einen letzten Brief und zwang sich zu akzeptieren, dass er sie vergessen und sie sich richtig entschieden hatte.

Kapitel 9

Serge verließ sein Büro. Er verspürte das Bedürfnis, den Atlantik kurz vor dem Sturm zu sehen, und strebte dem Strand zu. Er hatte nicht vorgehabt, seine Arbeit in der Firma zu einer bestimmten Zeit zu unterbrechen. Es war eine Laune, die ihn ans Meer führte, eine von jenen Stimmungen, denen er sich hingab, ohne sie rational zu ergründen.

Serge hörte das Tosen der Brandung. Langsam wanderte er über eine Düne. Er würde den Weg auch bei stockfinsterer Nacht finden. Unzählige Male war er ihn schon gegangen. Oftmals, so wie heute, um das aufgewühlte Meer zu beobachten.

Er hatte schon zahlreiche Stürme und Orkane erlebt, aber er wusste auch einen relativ friedlichen Sommerregen zu schätzen. Gern ließ er die Tropfen auf sich herabklatschen und beobachtete dabei das Auf und Ab der Wellen. Wie seine Gedanken an Florence ein ständiges Auf und Ab waren. Ihm kam der Zustand vor wie die Ruhe vor dem Sturm. Und die ständige Anspannung zerrte an seinen Nerven. Florence zu sehen, in ihrer Nähe zu sein in dem Bewusstsein, dass sie sich von ihm zurückgezogen hatte, war ungleich schwieriger, als Hunderte von Kilometern von ihr entfernt zu leben.

Für Florence bin ich lediglich Mittel zum Zweck, ein Werkzeug, das sie so einzusetzen versteht wie die Figuren in ihren Romanen, dachte Serge bitter.

Er schüttelte den Kopf und rieb sich die Augen. Florence war schließlich nicht das Einzige, was er liebte und brauchte, auch wenn sie alles andere in den Schatten stellte. Er durfte jetzt keine Irrwege mehr gehen – nicht nur Florence' wegen, sondern auch um seiner selbst willen.

Seit jenem Tag, als er sie wiedersah, hatte Florence nicht ein einziges Mal gelacht. Er vermisste den hellen Klang, so wie er auch den Geschmack ihrer Lippen und die Berührung ihres Körpers vermisste. Trotz seiner Bemühungen, sich selbst davon zu überzeugen, dass er auch ohne sie leben konnte, lag er nachts oft lange wach und sehnte sich nach ihr.

In den vergangenen Jahren hatte Serge Möglichkeiten gefunden, gegen solche Gefühle anzukämpfen. Florence' Fortgang hatte ihm hart zugesetzt und war schließlich der Grund für eine gewisse Veränderung in ihm gewesen. Er wollte sich selbst beweisen. Deshalb hatte er jeden Pfennig, über den er verfügte, in den Erwerb von Land und Immobilien und in das Restaurant gesteckt.

Der Schritt hatte sich als richtig erwiesen. Es verlieh ihm ein bisher unbekanntes Gefühl von Wert, von Beständigkeit. Nur lag ihm nichts am Geld. Ihn hatte das Risiko gereizt, der ungewisse Ausgang seiner Käufe.

Was hatte Florence bewogen zurückzukommen? Wollte sie ihre Großmutter überreden, die Firma zu verkaufen? Nein, es war irgendetwas anderes, etwas sehr Ernstes. Er hatte es in ihren Augen gesehen.

Während Serge der langsam heranrückenden Regenwand entgegensah, hoffte er inständig, dass es nicht die Vergangenheit sei, die Florence nach Locronan geführt hatte.

Er stellte fest, dass der Wind stürmischer wurde. Serge überkam das Gefühl, als würde die aufgewühlte See seine innere Unruhe widerspiegeln.

Er hob eine Muschel auf und umklammerte sie so fest, dass die rauen Ränder sich in seine Handfläche drückten. Für einen Augenblick gestattete er sich die Erinnerung an die letzte Nacht mit Florence, dann schaute er die Muschel an und warf sie ins Wasser. Schließlich wandte er sich zum Gehen, und dann sah er eine Frau. Sie war allein, trug Jeans und einen schwarzen Pullover und schlenkerte mit den Armen, wie ein Kind.

Das vertraute Verlustgefühl überkam ihn.

Florence.

»Ach, Florence.« Stöhnend schüttelte er den Kopf.

Sie kam auf ihn zu. Ihr Haar wehte wild um ihren Kopf herum. Florence' Gesicht war blass, und ihre Augen wirkten groß und dunkel. Serge musste an Wassernixen, an Illusionen und Traumvorstellungen denken. Sie war noch einige Schritte von ihm entfernt, und wieder verlor er sich in dem Irrgarten … was er liebte und brauchte, aber nicht haben konnte.

Florence erblickte ihn, und der Gedanke durchzuckte sie, wie es möglich sein konnte, dass sie so intensiv an Serge hatte denken können, ohne seine Nähe zu spüren. Mit aller Macht zog es sie zu Serge. Sie vermochte ihre Sehnsucht nach ihm nicht zu leugnen, nicht zu bekämpfen. Sie wusste, wie selbstzerstörerisch ihr Verlangen für sie selbst war, und dennoch konnte sie es nicht unterdrücken. Florence dachte an Flucht, sagte sich dann jedoch, dass sie nicht davonlaufen dürfe, weil diese Reaktion sie verraten würde.

Also ging sie langsam durch den Sand auf Serge zu.

»Du hast dich immer gern vor einem Sturm am Strand aufgehalten«, bemerkte Florence, als sie vor ihm stand.

»Der Regen wird nicht lange auf sich warten lassen.« Serge steckte die Hände in die Taschen seiner Hose. »Wenn du deinen Wagen nicht dabeihast, wirst du nass werden.«

»Ich habe Angélique besucht«, erklärte Florence und schaute nach dem grauen Regenvorhang. »Der Regen macht mir nichts aus. Solche Unwetter sind so schnell vorüber, wie sie kommen. Das weißt du doch.«

Sie nickte zur Bekräftigung und strich sich einige Strähnen ihres Haares aus dem Gesicht.

»Ich habe Nina kennengelernt. Du hattest recht.«

»Womit?«

»Sie gleicht dir.« Florence lächelte, obwohl ihr nicht danach zumute war. »Weißt du, dass sie eines ihrer Kuscheltiere nach dir benannt hat?«

»Den Drachen.« Serge nickte und lächelte ebenfalls. Er hatte gelernt, sich zu verschließen. Wenn es aber um seine Nichte ging, trat seine Zuneigung deutlich zutage. »Sie ist ein lieber Schatz. Und sie reitet gern.«

»Sie reitet?«

Serge entging der überraschte Tonfall in Florence' Stimme nicht. »Warum nicht? Sie mag Pferde. Sie reitet natürlich nicht allein, sondern sitzt zusammen mit mir auf dem Pferd.«

»Wem gehört denn das Pferd? Angélique?«

»Angélique, Pierre und ich besitzen je ein Pferd. Du müsstest die drei doch gesehen haben. Die Koppel neben eurem Anwesen.«

»Ich kann mir nicht vorstellen, wie du …« Abrupt hielt Florence inne und schaute aufs Meer zurück. Serge, der einem kleinen Mädchen ein Stofftier schenkte und mit ihm auf einem Pferderücken Ausflüge unternahm, war ihr genauso unvorstellbar wie Serge, der das Familienunternehmen führte, der mit Immobilienmaklern und Steuerberatern verhandelte.

»Du überraschst mich«, gestand sie leichthin. »In vielerlei Hinsicht.«

»Zum Beispiel?«

»Angélique erzählte, dass du Anteile am Restaurant besitzt.«

»Das stimmt, ein Viertel gehört mir«, bestätigte Serge.

Florence' Gesicht nahm einen nachdenklichen Ausdruck an. »Du hast es mir nicht gesagt, als wir dort zusammen gegessen haben«, warf sie ihm vor.

»Warum sollte ich es dir erzählen? Die meisten Menschen interessiert es nicht. Und außerdem hast du mir auch nicht erzählt, warum du plötzlich wieder da bist.«

»Ich denke nicht, dass ich zu den meisten Menschen gehöre«, sagte Florence leise.

Ihre Worte durchbrachen Serges aufgesetzte Gleichgültigkeit, und er schaute sie forschend an. »Wieso bedeutet es dir etwas? Du hast mir nie geschrieben, nie ein Lebenszeichen von dir gegeben. Und jetzt sind dir die Sachen, die ich tue oder lasse, wichtig?«

Florence biss sich auf die Lippe. »Weil alles von Bedeutung ist. Fragen nach dem Warum und Wieso. Weil sich so vieles verändert hat und so vieles gleich geblieben ist. Und ich habe dir geschrieben, jeden

Monat, und habe es dann aufgegeben, weil ich keine Antwort von dir bekam.«

Serge kniff die Augen leicht zusammen.

»Was? Briefe?«, fragte er und ergriff ihren Arm. »Ich habe nie einen einzigen von dir erhalten.«

»Jeden Monat, fast zwei Jahre lang«, fuhr Florence ihn an.

»Ich habe keine Briefe bekommen.« Serge zog sie näher zu sich heran. Er konnte seine Empfindungen nicht länger verbergen. Zu stark war die Anspannung der letzten Tage gewesen. »Du bist damals von mir fortgegangen, du hast das so entschieden. Mich hast du nicht gefragt, Florence. Vielleicht«, fügte er hinzu und neigte langsam den Kopf, »vielleicht wirst du dieses Mal nicht so leicht gehen können, Florence.«

Er hielt sie immer noch fest. Sein Mund war nur wenige Zentimeter von ihrem entfernt. Sie spürte, wie er sich innerlich gegen die Versuchung wehrte. Ihre Gefühle trugen den Sieg davon. Nur noch Nähe zählte, sie sehnte sich nach ihm, wollte, dass er sie küsste und liebkoste. Plötzlich war ihr die Zukunft gleichgültig, wollte sie nur für den Moment leben.

»Sag mir, was du möchtest, Florence«, wiederholte Serge. »Sag mir, was du jetzt möchtest.«

Jetzt, dachte Florence. Wenn doch immer nur der Augenblick genügen würde! Sie spürte, wie Serges Atem ihre Haut streifte, und warf nun endlich alle Vorsicht über Bord.

»Dich«, flüsterte sie. »Nur dich.« Mit beiden Händen zog sie seinen Kopf noch tiefer zu sich herab.

Sie nahm die Härte und Stärke seines Körpers wahr, den leidenschaftlichen, drängenden Druck seines Mundes. Leise stöhnend gab sie sich ihrer Sehn-

90

sucht hin. Sie begehrte Serge und hatte nicht länger die Kraft, sich zu wehren.

Während Florence Serges Kuss voller Hingabe erwiderte, strich sie mit den Fingerspitzen über sein Gesicht. Sie hatte in den vergangenen Jahren nicht vergessen, wie sich sein Kinn und seine Wangen anfühlten. Höher glitten ihre Finger, berührten sein vom Wind zerzaustes Haar. Dann schlang sie die Arme fest um seinen Nacken.

Serge spürte, wie das Verlangen Oberhand in ihm gewann. Er drückte Florence an sich. Durch den dünnen Stoff ihres T-Shirts hindurch fühlte er ihre warme Haut. Er wusste, dass sie so zart und weich wie das Blütenblatt einer Rose war. Erinnerungen vermischten sich mit der Gegenwart und brachten ihn fast um den Verstand. Er hatte nur noch den Wunsch, Florence zu besitzen.

»Ich begehre dich«, flüsterte er und vergrub sein Gesicht an ihrem Hals. »Du weißt, wie sehr ich dich brauche. Du hast es immer gewusst. Willst du mich ebenfalls?«

»Ja.« Auch ihr Verlangen wuchs.

»Oh, Florence …«

Sie hatte das Gefühl, in einem Strudel zu versinken. Mit rasender Geschwindigkeit würde dieser Strudel sie hinabziehen, und am Ende erwarteten sie höchste Lust und Glückseligkeit.

Florence sah zu Serge auf. Sie berührte sein Gesicht, strich ihm über seinen kurzen Bart. Ihre Beine schwankten wie die Wellen. So fühlt es sich also an, wenn man im Augenblick lebt, dachte Florence, wenn man nur das wahrnimmt, was unmittelbar vor einem liegt – wenn man sich dem Unabwendbaren, dem

Schicksal, ergibt. Hitze durchströmte ihren Körper. Er konnte das Warten beenden, das dreizehn Jahre lang gedauert hatte, auch wenn es ihr plötzlich vorkam, als wäre es eine Minute. Sie fühlte seine Haut, spürte seine Reaktion, dass er sie verstand. Er kannte sie, er wusste, was sie sich wünschte, wer sie wirklich war, was sie mochte. Dieser Mann kannte sie durch und durch, und er wollte sie immer noch. Sie wollte ihn so sehr; sie wollte wieder erkannt werden.

Kapitel 10

An manchen Morgen schien die Sonne langsamer aufzugehen als an anderen, gerade so, als wolle sie ganz bewusst auf dieses alltägliche und trotzdem faszinierende Schauspiel aufmerksam machen. Florence hatte die Vorhänge am Abend nicht vor die Fenster gezogen, um sich von den Sonnenstrahlen statt von den schrillen Schreien der Möwen wecken zu lassen.

Nun stand sie am Fenster und empfand das Farbspiel des Sonnenaufganges über dem Meer als persönliches Geschenk der Natur. Der kühle Morgenwind strich über ihre Haut und erfrischte sie. Florence genoss die Stille und die Muße, mit der sie diesen Tag beginnen konnte. Und ihr Entschluss stand fest. Heute würde sie mit der Spurensuche beginnen. Sie musste sich darauf konzentrieren, warum sie hier war. In dem engen Zeitplan, nach dem sie sich in den vergangenen Jahren gerichtet hatte, war jede Minute kostbar gewesen. Die kurze Frist zwischen Aufstehen und Arbeitsbeginn war ausgefüllt mit hastigem Ankleiden und Frühstückmachen für sie und Patrick, wobei sie das letzte Kapitel, das sie am Vortag geschrieben hatte, durchlas, um dann ihr Mindestpensum von zehn Seiten zu schaffen.

Nach einem tiefen, festen Schlaf fühlte sich Florence heute ausgeruht und gestärkt. Die letzten Tage – seit der Brief aus dem Kloster eingetroffen war bis zum Wiedersehen mit Serge, ihre gestrige Begegnung am Strand – waren nur das Vorspiel zu dem eigentlichen Abenteuer, das heute seinen Anfang nahm. Florence wusch sich, kleidete sich an, sah nach ihrer Großmutter, die noch schlief, und verließ das Haus.

Ans Frühstück dachte sie nicht. Die innerliche Aufregung, mit der Spurensuche beginnen zu können, hielt sie davon ab. Sie musste nach der Wahrheit forschen. Fand sie sie nicht, würde ihr wenigstens die Genugtuung bleiben, den Versuch unternommen zu haben. Es würden sie keine Selbstvorwürfe mehr quälen.

Je näher Florence der Stelle, an dem der Leuchtturm gestanden hatte, kam, desto klarer wurde die Erinnerung an die Tragödie, die sich hier vor achtzehn Jahren ereignet hatte. Muschelschalen knackten unter ihren Halbschuhen. Die Sonne bahnte sich einen Weg durch die Wolken, und die Luft war frisch und klar. Mehrere Möwen hingen reglos am Himmel. Ein Segelboot neigte sich, sein Bug reflektierte das Sonnenlicht aufs Wasser. Schaumkronen kräuselten sich auf den Wellen, und die salzige Luft legte sich in kleinen Gischtperlen auf Florence' Haut. War es damals auch so gewesen? Sie erinnerte sich, dass es Sommer war, August, sie hatte Schulferien. Aber wo war sie da? Sie schaute konzentriert auf den Atlantik. Dann fiel es ihr wieder ein. Sie war bei ihrem Pferd. Es war eine Fjordstute. Florence war damals vierzehn Jahre und jede Minute in den Ferien mit ihr zusammen. Cinderella war ihr Ein und Alles. Sie konnte sich auch noch daran erinnern, dass sie alle zusammen, sie, ihre Eltern und Großmutter, zu Abend gegessen hatten. Es war ein ganz normaler Freitagabend. Dann, einige Stunden später, war nichts mehr wie früher.

Florence dachte an das Märchen *Der Tanz mit den Feen*. Sie konnte sich genau an eine bestimmte Passage erinnern. *Draußen auf der Heide loderte ein Feuer auf einem Hügel, viel Volk stand um die Flammen, und es zog das Mädchen hin zu dem Feuer, sie konnte nichts dagegen tun, ging Schritt um Schritt auf den Hügel zu, bis sie inmitten der Leute am Feuer stand. Sie sah sich um, schaute in blasse unbewegte Gesichter, große Augen starrten sie an, aber niemand sagte ein Wort. Das war unheimlich, sie wollte sich umdrehen und davonlaufen – aber sie konnte nicht.* Florence schlug sich die Hände vors Gesicht. Diese Zeilen passten genau auf diese Nacht. Sie schaute andächtig und überwältigt von der Erinnerung zum hohen blauen Himmel hinauf. Sie spürte den Stachel des Alleinseins, wie so oft, wenn sie aus ihrem Albtraum erwachte.

Gewisse Wunden der Kindheit verheilen nie, dachte Florence beim Weitergehen. Sie geraten in Vergessenheit, um uns erwachsen werden zu lassen und um dann umso heftiger wieder aufzureißen.

Dann war da noch Serge, der sich ständig unaufgefordert in ihre Gedanken schlich.

Würde er recht behalten mit dem, was er ihr gestern prophezeit hatte? Dass sie sich danach nicht leicht von ihm trennen werden könne? Durfte sie sich dann zu Dingen hinreißen lassen, die ihr den unvermeidlichen Abschied noch erschwerten?

»Nein, Serge«, hatte sie geantwortet und versucht, sich aus seinen Armen zu winden. »Nein.« Sie hatte die Hände um sein Gesicht gelegt und seinen Kopf fortgeschoben. »Es wäre nicht richtig.«

Serges Leidenschaft war in Zorn umgeschlagen. Sie hatte es an seinem Blick gemerkt und an der Art, wie er in dem Moment ihre Schultern umklammert hatte.

»Es ist richtig, Florence, und es war damals schon richtig.«

»Nein«, hatte sie ihm widersprochen. »Das ist es nicht. Ich habe mich immer zu dir hingezogen gefühlt. Es stimmt, und es wäre lächerlich, etwas anderes zu behaupten. Aber es ist nicht das, was ich für mich möchte.«

Sein Griff wurde daraufhin härter, schmerzte. »Ich habe dich gerade gefragt, ob du mich willst, und du hast Ja gesagt.«

In diesem Moment hatte die Regenwand sie erreicht. Große schwere Tropfen prasselten auf Florence und Serge herab. Im Nu waren sie durchnässt. Doch sie hatten den Regen nicht beachtet. Sie standen regungslos da und schauten einander in die Augen.

»Vorhin hätte ich beinahe nicht widerstehen können. Ich gebe es zu, ich kann dir nur schwer widerstehen.«

»Und jetzt?«, fragte Serge.

»Ich gehe zurück ins Schloss.«

»Verflixt, Florence, weißt du überhaupt, was du willst?«

Florence hatte den wütenden, unbeherrschten Ausdruck seines Gesichts gesehen. Ihr innerer Konflikt brachte sie zur Verzweiflung. Sie musste Serges Anziehungskraft bekämpfen. Ihre Beziehung würde keine Zukunft haben.

»Ja. Etwas, das du mir nicht geben kannst«, antwortete sie leise. »Etwas, das wir beide einander nicht geben können.«

»Florence …«

»Ich möchte jetzt gehen.«

»Du wirst zu mir zurückkommen«, hatte Serge gesagt und die Hände von ihren Schultern genommen. »Früher oder später kommst du zu mir zurück, Florence.«

Schweigend hatte sie sich abgewandt und den Weg zu ihrem Wagen eingeschlagen.

Florence steckte die Hände tief in die Taschen ihrer Jeans und beschleunigte ihre Schritte. Dabei bekräftigte sie ihren Entschluss von gestern, Serge nicht ein zweites Mal zu verfallen. Nein, sie wollte die Bretagne nicht wieder mit schmerzendem Herzen verlassen müssen.

Serge schaute auf den Atlantik. Er trug eine verwaschene Jeans und lose darüber ein Sweatshirt, das seine breiten Schultern betonte und das Spiel seiner Muskeln erkennen ließ. Sie hatte ganz vergessen, dass Samstag war. Gestern erst hatte sie ihn das erste Mal im Anzug gesehen, und jetzt sah er aus wie damals.

Florence hielt den Atem an. Ist es nicht völlig natürlich, dass sich beim Anblick eines gut aussehenden Mannes ein Kribbeln auf der Haut einstellt?, fragte sie sich. Es handelte sich doch um eine Empfindung, die ganz unabhängig von einem bestimmten Mann war und nicht das Geringste mit Serge persönlich zu tun hatte, oder?

Wie um sich selbst immun gegen derartige *Schwächeanfälle* zu machen, ließ sie Serge nicht aus den Augen, während er auf sie zukam. Florence konnte seiner konzentrierten Haltung entnehmen, dass er jede Einzelheit dieses Anblicks genau verfolgte. Er stand ganz aufrecht, hatte die Hände leicht in die Hüften gestützt. Der Wind spielte mit seinem braunem Haar.

Obwohl Serge sich nicht bewegte, war es Florence, als strahle er Ruhelosigkeit und Ungeduld aus, als sei er sprungbereit. Sie wusste, dass er lange dort sitzen und den Wellen zuschauen konnte, als gebe es nichts Wichtigeres als das endlose Auf und Ab des

Wassers. Selbst dann schien er aber noch in Bewegung zu sein.

Nun blickte auch Florence in die Richtung, wo der Leuchtturm einst gestanden hatte. Sie fragte sich, welche Gedanken Serge durch den Kopf gehen mochten, wenn er auf das Meer hinausschaute. Bedeutete es innerlichen Frieden für ihn? Dachte er an die Vergangenheit, an die schreckliche Tragödie?

Florence' Schritte waren wegen ihrer Turnschuhe unhörbar. Doch kaum hatte sie den Platz erreicht, wandte sich Serge zu ihr um, als hätte er ihr Kommen gespürt.

»Ich wusste, dass du hierherkommst«, sagte er und bedeutete ihr, sich neben ihn zu setzen.

Ihre Blicke schweiften über die wilde Küste.

»Es ist immer wieder faszinierend, nicht wahr?«, flüsterte Florence.

Serge nickte. Sie beobachteten die Wellen, die sich gewaltig an den Felsen brachen. Schweigend blickten sie auf den Atlantik hinaus.

»Der Blick über den Atlantik tut so gut«, seufzte Florence. »Endlich wieder einmal weit sehen können, bis zum Horizont, und dahinter beginnt die Fantasie.«

»Klingt gut.«

»Und was würde ein Bretone einer Städterin antworten?« Florence schaute ihn fragend an.

»Es ist eine Küste, an der nicht nur das Meer den Stein zerstört, sondern an der auch schon viele Menschenschicksale zerbrachen.« Serges Augen bohrten sich förmlich in ihre, und sie war von seinem animalischen Blick gefangen. »Für mich ist dieser Platz fast ein verwunschener Ort«, fuhr er fort, »denn man spürt keine Feindseligkeit, keine Machtkämpfe.«

Florence saß völlig still da. Eigentlich wollte Serge sie nicht von der Seite ansehen. Aber dann konnte er nicht widerstehen, drehte leicht den Kopf zur Seite und schaute sie an. Ein Lächeln umspielte Florence' Mund. Sie hatte die Augen geschlossen und das Gesicht zur Sonne emporgehoben. Der Wind wehte einzelne Strähnen ihres aufgesteckten Haares um ihren Kopf. Genauso hatte Serge sie vor dreizehn Jahren gesehen, und da war ihm bewusst geworden, dass er sich in sie verliebt hatte.

Er wandte sich wieder dem Meer zu, doch das Bild der regungslos und friedlich auf dem Felsen sitzenden Florence blieb vor seinem geistigen Auge. Um sich abzulenken, versuchte er, sie sich im Hörsaal vorzustellen: völlig sachlich und nüchtern, beinahe emotionslos, wie sie als Gastdozentin ihren Studenten dieses oder jenes Stück aus der Literatur erklärte, wie sie allein am Schreibtisch saß. Es gelang ihm nicht. Er sah sie immer nur, wie sie Sonne und Wind in sich aufnahm.

Florence wünschte, dass dieser Zauber ewig dauern würde. Florence hatte die Augen geschlossen und das Gesicht zur Sonne emporgehoben. Durch ihre Reise nach Locronan hatte sie sich nicht nur räumlich von ihrem Partner und ihrem Beruf entfernt. Sie empfand auch deutlich den seelischen Abstand zu ihrem bisherigen Leben. Die Schriftstellerin, die Florence gern und mit vollem Einsatz war, machte der unbekümmerten Träumerin Platz, die sie in jenen Jahren hier in der Bretagne in sich entdeckt, dann aber in Paris verbannt hatte.

Florence blinzelte, und ihr Blick fiel auf den Mann, der neben ihr saß. Er hatte ihr damals diese Welt eröffnet und sie geführt. Selbst wenn sie sich einredete, auch ohne diese Gegend leben zu können, musste sich Florence ehrlicherweise eingestehen, dass sie diese Freiheit vermisst hatte. Und diesen Mann hier neben sich ebenfalls. Sein Kuss hatte ihr bewusst gemacht, wie groß ihre Sehnsucht war. Es mochte, vernünftig betrachtet, eine verrückte, vielleicht sogar gefährliche Sehnsucht sein, aber wenigstens ein Mal wollte sie sie nicht verdrängen.

»Ist alles in Ordnung?«, fragte er und sah sie von der Seite an.

Florence zuckte mit den Achseln. »Die Erinnerungen an die Nacht, als unsere ...« Sie brach ab.

»Sie werden immer wieder hochkommen. Das ist nun mal so.«

»Ich habe versucht, mich an diesen Tag zu erinnern. Wie das Wetter war, was ich gemacht habe, bis das Unglück geschah. Aber die Erinnerung scheint mir verloren.«

»Was du nicht vergisst, geht auch nicht verloren.«

Serge hob mit seinem Zeigefinger ihr Kinn. »Ich habe dich nicht vergessen.« Er zog Florence sanft an sich. »Mein Gott, Florence, ich habe dich vermisst. Ich dachte, ich würde dich nie wiedersehen, aber trotzdem habe ich dich immer vermisst – die ganzen Jahre. Und mir bleibt immer noch die Luft weg, wenn ich dich sehe.«

»Ach, Serge, hör auf.«

»Ich wollte dich hassen, als du dich nicht mehr gemeldet hast.«

Seine Stimme war leise, rau, und nun wurde Florence von einer Wankelmütigkeit umfangen, vor der sie sich gefürchtet hatte.

Ihre Stimme kam wie vom Meeresgrund. »Aber die Briefe. Wie ich dir schon sagte, ich habe dir regelmäßig geschrieben.«

»Ich habe keinen einzigen bekommen. Ich dachte, du hättest mich aufgegeben.«

Florence legte den Kopf an seine Brust. Sie hatte die Sehnsucht nach Serge in einer Schatulle versteckt, tief unter ihrem neuen Leben. Die Wucht, mit der sie nun wieder hervorbrach, ließ Florence erzittern. In ihrem Inneren spürte sie einen Tsunami, der durch sie hindurchfegte, aber nicht herauskonnte. In diesem Augenblick empfand sie deutlich, wie der Schmerz, der in seinem Versteck gewachsen war, zuckte. Sie merkte, wie er sich wie eine aufwachende Katze streckte und seine Krallen ausfuhr. Er verwandelte sich in Wut.

Wut und Sehnsucht waren ineinander verwoben und bekämpften sich gleichzeitig, sodass Florence nicht die Kraft hatte, Serge wegzustoßen. Er ließ seine Hand unter ihren Pullover gleiten, legte sie zwischen ihre Schulterblätter, und seine Wärme strömte in ihre Glieder und ihre Gedanken hinein.

Serge presste sich an sie. Florence schloss die Augen. Hinter ihren Lidern schoben sich Bilder übereinander: Seine kräftige Hand steuerte ein Boot, seine Turnschuhe auf einem Schiffsboden, feuchter Sand in der Sohle eines Schuhs, der auf der Seite lag, schmale Wolkenfahnen, die langsam über den weißgrauen Himmel glitten, seine Hand, die nach ihrer griff und sie an sich zog.

Ohne dass sie überrascht war, fanden seine Lippen ihren Mund, und ihr Körper reagierte aus der Erinnerung heraus. Die Wut befreite sich aus dem Emotionswirrwarr. Florence stieß ihn von sich.

»Nein.« Sie klang nicht überzeugend. »Du musst doch wenigstens einen Brief bekommen haben.«

Serge ließ sie los. Mit einem Stöhnen sank er auf die Felsplatte. »Ich sagte doch, keinen einzigen habe ich bekommen.«

In dem Schweigen, das folgte, bewegte sich etwas Undefinierbares auf Florence zu und wuchs und wuchs. Zitternd entfernte sie sich von Serge. Es war, als rage sein Körper wie eine alte Verletzung in den Morgen hinein, und Panik überkam sie. Warum konnte sie ihm nicht glauben? Sie rannte los.

Kapitel 11

Sie sah zu dem hohen Schlossturm auf und versuchte sich innerlich zu sammeln, bevor sie hineinging. In Paris schien es ihr eine gute Idee gewesen zu sein, sich einmal die Zeit zum Nachdenken zu nehmen, aber nun, da Florence hier war, stellte sie diese Entscheidung infrage. Sie spürte erneut, wie sie in sich zusammensank, sich wieder in das von Angst beherrschte, blasse Kind verwandelte, das im Inneren dieser Mauern aufgewachsen war. Kein Wunder, dass sie fortgeblieben war, in Paris, wo sie die sein konnte, in die sie sich verwandelt hatte.

Sie schlug die Haustür zu und blickte in Richtung Bibliothek. Sie dachte an ihren Schulaufsatz und daran, was ihre Mutter zu ihr gesagt hatte: »Du hast so ein Talent zu schreiben.«

Dann fiel ihr ein Satz wieder ein. Sie hatte ihn Tage später, nachdem die Tragödie passiert war, in ihr Tagebuch geschrieben. Plötzlich tauchten die Worte aus den freigegebenen Erinnerungen wieder auf: *Talent kann man nicht verlieren, alles andere schon.*

Bis Florence gefrühstückt und nach ihrer Großmutter gesehen hatte, war es fast Mittag. Obwohl der Winter vor der Tür stand, war die Luft warm, nachdem die morgendliche Kälte verflogen war. Daher ging sie wieder nach draußen, um sich den Zustand des Anwesens anzusehen.

Der Vorgarten war mit Laub übersät und musste dringend mit dem Rechen bearbeitet werden. Florence bemerkte jedoch, dass das Gras und die Blumenbeete offensichtlich gepflegt wurden. Benoît Pasteau, Serges Onkel, war immer dafür verantwortlich gewesen.

Er war praktisch der Gärtner, und für ihn war es Ehrensache, das Anwesen der Letrecs zu betreuen. Doch seit sie hier war, hatte sie ihn noch nicht entdeckt. Der schmiedeeiserne Zaun, der die Grenze zum Gehweg bildetet, war kürzlich frisch gestrichen worden, nur das Zufahrtstor hatte Farbe dringend nötig.

Über die Zufahrt ging Florence zu dem Rosenbogen, durch den man in den Garten zu der dahinterliegenden Koppel gelangte. Sie sah eins der Pferde und beschloss, irgendwann auszureiten.

Die tief im Schatten liegende Wiese hinter dem Schloss war als Kind einer ihrer Lieblingsplätze gewesen. Und jetzt, als sie unter dem Rosenbogen hindurchtrat, stieg erneut eine Woge der Nostalgie in ihr auf.

Bis auf die kahlen Bäume im Garten war es, als hätte Florence erst gestern hier gespielt.

Die stabilen Eisengartenmöbel, die im Sommer auf dem Rasen standen, waren schon weggeräumt. Aber die weiß gestrichene Bank rund um den Stamm der gewaltigen Eiche, die den Park beherrschte, war noch da. Dort hatte Florence zahllose Bücher gelesen, zahllose Traumverabredungen mit Serge getroffen oder sich wagemutigen Berufsentscheidungen unterworfen. Und sie entdeckte entzückt, dass die breite Holzschaukel mit ihren kräftigen Ketten immer noch an einem tief hängenden Ast baumelte.

Florence schob eine Schicht bunter Blätter vom Sitz, nahm auf der knarrenden alten Schaukel Platz, stieß sich mit beiden Füßen ab und schloss die Augen. Plötzlich war sie wieder zehn Jahre alt, und es war bald Zeit zum Mittagessen. In diesem Moment war Florence sich sicher, dass, wenn sie die Augen aufschlug und zum Schloss hinsah, ihre Mutter Béatrice geschäftig auf die große Veranda treten würde, um die Schnittblumen zu sortieren.

Kurz darauf öffnete Florence tatsächlich die Augen. Aber die Terrasse lag still und dunkel da. Leider würde sie nie wieder Béatrice hören, die schimpfte, ihre Tochter solle mit dem Lesen aufhören und ihr beim Arrangieren der Blumen behilflich sein.

Florence wischte sich eine Träne ab, stand auf und ging den Weg, den sie gekommen war, wieder zurück. Jetzt musste Adélaide ihr Rede und Antwort stehen. Die Zeit war gekommen.

Kapitel 12

Adélaide umklammerte den Brief mit beiden Händen und blinzelte die Tränen fort, die ihr in die Augen getreten waren. »Ich hatte keine Ahnung, dass sie gestorben ist«, sagte sie. »Seit wann weißt du Bescheid?«

»Ich weiß nicht Bescheid. Ich weiß nur, dass meine Mutter für mich zum zweiten Mal gestorben ist.« Florence zog sich einen Stuhl ans Bett und setzte sich. »Du musst mir erzählen, was du darüber weißt«, sagte sie. »Es ist wichtig.«

»Warum willst du die Vergangenheit wieder hervorholen, Kind?«

Florence zögerte. Sie konnte nicht sagen: *Ich brauche Antworten über meinen Vater, meine Familie, mich selbst.* Sie konnte auch nicht sagen: *Ich kann dir das nicht erklären, weil du mich angelogen hast.* Und so antwortete sie: »Ich weiß nicht genau. Ich fühle mich einfach … ich weiß nicht, *getrieben*, mehr über sie zu erfahren. Was damals geschehen ist.«

Großmutter nickte. »Deine Mutter hat darauf bestanden. Sie wollte dir nicht wehtun, Florence, glaube mir.« Großmutters Blick verschleierte sich. »Ich bin einmal dort gewesen, weil sie mich darum gebeten hatte. Als ich sie sah, wusste ich, dass es keine schlimmere Strafe geben konnte. Der Herrgott hätte sie besser an diesem tragischen Tag zu sich genommen. Und darum, Florence, hätte ich deiner Mutter keinen Wunsch abschlagen können. Es tut mir sehr leid, dass ich dir nie die Wahrheit sagen konnte. Aber ich habe es nun mal versprochen.«

»Sag mir bitte alles, was du weißt«, flehte Florence sie an.

Ihre Großmutter schüttelte den Kopf. »Ich erzähle dir gerne, was ich weiß, aber es ist nicht viel.«

Florence beugte sich vor und unterdrückte den Drang zu sagen: *Sag mir dieses Mal die Wahrheit.*

»Ich höre.«

»Deine Mutter ging zum Leuchtturm, um mit Serges Vater zu sprechen. Worum es dabei ging, weiß ich nicht. Dein Vater war in dieser Zeit in einer schweren depressiven Phase, und deine Mutter und ich lebten in der Angst, dass er sich etwas antun könnte. Vielleicht wollte deine Mutter Gérard Renaud warnen, dass dein Vater sich vom Leuchtturm stürzen könnte.«

Florence spürte, wie ihr ein Schauer über den Rücken lief. Zuerst ihre Maman und jetzt das. Ihre Gedanken überschlugen sich, und als sie in die Gegenwart zurückkehrte, sprach ihre Großmutter noch immer.

»Die beiden Männer wurden später gefunden. Man ging davon aus, dass sie von der Strömung weit ins offene Meer getrieben worden waren. Ein Unfall«, sagte sie gerade.

Florence zwang sich, sich wieder auf das Gespräch zu konzentrieren. »Tut mir leid, Großmutter, könntest du das wiederholen?«

»Ein Unfall eben.«

»Ein Unfall? Das glaube ich nicht.« Florence war immer noch total verwirrt.

»Wie kommst du auf den Gedanken, es könnte kein Unfall gewesen sein?«

Florence ging nicht weiter auf die Frage ein, und Adélaide erzählte weiter.

»Deine Mutter war in Lyon in der Klinik. Und als es ihr besser ging, war es ihr Wunsch, den Rest ihres Lebens anonym in einem Kloster zu verbringen.«

»Wer hat sie damals gefunden? Wer hat sie in die Klinik gebracht? Und wie oder durch wen kam sie in das Kloster?«

»Hör bitte auf, Florence. Ich sage dir das zu deinem eigenen Schutz. Es könnte die Büchse der Pandora sein, die du öffnest. Hör auf!«

Dass sie ihre Enkelin offensichtlich ehrlich warnen wollte, ließ Florence aufhorchen. Unbehagen machte sich in ihr breit. Sie setzte zu einer Antwort an, aber in dem Moment sprach ihre Großmutter weiter.

»Es gibt so viele Dinge zwischen Himmel und Erde. Es war ihr Wunsch, das solltest du akzeptieren und auch respektieren. Es ist nicht gut, alles zu hinterfragen und alte Wunden aufzureißen, um sich neue zuzufügen.«

Florence schwieg eine Weile und versuchte, alles zu verarbeiten, was ihre Großmutter ihr erzählt hatte. »Ist das alles?«, fragte sie schließlich.

»Das ist alles, was ich weiß.« Sie hielt inne, und ihre Stimme brach.

»Was ist mit den Briefen, die ich an Serge geschickt habe und die er nie bekommen hat?«

»Deine Mutter hat mich darum gebeten, den Kontakt zu unterbinden. So sind die Briefe hierher weitergeleitet worden.«

»Wie hast du das angestellt?«

»Und …«

»Und was …? Großmutter, wo sind diese Briefe?«

»Was willst du damit?«

»Ich will damit zeigen, dass ich keine Lügnerin bin.«

»Das ist doch heute sowieso irrelevant. Du wirst den Anwalt heiraten. Also, was soll das mit den Briefen?«

»Sie gehören mir. Was hast du damit gemacht?«

»Warum willst du das wissen?«

Plötzlich war Adélaides Gesicht verschlossen. Florence wollte das Thema aus Rücksicht auf ihren Gesundheitszustand fallen lassen. Aber eine Kraft stieg in Florence auf, die stärker war als sie. Sie musste es wissen.

»Wie hast du das angestellt?«

Ihre Großmutter blickte nicht auf. »Nach über einem Jahrzehnt.«

Florence erkannte am Beben von Adélaides Schultern, dass sie zitterte.

»Ich habe gedacht, du würdest es nie erfahren … oder wenn du es erfahren würdest, würde es dir nichts ausmachen.«

»Ich habe es aber erfahren.«

»Woher …« Adélaide sah ihre Enkelin an, und die Falte zwischen ihren Augenbrauen hatte sich vertieft wie in den Momenten, in denen sie sich auf eine hitzige Diskussion oder ein Problem in der Firma konzentrierte.

»Woher weißt du eigentlich, dass diese Briefe nicht bei dem Empfänger angekommen sind?«

Florence begriff, dass sie sich verraten hatte. Aber nun war sie so weit gegangen. Sie musste die Antwort wissen.

Sie legte ihre Hände auf die ihrer Großmutter. »Wo sind die Briefe? Dann erzähle ich weiter.«

»Sie befinden sich im Sekretär deiner Mutter. Weiter!«

»Also gut. Ich habe Serge gefragt, warum er nie auf einen der Briefe geantwortet hat, die ich ihm damals geschickt habe. Er hat gesagt, er hätte sie nicht bekommen. Da habe ich überlegt, warum er sie wohl nicht gekriegt hat.«

»Wann hast du die Zeit gefunden, ihn danach zu fragen?« Adélaide zog ihre Hände fort und schaute Florence wütend an.

»Großmutter! Wie redest du denn mit mir?« Florence war empört, wie ihre Großmutter sie behandelte. »Erstens bin ich kein Teenager mehr, und zweitens lässt sich das in Locronan eben nicht vermeiden«, gab sie in scharfem Ton zurück. »Ich habe ihn durch Zufall bei seinem Bruder im Restaurant und am Strand getroffen.«

»Ich habe gefleht und gebetet, dass du ihn irgendwann aufgeben würdest. Und als keine Briefe mehr kamen, dachte ich, Gott hätte meine Gebete erhört.« Speichelbläschen sammelten sich auf Adélaides Lippe. »Ist dir denn dein Leben in Paris nicht gut genug, dass du nicht aufhören kannst und dich mit ihm triffst?«

»Großmutter, bitte.« Florence hatte das Gefühl, als würde ihre Stimme aus der anderen Ecke des Raumes kommen, von der anderen Seite ihres Daseins.

»Ich habe damals den Angestellten der Post gebeten, dass alle Post, die deinen Absender trägt, an mich gehen sollte. Ganz gleich, wer der Empfänger war. Es wurden keine Fragen gestellt.«

»Und was hat er dafür erhalten, dass er keine Fragen gestellt hat und deiner Anweisung gefolgt ist?«

»Sein Sohn hat eine Arbeitsstelle in der Firma bekommen.«

Florence brachte nur ein paar erstickte, zusammenhanglose Wörter hervor. »Warum … Ich verstehe … nicht.«

»Was ist daran so schwer zu verstehen, warum ich das getan habe? Du solltest endlich einsehen, dass es das Beste für dich war.«

Florence konnte nur die eine Frage wiederholen, die sich ihr bei aller Fassungslosigkeit auf die Lippen drängte: »Warum?«

»Warum?«, zischte Adélaide. Florence zuckte zurück. »Weil deine Mutter mich darum gebeten hat. Und ich habe erkannt, dass das, was dich und Serge Renaud verbunden hat, nichts weiter war als Besessenheit und Vernarrtheit. Deine Mutter und ich haben entschieden, dass es das Beste für dich ist, nach Paris zu gehen. Obwohl ich es lieber gesehen hätte, wenn du hiergeblieben wärst und die Firma geleitet hättest.«

»Du und meine tot geglaubte Mutter habt also entschieden, was das Beste für mich war?«

»Wir wussten, was das Beste für dich war.«

»Hättest du es mir auch erzählt, wenn ich dich nicht nach den Briefen gefragt hätte?«

»Nein.« Adélaide hob abwehrend die Hände. »Ich hatte mir eingeredet, du hättest es überwunden und würdest ihm nicht mehr nachtrauern. Und darum habe ich mich auch entschieden, ihn zum Geschäftsführer zu machen, weil er den nötigen Biss hat. Ich habe beschlossen, dir nie zu sagen, was ich getan habe. Weil«, sie sog die Luft tief ein, »weil dir das nur einen Grund gegeben hätte, mich zu hassen. Aber du kommst hierher und kannst nicht loslassen. Er hat eine Macht über dich oder du über ihn, gegen die ich niemals ankommen werde.« Adélaide faltete ihre Hände über der Bettdecke. »Ich weiß, dass ich mich jetzt entschuldigen müsste, ich müsste sagen, dass ich zutiefst bereue, was ich getan habe. Aber das kann ich nicht. Denn ich glaube immer noch, dass es so richtig für dich war. Ich habe so darum gebetet, dass du darüber weg bist und dass das der Sinn ist, warum Serge die Firma leitet. Es scheint, das war ein Irrtum.«

»Lieber Gott, Großmutter. Warum betest du denn, wenn du dich selbst als der Allmächtige aufspielst, als Gott, der die Geschicke der Menschen lenken kann?« Wie in Trance stand Florence auf und ging zum Fenster. Die geheime Fassade bröckelte immer mehr, und ihr Leben wurde noch durchsichtiger.

»Ich habe mich nicht als Gott aufgespielt. Ich habe dich so geliebt, mein einziges Enkelkind, das mir noch geblieben ist. Und ich werde dich immer lieben. Verstehst du das nicht? Was ich getan habe, habe ich für *dich* getan.«

»Nein. Nein. Ich sehe eine Frau vor mir, die ich nicht kenne, die mir fremd ist. Eine Frau, die zu allem fähig ist.« Florence setzte einen Schritt vor den anderen in Richtung Tür. Ihr war, als könne sich der Boden unter ihr auftun.

»Wo gehst du hin?« Adélaides Stimme war leise und klang verzweifelt.

Florence wandte sich noch einmal um, blickte auf ihre Großmutter. »Ich gehe die Briefe holen und werde sie dann dem Empfänger übergeben.«

»Du kannst die Zeit nicht mehr zurückdrehen.«

»Nein, das kann ich nicht. Aber ich möchte nicht als Lügnerin dastehen, ganz gleich ob in der Vergangenheit, Gegenwart oder Zukunft.«

Adélaide schaute ihre Enkelin an und schloss die Augen. »Geh nicht«, flehte sie. Als sie sie gleich wieder öffnete, war Florence verschwunden.

Kapitel 13

Sie lehnte sich gegen die Korridorwand und ließ die aufgestaute Luft aus den Lungen entweichen. Nachdem Florence das Zimmer ihrer Großmutter verlassen hatte, begann ihre sorgfältig aufgebaute Fassade zu bröckeln, und das eben Gehörte bedrängte sie mit erstaunlicher Geschwindigkeit und Macht.

Mutters vermeintlicher Tod soll ein Unfall gewesen sein. Ihr Vater depressiv und suizidgefährdet. Eine Verkettung unglücklicher Umstände hatte die Tragödie ausgelöst. Und ihre Mutter lebte ohne ihr Wissen in einem Kloster und manipulierte ihr Leben. Wenn sie sich diesen Dingen stellte, würde das Misstrauen vielleicht schneller vorbeigehen und einer sachlichen Resignation weichen.

Aber so war es nicht. Die Ungeheuerlichkeit lauerte über ihr, schob sich wie eine Wolke vor die Sonne, sodass es in ihrem Innern mitten am Tag dunkel wurde.

Die Ironie ihrer Situation entging ihr nicht. Sie war hierher zurückgekehrt – an den Ort ihrer Kindheit, zu der Großmutter, die sie liebte –, um sich Zeit zu nehmen, um zu erforschen, wer sie war und was sie vom Leben erwartete. Sie war nach Hause gekommen, um sich über sich selbst klar zu werden.

Und was hatte sie entdeckt? Dass das ängstliche, furchtsame Kind, das sie unbedingt hatte hinter sich lassen wollen, noch immer existierte und dazu noch guten Grund hatte, ängstlich und furchtsam zu sein. Dass der Stoff ihrer Albträume nicht einer lebhaften Fantasie entsprang, sondern einer Angst machenden, traumatischen Realität.

In den vergangenen Monaten war Florence in einigen Punkten unsicher gewesen, vor allem in Bezug auf ihre Beziehung zu Patrick. Aber die Herausforderung, sich mit ihrer zögerlichen Einstellung zur Heirat und einigen persönlichen Selbstzweifeln auseinanderzusetzen, verblasste im Vergleich zu dem Thema, das jetzt wie ein Eisberg über ihrer Seele lauerte und sie für immer zu versenken drohte.

Wer bin ich? Florence versuchte, die Frage logisch anzugehen, sich selbst davon zu überzeugen, dass sie noch immer derselbe Mensch war, der sie gewesen war, obwohl sie sich nicht sicher war, ob das Blut eines Mörders oder eines Mannes, der den Freitod gewählt hatte, in ihren Adern floss. Nichts hatte sich verändert, nichts außer ihrer Wahrnehmung. Und doch konnte sie das Gefühl nicht abschütteln, dass sie ein fremdes Wesen war, dass jemand anders in ihrer Haut steckte. So, als hätte sie erfahren, dass ihre Eltern gar nicht ihre richtigen Eltern wären, dass sie von einem ganz anderen Menschen empfangen worden sei. Als hätte sie Gedächtnisverlust und keine Identität – oder eine Identität, an die sie sich nicht erinnern konnte.

Florence wusste, was es bedeutete, sich als Waisenkind zu erfahren, ein Kind zu sein, dessen Eltern beide gestorben waren. Aber sie hatte keine Ahnung, wie es war, mit dem Wissen zu leben: *Ich bin vielleicht das Kind eines Mörders.* In einem schrecklichen Augenblick war das Fundament ihres Selbstbildes irreparabel zerstört worden, und sie wusste nicht mehr, welche Wahrheiten sie tragen konnte.

Und noch eine andere Frage quälte sie, eine Frage, die weniger die Vergangenheit betraf als die Gegenwart und die Zukunft: *Wem konnte sie noch ver-*

trauen? Florence hatte immer geglaubt, dass vor allem Adélaide ein Mensch war, der die Wahrheit sagte und wahrhaftig lebte. Aber ihre Großmutter hatte sie getäuscht, wenn nicht sogar richtiggehend belogen. Zumindest aber hatte sie eine Unterlassungssünde begangen, und zwar eine ziemlich gravierende. Wenn sie nun aber ihr nicht mehr vertrauen konnte …

Florence' Gedanken wanderten ab, sie war nicht in der Lage, das Gewicht der Schlussfolgerung zu tragen, die ihr Verstand ihr anbot. Wie im Nebel begab sie sich in die Bibliothek und ließ sich in einen der Ledersessel in der Nähe des Fensters sinken. Sie musste darüber nachdenken. Es hatte zu regnen begonnen, und ihre Gedanken begannen sich im Rhythmus mit den Tropfen zu bewegen, die an den Fensterscheiben herunterliefen und auf das Fensterbrett perlten.

Seit dem Augenblick ihrer Ankunft war Florence klar gewesen, dass etwas nicht stimmte. Nun fuhr sie ihre Antennen aus und bemerkte Dinge, die ihr als Kind, das in diesem Haus groß geworden war, nie aufgefallen waren. Die Art, wie ihre Eltern nicht wirklich miteinander sprachen, ja, sich nicht einmal ansahen und stattdessen sie selbst – und sogar Großmutter – als eine Art Puffer zwischen sich benutzten. Sie dachte zurück an die Jahre vor dem Unfall, als es in dem Haus nur sie vier gegeben hatte. Maman kochte, kümmerte sich um ihren Blumengarten und was Mütter sonst so taten. Papa stand jeden Morgen auf, ging in die Firma, kam heim, sah sich die Nachrichten an, aß zu Abend und schlief vor dem Fernseher ein. Maman stickte. Darüber hinaus hatten sie wenig weitere Interessen, gemeinsame schon gar nicht.

Hatten sie das schon, seit sie verheiratet waren, so gemacht – sich wie zwei Blinklichter in einem abgedunkelten Raum hin- und zurückzubewegen –, und ihr war es als Kind bloß nicht aufgefallen?

Eigentlich hätte sie hundert Fragen haben sollen, tausend. Doch das Einzige, woran sie denken konnte, war: *Warum war das nicht eher geschehen?* Sie waren seit fünfzehn Jahren verheiratet gewesen, und mit einem Mal ging Florence auf, dass die meisten dieser Jahre für beide unglücklich gewesen sein mussten. Gefangen im Treibsand der Vertrautheit, hatten sie damit weitergemacht, auf der Stelle zu treten, hatten kaum gemerkt, dass sie sanken, bis Mama einen Ast zu fassen bekommen hatte, den Papa nicht erreichen konnte. War der Ast vielleicht Gérard? Vielleicht hatte er ihrer Mutter die nötige Aufmerksamkeit geschenkt, die sie bei ihrem Ehemann vermisst hatte. Fünfzehn Ehejahre. Eine lange Zeit. All diese Tage und Nächte ohne eine wirkliche Beziehung?

»Warum haben sie sich nicht scheiden lassen?«, fragte Florence laut und versuchte, das Gefühl zu ergründen, das sich einstellte, Schmerz, was auch immer. Aber alles, was sie bezüglich ihrer Frage empfand, war ein Gefühl der Unvermeidlichkeit. Wie, fragte sie sich, hatten zwei Menschen, die angeblich nicht zueinanderpassten, überhaupt heiraten können? Waren sie anfangs vielleicht doch ganz verrückt vor Liebe gewesen? Hatten sie sich am Altar getroffen und ihr Jawort in der absoluten Gewissheit gesprochen, dass ihre Beziehung für immer halten würde, dass ihr gemeinsames Leben perfekt sei und auch so bleiben würde, genau so, wie sie es sich vorgestellt hatten?

Wie sah eine perfekte Beziehung überhaupt aus?

Noch ein Bild kam ihr in den Sinn, über das ihrer Eltern gelegt. Ein Bild von ihr und Patrick. Es war, als legte sich ein Gewicht auf Florence' Brust.

Das war es nicht, was sie für ihr Leben wollte. Natürlich wünschte sie sich Sicherheit, Verlässlichkeit und Beständigkeit. Aber sie wollte auch Leidenschaft, Kerzenschein und Verrücktheit, Herausforderung, Intensität und Wachstum.

Florence beschwor Patricks vertrautes Gesicht herauf. Ein Stich des Bedauerns durchfuhr sie.

Sie würde Patrick Bonnaire niemals heiraten. Wenn sie heiratete, sofern sie es überhaupt je täte, dann wollte sie eine Beziehung, die sie ganz und gar vereinnahmte – Herz, Seele, Verstand und Körper. Keine Unvermeidlichkeit, sondern eine Entscheidung. Eine Partnerschaft. Eine Liebe, die niemals schal oder langweilig würde.

Und, Gott stehe ihr bei, sie würde lieber ihr ganzes Leben Single bleiben, als dass sie sich mit etwas anderem zufriedengab.

Florence brauchte lange, um aus dem emotionalen Trümmerhaufen wieder aufzutauchen. Wie das Opfer einer Naturkatastrophe – eines Erdbebens, einer Feuersbrunst, einer Flut – lief sie wie benebelt durch die Gegend, ziellos, wappnete sich für das Nachbeben, für eine weitere Explosion oder einen zweiten Wasseranstieg. Es kam nichts.

Kapitel 14

Obwohl Florence wusste, dass sie nicht die Macht hatte, einen einzigen Augenblick dessen, was sich vor zwanzig Jahren ereignet hatte, zu ändern, suchte sie verzweifelt nach Antworten. Was hatte das Muster überhaupt erst in Bewegung gebracht? Gab es einen Schlüssel, ein einzelnes, wichtiges Ereignis, das für alles, was danach kam, die Ursache war?

Florence zog die Beine an und legte den Kopf auf die Knie. Heiße Tränen flossen aus ihren Augen und durchtränkten ihre Jeans. Strömte die Familiengeschichte wie ein Fluss, sodass eine Katastrophe oder eine Schicksalswendung seine Richtung verändern und den Fluss bergab auf einen unerwarteten und zerstörerischen Kurs lenken konnte? Die Frage verfolgte Florence, vor allem jetzt, nachdem ihr eigenes schreckliches Familiengeheimnis zum Teil enthüllt worden war. Da war noch mehr hinter dieser Fassade, die langsam zu bröckeln begann. Mit wem konnte sie darüber reden? Flüchtig dachte sie an Patrick. Aber nein. Sie konnte ihm dieses schreckliche Geheimnis nicht offenbaren. Was würde er von ihr denken? Ihr Leben lang hatte sie sich vor Zurückweisung geschützt, ihre Kraft aus ihrer Entschlossenheit geschöpft. Und jetzt, wo so viel auf dem Spiel stand, würde sie es nicht riskieren, sich jemandem zu öffnen, der sich vielleicht von ihr abwandte und davonlief.

Was sie brauchte, war *Familie*. Jemanden, der diese Situation miterlebt hatte. Jemanden, der es von innen heraus verstehen konnte. Es kam nur einer infrage: Serge, ihre Jugendliebe, der Sohn des Leuchtturmwärters.

Ein Kloß bildete sich in ihrer Kehle, und vergeblich versuchte sie, ihn hinunterzuschlucken. Alle lang begrabenen Emotionen drängten nun an die Oberfläche, und auf einmal war sie wieder das kleine Kind, das verloren in einer großen und gefährlichen Welt vor sich hin trieb. Sie sehnte sich nach einem Vater, der sie trösten und beschützen konnte, nach einer Mutter, die ihr zuhören und sie verstehen würde.

Ein Bild kam ihr in den Sinn – ein Bild von sich selbst, müde und ausgelaugt, wie sie um eine Kurve bog und in der Ferne oben auf dem Hügel Großmutters Schloss erblickte. *Zuhause.*

Aber Adélaide hatte sie belogen, sie getäuscht.

Florence hatte keine Familie, zumindest keine Familie, der sie vertrauen konnte. Selbst wenn es jemanden gäbe, mit dem sie sprechen konnte, wie sollte ihr das helfen? Menschen waren so bedauernswert beschränkt. Florence konnte nur sehen, was sich unmittelbar vor ihr befand. Nur diesen kleinen Zeitabschnitt, diesen Augenblick der Gegenwart. Sie kannte die Vergangenheit nicht, wusste nicht, was die Zukunft bringen würde. Niemand wusste das.

Für diese verlorene Tochter gab es kein Willkommen. Kein Wort der Sicherheit oder der Zustimmung. Nur den Regen, der von den Blättern tropfte und gegen die Fensterscheibe trommelte.

*

Draußen waren nichts als graue Wolken und unablässiger Regen zu sehen. *Die Vergangenheit*, hatte ihre Geschichtslehrerin Sophie Leymarie geschrieben, *ist der Schlüssel zur Zukunft.*

Florence' Vergangenheit hatte an diesem Tag eine dunkle und schwierige Wende genommen. Florence hatte ihre Unabhängigkeit immer sehr geschätzt. Seit der Kindheit hatte sie ihre Ängste und Kämpfe immer allein mit sich ausgemacht, und sie war stolz auf die Tatsache, dass sie niemanden brauchte. Selbst als Erwachsene hielt sie etwas zurück. Obwohl sie Patrick ihre Liebe erklärt hatte, war sie nicht bereit, sich vollkommen auszuliefern. Jetzt wurde ihr auf einmal klar, wie einsam solche Selbstgenügsamkeit machen konnte.

Würde Serge Renaud ihr behilflich sein, eine verborgene Wahrheit ans Licht zu holen, die Florence vielleicht helfen konnte, ihre eigene Situation zu verstehen?

Florence schüttelte den Kopf. Sie konnte sich nicht vorstellen, wie das möglich sein würde. Sie wusste ja nicht einmal, ob Serge überhaupt bereit war, mit ihr zurück in die Vergangenheit zu gehen. Und doch, tief in ihrem Inneren, konnte sie sich nicht von dem unheimlichen Gefühl befreien, dass Serge der Einzige war, der sie verstehen und ihr behilflich sein würde. Sie musste die Briefe finden.

Kapitel 15

Florence legte die Hand auf die Klinke, drückte sie vorsichtig herunter und hob sie ebenso behutsam wieder. Bei ihrer Ankunft hatte sie den Raum mit einer kindlichen Freude aufgesucht. Jetzt hatte er eine andere Bedeutung; der Messinggriff senkte sich erneut.

Sie tastete nach dem Schalter an der Wand. Das Schlafzimmer ihrer Mutter wurde in seltsam milchiges Licht getaucht. Die zugezogenen Vorhänge hingen bis auf den Teppich mit den noch immer edlen Farben. Sie trat ans Bett, setzte sich auf die Kante, drückte das Gesicht ins Kopfkissen und sog den Duft in sich ein. Sofort tauchten Erinnerungen an jene Nacht auf, die sie im Traum seitdem begleitete. Sie streckte ihre Beine aus und sah sich um. Ihr Blick wanderte zum Sekretär. Sie erhob sich und trat darauf zu. Ein Möbel aus der Zeit Louis XV. Sie wusste, dass es ein Geheimfach hatte. Als Florence ein kleines Mädchen war, hatte sie oft danach gesucht, es aber nie gefunden. Erst durch ihre Recherchen für ihre Romane fand sie heraus, wo sich die Geheimfächer bei solchen Möbelstücken befanden. Jetzt räumte sie alle Fächer leer, zog alle Schubladen heraus, fand die Wand, hinter der sich das Geheimfach befinden musste, und nach einer Weile auch die Leiste, die sie zu drücken hatte, um mit der Wand einen Kubus so um seine Achse drehen zu können, dass er eine Tür zeigte. Sie war verschlossen, Florence brach sie auf.

Ein Bündel Briefe mit blauem Band – an der Adresse und am Poststempel sah Florence, dass es die Briefe an Serge Renaud waren, die er niemals erhalten hatte. Sie zählte die Umschläge, sie waren vollständig, vierundzwanzig Briefe, einen in jedem Monat, zwei Jahre lang. Florence legte den Stapel auf die Tischplatte. Sie öffnete das Fenster einen Spaltbreit und streckte sich dann auf dem Bett aus. Die Arme hinter dem Kopf verschränkt, blieb sie lange liegen, so in ihre Gedanke vertieft, dass sie das Klingeln ihres Handys zuerst gar nicht wahrnahm. Sie ließ es lange läuten, bis sie es langsam, fast widerwillig aus ihrer Tasche zog. Es war Patrick.

»Nun? Wieso meldest du dich nicht? Wir hatten doch vereinbart, dass du zu einer bestimmten Uhrzeit anrufst.« Die Stimme ihres Verlobten klang gereizt. »Ich habe mir schon Sorgen gemacht.« Er machte eine erwartungsvolle Pause, doch Florence reagierte nicht. »Hallo … Liebes, was ist denn los, warum sagst du nichts?«

Als Florence weiterhin stumm blieb, verlor Patricks Stimme den ungeduldigen Ton und wurde zärtlich: »Wie geht es dir, wie geht es deiner Großmutter? Vielleicht ist es besser, wenn du schnell nach Hause kommst.«

Florence schwieg noch eine Weile. Sie starrte auf die Standuhr aus dunklem Eichenholz und atmete tief den vertrauten Geruch ihrer frühen Kindheit ein. »Ich weiß nicht, Patrick«, flüsterte sie schließlich, »ich weiß nicht einmal mehr, wo mein Zuhause ist. Und im Übrigen«, setzte sie hinzu, »bin ich erwachsen und kann meine Entscheidungen alleine treffen.«

Ihre Hand, die das Handy hielt, sank kraftlos herab, sie hörte Patrick noch mehrmals »Hallo« rufen, doch sie beendete den Anruf und steckte das Telefon wieder in ihre Jeans. Dann schloss sie die Augen und schlief ein.

Kapitel 16

Florence ging zum Friedhof. Es war drei Uhr am Sonntagnachmittag, und eine angenehme Stille lag über dem Ort. Sie stand am Grab ihrer Eltern und las die Inschriften: Béatrice und Arnaud Letrec.

Ihr Handy klingelte. Es war Patrick. Sie wollte nicht mit ihm sprechen und steckte es wieder in die Tasche. Dann sah sie an der Begräbnisstätte von Serges Vater eine gramgebeugte Frau, die geschäftig altes Laub von der Granitplatte fegte. Es war die jüngere Schwester von Serges Mutter Claudette, Sophie Pasteau. Sie trug immer noch die Trachtenhaube, wie früher, dachte Florence und ging auf sie zu.

»Guten Tag, Sophie.«

Die verhärmte Frau drehte sich um und sah in das Gesicht von Florence, die ein trauriges Lächeln zustande brachte.

»Florence Letrec! Du wirst allen nur Unglück bringen, wie deine Mutter! Bretonen vergessen nie, mein Mädchen! Du magst die Wahrheit vielleicht herausfinden, aber du wirst einen hohen Preis dafür bezahlen! Und du wirst nie wieder einen Platz in diesem Ort haben!«

»Mach, dass du wegkommst, Hexe, die du bist!«, zischte Angélique und kam schnellen Schrittes mit dem Kinderwagen auf beide Frauen zu, als sie Florence bleich werden sah.

Sobald sich Sophie schwankend entfernt hatte, schloss Angélique Florence in die Arme. »Hör nicht auf diese verrückte Alte. Sie ist eben nie darüber hinweggekommen, dass sie niemand geheiratet hat. Dar-

um würde sie jeden Unsinn erzählen, nur um dir weh-
zutun.«

»Es ist kein Unsinn.« Florence machte sich los.
»Sei mir nicht böse, aber ich muss jetzt allein sein.«

Sie ging in die Kapelle du Pénity direkt neben der
mächtigen Kirche Saint-Ronan. Florence liebte die
Atmosphäre, besonders wegen des Grabs des heiligen
Ronan. Sie hatte diese wunderschöne Liegefigur
schon viele Male bestaunt. Florence setzte sich in eine
Bankreihe und betrachtete die farbenprächtigen Kir-
chenfenster. Die drei übereinanderliegenden Reihen
schilderten in verschiedenen Szenen das Leiden Chris-
ti und dessen Auferstehung.

Wie friedlich es hier war. Gott, wie sie ihre Eltern
vermisste und sich in diesem Moment danach sehnte,
sie wenigstens einen Augenblick lang wiederzusehen.

Schritte, die sich direkt hinter ihr näherten, rissen
Florence aus ihren Gedanken. Sie sprang auf, fuhr
herum und fand sich einem hochgewachsenen älteren
Mann gegenüber. Pater Tharaud.

Er setzte sich neben sie. »Guten Tag, Mademoiselle Letrec. Schön, Sie hier in meiner Kirche zu sehen.«

»Guten Tag, Pfarrer Tharaud. Nur der Anlass ist
nicht so schön.«

»Ist etwas mit Ihrer Großmutter passiert?«

»Nein, sie ist auf dem Weg der Besserung. Ich
habe vor ein paar Tagen einen Brief aus einem Kloster
erhalten, in dem mir mitgeteilt wurde, dass meine
Mutter gestorben sei. Und soweit ich mich erinnern
kann, wurden damals drei Särge bestattet. In dem
einen lag Gérard Renaud und in den anderen beiden
meine Eltern. Das würde bedeuten, dass ein Sarg leer
war.« Sie machte eine kurze Pause, bevor sie fortfuhr.

125

»Und ich frage mich, wer sie gefunden, in die Klinik nach Lyon und anschließend ins Kloster gebracht hatte.« Florence musterte seinen Gesichtsausdruck und begriff, in welch misslicher Lage er sich befand.

Dann begann er zu erzählen. Er sprach ruhig und wandte den Blick nicht von den Kirchenfenstern. »Ihre Mutter wurde von mir in das Kloster gebracht. Ihre Großmutter bat mich damals darum, und erst zu diesem Zeitpunkt erfuhr ich, dass ich Ihre Mutter gar nicht bestattet hatte und der Sarg neben Ihrem Vater leer war. Wer sie in die Klinik nach Lyon gebracht hatte beziehungsweise gefunden hatte, weiß auch ich bis heute nicht.«

Florence war verstört. Sie unterbrach ihn nicht, denn alles klang so wahr. War sie wirklich von allen belogen worden, und das schon immer?

Der Pfarrer warf ihr einen Blick zu.

»Die Wahrheit über die Menschen, die man liebt, ist oft sehr schwer zu akzeptieren, ich weiß.«

Florence zuckte die Achseln. Pfarrer Tharaud wartete und bedeutete ihr, fortzufahren.

»Na ja, ich habe das Gefühl, mich im Kreis zu drehen«, meinte Florence nach einer Weile. »Nachdem der Brief eingetroffen war, habe ich mir selbst aufgetragen, meine eigene Wahrheit zu suchen, aber nicht erwartet, dass sie so ist, wie ich sie vermutet hatte. Und genau das versuche ich, doch bisher habe ich nur Bruchstücke davon erhalten, wie ein Puzzle, bei dem ganze Teile des Spiels fehlen, und man hat nichts, woran man sich orientieren kann. Ich weiß nicht, wo ich die fehlenden Teile finden kann, weiß nicht einmal, wie das fertige Bild aussehen soll.« Florence konnte nicht verhindern, dass ihre Stimme brach. »Ich brauche ... ich weiß nicht ... irgendetwas.

Erkenntnis, Weisheit, Führung, Hoffnung vielleicht. Ich bin fast jeden Sonntag in die Kirche gegangen, aber ich weiß noch immer nicht, wie Gott wirkt oder ob Gott in das Leben der Menschen eingreift. Ich weiß nicht so recht, ob ich die göttliche Führung erkenne, falls sie mir je begegnet.«

Der Pfarrer lächelte. »Vielleicht brauchen Sie sie gar nicht zu erkennen. Vielleicht brauchen Sie nur darauf zu hören.«

»Wie mache ich das?«

Tharaud antwortete nicht sofort. Dann legte er den Kopf zur Seite und erwiderte: »Folgen Sie Ihrem Herzen.«

»Das ist alles? Das ist Ihre große Weisheit?«

»Sie haben mich gefragt, was ich über Gott denke. Ich glaube, dass Gott unsere Herzen kennt, die tiefsten Wünsche und Bedürfnisse unserer Seele. Ich glaube nicht, dass Gott uneingeladen in unser Leben hereinplatzt, allerdings bin ich davon überzeugt, dass wir uns manchmal gar nicht bewusst sind, eine Einladung ausgesprochen zu haben.«

»Wie meinen Sie das?«

Der Pfarrer räusperte sich. Florence überkam das sichere Gefühl, dass er ihr auswich.

»Ich schätze, wir müssen nicht immer zum Gottesdienst gehen und bewusst beten. Gott sieht über die Mauern hinweg, die wir um unsere Seele herum errichten, die Steinwand des Selbstschutzes oder der Unabhängigkeit.«

»Sie meinen, Gott hört auch den stummen Schrei?«, fragte Florence.

»Ich denke, ja.« Tharaud nickte. »Es ist das universelle, alles zusammenfassende Gebet: Hilf mir.«

»Ich bin nicht daran gewöhnt, um Hilfe zu bitten.«

»Sie haben bereits darum gebeten. Sie haben zugegeben, dass Sie Hilfe brauchen.«

Darüber dachte Florence eine Weile nach. »Und mit welcher Antwort darf ich rechnen?«

»Wer weiß?« Der Pfarrer zuckte die Achseln. »Vielleicht mit all den Dingen, die Sie eben aufgezählt haben: Weisheit, Führung, die fehlenden Puzzleteile. Vielleicht auch nur die Kraft zu ertragen, was die Zukunft für Sie bereithält.«

»Und wer könnte meine Mutter gefunden haben?« Florence' Frage kam so spontan und aus dem Zusammenhang gerissen, dass Tharaud sich mit der Hand durch die Haare fuhr. Er sah ihr in die Augen.

»Wie gesagt, ich weiß es nicht.«

»Meine Großmutter bleibt bei dieser Frage stumm.« Florence war sich ziemlich sicher, die Geheimnisse zu erahnen, über die der Pfarrer noch nicht sprechen wollte – zumindest nicht mit ihr.

»Großmutter riet mir, nicht die Büchse der Pandora zu öffnen.« Florence setzte sich zurück.

»Sie wissen, der Name Pandora bedeutet ›allseits begabt‹.«

Florence nickte.

»Pandora war mit vielen Talenten ausgestattet – Schönheit, Musikalität, Intelligenz und dergleichen. Und wie immer hatte die Sache natürlich einen Haken. Zeus, der Göttervater, gab auch ihr eine Büchse, die sie unter keinen Umständen öffnen durfte. Doch Pandoras Neugier gewann die Oberhand. Sie machte die Büchse auf, um zu sehen, was darin war, und alle Übel der Welt entsprangen ihr und breiteten sich über die Erde aus. Sie kennen die Geschichte.«

128

Florence fingerte an der Ecke ihrer Handtasche herum. »Sie wollen damit sagen, dass ich schuld bin, wenn etwas ans Licht kommt, das besser im Verbogenen hätte bleiben sollen?«

Pater Tharaud hielt inne, lehnte sich zurück und fuhr unbeirrt fort: »Pandora versuchte, die Büchse zu schließen, doch ihr ganzer Inhalt war entwichen, bis auf ein Ding, das unter all den Übeln am Boden gelegen hatte.« Er verschränkte die Arme und sah sie von der Seite an. Es kam ihr vor, als würde er in die Tiefen ihrer Seele blicken. »Die Hoffnung«, sagte er leise. »Nachdem alle Übel losgelassen waren, blieb die Hoffnung übrig.«

»Man lässt alle dunklen Dinge aus der Büchse, um an die Hoffnung am Boden zu gelangen.«

»Genau.«

»Und wo finden wir dann also meine Hoffnung?«

»Vielleicht irgendwo entlang dieses unbereisten Weges. Fahren Sie zum Kloster. Bedenken Sie, dass es nie einfach ist, sein Leben zu verändern. Ein Risiko ist immer damit verbunden. Aber vielleicht lohnt es sich.«

»Sie haben eventuell recht.«

»Inwiefern?«

»Wenn ich mich mit der Vergangenheit meiner Mutter beschäftige, beschäftige ich mich mit mir selbst. Um in meiner Büchse der Pandora die Hoffnung zu finden. Das Selbst wiederzuerlangen, das ich verloren habe, die Frau, der ich nie eine Chance gab zu existieren.«

»Es wird alles in Ordnung kommen, Florence. Ich hoffe, Sie werden es eines Tages erkennen. Jemanden, den man liebt, kann man nie richtig loslassen, und er lässt Sie auch nie los.«

»Ich möchte es selbst herausfinden.« Es war ihre Pflicht. Eine Pflicht, vor der sie sich keinesfalls drücken würde, denn es war so wichtig für sie, mehr herauszufinden. Sie würde herausfinden, was Béatrice zu dem Menschen gemacht hatte, der sie gewesen war. Sie wollte ihre Mutter kennenlernen, jede Facette ihres Wesens, ihres Lebens, so gründlich wie möglich. Denn nur dann konnte sie sich endgültig von ihr verabschieden.

»Es macht aber auch Sinn, die Geschichte eines Menschen kennenzulernen«, sagte der Pfarrer.

Florence empfand es plötzlich als ihre Pflicht, das Schicksal ihrer Mutter der Vergangenheit zu entreißen. Das war sie Béatrice schuldig, und sie wollte sich nicht davor drücken, auch wenn es schmerzlich zu werden versprach.

»Ich habe keine Geschichte … oder wenn doch – im Moment ist es eine Tragödie.«

»Das möchte ich bezweifeln. Sie sind zu feinfühlig, um in einer Tragödie mitzuspielen.«

Bei seinen freundlichen Worten und der Art, wie er »Sie« sagte und sich ihr dann näherte, spürte Florence wieder den Kloß im Hals wie an jenem Tag, als sie den Brief mit der Nachricht erhielt, dass ihre Mutter gestorben sei. Sie hätte ihm gern eine schlagfertige Antwort gegeben, aber ihr fiel nichts ein.

Er deutete mit dem Finger zur Decke. »Gehen wir ein bisschen nach oben?«

Florence nickte.

Schweigend stiegen sie die Treppe zum Kirchturm hinauf. Die Stille erschien Florence wie eine warme, beruhigende Decke, friedlich und verführerisch, und sie hoffte, dass sie lange Zeit nicht würde sprechen müssen.

Der Pfarrer legte ihr die Hand auf die Schulter und führte sie rundherum. Sie konnte ganz Locronan aus der Vogelperspektive sehen, erkennen, wie die Flut einsetzte und die Segelboote sich zusammen mit den schwimmenden Anlegebojen hoben. Der Horizont war nur undeutlich zu sehen, doch Florence starrte in die Ferne, bis sie die Linie, die Meer und Himmel trennte, gerade so eben erkennen konnte.

»Ich habe mir immer vorgestellt, ich würde in diese Linie hinein verschwinden.« Sie deutete über die Bucht von Trezmalaouen.

»Meinen Sie den Horizont?«, fragte Tharaud.

»Ja, den Horizont. Ist das nicht ein verlockender Gedanke – dort einfach zu verschwinden?«

»Verführerisch, ja. Warum wollen Sie denn verschwinden?«

Florence zuckte die Achseln. »Keine Ahnung.«

»Lassen Sie uns wieder heruntergehen. Ich kann Ihnen nur anbieten, sich an mich zu wenden, wenn Sie etwas bedrückt.«

»Danke, Pfarrer Tharaud.«

Am Kirchenportal gaben sich beide zum Abschied die Hand. »Auf Wiedersehen«, sagte Florence knapp.

»Passen Sie auf sich auf, Florence.«

Sie marschierte zu ihrem Auto zurück, und dabei breitete sich trotz der Herbstkühle eine Wärme in ihr aus. Es fühlte sich an wie ein Versprechen. Wie Krokusse unter dem Schnee. Wie Hoffnung.

Kapitel 17

»Was ist mit deinem aktuellen Liebesleben?«, erkundigte Florence sich neugierig. »Schließlich bist du vermögend, einflussreich und gut aussehend. Wo steckt die eifersüchtige Freundin, die gleich hier auftauchen sollte, um festzustellen, wer die Fremde in deinem Wohnzimmer ist?«

Serge lag gemütlich auf der Couch. »Hab keine, weder eifersüchtig noch sonst wie.« Er grinste. »Jedenfalls im Moment nicht.« Er warf ihr einen vielsagenden Blick zu.

Florence ignorierte seinen Blick, stemmte die Hände in die Hüften und wippte auf ihren Füßen. Sie war nervös und kam sich hilflos vor. Was machte sie eigentlich hier?

»Was riecht denn hier so komisch?«

Serge machte große Augen und sprang vom Sofa.

»Ach Mist.« Er rannte zum Herd.

»Hast du Hunger? Auf verbranntes Bœuf Bourguignon?« Er packte den Griff, und der Deckel flog quer über die Herdplatte. »Aua, Scheiße.«

»Pass doch auf. Man könnte meinen, du kochst das erste Mal auf Gas.« Florence stand bereits neben ihm. »Du musst das kühlen.« Sie ergriff seine Hand.

»Komm, wir müssen das Gas abdrehen«, drängte Serge.

»Ja, das Gas abdrehen. So, jetzt komm her.« Florence schob ihn an die Spüle. »Hier, kaltes Wasser.« Sie drehte den Hahn voll auf und hielt seine Hand unter den Wasserstrahl.

»Au, oh …«, jammerte Serge.

»Das sieht aber nicht gut aus. Tut das weh?« Ihre Blicke verfingen sich ineinander. Florence wusste plötzlich nicht mehr, wohin sie schauen sollte.

»Mmh … ich glaube das reicht jetzt«, stotterte sie. »Ich hol mal was zum Verbinden.« Sie ging ins Bad und griff im Arzneischrank nach der Mullpackung.

Während Florence ihm die Hand verband, sagte er: »Deine letzten zwei Bücher standen auf der Bestsellerliste des *L'Express*.«

»Ich dachte, du findest Bestsellerlisten albern.«

Serge drehte sich zum Herd und probierte sein geschmortes Rindfleisch. »Mmh, schmeckt gut. Hohe Auflage hat ja nicht unbedingt etwas mit Qualität zu tun«, sagte er und sah zu, wie sich Florence über den Topf beugte. »Im Gegenteil«, sagte sie und führte den Kochlöffel zum Mund.

»Vorsicht, heiß!«

»Ja«, flüsterte Florence und kaute genüsslich. »Mmh …« Sie sah zu Serge. »Deshalb webst du ja Segeltücher. Ich meine, wer kauft schon exklusive Segeltücher, wenn er diese aus Fernost billiger haben könnte? Da ist ja eine kleine qualitätsorientierte Klientel garantiert.«

»So ist es.« Serge schmunzelte. »Kleine Stückzahl, hohe Qualität. Merk dir das mit deinen hohen Auflagen.« Er grinste.

Florence überhörte den Satz. »Ein bisschen Salz?«, fragte sie.

Serge probierte. »Auf gar keinen Fall mehr Salz.«

»Entschuldige«, Florence kostete erneut, »es ist so lecker.« Sie strich sich mit dem Zeigefinger über den Mund. »Kochen kannst du gut, konntest du schon immer. Einfach toll …«, sie hatte schon den nächsten Fleischwürfel im Mund und sah ihn unschlüssig an.

»Das ist aber auch bereits alles«, flüsterte sie, und während sie sich wegdrehte, bereute sie den Satz.

Serge folgte ihr. Sie setzte sich in einen Sessel, und er stand ihr gegenüber. »Ich habe dich vermisst. Die ganzen Jahre.«

Florence schaute irritiert hin und her. »Und warum hast du mich damals nicht aufgehalten, mich gebeten, nicht nach Paris zu gehen?«

»Dich aufhalten, wie hätte das funktionieren sollen? Dich in ein Verlies sperren?«

»Du hast mich in Wirklichkeit verlassen.«

»Glaubst du es inzwischen schon selbst?« Sein Ton war etwas forsch, und er sah sie eindringlich an.

»Was?«, fragte sie leise.

»Florence, das stimmt doch nicht. Ich hätte dich nie sitzen lassen.«

»Pah … Du bist weggegangen. Du wolltest zur Marine. Schon vergessen? Natürlich hast du mich verlassen.«

»Ja, klar.«

»Was heißt denn hier ›ja, klar‹? Was bedeutet denn das schon wieder?«

»Nichts.«

»Wie, nichts?« Florence fuchtelte aufgeregt mit den Armen durch die Luft. »Das macht mich wahnsinnig«, schrie sie. »Du machst eine blöde Anspielung, dann lässt du mich im Regen stehen. Das hast du immer schon so gemacht.«

»Und du gehst immer gleich an die Decke, wenn man dich kritisiert.« Er ging wieder zum Herd.

»Das stimmt doch überhaupt nicht.«

»Gut, wenn du meinst«, sagte er und rührte im Kochtopf. »Damals«, er drehte sich um, »war es einfacher, mir den Schwarzen Peter zuzuschieben.« Er füllte sich den tiefen Teller.

»Das ist so ein Unsinn.« Florence fühlte sich ertappt, was sie am meisten ärgerte. Er hatte immer noch dieses ironische Grinsen, das besagte: *Ich habe recht, und das weißt du, richtig?* Es breitete sich in Wellen auf seinem Gesicht aus, in Wellen, die Florence vertraut waren, von früher. Sie begann zu gestikulieren. »Gut«, wiegelte sie ab. Überrascht registrierte sie, dass das Einlenken von ihr kam. »Gut, ich höre dir zu.« Sie setzte sich auf die Rückenlehne der Couch und hielt sich mit einer Hand demonstrativ den Mund zu.

»Florence, du warst es doch«, er stocherte mit der Gabel in seinem Teller herum, »die beschlossen hat, dass wir nicht mehr zusammenpassen.«

Sie riss die Augen auf.

»Und weil ich das nicht einsehen wollte«, fuhr Serge fort, »bist du nach Paris und hast was mit dem Winkeladvokaten angefangen, um mich loszuwerden.« Er schob sich die Fleischwürfel in den Mund.

»Winkeladvokaten«, flüsterte sie entsetzt. Sie schnappte nach Luft und sah ihn streng an. »Du hast mir keine andere Wahl gelassen. Meinst du denn, ich hätte meine Träume für dich aufgegeben?« Sie sah in sein amüsiertes Gesicht.

»Ich dachte, ich sei ein Teil davon?«

Florence fing an zu stottern. »Du … du hast dich doch gleich mit allem zufriedengegeben. Dir war doch alles egal. Wenn ich daran denke, an den Camion, dieses Wrack.« Sie schüttelte den Kopf.

»Ja, mit dem wir durch ganz Frankreich gereist sind.« Er lachte kurz auf. Dann wurde er wieder ernst. »Mir war nicht alles egal. Du hast …«, er zeigte mit der Gabel auf Florence, »du hast plötzlich das Wertesystem geändert. Alles musste schneller, größer und perfekter sein.« Er nickte mit dem Kopf. »Vor allem perfekter.«

»Hör mal, wenn man Bücher schreibt, dann ist Perfektion nun mal wichtig. Denn das nächste und das übernächste muss besser werden.«

»Ich bin aber nun mal kein Buch. War ich auch nie.«

Florence sah ihn mit sanften Augen an, schmolz dahin.

»Ich hasse das Wort ›perfekt‹.« Er stellte seinen Teller ab. »Perfekt ist doch scheiße.« Er kam auf sie zu und setzte sich neben sie auf die Rückenlehne.

Sie sahen sich an und küssten sich, wie vor ein paar Tagen. Florence legte den Arm um ihn. Plötzlich zog sie sich zurück, erschrocken, entsetzt. »Nein.« Abwehrend hob sie die Hände.

Sie lief wie eine aufgeschreckte Katze aus dem Zimmer und kam gleich wieder zurück. Sie schnappte nach Luft. »Tu mir einen Gefallen, verschwinde aus meinem Leben. Und zwar für immer.«

Kapitel 18

Die vertraute Diele, der Mittelpunkt ihres Hauses, schwankte vor ihren Augen, bewegte sich unter ihren Füßen. Zorn erfüllte ihr Herz, erfasste ihren ganzen Körper, bis sie am liebsten losgeschrien und das Gefühl herausgebrüllt hätte, gegen das sie die ganze Zeit angekämpft hatte. Schmerz war erlaubt. Auch Kummer war gestattet – Wut jedoch schien Verrat zu sein. Bis zu diesem Moment. Jetzt überließ Florence sich mit Leib und Seele ihrem glühenden Zorn. Gleichzeitig war ihr klar, dass ihre Großmutter und Lucienne Rocher nichts davon merken durften. Dieser Zorn gehörte ihr allein. Sie steckte die Hände in ihre Jackentaschen. Die Briefe. Sie hatte sie eingesteckt und wollte sie Serge übergeben. Darum war sie zu ihm gegangen.

»Lucienne, ich muss weg … Sie brauchen mit dem Essen nicht zu warten.«

Rückwärts trat Florence aus der Haustür.

Vorsichtig schritt sie die Granittreppe hinunter. Ihre Stiefel klatschten rhythmisch. Lucienne rief etwas hinter ihr her, aber Florence schaffte es bis zu ihrem Wagen und dann an den Strand, wo die Brandung ihr rasendes Herzklopfen übertönte. Sie ließ sich in den warmen Sand fallen, krümmte sich am Fuß einer Düne zusammen und weinte.

Florence konnte nicht aufhören zu weinen, genauso wenig, wie sie die Wellen davon abhalten konnte, eine nach der anderen am Ufer zu brechen. Eine Möwe stieß vom Himmel herab und schwebte an ihr vorbei. Wind kam auf, wirbelte den Geruch von Algen und Meeresgetier hoch und raschelte im Strandhafer, sodass es wie Flügelschlagen klang.

Irgendwann versiegten Florence' Tränen, und sie drehte sich auf die Seite. Ein Büschel Seegras diente ihr als Kissen, der weiche Sand als Matratze. Sie wollte die Wut hierlassen, hier in der wärmenden Sonne, und auch das Wissen um Béatrice' Vergangenheit sollte hierbleiben. Als der Brief ankam und ihr darin mitgeteilt wurde, dass ihre Mutter gestorben sei, hatte sie gedacht: *Etwas Schlimmeres kann nicht passieren.* Jetzt wusste sie, dass sie sich geirrt hatte. Es gab noch etwas Schlimmeres. Erst der Tod, dann die Enttäuschung namens Serge. Sie wusste nicht, ob sie diese doppelte Last tragen konnte. Sie hörte, wie jemand ihren Namen rief. Serge suchte nach ihr. Als seine Stimme lauter wurde, hob Florence den Kopf. Es war kein Tagtraum, er stand wenige Meter vor ihr im Sand.

»Hier bin ich«, flüsterte sie.

Seine Schritte knirschten im Sand, und dann kniete er neben ihr.

»Was machst du denn da, Florence?«

Er setzte sich zu ihr, zog sie an sich, hielt ihren Kopf an seiner Brust und strich ihr übers Haar. Sein Atem ging schnell, beruhigte sich aber, als sie sich gegen seine Schulter lehnte. »Wie hast du mich gefunden?«, murmelte sie.

»Ich kenne dich doch. Ich wusste, dass du hierherkommen würdest. Jedenfalls hatte ich das gehofft.«

»Warum hast du … mich gesucht?«

»Lucienne, eure gute Seele, hat mich angerufen. Du wärst aufgebracht, hat sie gesagt, und sie hätte keine Ahnung, wo du steckst. Sie machte sich Sorgen.«

»Es tut mir leid, dass ich vorhin so grausam zu dir war.«

»Was ist mit dir, Florence? So kenne ich dich nicht.«

»Sie war nicht tot.«

»Wer war nicht tot, Florence?«

»Meine Mutter. Der Unfall. Sie war nicht tot.«

»Wie kannst du das wissen? Du darfst dich nicht in deinen Fantasien verlieren. Du machst es nur noch schlimmer, wenn du dir so was ausdenkst.«

»Ich habe an dem Morgen, bevor ich hierherfuhr, diesen Brief erhalten.« Sie kramte in ihrer Jackentasche und hielt ihn Serge hin.

»Um was handelt es sich?« Serge ließ sich neben ihr in den Sand sinken.

Florence erzählte ihm alles, was ihr ihre Großmutter und der Pfarrer inzwischen gebeichtet hatten.

»Und du schweigst einfach?«, fragte sie.

»Was soll ich denn sagen, Florence? Das ist kaum zu glauben.«

»Es ist aber so.« Florence gab Serge einen Stoß. »Das ist der Grund, warum ich zurückgekommen bin.«

Serge nickte nur. »Was willst du eigentlich herausfinden? Deine Großmutter und auch der Pfarrer Tharaud halten sich bedeckt. Vielleicht wissen sie ja wirklich nicht mehr. Und die, die dir eine Antwort auf deine Fragen geben könnten, sind tot.« Serge legte den Kopf schräg und rieb sich am Kinn. Das hatte er früher schon getan, wenn er verwirrt war, dachte sie. Die Vergangenheit aufzuarbeiten würde mehr Aufmerksamkeit von ihm erfordern, als er im Moment aufbringen konnte, das wusste Florence.

»Ich glaube nicht, dass es ein Unfall war.«

Serge stöhnte. »Ob du das glaubst oder nicht, was bringt das?«

Florence setzte sich auf. »Ich will wissen, warum das alles geschehen musste. Ich will wissen, wer meine Mutter damals gefunden hat und warum sie mit allen Mitteln verhindert hat, dass ich davon erfahre.«

Serge streckte die Hand aus und strich ihr mit dem Daumen über die Wange. »Sand.«

Sie legte ihre Hand auf seine und beugte sich vor, als er den Kopf senkte, um sie zu küssen. Dieses Mal wehrte sie sich nicht, ließ sie es einfach geschehen. Sein Mund passte noch genauso auf ihren wie damals, auch wenn sie geglaubt hatte, sie hätte es vergessen. Sie glitt in seine Arme und hörte auf, sich Fragen zu stellen, hörte auf zu zweifeln und stoppte die Spirale des Was-wäre-gewesen-wenn, die sie tagelang gequält hatte, selbst in ihrer Zurückgezogenheit, als sie ihren Glauben an ihre Mutter hatte festigen wollen.

All das trat jetzt in den Hintergrund, und Florence war sich nur noch dieses besonderen Augenblicks bewusst. Sie spürte, wie Serges Hände ihren Rücken hinaufglitten, spürte, wie ihr Herz in einen anderen Rhythmus verfiel, in einen Rhythmus, den sie noch nie erlebt hatte.

Langsam ließen sie sich in den Sand sinken. Florence vergaß, warum sie an den Strand gegangen war, an diese abgelegene Stelle. Serges Kuss ließ sie mit dem Sand verschmelzen, als wären sie beide Teil davon. Dann löste er sich von ihr, setzte sich auf.

Florence schaute zu ihm hoch, streckte die Arme nach ihm aus. Er streichelte ihr Gesicht und wischte eine Träne fort, die sie gar nicht bemerkt hatte. »Ach, Florence.«

Als er aufstand, sah sie ihn ungläubig an. »Was hast du? Wohin gehst du?«

Er nahm ihre Hand und zog sie auf die Füße, obwohl sie das Gefühl hatte, dass ihre Beine sie gar nicht tragen würden. Serge hielt sie, strich ihr durchs Haar. »Ich will dich so sehr, Florence, ich wünsche es mir so sehr – aber nicht so. Nicht, solange du eine Beziehung in Paris hast. Nicht, solange du dich fragst, ob er wirklich der Mann ist, mit dem du dein Leben verbringen willst. Nein, nicht so.«

Zum ersten Mal seit langer Zeit hatte Florence sich wieder einer Liebkosung hingegeben. Sie hatte sich eingeredet, dass sie zufrieden war mit Patricks angenehmer mittelmäßiger Art der Zärtlichkeit. Nein. Sie wollte dieses Gefühl, das sie gerade erlebt hatte, nicht analysieren. Sie hatte Angst, dass sie damit die Erwartung zerstören könnte, die sie seit einer Ewigkeit nicht mehr gespürt hatte. Im Moment erinnerten ihre Emotionen sie an die Zeit, als unbegrenzte Möglichkeiten vor ihr lagen und sie nicht wusste, was als Nächstes geschehen würde; an die Zeit, als ihr Leben noch nicht in geregelten und geordneten Bahnen verlief. »Nein, es geht nicht um Patrick oder ob ich mein restliches Leben mit ihm … das war es nicht. Geh nicht weg!« Sie wünschte sich die Dunkelheit herbei oder wenigstens die Dämmerung, doch im Moment schien die Sonne auf sie beide herunter.

»Florence, du bist immer ein Teil von mir geblieben. Ich kann dich nicht dazu bringen, auch so zu empfinden. Ich konnte es damals nicht und kann es auch heute nicht. Und ich will auch nicht die zweite Wahl sein. Ich will nicht der Tröster und der Mann für

Notfälle sein. Nur in dieser Sache, was die Vergangenheit deiner Mutter betrifft, möchte ich an deiner Seite sein.«

Serges Worte zerteilten den Nebel, der Florence eingehüllt hatte, während seine Hand in ihrem Haar lag, seine Lippen an ihrem Hals. Sie versuchte, die Wahrheit zu leugnen, aber brachte nur einen leisen Schrei hervor.

Sie kramte in ihrer anderen Jackentasche und überreichte Serge die Briefe. »Hier ist der Beweis, dass ich dir fast zwei Jahre lang geschrieben habe. Sie waren im Sekretär meiner Mutter versteckt.«

Serge nahm sie an sich. Er ließ seine Finger darübergleiten, als wolle er kontrollieren, ob sie vollständig waren. Er brachte nur ein paar erstickte, zusammenhanglose Wörter hervor. »Du hast … wirklich …« Er starrte auf die Briefe, die sie vor dreizehn Jahren an ihn geschickt hatte. Er steckte das Bündel in seine Hosentasche. Wie in Trance nahm er Florence' Hand. »Komm«, sagte er, »ich bringe dich nach Hause. Lucienne macht sich Sorgen um dich.«

Florence folgte ihm durch die Dünen, über Gräser und Treibholz. Als sie vom Sandboden auf die Straße trat, griff sie nach Serges Arm. Er drehte sich zu ihr um, und sie fasste mit beiden Händen sein Hemd, riss ihn an sich und küsste ihn leidenschaftlich. In diesem Augenblick schien das Verlangen ihr wichtiger zu sein als die Wahrheit. Mehr als alles andere wünschte sie sich, dass er sie begehrte.

Serge erwiderte ihren Kuss, und sie empfand sein Stöhnen mehr, als dass sie es hörte. Er löste sich von ihr, ließ aber eine Hand auf ihrer Schulter liegen. »Florence, später wird dir das leidtun, mir nicht, und das wird alles kaputt machen. Bitte …«

Florence schaute ihn an, spürte den Sand im Gesicht, in ihren Haaren, die Tränen auf ihren Wangen. Die Nachmittagssonne tauchte sie in das grelle Licht der Realität. Serges Augen waren feucht, und Florence hätte gern gewusst, ob es Tränen waren oder Verlangen, aber sein verschlossenes Gesicht und die harte Hand auf ihrer Schulter ließen sie verstummen.

»Hör zu. Ich will nicht, dass du dich dafür entscheidest, weil ich nett zu dir bin oder weil ich dein Freund und gleichzeitig Exfreund bin oder weil ich gerade im richtigen Augenblick zur Stelle bin. Steig ein …«, sagte er und begleitete sie zur Fahrertür.

»Und was meinst du, warum soll ich mich dafür entscheiden?«

»Aus Sehnsucht.«

»Ach, Serge.« Sie ließ den Kopf an seine Brust sinken. Er hob ihr Gesicht, trat zurück und öffnete die Wagentür. Florence zog die Schlüssel aus der Tasche. »Ich glaube … ich fahre jetzt einfach nach Hause.«

»Ich fahre hinter dir her«, erklärte er und stieg in seinen Wagen.

Im hypnotisierenden Rhythmus der auflaufenden Flut schlugen die Wellen an den Strand. Sie schoben die Gischt vor sich her, die als flüchtiger Schaum auf dem Sand liegen blieb, eine vergängliche Erinnerung an die Welle, die gerade den Strand erreicht und sich dann wieder zurückgezogen hatte. Genau wie Serge, dachte Florence und drehte den Zündschlüssel um. Hoffentlich geht diese Welle vorbei. Doch sie musste sich eingestehen, dass es sie froh stimmte, zuzuschauen, wie er Muschelschalen aufhob, wie er in die Sonne lachte und wie sein Haar im Wind wehte. Er hatte sie zwar vorhin abgewiesen. Das war seine Schutzmauer, die er um sich herum gebaut hatte. Seine Stimme war ein wenig brüchig gewesen, da hatte Florence sich nicht verhört. Dieser Mann, der zwischen Selbstbewusstsein und Sarkasmus schwankte, war im Verborgenen, an Stellen, die nur sie allein berühren konnte, immer noch gebrochen. Obwohl sie sich vorgenommen hatte, zu recherchieren, was damals mit ihren Eltern passiert war, hatte sie das Gefühl, die Spurensuche könne warten. Plötzlich spürte sie es als Last, so drückend wie ein heraufziehendes Unwetter. Vielleicht befürchtete sie, das, was sie erfahren könnte, würde die stille Freude verderben, Serge einfach um sich zu haben, einfach zu wissen, dass er da war, lebendig.

Nachdem Florence in ihrer Einfahrt geparkt hatte, blieb sie im Auto sitzen, um Atem zu holen. Serge erschien an der Wagentür. Florence ließ das Seitenfenster herunter.

»Ich würde vorschlagen, zum Kloster zu fahren. Vielleicht gibt es dort noch Antworten. Ansonsten lassen wir die Vergangenheit ruhen.« Serge sah Florence abwartend an.

»Du hast Schiss«, sagte er.

»Du hast Angst, wollte ich sagen.«

»Ich weiß, was du sagen wolltest.«

Serge lächelte und fuhr ihr über das Haar. Er ließ die Hand auf ihrer Wange ruhen.

Florence wollte eigentlich aussteigen, aber sie konnte die Augen nicht von Serge abwenden, von diesem Mann, der mit jeder einzelnen Faser seines Körpers die Natur und das Meer so selbstverständlich in sich aufnahm, wie er ihr durchs Haar fuhr und ihre Wange berührte. Sie wusste, wie gefährlich solche Gedanken waren, aber sie drängten sich auf wie der

Refrain einer Ballade, dem sie sich nicht entziehen konnte.

»Da bist du ja. Mein Gott, ich habe mir Sorgen gemacht.« Lucienne kam um die Hausecke.

Ruckartig zog Serge die Hand zurück. »Habe sie wohlbehalten zurückgebracht«, rief er ihr entgegen.

»Alles in Ordnung?«, fragte Lucienne von Weitem.

Florence antwortete nicht gleich. Sie schloss die Augen. Plötzlich war sie erschöpft.

»Ja, es ist alles in Ordnung.« Lächelnd winkte sie. »Mir geht es ausgezeichnet«, erklärte sie den weißen Wolken und sich selbst, während Serge die Autotür öffnete.

Serge nahm ihre Hand und half ihr aus ihrem Wagen.

»Soll ich dich reintragen? Und Adélaide Guten Tag sagen?«

»Nein, das geht nicht.«

»Und die Fahrt zum Kloster?«

Sie nickte. »Einverstanden.«

Kapitel 19

Roussillon, Oktober 2012

Über ihnen klebte die Abtei wie ein Vogelnest am Felsen, wie eine Festung wuchs sie aus dem Stein und Unterholz der Bergflanke.

Das ganze Kloster schien in der Erde zu versinken. Die flachen, rechteckigen Steine der Gebäude sahen aus, als wären sie ohne Mörtel aufeinandergeschichtet worden, aber sie standen schon seit Jahrhunderten. Es war schwer zu erkennen, wo die Mauern des Stifts begannen und wo der Berg aufhörte.

Florence öffnete das Seitenfenster, während der Landrover den spektakulären Pfad, der zum Berg Pic du Canigou führte, hinauffuhr. Da private Pkws nicht erlaubt waren, hatten sie und Serge entschieden, den Mietwagen mit Fahrer zu nehmen, anstatt die sieben Kilometer zu Fuß zu gehen. Die Luft roch nach Eichenwäldern und Laubbäumen, Pinien und Kräutern, begleitet vom Tosen des Wildbaches in einer tief eingeschnittenen Schlucht. Eine atemberaubende Landschaft breitete sich unter ihnen aus.

Erst nach langem Suchen entdeckten Serge und Florence den Haupteingang. Sie hatten beide vorab gebucht und bekamen genau das, was sie erwartet hatten: jeder ein bescheidenes Zimmer. Florence war angespannt und ängstlich. Ob sie das Geheimnis würde lüften können? Was mochte sich hinter all dem verbergen? Und, schlimmer noch, wollte sie es tatsächlich wissen?

Sie öffnete das Fenster, das auf den schönen Innenhof hinausging, der zwischen Unterkirche und Kreuzgang lag. Sie sah zu dem quadratischen Glockenturm, und ein alles durchdringender Friede erfüllte Florence in diesem Augenblick. Verglichen mit Paris, war das hier nahezu überirdisch. Kein Telefon, nichts. Es war egal. Sie hätten Florence auch im großen Schlafsaal unterbringen können, es hätte ihr nichts ausgemacht und Serge auch nicht. Sie brauchte Antworten, und das bedeutete, dass sie die Oberschwester, auch bekannt unter dem Namen Schwester Simone, finden musste.

Florence' Bitte bei ihrer Ankunft, mit ihr sprechen zu dürfen, war zwar freundlich, aber ohne Erklärung abgelehnt worden. Kein verheißungsvoller Auftakt, aber Serge war überzeugt, dass es hier eine oder mehrere Antworten gab.

Die freundliche Nonne, die sie und eine Handvoll andere Pilger willkommen geheißen hatte, lud Florence und Serge ein, das Kloster zu erkunden, konnte Florence aber nicht sagen, wann die Ordensschwester für sie Zeit hatte.

Also ging Florence mit Serge im Garten umher und ließ die Hektik, die sie auf ihrer gemeinsamen Reise angetrieben hatte, von sich abfallen. Zu drängeln oder ungeduldig zu werden würde hier nichts nützen. Denn es war unmöglich, innerhalb dieser uralten Mauern nicht die Zeitlosigkeit der Ewigkeit zu spüren, und die Erkenntnis, dass selbst die Zeit nur durch Gottes Wort weiterlief.

Das Abendessen war einfach. Florence brach sich ein Stück Stangenbrot ab und genoss den Geschmack von Quark mit frischen Kräutern, die sie im klostereigenen Garten an der südlichen Außenmauer hatte wachsen sehen. Eine Nonne hatte Florence und Serge eine kleine Führung angeboten, die sie beide begeistert annahmen. Südlich des Kreuzgangflügels öffnete sich die Galerie direkt auf die Schlucht, und so konnte man die herrliche Gebirgslandschaft genießen. Das von steilen Felsabstürzen umgebene Plateau machte diese Anlage so einzigartig, fand Florence und sah Serge von der Seite an. Das ergreifende Panorama der Bergwelt hatte vor allem ihn begeistert, was ihr aufgefallen war. Zufrieden mit der schlichten Mahlzeit, schlief Florence in dieser Nacht tief und fest, trotz des kargen, schmalen Betts, und erwachte mit neuer Hoffnung, ihr Ziel vielleicht heute zu erreichen.

Nachdem sie und Serge gefrühstückt hatten, fragte Florence wieder nach der Ordensschwester. Sie wartete am Tisch, während die anderen Pilger zu ihren Tagesaktivitäten aufbrachen. Die Schwester, die zu ihr kam, hatte ein Päckchen in der Hand. »Es tut mir leid. Aber die Ordensschwester musste heute in der Früh zu einem Außentermin.« Sie reichte Florence das Päckchen. »Das soll ich Ihnen geben, es sind Sachen Ihrer Mutter. Wir hatten bereits auf Sie gewartet, da wir es Ihnen persönlich übergeben wollten.«

»In Ihrem Brief stand aber nichts davon, dass noch persönliche Sachen von meiner Mutter hier vorhanden sind.«

Die Nonne zog die Augenbrauen so hoch, dass sich der Rand ihrer Haube verzog. Offensichtlich war sie es nicht gewohnt, dass Pilger ihr widersprachen.

»Wollen Sie noch bleiben, oder reisen Sie heute bereits wieder ab?«

»Wir bleiben noch für eine Nacht«, mischte sich Serge ein.

Die Nonne nickte. »Sie können in die Bibliothek gehen, wenn Sie möchten.«

»Dürfen wir uns im Kräutergarten aufhalten?«, fragte Florence. Sie musste raus an die frische Luft.

Florence saß im Kräutergarten auf einer kleinen Mauer. Sie ließ ihren Blick über das spitze Felsmassiv gleiten zu einem Adlerhorst.

Sie spürte immer noch Großmutters tröstliche Berührung, die sie hierher begleitet hatte.

»Leiden Sie unter Absencen?«, fragte die Nonne, die zwei Schritte vor Florence ging, ohne sich umzudrehen.

»Sie meinen, wie bei Schlafwandlern?«

Florence schüttelte den Kopf, und dann … sie hätte nicht zu erklären vermocht, warum, vielleicht, weil ihr Instinkt ihr sagte, dass sie ihr trauen durfte, da sie eine Frau war, die sich entschieden hatte, ihr Leben Gott zu weihen. Florence erzählte von dem schrecklichen Albtraum, der sie quälte, seit sie wieder in der Bretagne war, und nach dem sie sich immer seltsam leer und verängstigt fühlte.

In Paris hatte sie auch solche Träume gehabt, aber in Locronan waren sie intensiver geworden. So kam es ihr jedenfalls vor. Florence zog die Strickjacke enger um sich, in die sie sich gehüllt hatte, bevor sie hier herauskamen.

»Vielleicht sind Sie als Kind einmal fast ertrunken«, mutmaßte die Nonne. »Das würde die Wellen erklären und das Gefühl, verschluckt zu werden.«

»Daran würde ich mich erinnern. Oder meine Großmutter hätte es mir erzählt … glaube ich zumindest«, fügte sie leise hinzu, bevor sie sich wieder den duftenden Kräutern zuwandte.

Wie hätte sie sicher sagen können, was ihre Großmutter, deren Verhalten sie inzwischen überhaupt nicht mehr verstand, erzählt oder getan hätte?

Die Nonne schien in ihr zu lesen wie in einem offenen Buch.

»Jeder hat seine verborgenen dunklen Seiten«, tröstete sie.

»Ich nicht. Oder zumindest glaube ich es nicht«, sagte Florence seufzend. »Es hat mit der Tragödie von damals zu tun. Ich höre im Traum die Explosion, diesen ohrenbetäubenden Knall, und sehe Feuerzungen auf den Wellen schwimmen. Es ist immer das Gleiche.«

»Vielleicht finden Sie hier an diesem Ort die Antwort.«

»Haben Sie meine Mutter gut gekannt?«

»Was heißt gut? Ihre Mutter hat sich sehr abgekapselt, was man ja auch verstehen konnte.«

»Ich verstehe aber nicht, warum sie mir nie ein Lebenszeichen gegeben hat. Ich hätte mich doch um sie gekümmert.«

»Ich denke, das war der Grund.«

Florence sah die Nonne erstaunt an. »Wie bitte?«

»Ich denke, Ihre Mutter wusste, dass Sie sie betreut und somit vergessen hätten, Ihr eigenes Leben zu leben, sich zu entwickeln. Und glauben Sie mir, sie hat sich hier sehr wohlgefühlt. Ich dachte immer, ich würde mich an den Anblick Ihrer Mutter irgendwann einmal gewöhnen können. Aber …«

»Sah sie so schlimm aus?«

»Ja, glauben Sie mir. Sie hätte es, glaube ich, nicht ertragen, Ihren erschrockenen Blick zu sehen. Sie ertrug ihr Leid mit großer Demut und Tapferkeit. Ihr fielen viele Dinge, die uns selbstverständlich erscheinen, sehr schwer. Sie hatte Probleme beim Essen, auch das Schreiben, was sie sehr gerne tat, bereitete ihr Schwierigkeiten. Sie müssen bedenken, ihre Haut war bis zu sechzig Prozent durch die Verbrennungen zerstört. Aber sie ließ sich nicht unterkriegen.«

Florence musste zaghaft lächeln.

»Gehen Sie mit Ihrer Mutter nicht so hart ins Gericht«, flüsterte die Nonne.

Serge bog um die Ecke.

»Ich werde Sie beide nun allein lassen.«

»Danke, Schwester«, sagte Florence, nahm die Schachtel und setzte sich neben Serge.

Sie nahm den Deckel ab und sah hinein. Sortierte Einzelblätter in Form von Briefen an sich selbst lagen in einem riesigen Stapel darin. Sie sah sie hastig durch, und ihr Blick blieb bei einem zusammengebundenen Stapel an der Jahreszahl und dem Vornamen hängen.

Serge bemerkte ihren Blick. »Was ist?«

»Das weiß ich noch nicht. Es geht um die Jahre 1976 bis 1978. Soviel ich weiß, haben meine Eltern 1979 geheiratet. Aber warum steht da Sophie?«

»Du meinst doch nicht etwa meine Tante Sophie?« Serge grinste. »Dann fang einfach an vorzulesen. Bin sehr gespannt.«

»Und ich erst. Meine Mutter und Sophie? Das kann nur ein Irrtum sein.«

Florence nahm die ersten Seiten zur Hand. Als sie Béatrice' Handschrift erkannte, durchzuckte es sie wie ein elektrischer Schlag. Trotz der Verbrennungen konnte sie sich diese schöne Schrift bewahren. Ihre schrägen Zeilen, die verschnörkelten Anfangsbuchstaben. Das Stück Papier in diesem Moment in den Händen zu halten, auf dem die Finger ihrer Mutter gelegen hatten, und die Worte nachzufahren verband sie in einer Weise mit ihr, wie es die Erinnerung allein nicht vermochte. Aus den Buchstaben formte sich vor ihren Augen ein Stück der Lebensgeschichte ihrer Mutter.

Zweiter Teil

1976 – 1978

Kapitel 20

Locronan, 1976

Béatrice Gall wartete in dem überfüllten Vorzimmer der Tuchweberei von Locronan und fragte sich, wohin sie gehen und was sie tun sollte, wenn sie diese Arbeit nicht bekäme. Sie hatte nicht lange gebraucht, um den Personalbogen auszufüllen, denn ihre einzige bisherige Berufserfahrung beschränkte sich auf die Arbeit auf dem elterlichen Hof. Sie hoffte, dass das etwas zählte. Frauen drängten sich in dem winzigen Büro: die meisten von ihnen älter als Béatrice, viele von ihnen Hausfrauen und Witwen. Alle suchten Arbeit. In ihrem Sonntagsstaat fühlte sie sich fehl am Platz, aber verglichen mit der jungen Frau, die auf dem Stuhl ihr gegenüber saß, kam Béatrice sich vor, als wäre sie von einem Artischockentransporter gefallen.

Das Mädchen schien in Béatrice' Alter zu sein, aber das offensichtliche Selbstbewusstsein und die Zuversicht, mit der sie in einem alten Exemplar der Zeitschrift *Tele* blätterte, ließ sie reifer erscheinen. Sie trug ihr glänzendes dunkles Haar zu einem perfekt nach hinten gekämmten Knoten frisiert, ihr Lippenstift und der Nagellack hatten den gleichen Rotton wie die Streifen ihrer Bluse, und sie war die einzige Frau im Zimmer, die einen schwarzen Rock trug. Sie sah aus, als wäre sie gerade den Seiten eines Buches entstiegen. Und in einem kleinen Dorf wie Locronan bedeutete das, dass sie deplatziert wirkte.

Die Tür zur Weberei öffnete sich plötzlich, und ein korpulenter Mann in einem graubraunen, schlecht sitzenden Anzug erschien mit einem Stapel Papiere in der Hand. »Sophie Pasteau?«, rief er. Die elegante junge Frau erhob sich. »Und Béatrice Gall?« Sie stand schnell auf. »Mein Name ist Christian Montjoi. Bitte folgen Sie mir, Mesdemoiselles.«

Er führte sie einen vollgestellten Flur entlang, an Stapeln von Kisten und hölzernen Paletten vorbei und dann in die Fabrikhalle selbst. Das Gebäude war vom Dröhnen der Webmaschinen und dem Summen von Neonröhren erfüllt. Béatrice sah reihenweise Arbeiter bei ihrer Tätigkeit und fragte sich, wie sie sich bei dem Krach konzentrieren konnten.

»Entschuldigen Sie den Lärm«, sagte Monsieur Montjoi, als er sie in sein abgetrenntes Büro bat. »Wir erweitern die Produktion und statten die Fabrik mit neuen Maschinen aus.« Das winzige Büro hatte eine Glaswand, sodass er in die Räume sehen konnte, wenn er hinter seinem Schreibtisch saß. Er schloss die Tür und reduzierte damit den Lärm ein wenig, dann zeigte er auf zwei Stühle. »Bitte setzen Sie sich.«

Béatrice saß angespannt auf der vorderen Stuhlkante und fragte sich, was sie mit ihrer Handtasche und ihren zitternden Händen tun sollte, während sie hoffte, dass sie nicht zu zappelig wirkte, als sie ihren Rock gerade zog. Das Mädchen namens Sophie machte es sich beinahe mühelos bequem und wirkte trotz des engen Rockes sehr damenhaft, als sie die Beine übereinanderschlug.

»Wofür sind diese Tücher?«, fragte sie.

»Es sind Segeltücher für die Marine. Oder dachten Sie, wir bauen Bomben?«

Béatrice wusste, dass ihr der Schreck anzusehen war, als Monsieur Montjoi lachte. Hatte ihre Mutter sie nicht immer davor gewarnt, ihre Reaktionen so offen zu zeigen, dass alle Welt sie sehen konnte? Sie wünschte, sie könnte ihre Gefühle besser verbergen.

»Keine Angst, Mademoiselle Gall«, sagte er. »Hier gibt es kein Dynamit. Wir weben Segeltücher und andere Kleinteile. Das ist alles.«

Er räusperte sich, als wolle er andeuten, dass es nun an der Zeit war, Tacheles zu reden, und überflog den Stapel Papier, der vor ihm lag.

»So, Mesdemoiselles, zunächst weiß ich es zu schätzen, dass Sie sich für eine Arbeit in der Weberei bewerben. Sie haben beide angegeben, dass Sie achtzehn und neunzehn sind und die Schule abgeschlossen haben. Stimmt das? Haben Sie Unterlagen mitgebracht, die das bestätigen?«

Béatrice fingerte ihre Geburtsurkunde und ihr Abschlusszeugnis aus der Mappe und reichte ihm beides über den Schreibtisch. Die Tasche des anderen Mädchens war auch nicht größer als Béatrice', aber ihre Unterlagen sahen erstaunlich ordentlich aus, als sie sie herauszog.

»Sehr gut«, sagte er, als er die Blätter zu Ende durchgelesen hatte. »Herzlichen Glückwunsch, Mädels. Sie sind eingestellt. Sie können beide morgen anfangen. Die Ausbildung dauert sechs Wochen, je nachdem, wie schnell Sie lernen. Sie bekommen vierzig Francs die Woche.«

Béatrice grinste breit, dämpfte aber ihre Begeisterung schnell, als sie sah, dass Sophie ruhig nickte.

»Ich sehe, dass Sie, Mademoiselle Gall, keine Adresse hier in Locronan oder Umgebung angegeben haben.«

»Ja. Ich suche mir heute ein Zimmer.«

»Es ist nicht leicht, in der Nähe der Weberei etwas zu finden, wie Sie wahrscheinlich wissen«, sagte

Monsieur Montjoi. »Aber ich bin in Locronan aufgewachsen, wie auch Mademoiselle Pasteau.«

»Genau, Monsieur Montjoi. Wir könnten Ihnen
ein paar Adressen geben, wenn Sie wollen«, sagte
Sophie.

»Ja. Das wäre nett von Ihnen beiden.« Béatrice
fand, dass sie furchtbar klang. Sie hätte sich nicht
einmal an seinen Namen erinnert, wenn Sophie ihn
nicht damit angeredet hätte. Sie fragte sich, ob alle
sahen, was für ein Trampel sie war.

Sophie lächelte. »Bei mir zu Hause hätten wir
noch ein kleines Zimmer. Du kannst es dir ja nachher
ansehen, wenn du möchtest.« Sophie schien so selbstbewusst und tough. Béatrice merkte, dass sie zustim-
mend nickte wie ein trainiertes Pferd, und sagte
schnell: »Ich nehme es.« Für einen Augenblick war es
mucksmäuschenstill. Béatrice sah Sophie erschrocken
an, aber Sophie lachte.

»Dann kannst du nachher gleich die Kammer be-
ziehen«, sagte Sophie.

»Ja, gern.« Béatrice konnte ihr Glück kaum fassen. Sie hatte eine Arbeit und eine Ersatzfamilie am
selben Tag gefunden.

»Und Sie haben kein Problem damit, bei Fremden
zu wohnen?«

»Ich bin auf einem Bauernhof aufgewachsen«,
sagte Béatrice und hätte sich gleich darauf selbst treten können. Was für eine dumme Bemerkung! Sie
ergab überhaupt keinen Sinn. Als wenn Bretonen
nicht wüssten, was ein Bauernhof war. Sollte sie erklären, wie sie es gemeint hatte? Dass sie den Anblick
von geschlachteten Schweinen und Hühnern gewohnt
war, oder würde das die Sache nur noch schlimmer
machen?

»Dann wären wir so weit fertig«, fuhr Monsieur Montjoi fort.

Er zeigte ihnen kurz die Weberei, und Béatrice widerstand dem Drang, ihre Augen gegen das grelle Licht der Neonröhren abzuschirmen. Die Arbeiterinnen und Arbeiter standen in langen Reihen an Webstühlen und fädelten komplizierte Gebilde aus Garn und Gegenständen zusammen. Béatrice wusste überhaupt nichts über Garne und Webstühle, und sie verspürte eine Welle der Angst, als sie sich fragte, wie sie es schaffen sollte, Derartiges herzustellen. Monsieur Montjoi stellte sie ihrem Vorgesetzten Monsieur Tomá vor, einem Mann über sechzig, der nach gekochten Artischocken roch und aussah, als hätte er auf einem Piratenschiff die Weltmeere erobert. Er funkelte sie misstrauisch an, und Béatrice hatte das Gefühl, dass er Frauen am Arbeitsplatz nicht gern sah. Bestimmt schien er sie zu Hause am Herd zu bevorzugen.

»Sie müssen die Haare unter ein Tuch stecken«, knurrte Tomá. »Die Fingernägel müssen kurz sein, kein Schmuck, keine hohen Absätze. Sie werden den ganzen Tag überwiegend stehen. Ziehen Sie feste Schuhe an.«

Béatrice warf Sophie einen Blick zu. Sie sah schelmisch drein, als wäre sie versucht, vor dem alten Nörgler zu salutieren und »Aye, mon général!« zu sagen.

Dann wandten sie sich wieder Monsieur Montjoi zu und kehrten zu seinem Büro zurück, nachdem sie die Führung beendet hatten. »Wenn Sie keine weiteren Fragen haben, erwarte ich Sie morgen früh um acht Uhr hier zur Arbeit.«

Sophie streckte die Rechte aus wie ein Mann und schüttelte Monsieur Montjois Hand. »Vielen Dank«, sagte sie zu ihm. »Ich freue mich darauf, hier zu arbeiten.«

»Ja … ich auch«, flüsterte Béatrice. Sie kam sich vor wie Sophies kleine hilflose Schwester.

»Wie es aussieht, haben wir's geschafft«, sagte Sophie, als sie das Gebäude verließen. »Möchtest du dir dein neues Zimmer ansehen?«

»Äh … ja … klar. Aber ich habe meinen Koffer und meine Sachen im Postamt gelassen.« Béatrice grauste es davor, all ihr Hab und Gut bei diesem Regen quer durch den Ort zu schleppen.

»Es liegt auf dem Weg. Wir können deine Sache holen, und von da ist es nur eine Straße weiter.«

Als sie am Elternhaus von Sophie ankamen, öffnete ihre zwei Jahre ältere Schwester Claudette. Sie war im siebten Monat schwanger.

Sie wandte ihnen ohne ein Wort den Rücken zu und ging voran, während die alten hölzernen Bodendielen unter ihrem Gewicht ächzten. Die Zimmer waren ebenso geschmackvoll wie düster, mit langweiligen Tapeten, dunklem Holz, alten Vorhängen und schwachem Licht. Hölzerne Klappstühle standen ordentlich am Küchentisch.

»Du bekommst einen Schlüssel für die Haustür«, sagte Sophie zu Béatrice, als sie die Rückseite des Hauses erreicht hatten.

»Bitte benutze die Hintertreppe hinauf in den zweiten Stock. Die andere Tür führt in den Keller, aber es gibt für dich keine Veranlassung, dorthin zu gehen, wo wir unsere Vorräte aufbewahren«, sagte Claudette und strich sich über ihren Bauch. Béatrice spürte, wie Sophie sie in die Rippen stieß, als sie ihrer Schwester die schmale Treppe hinauf folgten. Béatrice drehte sich und sah, dass Sophie die affektierte

Miene und den schwerfälligen Gang ihrer Schwester nachahmte. Béatrice wandte sich schnell wieder um und hielt sich die Hand vor den Mund, um ein Kichern zu unterdrücken.

»In diesen beiden Zimmern sind meine Eltern und meine Brüder untergebracht. Hier ist das Bad. Wir müssen es uns mit allen teilen, und wir haben einen Plan, wann wer ein Bad nimmt und so weiter.« Claudette drehte sich um und schloss die Tür zu ihrem Zimmer auf, und Sophie knallte heimlich hinter ihrem Rücken militärisch die Hacken zusammen.

Der Raum war sehr klein, aber gemütlich, in erfrischendem Blau gestrichen, mit geblümten Vorhängen am Fenster und einem bunten Flickenteppich auf dem Fußboden. Auf dem Eisenbett lagen zusammengewürfelte Bettdecken, daneben standen eine Kommode mit drei Schubladen und ein schmaler Schrank mit einer Kleiderstange und ein paar Holzbügeln darin. In einer Ecke gab es einen Stuhl. Béatrice stellte sich vor, wie sie an den Sonntagen hier ihre Bücher las. Es gab eine Porzellanwaschschüssel mit einem Wasserkrug und einen kleinen eisernen Ofen, der für den nächsten Winter viel Wärme verhieß. Aus einer Dachgaube fiel der Blick auf den breiten Rasen vor dem Haus und auf die Straße hinter einer Baumreihe.

»Noch irgendwelche Fragen?«

»Ja«, sagte Sophie und sah ihre Schwester an. »Béatrice hat ihr Gepäck in der Post abgestellt. Jemand müsste es holen gehen.«

Wieder war Béatrice von Sophies Kühnheit überrascht und beeindruckt. Sie hätte nie um einen solchen Gefallen gebeten und stattdessen ihr Gepäck im strömenden Regen die Straßen entlanggeschleppt, mit schmerzenden Armen und klatschnass.

»Natürlich, Sophie«, erwiderte Claudette. »Ich werde Christophe Bescheid geben, dir zu helfen. So lange kannst du dich mit deinem neuen Zuhause vertraut machen, Béatrice. Ich rufe dich, wenn es so weit ist.« Sophies Schwester verließ den Raum.

»Und, gefällt es dir?«, fragte Sophie. Sie streifte ihre Schuhe von den Füßen und ließ sich auf das Bett fallen, wo sie sich gemütlich ausstreckte. »So, und jetzt erzähl mir alles von dir, Béatrice. Woher kommst du?«

Béatrice hockte auf der Vorderkante des Stuhls, als würde Sophie ein Vorstellungsgespräch mit ihr führen. »Du hast wahrscheinlich noch nie von dem Ort gehört. Er heißt Guéhenno, liegt im Hinterland des Morbihan und ist noch kleiner als Locronan, ob du es glaubst oder nicht. Meine Leute haben einen kleinen Hof mit Milchkühen und Schafen. Mein Vater wollte mich unbedingt an einen anderen Bauern verheiraten, aber ich wollte mit der Landwirtschaft nichts mehr zu tun haben – mir von morgens bis in die Nacht den Buckel krumm arbeiten und eine Horde Kinder großziehen. Nee! Ich habe überall Anzeigen gesehen, dass sie Arbeiterinnen suchen, vor allem in den Fischfabriken. Das klang viel spannender als das Leben als Bauersfrau, und deshalb bin ich hier.« Béatrice wusste nicht, warum sie wie ein aufgezogenes Blechspielzeug immer weitergeredet hatte, aber es war ein gutes Gefühl, nachdem sie den ganzen Morgen über einsilbige Antworten nachgeplappert hatte. »Und warum bist du hiergeblieben? Wolltest du nicht weg von hier?«

»Ja und nein. Hier lebt meine Familie, das ist ein Grund. Aber der andere Grund ist, dass ich in der Weberei viel mehr Geld verdienen kann als in einem traditionellen Frauenberuf wie Kellnerin oder Verkäuferin. Ich werde mein Geld sparen und irgendwann studieren.«

»Hast du einen Freund?«

»Um Himmels willen, nein.« Sophie zog eine Grimasse, als wäre ein Freund das Letzte, was ihr einfiele.

»Ich auch nicht, aber ich hätte gerne einen.« Béatrice kicherte.

»Warte, bis du meinen Schwager Gérard kennenlernst. Das ist ein toller Typ und so gut aussehend.«

»Aber er ist doch mit deiner Schwester Claudette verheiratet«, rief Béatrice empört.

»Na und. So jemand wie er würde mir schon gefallen.«

»Sophie!«

»Ja, ja, du hast ja recht. Meine Schwester ist Friseuse, und sie hat ihren Mann im Salon kennengelernt. Das war im Winter 1973. Ihr Chef war an diesem Tag krank, und so musste sie dem Kunden die Haare schneiden. Da hat es zwischen den beiden sofort gefunkt. Am Anfang ist es Claudette schwergefallen, dass er so lange weg war. So eine Schicht auf einem Leuchtturm kann bis zu einer Woche dauern und je nach Wetterlage auch länger. Ich stelle mir das unheimlich vor, wenn du da draußen in der rauen See so ganz alleine bist …«

Je mehr Sophie redete, desto mehr kam Béatrice sich wie ein Dummerchen vor. »Wie kannst du dir all diese Geschichten und Daten merken?«, fragte sie.

Sophie zuckte mit den Schultern. »Mein Vater liest immerzu Zeitung und hört Radio, schaut die Nachrichten im Fernsehen an. Und bei Tisch wird immer viel geredet und diskutiert.«

»Wir haben auch einen Fernseher und ein Radio«, sagte Béatrice, »aber ehrlich gesagt habe ich lieber Bücher aus der Schulbücherei gelesen, als die Nachrichten anzusehen. Und bei Tisch wird bei uns gebetet, aber nie geredet, geschweige denn diskutiert.«

»He, ihr zwei!«, rief Claudette von unten herauf. »Christophe kann euch jetzt fahren.«

»Danke. Wir kommen sofort runter«, erwiderte Sophie. Sie stand auf und schlüpfte in ihre Schuhe. »Geht es dir nicht auch gegen den Strich, wenn man uns behandelt, als wären wir Schulkinder? Immerhin werde ich in sechs Monaten zwanzig!«

Kapitel 21

Béatrice biss die Zähne zusammen und bereitete sich innerlich auf ein Blutbad vor. »Halt still!«, befahl Sophie, die mit einem Rasiermesser über sie gebeugt stand.

»Vorsichtig!« Der kalte Stahl zog sich durch den Seifenschaum über das Schienbein. Die Angst trieb Béatrice die Tränen in die Augen. »Das ist doch viel zu gefährlich, nur um sich diese Haare zu entfernen.«

Sophie lehnte sich zurück, um ihr Werk zu betrachten. »Wer schön sein will, muss leiden. Halt einfach still.«

»Vielleicht ziehe ich besser nur Hosen an anstatt Kleider oder Röcke.«

»Du siehst so gut aus in Kleidern, Béatrice. Weil du so schöne Beine hast. Und der Rest ist auch passabel. Das ist mein Ernst. Betrachte dich im Spiegel. Der ist gnadenlos.«

Wenn Béatrice genauer hinsah, konnte sie erkennen, dass sie unter der Schicht Make-up immer noch dieselbe Béatrice war. Aber wenn sie die Augen zusammenkniff und sich aus der Entfernung betrachtete, so wie man einen Fremden ansieht, erkannte Béatrice, dass Sophie recht hatte. Sie hatte dunkelbraune Haare, ein schön geschnittenes Gesicht und eine vollkommen reine Haut. Einen wohlgeformten Körper mit Kurven an den richtigen Stellen. Das Einzige, was brachlag, war das Selbstbewusstsein und die Anmut, um die Verwandlung von Aschenputtel zur schillernden Prinzessin überzeugend zu verkörpern.

»Ich wünschte, ich würde nicht so laufen wie ein Trampel«, klagte sie.

»Du musst mit einem Buch auf dem Kopf Gehen üben«, sagte Sophie. »Es ist alles eine Frage der Einstellung, weißt du. Wenn du immer so tust, als wärst du ruhig und gebildet, dann wirst du irgendwann selbst anfangen, es zu glauben.«

War es das, was Sophie tat? Béatrice wurde manchmal nicht schlau aus ihrer Freundin. Sie bewunderte Sophie und wollte sein wie sie – aber war alles an ihr nur gespielt? Nein, Béatrice war sich sicher, dass Sophie zwar nicht mit Wohlstand und Privilegien aufgewachsen war, aber sie war sehr neugierig und aufnahmefähig für alles, was draußen in der Welt geschah. Aus ihr würde bestimmt etwas Besonderes werden.

Sie hatten beide nicht lange gebraucht, um Béatrice' Koffer und Taschen auszupacken, nachdem sie ihr Gepäck vom Postamt geholt hatten. Béatrice hatte nicht viele Sachen. Ihre Kleider waren überwiegend selbst genäht oder aus dem Versandhauskatalog.

*

Schon bald entwickelte sich eine gewisse Routine in ihrem gemeinsamen Leben. Sie wuschen ihre Wäsche zusammen und hängten sie zum Trocknen auf die Wäscheleine im Garten. Sophie war eine Meisterin mit dem Bügeleisen, und sie achtete darauf, dass alles, auch die Sachen der gesamten Familie, makellos geplättet waren.

»Es macht nichts, wenn deine Sachen ein wenig verschlissen sind«, sagte sie zu Béatrice. »Wenn sie gut gebügelt sind und deine Haare sauber und deine Schuhe geputzt, siehst du immer gut aus.«

Sophie schien so viel über Mode und Benehmen zu wissen. Sie wusste, wie man sich kleidete und schminkte und wie man sich stilvoll und selbstbewusst verhielt.

»Woher weißt du all diese Dinge?«, fragte Béatrice sie.

»Ich lese heimlich die Zeitschriften meiner Schwester, die sie aus dem Friseursalon mitbringt.«

»Bringst du mir bei, was man wissen sollte?«

»Gerne.« Sophie war mit Béatrice zu einem kleinen Geschäft gefahren, nachdem sie ihren ersten Lohncheck eingelöst hatten, und hatte ihr geholfen, Make-up, Rouge, Lippenstift und Wimperntusche zu wählen.

»Mein Vater würde einen Wutausbruch bekommen, wenn er sehen könnte, dass ich all das hier benutze«, sagte Béatrice. Aber Sophie hatte einen so guten Geschmack, dass Béatrice sich nie angemalt vorkam, sondern einfach nur hübsch. Zum ersten Mal in ihrem Leben. Sophies Schwester schnitt Béatrice' Haare und tönte ihr diese, damit sie einen wunderschönen Glanz bekamen.

Als Gegenleistung kochte Béatrice für die ganze Familie und backte einen Kuchen nach dem anderen, machte für Sophie und sich Sandwiches für die Lunchdosen und heißen Kaffee für ihre Thermosflaschen.

Die Arbeit in der Weberei gefiel Béatrice besser, als sie anfangs gedacht hatte. Auch wenn sie anstrengend war. Sie war rundum zufrieden.

An den Wochenenden fuhren Béatrice und Sophie mit dem Bus nach Quimper, um ins Kino zu gehen. Es dauerte nicht lange, bis Béatrice ihre Schuldgefühle darüber, dass sie dieses verbotene Vergnügen genoss und eine glühende Verehrerin von Charles Aznavour geworden war, beiseitegeschoben hatte. Als sie eines Abends auf der Suche nach den Filmankündigungen in der Zeitung blätterte, fiel ihr Blick auf einen Artikel über die Ankündigung einer Tanzveranstaltung in Brest.

»Hör mal, hast du das hier gelesen?«, fragte sie Sophie, die auf ihrem Bett saß und ihre Fußnägel pflegte. »Die Marine richtet nächsten Samstag einen Ball aus.«

»Wo soll das sein? In einer Hafenkneipe wahrscheinlich.«

»Nein, es klingt ganz respektabel.« Sie ließ die Zeitung sinken, um zu sehen, wie Sophie reagierte. Ihre Freundin schien unbeeindruckt.

»Wir sollten hingehen«, sagte Béatrice. »Ich will unbedingt einen gut aussehenden Offizier kennenlernen.«

»Wozu?«

»Willst du denn keinen Freund?«

»Eigentlich nicht.« Sophie pustete ihre frisch lackierten Fingernägel trocken. »Ich brauche keinen Mann, der mich versorgt, so wie das in der Generation meiner Mutter war. Wenn ich eine Beziehung haben sollte, dann nur, wenn beide gleichberechtigt sind. Ich will auf keinen Fall Hausfrau werden.«

»Was willst du denn sonst machen, wenn du keinen Mann, kein Haus und keine Kinder willst?«

»Hast du noch nie etwas von Karriere gehört, Béatrice?«

»Für Frauen?«, fragte sie überrascht. »Ich habe gehört, dass Frauen Lehrerinnen, Krankenschwestern oder Verkäuferinnen werden, aber das sind meistens

Frauen, die noch keinen Mann gefunden haben – oder nie einen finden werden.«

»Manche Frauen finden es befriedigender, einen Beruf auszuüben, anstatt zu heiraten«, sagte Sophie mit Überzeugung.

»Gut, aber ich nicht. Ich will das, was sich alle französischen Frauen wünschen – einen Mann, Kinder und ein Heim. Das heißt, solange er kein Bauer oder Fischer ist. Die Bauern sind mit ihrem Land verheiratet und die Fischer mit dem Meer.« Sie schwieg einen Augenblick und fragte sich, ob sie sagen sollte, was sie wirklich dachte. »Ich sag dir die Wahrheit, Sophie, wenn du mir versprichst, dass du mich nicht dafür verurteilst.«

Sophie schüttelte den Kopf. »Sag schon.«

»Ich will einen reichen Mann heiraten. Ich will in einem schönen, großen Haus wohnen mit Personal und die schönsten Kleider tragen.«

»Das würdest du bereuen. Reiche Männer haben keine Zeit für ihre Familie. Sie sind immerzu damit beschäftigt, noch mehr Geld zu verdienen.«

»Was macht das schon? Das ist besser, als einen Mann zu haben, der den ganzen Tag zu Hause ist, aber kein Geld hat.«

Sophie hielt im Auftragen der zweiten Lackschicht auf ihre Nägel inne und sah mit ernster Miene zu Béatrice auf. »Ich habe allmählich das Gefühl, dass du nicht viel über Männer weißt, oder? Bist du in deinem Ort mit vielen Jungs ausgegangen?«

»Machst du Witze?« Béatrice lachte. »Da mein Vater so streng war, dass er uns noch nicht einmal ins Kino gehen ließ, kannst du dir vorstellen, was er von Verabredungen mit Jungen hielt. Ich glaube, meine Mutter und er haben sich zum ersten Mal geküsst, als der Pfarrer bei der Hochzeit sagte: ›Sie dürfen jetzt die Braut küssen.‹ Meine Schule war so klein, dass es dort keine Partys oder etwas in der Art gab. Außerdem mussten die Bauernjungen nach der Schule und am Wochenende arbeiten. Da konnten sie nicht mit Mädchen ausgehen. Wir waren drei Schwestern zu Hause, also passt das, was ich über Männer weiß, auf eine Münze. Ich kann noch nicht einmal tanzen, dafür aber einen Trecker fahren.«

»Ich kann es dir beibringen.«

»Meinst du das Tanzen oder den Umgang mit Männern?«

»Beides.«

»Das wäre toll! Dann können wir zusammen zu dem Militärball nach Brest gehen.«

»Ich weiß nicht …«

»Warum willst du nicht hingehen, Sophie?«

»Hör mal, diese Veranstaltungen lohnen sich für Frauen überhaupt nicht. Die Soldaten gehen so schnell wieder zur See, wie sie an Land gekommen sind. Aber während sie hier sind, schwindeln sie einer Frau das Blaue vom Himmel herunter, um sie herumzukriegen. Du darfst ihnen auf keinen Fall diesen Unsinn glauben, weil sie ihre Versprechen nicht halten. Manche von diesen Kerlen haben in jedem Hafen und bei jedem Armeestützpunkt ein Mädchen – und sie werden allen ewige Liebe schwören, nur damit sie kriegen, was sie wollen.«

»Mensch, du hast ja echt Ahnung von den Kerlen. Aber sie sind doch nicht alle schlecht, oder?«

»Nein. Weißt du, ich will einfach nicht, dass sie jemandem wie dir wehtun. Ich habe genug Erfahrung, um zu wissen, wie ich mich wehren kann. Ich habe ein ziemlich dickes Fell, wenn es um Männer geht, aber du wärst für die Kerle eine leichte Beute.«

»Dann komm mit. Zeig mir, was ich tun muss. Bitte!« Béatrice musste eine ganze Weile betteln, doch schließlich willigte ihre Freundin ein.

»Na gut, aber wir treffen ein Abkommen. Wir verabreden uns nur zu viert, dann ist es sicherer.«

Sophie hielt ihr Versprechen und brachte Béatrice das Tanzen bei. Sie hatte sich von ihrem Bruder ein Radio geborgt. Jeden Abend lauschten sie der Musik, und Béatrice lernte schnell all die modernen Tanzschritte.

Als der erste Ball in Brest stattfand, hatte Béatrice sich von einem unscheinbaren, altmodischen Bauernmädchen in eine modische junge Dame verwandelt, die jede Tanzfläche unsicher machen konnte. Sie fühlte sich großartig.

Kapitel 22

Sophie war auch sehr hübsch, schlank, lebhaft und fröhlich, die Art Mädchen, die einen Raum erhellten, nicht wegen ihrer umwerfenden Schönheit, sondern weil es Spaß machte, mit ihnen zusammen zu sein. Als sie und Béatrice schließlich zu ihrer ersten Tanzveranstaltung der Marine gingen, flirtete Sophie nicht offen, wie die meisten anderen Frauen es taten. Sophies älterer Bruder begleitete sie, weil sie noch nicht volljährig waren. Stattdessen schien Sophie beständig auf der Hut zu sein, als hätte sie Angst, verletzt zu werden. Ihr Verhalten sagte: *Ich bin dein Kumpel, aber mehr nicht.*

An dem Abend, als Béatrice Thierry Clement kennenlernte, hatte Sophie einen Tisch ausgewählt, von dem aus sie die Tür im Blick hatte, damit sie alle jungen Offiziersanwärter, die kamen und gingen, gut beobachten konnte.

»Männer sehen in Uniform einfach sehr gut aus«, gab Sophie zu. »Ich könnte ihnen den ganzen Abend zusehen.«

»Ich wünschte, ich könnte einen mit viel Geld treffen«, seufzte Béatrice.

»Du würdest es bereuen. Je reicher sie sind, desto mehr belügen sie dich.«

Béatrice betrachtete ihre Freundin, nie sicher, wann diese etwas ernst meinte oder wann sie sie auf den Arm nahm. Diesmal sah Sophie ernst aus. »Wirklich? Woher weißt du, dass sie alle Lügner sind?«

»Ich weiß es einfach. Ich kann einen reichen Jungen aus Paris auf tausend Meter gegen den Wind erkennen.«

»Und ich erkenne ein Landei auf Anhieb«, sagte Béatrice. »Schließlich bin ich mit ihnen aufgewachsen. Siehst du die Jungs da drüben?«, fragte sie und deutete auf eine Gruppe junger Männer, die zu ihnen herüberschielten und flüsterten. »Bauern – alle ohne Ausnahme. Sie sind so nervös, dass sie fast aneinanderkleben. Sie lachen viel, um sich selbst Mut zu machen, und je lauter sie lachen, desto unerfahrener sind sie. Sie haben schreckliche Angst, ein Mädchen zum Tanz aufzufordern, erstens weil sie nicht wissen, wie sie es anfangen sollen, und zweitens weil sie wissen, dass sie einen Korb bekommen.«

Sophie stützte das Kinn auf ihre Hand und beobachtete die jungen Männer wohlwollend. »Ein paar von ihnen sind aber recht gut gebaut.«

»Mhm, weil sie es gewohnt sind, Ställe auszumisten, und natürlich der harte Drill. Allein Muskeln können ein unattraktives Gesicht nicht aufwiegen, finde ich. Ich wette, keiner von ihnen hat je ein Mädchen geküsst.«

Sophie lächelte ironisch. »Bist du denn jemals geküsst worden, Béatrice?«

»Bei einem Vater, der so streng ist wie meiner? Was glaubst du denn?« Sie brauchte nicht zu fragen, ob Sophie schon einmal geküsst worden war. Sie wusste auf alles eine Antwort.

Sophies Miene war wehmütig, als sie sagte: »Sie sehen nicht besonders gut aus, Béatrice, aber wahrscheinlich sind sie ganz nett. Meinen Schwager Gérard gucken alle Frauen ungeniert an. Meine Schwester himmelt ihn an. Aber ich denke, außer dass er gut aussieht, hat er auch viele großartige Eigenschaften, die er nicht zeigt.«

Béatrice hatte Gérard einmal kurz kennengelernt. Er hatte ihr die Hand gegeben und sich vorgestellt. Das war es. Ansonsten gab er bei Tisch, wenn er überhaupt mal da war, kaum ein Wort von sich. Er würde eine Menge großartiger Eigenschaften brauchen, um Béatrice' Aufmerksamkeit zu erringen. Außerdem war er verheiratet. Plötzlich stieß Sophie sie an.

»Siehst du den Typen, der gerade hereingekommen ist? Steinreich.«

»Kennst du ihn?«

»Ich habe ihn noch nie gesehen. Aber sieh ihn dir doch an. Er stolziert herum, als gehöre der ganze Saal ihm, und lächelt, als wäre er Gottes Geschenk an die Frauen. Wenn du mit ihm tanzt, wirst du feststellen, dass er ganz glatte Hände hat.«

»Du kannst seine Hände aus dieser Entfernung sehen?«

»Nein, aber reiche Jungen arbeiten nie, und deshalb sind ihre Hände auch nicht rau. Beobachte ihn genau. Du weißt ja, wie deine Landeier zusammenglucken, um sich gegenseitig Mut zu machen. Sieh dir unseren Goldjungen an. Er braucht keine moralische Unterstützung. Er ist der einsame Wolf, der das Feld nach unschuldigen Lämmern abgrast. Die Typen, die ihm am Rockzipfel hängen, wollen sich nur in seinem Glanz sonnen. Sie brauchen ihn, nicht umgekehrt. Siehst du, wie gut seine Uniform sitzt? Sie ist wahrscheinlich maßgeschneidert. Das können sich nur reiche Leute leisten. Sieh mal, wie eingebildet er ist. Er hält nach den hübschesten Frauen Ausschau, völlig davon überzeugt, dass es im ganzen Raum kein weibliches Wesen gibt, das ihm einen Korb geben würde.«

»Ich würde es jedenfalls nicht tun, so viel steht fest«, sagte Béatrice seufzend. Der Offiziersanwärter sah unglaublich gut aus – groß und breitschultrig mit schmalen Hüften und dunkelblondem Haar. Und einem Grübchen. Béatrice hatte hingegen an jedem der übrigen anwesenden Männer etwas auszusetzen: Entweder hatte er zu große Ohren, oder seine Nase war zu breit, oder seine Zähne waren schief, oder er war zu klein, zu groß oder zu dick. Aber dieser Kerl war *genau* richtig.

»Er ist … wie hast du es ausgedrückt? Gut gebaut«, sagte sie zu Sophie.

»Weil er in seiner vornehmen Schule Sport macht, nicht, weil er richtig gearbeitet hat. Jetzt tu so, als sei er dir gleichgültig, Béatrice. Er beobachtet uns.«

»Wirklich? Warum denn das?«

»Weil du eine tolle Frau bist, deshalb. Achtung, er kommt.«

Plötzlich lachte Sophie laut auf, als hätte Béatrice gerade einen Witz erzählt. Sie beugte sich zu Béatrice vor und flüsterte: »Guck nicht so, als hättest du die ganze Zeit auf ihn gewartet. Wir tun so, als würden wir uns ohne ihn köstlich amüsieren und hätten ihn gar nicht bemerkt. Du darfst kein zu großes Interesse zeigen.«

Das würde gar nicht so einfach sein. Béatrice war sehr interessiert. Das Herz schlug ihr bis zum Hals, und ihre Handflächen waren feucht. Sie nickte Sophie zu und lächelte, während sie daran dachte, dass dies alles nur ein Spiel war.

»Darf man mitlachen?« Der gut aussehende Marinesoldat schnappte sich einen Stuhl und wirbelte ihn herum, um rücklings darauf Platz zu nehmen, so als hätten sie den Platz an ihrem Tisch nur für ihn reserviert.

»Ist zu kompliziert, um es zu erklären«, sagte Sophie und wischte seine Frage mit einer Handbewegung fort. Sie war immer so gelassen. Béatrice beneidete sie darum.

»Ich heiße Thierry. Welche von euch beiden Hübschen möchte denn zuerst mit mir tanzen?«

»Béatrice. Ich kann nicht tanzen«, sagte Sophie. Béatrice blieb vor Staunen der Mund offen stehen, als sie diese Lüge hörte. Dann fing sie sich und versuchte schnell ihre Überraschung zu verbergen.

»Ist das wahr?«, fragte er Sophie mit einem belustigten Grinsen. »Eine Klassefrau wie du kann nicht tanzen? Nicht mal ein paar Schritte?«

»Non. Ich habe zwei linke Füße.«

»Ich könnte es dir beibringen.« Er stand auf und streckte die Arme aus. Sein strahlendes Lächeln zeigte vollkommene Zähne. Béatrice konnte Sophie im Geiste sagen hören: »Daran kannst du einen reichen Jungen erkennen – an dem perfektem Gebiss.«

»Nein, danke«, sagte Sophie mit einem Gähnen. »Geh und tanz mit Béatrice.« Sie deutete auf ihre Freundin und wandte sich dann ab, als hätte sie etwas Besseres zu tun, als mit dem bestaussehenden Marinesoldaten im ganzen Saal zu sprechen. Béatrice war von Sophies Abfuhr so verblüfft, dass sie sich nicht rühren konnte. Sophie gab ihr unter dem Tisch einen Tritt ans Schienbein.

»Autsch! Was …?«

Thierry wandte sich ihr zu und nahm ihre Hand. »Na gut. Wer nicht will, der hat schon. Außerdem mag ich Brünette sowieso lieber als Schwarzhaarige. Komm, chérie.«

Er zog sie hoch und führte sie zur Tanzfläche, als wäre sie eine neue Jacht, die er gerade gekauft hatte und mit vollem Recht in Besitz nahm. Er war zu selbstbewusst, zu besitzergreifend. Béatrice wusste, dass sie im tiefsten Innern noch immer ein Bauernmädchen war und dieses Spiel noch nicht beherrschte. Thierry jagte ihr schreckliche Angst ein.

Sie versuchte mit ihm zu plaudern und erfuhr, dass er fünfundzwanzig Jahre alt und ein Stadtjunge aus Saint-Nazaire war. Er roch genauso gut, wie er aussah: würzig und männlich. Sie konnte den Blick nicht von ihm abwenden, lachte über alle seine Witze und stimmte allem zu, was er sagte – insgesamt zeigte sie viel zu viel Interesse, würde Sophie sagen. Als er sie bei einem langsamen Lied an sich zog, näher, fiel es ihr zunehmend schwerer, einen klaren Gedanken zu fassen.

Hin und wieder sah sie Thierry zu Sophie hinüberschauen. Der Spiegel sagte Béatrice, dass sie die Hübschere von ihnen beiden war, aber sie konnte nicht leugnen, dass Sophies Gelassenheit und Selbstbewusstsein sie ungeheuer attraktiv machten, vor allem für einen Mann wie Thierry, der es gewohnt war, alles zu bekommen, was er haben wollte. Béatrice tanzte die nächsten zwei Tänze mit ihm, trank etwas Limonade und tanzte dann noch einige Male. Allmählich ging seine Arroganz ihr auf die Nerven. Thierry hielt sie zu dicht. Er bewegte sie über die Tanzfläche, als wäre sie eine Figur auf einem Schachbrett und er der Spieler. Das gefiel ihr nicht. Und Sophie hatte noch in einem anderen Punkt recht gehabt: Seine Hände waren so weich wie ihre.

»Warum gehen wir beide nicht ein bisschen nach draußen«, sagte er. »Meine Freunde und ich haben draußen im Auto etwas, das ein bisschen stärker ist als Cidre.« Er war viel zu schnell. Sie wusste, dass er sein Ziel irgendwann erreichen würde.

»Nein, danke«, erwiderte sie. »Ich sollte wirklich nach meiner Freundin sehen.« Sie zeigte zu ihrem Tisch hinüber, aber Sophie war verschwunden. Béatrice sah sie einen Augenblick später, wie sie mit einem Kerl mit Segelohren, der sogar noch unattraktiver war als Sophies Bruder, die Tanzfläche unsicher machte. Der Rekrut konnte überhaupt nicht tanzen. Sophie dagegen legte einen Jive aufs Parkett, als wenn sie dafür geboren worden wäre. Thierrys Gesicht zeigte Unmut.

»He, was soll das denn? Ich dachte, deine linksfüßige Freundin kann nicht tanzen.« Er ließ Béatrice' Hand los und stolzierte hinüber zu dem tanzenden Paar. Dann blieb er stehen und beobachtete die beiden, die Arme über der Brust verschränkt. Sophie war auf der Tanzfläche so energiegeladen, dass die anderen Paare zu tanzen aufhörten, um ihr ebenfalls zuzusehen. Es dauerte nicht lange, und alle im Saal hatten sich um Sophie und ihren Partner versammelt, als wären sie das letzte Paar bei einem Tanzmarathon. Als der schlaksige Matrose bemerkte, dass alle zusahen, wurde er rot und schien noch ungeschickter zu werden. Sophie machte das Publikum überhaupt nichts aus. Sie verbeugte sich vor ihren grölenden und applaudierenden Zuschauern, als das Lied zu Ende war, dann wirbelte sie in die Arme ihres Partners und umarmte ihn flüchtig.

»Danke, Jean-Luc. Das hat Spaß gemacht«, sagte sie lachend. Sein Gesicht wurde jetzt tiefrot, und er ließ sich auf seinen Stuhl in der Ecke fallen, um sich zu erholen. Sophie ging zu ihrem Tisch zurück und setzte sich, dann nahm sie eine Serviette und fächelte sich selbst Luft zu. Thierry ignorierte Béatrice völlig, als er auf dem Stuhl neben Sophie Platz nahm.

»Was sollte das denn? Du hast doch gesagt, dass du nicht tanzen kannst.«

»Jean-Luc war ein großartiger Lehrer, nicht wahr?«

»Ich könnte dir ein paar Schritte beibringen, von denen Jean-Luc wahrscheinlich noch nie etwas gehört hat. Komm!« Er streckte die Hand aus.

»Nicht jetzt. Ich bin erledigt.«

»Warum willst du nicht mit mir tanzen?«

Béatrice wartete Sophies Antwort nicht ab. Thierry hatte vergessen, dass sie überhaupt existierte. Sie eilte auf die Damentoilette, um sich die Nase zu pudern, weil sie nicht wollte, dass einer von den beiden sah, wie gekränkt sie war. Man hatte sie wie eine heiße Kartoffel fallen lassen. Sie verstand nicht, wieso sie wütend war, weil er ihr eine Abfuhr erteilt hatte, und gleichzeitig ungeheuer erleichtert darüber, dass sie ihn los war. Thierry war eine Nummer zu groß für sie. Sie war zu unerfahren. Hatte sie nicht gerade sein Angebot, mit ihm nach draußen zu gehen, abgelehnt? Er war ganz offensichtlich an Sophie interessiert, und Béatrice war zum ersten Mal eifersüchtig.

Sie blieb eine Weile auf der Toilette, zog ihren Lippenstift nach und legte ein wenig Wimperntusche und Rouge auf. Wenn sie sich im Spiegel betrachtete, erkannte sie kaum das schöne Mädchen, das sie geworden war. Die Verwandlung war erstaunlich. Béatrice holte tief Luft, um sich Mut zu machen, bevor sie wieder in den Saal ging. *Es ist nur ein Spiel*, sagte sie sich.

Thierry saß immer noch am Tisch neben Sophie. An der lebhaften Art, wie er redete, lächelte und sich vorbeugte, konnte Béatrice erkennen, dass er alles versuchte, um ihre Freundin zu beeindrucken. Sophie blieb jedoch kühl und desinteressiert. War das gespielt? Oder konnte sie reiche Männer wirklich nicht leiden?

Béatrice war noch nicht bereit, die Männer sein zu lassen und nach Hause zu gehen. Aber sie wusste, dass sie ihr neues Leben als umwerfende Brünette eindeutig langsamer angehen musste als mit einem Typen wie Thierry. Sie entdeckte eine Gruppe Burschen vom Lande, die sich ängstlich am Rand der Tanzfläche zusammendrängten, und beschloss, ihre schauspielerischen Fähigkeiten an ihnen zu üben. Sie schlenderte zu ihnen hinüber, ließ die Hüften schwingen und lächelte so verführerisch sie konnte.

»Salut, Jungs«, sagte sie. »Wo kommt ihr denn her?«

Sie genoss die bewundernden Blicke, und ihre Nervosität machte ihr Mut. Schließlich fassten sie sich ein Herz und forderten sie der Reihe nach zum Tanzen auf. Béatrice begann sich zu entspannen und den Abend zu genießen.

Viel zu schnell war es Zeit, den letzten Bus nach Locronan zu erwischen. Sophie redete immer noch mit Thierry, oder war es andersherum? Béatrice verabschiedete sich von ihren bäuerlichen Freunden und setzte ihr bestes Lächeln auf, als sie zum Tisch hinüberging.

»Salut, Sophie. Wir machen uns besser auf den Weg, sonst verpassen wir noch den Bus.« Und wo ist Christophe?, dachte sie.

Sophie blickte auf ihre Armbanduhr, dann schob sie den Stuhl zurück und stand auf. »Du hast recht. Man sieht sich, Thierry.«

Er erhob sich ebenfalls. »He, he, warte mal einen Augenblick. Die Damen brauchen jemanden, der sie nach Hause bringt? Da könnte ich behilflich sein.«

»Nein, danke«, sagte Sophie. »Der Bus ist prima. Bis dann.« Sie winkte noch einmal lässig, als wäre er niemand Besonderes und als hätte sie nicht die letzten beiden Stunden mit ihm geredet.

Béatrice war immer noch verletzt, weil Thierry sie so schnell wegen Sophie hatte stehen lassen, aber sie sagte nichts, weil sie nicht wollte, dass ihre Freundin das wusste. Immerhin war es nicht Sophies Schuld gewesen. Als sie nach draußen gingen, wartete bereits Sophies Bruder auf sie. Zu dritt liefen sie zur Bushaltestelle und erwischten gerade noch den letzten Bus nach Hause. Aber als sie schließlich saßen, konnte Béatrice nicht mehr an sich halten.

»Für jemanden, der reiche Jungs so hasst wie du, hast du dich aber ganz schön lange mit ihm unterhalten.«

»Falls es dir nicht aufgefallen ist: Er hat geredet. Ich habe versucht, ihn abzuwimmeln, aber er war ziemlich hartnäckig. Dabei dachte ich erst, ihr zwei wärt gut miteinander ausgekommen. Was ist passiert?«

»Er ist mir zu schnell. Nach ein paar Tänzen wollte er, dass ich mit ihm nach draußen gehe. Er hat gesagt, er hätte etwas Stärkeres als Cidre. Ich habe Nein gesagt.«

»Gut gemacht, Béatrice. Du hast dich ganz richtig verhalten. Typen wie Thierry sind es gewohnt, ihren Willen zu kriegen. Ich bin froh, dass du standhaft geblieben bist. Du wirst sehen, dass er jede Woche ein anderes Mädchen anbaggert, bis er seine Ausbildung beendet hat. Neun von zehn Frauen sind zu dumm oder zu geblendet, um ihm einen Korb zu geben, wie du es getan hast.«

»Aber er hat schon toll ausgesehen«, sagte Béatrice seufzend. »Warum können Bauernjungen nicht so süß sein wie er?«, flüsterte sie, damit Christophe nichts mitbekam.

»Weil gut aussehende Männer wie Thierry niemals zu Hause bleiben und auf dem Hof arbeiten würden. Und was würden wir dann essen?«

Kapitel 23

Seit sie sich erinnern konnten, hatte Sophie unrecht. In der nächsten Woche suchte sich Thierry Clement kein anderes Mädchen, sondern steuerte sofort auf Sophie zu, wie eine Kuh, die zur Melkzeit in den Stall strebte. Sophie hatte mit einem anderen Marinesoldaten zu einem langsamen Lied getanzt, als Thierry dem Jungen auf die Schulter tippte und übernahm, sodass Sophie gezwungen war, mit ihm zu tanzen. Danach wich er nicht mehr von ihrer Seite, und sie redeten und tanzten den ganzen Abend lang.

»Du hast ja sonst immer recht«, sagte Béatrice, als sie mit dem Bus nach Hause fuhren, »aber was Thierry betrifft, so hast du dich vollkommen geirrt. Von dem Augenblick an, als du zur Tür hereinkamst, hatte er nur noch Augen für dich. Er hat sich benommen, als wärst du weit und breit das einzige Mädchen dort.«

Sophie lächelte matt. »Vielleicht habe ich ihm unrecht getan.«

»Dann ist er doch kein verwöhnter reicher Typ?«

»Oh doch, er hat jede Menge Geld. Seinem Vater gehört eine Reederei hier in Saint-Nazaire. Weil die Auftragsbücher voll sind, hätte Thierry eine Zurückstellung erreichen können, damit er dort mitarbeiten kann, aber er ist durchgebrannt und hat sich freiwillig beim Militär gemeldet. Das hat seinen Vater völlig auf die Palme gebracht. Er provoziert seinen Vater gerne.«

Béatrice hatte nichts von alldem erfahren, als sie mit ihm getanzt hatte.

»Offenbar gibt es dort, wo er herkommt, irgendein Mädchen aus gutem Hause, das er nach dem Willen seiner Eltern heiraten soll«, fuhr Sophie fort. »Eine reiche Familie. Geld heiratet Geld. Sie war auch ein Grund, warum er davongerannt ist.«

»Du hast also deine Meinung über ihn geändert.«

»Das habe ich. Er wirkt wie ein dummer Playboy, aber er ist eigentlich sehr gebildet. Privatschule in der Schweiz, Studium in Paris, allerdings abgebrochen. Das Mädchen, das er heiraten soll, ist eine dumme Nuss – das Einzige, was sie gelernt hat, ist, Männer zu umgarnen, du weißt schon, was ich meine. Sie ist eine echte Debütantin mit einem dieser albernen Namen wie Chantal oder Elodie oder Chloé. Thierry will eine Frau, mit der er sich unterhalten kann. Er ist einer der wenigen Männer, die nicht sofort die Flucht ergreifen, wenn ich sage, dass ich eine Ausbildung machen und einen Beruf haben will.«

»Und du glaubst ihm alles, was er so daherredet?«

»Natürlich nicht. Ich bin sehr vorsichtig. Es könnte ja auch alles nur gespielt sein. Aber das wird sich zeigen. Im Moment würde ich sagen, dass er nicht so schlecht ist, wie ich dachte.«

Mit der Zeit bemerkte Béatrice, dass sowohl mit Thierry als auch mit Sophie eine Veränderung vor sich ging. Thierry legte seinen arroganten Gang ab und war viel angenehmer als mit seiner Playboy-Fassade. Noch erstaunlicher war, dass Sophie ihr Misstrauen aufgab, und Béatrice bekam einen Eindruck davon, wie ihre Freundin wirklich war, viel weicher und verletzlicher, während sie sich Thierry öffnete. Beide schienen ausgesprochen glücklich und lachten viel, wenn sie zusammen waren. Es sah aus wie echtes Glück, nicht wie Theater. Wenn Sophie in Thierrys Armen über die Tanzfläche schwebte, knisterte es wie in einem Umspannungswerk. Sie bewegten sich in vollkommener Harmonie, nicht wie Schachfiguren, die von einem Spieler geführt wurden. Béatrice hoffte, dass Sophie nicht wehgetan werden würde.

Schon bald gingen Sophie und Béatrice mit Thierry und einer Reihe seiner Freunde zusammen aus. Sophies Bruder Christophe ließ die beiden alleine losziehen und widmete sich seinen Interessen. Treffpunkt war weiterhin die Bushaltestelle.

Ein Marinesoldat namens Alain schien Béatrice sehr zu mögen, aber sie wartete auf ein Feuerwerk, das nicht kam. Er war ein netter Kerl, mit dem man sich prima unterhalten konnte, aber sie sah die Erregung und die Funken zwischen Sophie und Thierry und beneidete die beiden. Sie blickten einander in die Augen, als seien die Geheimnisse des Universums darin geschrieben, und bei der Spannung, die zwischen ihnen herrschte, war es ein Wunder, dass ihnen nicht die Haare zu Berge standen.

An einem kalten Freitagabend hatte Sophie eine Erkältung. »Geh ohne mich tanzen«, beharrte sie. »Ich will nur ins Bett und schlafen.«

Béatrice wollte zuerst nicht gehen, aber Christophe und seine neue Freundin Brigitte gingen auch. Schließlich beschloss sie, die beiden zu begleiten. Es würde ihr die Gelegenheit geben, Thierry zu beobachten und zu sehen, ob es ihm mit Sophie wirklich ernst war oder ob er sie hinter ihrem Rücken betrog.

Béatrice saß an dem Tisch, an dem sie meist saßen, die Tür im Blick, als Thierry hereinkam. »Ich gehe mir die Nase pudern«, sagte sie zu Christophe. »Wenn er fragt, wo Sophie ist, sag ihm die Wahrheit, dass sie eine Grippe hat. Aber sag ihm nicht, dass ich hier bin.«

184

Thierry saß den ganzen Abend mit ein paar Freunden am Tisch und ignorierte die Musik und all die hübschen Frauen. Ohne Sophie sah er ganz verloren aus. Als er Béatrice später am Abend entdeckte, eilte er herüber, um mit ihr zu sprechen.

»Christophe sagte, Sophie sei krank. Geht es ihr gut?«

»Ja, es ist nur eine Erkältung. Am Montag wird sie wahrscheinlich wieder arbeiten können.«

»Wenn ich ihr eine Nachricht schreibe, würdest du ihr die geben?«

»Klar. Wenn du sie mir gibst, bevor mein Bus fährt.«

Thierry rannte zur Tür hinaus, als stände das Gebäude in Flammen. Béatrice fragte sich, wo um alles in der Welt er hinwollte. Sie und die anderen zwei hatten gerade ihre Mäntel angezogen und machten sich für den Aufbruch zur Haltestelle fertig, als Thierry angerannt kam – mit einem Strauß Blumen!

»Ich bin durch die ganze Stadt gelaufen, um die hier zu finden«, sagte er außer Atem. »Hier ist die Nachricht dazu.«

Sophie schlief, als Béatrice nach Hause kam. Sie ließ die Tür zur Diele einen Spaltbreit offen stehen, damit sie etwas sehen konnte, dann setzte sie sich auf das Bett ihrer Freundin und rüttelte sie sanft.

»Sophie …? Tut mir leid, dass ich dich aufwecke, aber die hier musst du sehen. Sie sind von Thierry.«

»Was?«, fragte sie schläfrig und blinzelte in dem schmalen Lichtstrahl, der von draußen hereindrang. Béatrice legte die Blumen auf Sophies Schoß, als diese sich langsam aufsetzte.

»Er ist den ganzen Abend durch die Stadt gelaufen, um sie zu kaufen. Und er schickt dir auch diese Nachricht.« Béatrice durchquerte das Zimmer, um die Tischlampe einzuschalten. Dann füllte sie einen Krug mit Wasser. Als sie wieder zu ihrer Freundin hinübersah, wischte Sophie sich gerade eine Träne aus dem Gesicht, während sie den Zettel wieder zusammenfaltete.

»Das war das Schönste, was jemals ein Mensch für mich getan hat«, schniefte sie.

»Thierry ist ein wunderbarer Mann«, sagte Béatrice leise. »Auch wenn er reich ist.«

Kapitel 24

Am folgenden Abend spürte Béatrice ein Kratzen im Hals, und der Abend zuvor war ohne Sophie ohnehin nicht besonders lustig gewesen, deshalb beschloss Béatrice, nicht zur Tanzveranstaltung zu gehen, sondern zu Hause zu bleiben. Sie saßen beide im Schlafanzug auf Sophies Bett und hörten Radio, als ein Geräusch an ihrem Fenster ertönte.

»Was war das?«, fragte Béatrice. »Mach das Radio mal einen Moment leiser.« Das Geräusch erklang wieder.

»Jemand wirft Steine an unser Fenster!«, sagte Sophie. Sie kletterten aus dem Bett, rannten zum Fenster und hoben die Vorhänge an. Unten stand Thierry, der gerade ausholte, um noch ein Steinchen zu werfen. Sein Freund Alain war bei ihm.

Sophie schob das Fenster hoch. »Geht hinten rum, ihr Idioten! Wir kommen runter.« Sie zog ihren Mantel über den Schlafanzug und schlüpfte in ihre Schuhe. Ihr Gesicht strahlte wie ein Suchscheinwerfer. »Komm schon, Béatrice.«

»Nein. Ich habe meinen Pyjama an.«

»Zieh deinen Mantel an, dann sehen sie es nicht.« Sie drückte Béatrice den Mantel in die Hand, und sie liefen die Hintertreppe hinunter. Thierry zog Sophie in seine Arme und wirbelte sie lachend herum.

»Was macht ihr hier? Wie habt ihr uns gefunden?«

»Detektivarbeit, meine Liebe! Ich habe gehört, wie ihr von einem Bus nach Locronan gesprochen habt. Und du hast mehrmals erwähnt, dass du in der Rue de Charrettes wohnst. Da habe ich einfach eins und eins zusammengezählt und beschlossen, Locronan zu besuchen.«

»Das ist erstaunlich!«, sagte Béatrice, die ehrlich beeindruckt war.

Sophie stieß sie in die Seite. »Sei nicht so leichtgläubig. Sie haben wahrscheinlich meinen Bruder oder dessen Freundin gefragt, wo wir wohnen.«

»Aber woher wusstet ihr, welches Sophies Zimmer ist?«, wollte Béatrice wissen.

»Wir haben Steinchen an alle Fenster geworfen, die erleuchtet waren«, sagte Thierry grinsend. »He, es ist kalt hier draußen, und Sophie ist schon krank. Wie wäre es, wenn ihr uns hereinbittet?«

»Das geht nicht«, sagte Béatrice entsetzt. »Sophies Eltern sagen, dass keine Jungs mit hinaufdürfen!«

Thierry lachte wieder sein schelmisches Lachen. »Dann ist ja alles in Ordnung. Wir sind keine Jungs.«

Béatrice schüttelte den Kopf. »Es ist wirklich keine gute Idee …«

»Ach, komm, Béatrice«, sagte Sophie. »Sie sind so weit gefahren, da sollten wir sie wenigstens reinlassen, damit sie sich aufwärmen können.« Sie sah Thierry an, als wäre er die Medizin, die sie brauche, um gesund zu werden. Béatrice war sich immer noch nicht sicher.

»Aber … ich will keinen Ärger bekommen.«

»Wir werden ganz leise sein. Nicht wahr, Alain?« Sophie legte den Finger an die Lippen und schlich übertrieben langsam zur Tür. Thierry und Alain taten es ihr gleich, während sie lachten und flüsterten. Gegen Béatrice' Willen schlichen die beiden Männer hinauf in ihr Zimmer.

188

»Ta-taaa! Hier ist sie«, sagte Sophie. »Willkommen in der Präsidentensuite des Hotels. Wollt ihr Cidre?«

»Sophie!« Béatrice schloss schnell die Tür.

»Was ist denn?«

»Sie wollten doch nur ein paar Minuten bleiben. Wir haben unsere Schlafanzüge an.«

»Ihr dürft sie gerne ausziehen, wenn sie zu unbequem sind«, sagte Thierry. Alain stieß einen Pfiff aus, und Béatrice fühlte, wie sie bis zu den Zehenspitzen errötete. Alle außer ihr lachten, und mit einem Mal kam sie sich so prüde und verklemmt vor wie eine alte Jungfer. Sie lachte gegen ihren Willen und beschloss, sich zu entspannen und den Besuch zu genießen.

»Ich hole die Gläser«, sagte sie, »aber jemand anders muss in den Keller runtersteigen und eine Flasche Cidre holen gehen. Mitten in der Nacht gehe ich da nicht rein! Es ist tagsüber schon unheimlich genug.«

»Wir brauchen keinen Cidre«, sagte Thierry. »Wie wäre es mit einem Kartenspiel?«

Sie hatten keinen Tisch, und genügend Stühle gab es auch nicht, und so setzten sie sich alle auf den Boden und spielten Belote, die Mädchen immer noch mit ihren Mänteln über den Schlafanzügen. Es war der beste Sonntagabend, den Béatrice verbracht hatte, seit sie nach Locronan gekommen war. Alain war ein netter Kerl, und die Verabredungen mit ihm machten Spaß, aber im Vergleich zu Thierry verblasste sein Charme. Nachdem Béatrice Thierry besser kennengelernt hatte, verstand sie, was Sophie an ihm fand und mochte. Schade, dass er nicht so nett gewesen war, als er mit ihr getanzt hatte.

Sophie schien eine Begabung zu haben, Menschen dazu zu bringen, dass sie sich von ihrer besten Seite zeigten. Jedenfalls hatte sie Béatrice von einem langweiligen hässlichen Entlein in einen wunderschönen Schwan verwandelt. Und die Veränderung in Thierry war nicht weniger wundersam. Er erzählte lustige Geschichten, manche auch auf seine eigenen Kosten, und sang mit Gilbert Bécaud im Radio mit. Er war Sophie gegenüber sehr aufmerksam und zärtlich, streichelte ihren Nacken oder ihre Schultern und gab ihr kleine Küsse, wann immer sie gut gespielt oder eine Runde gewonnen hatte. Sie hatten alle ihren Spaß. Stunden vergingen, ohne dass sie es merkten.

»Mensch, was haltet ihr davon, wenn wir Popcorn essen?«, schlug Sophie vor, nachdem Thierry die nächste Runde gewonnen hatte.

»Gute Idee. Ich habe noch einiges an Vorrat!« Béatrice sprang auf, um das Popcorn aus ihrem Zimmer zu holen, dann hielt sie inne. »Warte mal, ohne dabei etwas zu trinken? Der Cidre ist unten im Kühlschrank.«

»Können wir ihn nicht holen?«, fragte Alain. »Ich habe keine Angst.«

Thierry fing an, unheimliche stöhnende Geräusche zu machen wie ein Geist. »Was gibt es da unten, Riesenspinnen?«, fragte er.

»Wir gehen alle zusammen runter«, beschloss Sophie. »Kommt.«

Kichernd und sich gegenseitig zum Stillsein ermahnend, schlichen sie in den Keller hinunter. Die Vorhänge waren nicht geschlossen worden, deshalb wagten sie es nicht, das Licht anzumachen. Aber als Béatrice die Kühlschranktür öffnete, drang genug Licht heraus, sodass Thierry und Alain sich umsehen konnten.

»Lass mal kurz auf«, sagte Thierry. »Wir wollen sehen, wie viele Fledermäuse sich hier herumtreiben.« Béatrice sah nervös zu, wie sie den Keller erkundeten, Witze über Geister machten und sich gegenseitig aufforderten, eine der Türen zu öffnen. Als Thierry eine Klinke runterdrückte und feststellte, dass die Tür klemmte, versuchte er, sie mit seiner Schulter aufzudrücken.

»Lass das, Thierry! Das ist makaber«, sagte Sophie, aber sie lachte ebenso wie die anderen. »Komm da raus!«, drängte sie.

Thierry wartete, bis sie kam, um ihm einen Stoß zu versetzen, dann setzte er sich plötzlich auf und rief: »Buh!« Sophie kreischte und schlug sich dann sofort die Hand vor den Mund.

»Ich gehe«, sagte Béatrice. Sie schloss den Kühlschrank und eilte mit dem Cidre die Treppe hinauf. Alain folgte ihr auf dem Fuße. Die beiden hatten das Popcorn bereits in eine Schüssel getan und etwas auf den warmen Ofen gestellt, als Sophie und Thierry einige Minuten später ins Zimmer kamen. An ihren geröteten, leuchtenden Gesichtern konnte Béatrice erkennen, dass sie sich geküsst hatten.

Sie aßen Popcorn und lachten noch mehr. Keiner von ihnen wollte, dass der Abend zu Ende ging. Béatrice hatte ihre ursprünglichen Bedenken völlig vergessen und jegliches Zeitgefühl verloren, als sie Sophies Schwester Claudette und ihre Mutter die Treppe heraufpoltern hörten.

»He, hier riecht es nach Popcorn«, rief Claudette.

»Schnell! Versteckt euch!«, flüsterte Béatrice. Sie sprang auf, zog Alain mit sich und schob ihn ins Kämmerchen, das auf den Speicher führte. Es war nicht groß genug für beide Männer, und so rollte

191

Thierry sich auf den Bauch und kroch unter Sophies Bett. Sophie sprang auf ihre Matratze und zog schnell die Decke über sich.

»Autsch! Das war mein Kopf!«, stöhnte Thierry.

»Schsch!«, zischte Béatrice. Sie rannte im Zimmer herum und versuchte, die Spielkarten und die beiden zusätzlichen Wassergläser zu verstecken.

»Klopf, klopf!«, sang Claudette. Sie und ihre Mutter kamen einfach herein, wie sie es immer taten. »Wie geht es denn der Patientin? Du bist aber noch spät auf.«

»Mies«, stöhnte Sophie unter ihrer Bettdecke hervor. »Ich habe versucht zu schlafen, und es ging nicht.« Sie hustete ein paarmal recht überzeugend.

»Warum hast du denn deinen Mantel an, Béatrice?«, fragte die Mutter.

Béatrice spürte, wie ihr das Blut ins Gesicht schoss.

»Ich … äh … er ist wärmer als mein Morgenmantel.« Sie atmete erleichtert durch, als die Mutter das Thema wechselte. Die beiden plauderten ausführlich über ihren Abend vor dem Fernseher und wie sie sich amüsiert hatten.

Béatrice fing an zu gähnen, schaltete alle Lampen bis auf eine aus, in der Hoffnung, dass die beiden den Wink verstanden, aber das war nicht der Fall. Die Schwester nahm die Schüssel mit dem restlichen Popcorn und setzte sich zu Sophie aufs Bett, um es mit der Mutter zu teilen.

»Wisst ihr was? Ich will ja keine Spielverderberin sein«, sagte Sophie, »aber es ist spät, und ich sollte besser schlafen, sonst schaffe ich es am Montag nie zur Arbeit.«

Es vergingen noch einige Minuten, bis sie endlich das Popcorn aufgegessen hatten und gingen. Béatrice schloss leise die Tür hinter ihnen ab, sodass sie nicht noch einmal unangekündigt hereinplatzen konnten. Als sie sich umdrehte und Sophie ansah, fingen beide an zu kichern. Sophie beugte sich vor und lugte unter ihr Bett.

»Sie sind weg. Du kannst jetzt herauskommen«, sagte sie. Thierry rollte unter dem Bett hervor und nieste. Sophie strich Staubknäuel aus seinen Haaren. Alain öffnete die Tür des Kämmerchens einen Spaltbreit und streckte den Kopf heraus.

»Ist die Luft rein? Puh! Da drinnen riecht es nach Mottenkugeln. Noch eine oder zwei Minuten länger, und ich wäre ohnmächtig geworden.«

Alle lachten und flüsterten und machten einander Zeichen, leise zu sein.

»Ihr geht jetzt besser«, sagte Sophie. Thierry zog sie in seine Arme.

»Das ist wirklich eine schlimme Erkältung, die Sie sich da zugezogen haben, Demoiselle. Dr. Thierry gibt Ihnen besser einen Kuss, damit Sie schnell wieder gesund werden.« Béatrice sah, wie zärtlich er Sophie anblickte, als er eine Strähne ihres Haares hinter ihr Ohr schob, und sie fragte sich, ob sie jemals einem Mann begegnen würde, der sie so sehr liebte. Er und Sophie küssten sich, als wäre dies ihre letzte gemeinsame Stunde auf der Erde, und Béatrice und Alain wandten sich ab, um ihnen einen ungestörten Augenblick zu gönnen.

»Danke für den lustigen Abend«, flüsterte Alain.

»Das machen wir irgendwann wieder«, versprach Béatrice. »Wahrscheinlich nicht hier, das ist mir zu nervenaufreibend.« Sie kicherten beide.

Endlich riss Thierry sich von Sophie los, und Béatrice schob die Männer die stockfinstere Treppe hinunter, wobei die hölzernen Stufen ächzten und knarrten. Sie atmete erleichtert auf, als die Tür sicher hinter ihnen ins Schloss fiel. Als sie auf Zehenspitzen in ihr Zimmer zurückgeschlichen kam, saß Sophie aufrecht im Bett, und die Tränen liefen ihr übers Gesicht.

»Bist du dabei, dich in Thierry zu verlieben?«, fragte Béatrice.

»Ich bin nicht dabei«, erwiderte sie kläglich. »Ich habe mich schon verliebt, und zwar unsterblich.« Sophie wischte sich über die Augen und putzte sich dann die Nase. »Ich wollte nicht, dass das passiert, weißt du, es ist einfach geschehen. Ich habe noch nie für jemanden so empfunden. Und ich denke, Thierry geht es genauso.«

Béatrice nahm ihren Mantel, machte das Licht aus und schloss die Tür hinter sich. Sie ging in ihr kleines Zimmer und kletterte in ihr eigenes Bett.

Am nächsten Morgen ging Béatrice zu Sophie ins Zimmer. Sophie war bereits wach, und sie sah schon besser aus. »Na, was macht unsere Patientin?«

»Es geht mir schon viel besser.« Sophie lächelte.

»Das sieht man. Woran das wohl liegt?«, scherzte Béatrice.

»Mach dich nur lustig.«

»Niemals! Aber hast du mir nicht erzählt, alle reichen Typen seien Lügner?«, fragte sie, nachdem sie sich unter die Decke ihrer Freundin gekuschelt hatte.

»Thierry hat von dem oberflächlichen Leben die Nase voll. Deshalb hat er sich ja auch seinem Vater widersetzt und ist zur Marine gegangen. Jetzt, wo er zum ersten Mal aus dem Schatten seines Vaters getreten ist, will er nicht mehr zu diesem Nautik-Club-Leben zurück. Er will das wirkliche Leben, mit Kindern, die zu Hause wohnen anstatt in teuren Internaten und die am Wochenende mit ihrem Papa angeln gehen. Thierrys Vater hat die ganze Zeit gearbeitet, und deshalb kennt er ihn auch kaum. Er will Thierry die Firma vererben, sodass er auch die ganze Zeit arbeiten muss und unglücklich ist. Das ist kein Leben. Thierry wird das alles hinwerfen, wenn sein Militärdienst zu Ende ist, und es auf eigene Faust schaffen. Das verdient meinen Respekt.«

»Und was ist mit all dem anderen Zeug von den Soldaten, die in jedem Hafen ein Mädchen haben?«

Sophie lachte leise. »Das hier ist Thierrys erste Stationierung. Er hatte noch keine Zeit, sich einen Schwarm Frauen zuzulegen.«

»Hast du nicht gesagt, dass du einen Mann heiraten willst, der etwas mit dir gemeinsam hat?«

»Wir haben mehr Gemeinsamkeiten, als du denkst.«

Béatrice wartete.

»Ja, ich weiß. Ich komme aus normalen Verhältnissen. Mein Vater ist nicht reich, aber wir sind eine große Familie. Und das ist wichtig. Familie ist das Wichtigste«, sagte Sophie schließlich. »Und Thierry hat kein Problem damit, dass ich nicht zur Oberschicht gehöre.«

Béatrice schwieg in der Erwartung, mehr zu hören, aber das war die einzige Information, die Sophie bereit war, ihr mitzuteilen. Sie schwieg so lange, dass Béatrice schon glaubte, ihre Freundin sei eingeschlafen.

»Vielleicht bin ich dumm, weil ich mich verliebe«, sagte sie schließlich, und Béatrice hörte Tränen in der heiseren Stimme. »Aber es ist mehr als nur körperliche Anziehung. Obwohl ich zugeben muss, dass es auch damit etwas zu tun hat. Ob du es glaubst oder nicht, wir reden mehr, als dass wir uns küssen.«

»Worüber redet ihr?«

»Über alles. Was wir vom Leben erwarten, dass wir uns auf das echte Leben freuen, wenn sein Manöver vorbei ist. Die Orte, zu denen wir reisen wollen, die Dinge, die wir gerne sehen würden. Thierry ist genauso versessen darauf, die Welt zu sehen, wie ich es bin. Einen Menschen wie ihn habe ich noch nie kennengelernt. Die meisten Männer wollen nur jede Menge Geld scheffeln und ihre Frauen herumkommandieren. Sobald seine Pflichtzeit vorbei ist, werden wir die Vergangenheit vergessen und zusammen noch einmal ganz von vorne anfangen.« Sie schwieg einen Moment. »Ich verrate dir ein Geheimnis, wenn du versprichst, es niemandem zu erzählen.«

»Natürlich, Sophie. Ich verspreche es.«

»Thierry hat mich gefragt, ob ich ihn heiraten will. Ich habe Ja gesagt.«

»Oh, Sophie! Das ist wundervoll! Ich wünschte, ich könnte einen so besonderen Mann kennenlernen, reich oder nicht.«

»Das wirst du, Béatrice. Das wirst du. Wahrscheinlich, wenn du es am wenigsten erwartest.«

Kapitel 25

Béatrice betrachtete ihr Spiegelbild in dem dunklen Busfenster, und das Brummen des Motors dröhnte in ihren Ohren, während der Bus die inzwischen vertraute Route von Brest nach Locronan zurücklegte. Die Landstraße war so spät am Abend menschenleer, und aus den Häusern, an denen sie vorbeikam, drang kein Licht, da die Vorhänge zugezogen oder die Fensterläden geschlossen waren. Béatrice kam sich vor, als reise sie auf dem Grunde des Meeres. Sie konnte Sophies Spiegelbild neben ihrem eigenen sehen. Ihre Freundin starrte schweigend in die Dunkelheit hinaus, und Béatrice fragte sich, ob etwas nicht stimmte. Normalerweise wurde Sophie spätabends erst richtig munter und unterhielt Béatrice und alle anderen mit ihrem Lachen und ihren lustigen Bemerkungen, wenn sie nach einer Tanzveranstaltung oder dem Kino nach Locronan zurückfuhren. Aber Sophie und Thierry waren den ganzen Abend seltsam schweigsam gewesen und hatten sich an einem der Ecktische verkrochen. Sie hatten noch nicht einmal getanzt.

»Habt ihr euch gestritten, Thierry und du, oder was ist los?«, fragte Béatrice sie. »Du bist schon den ganzen Abend so still.«

»Nein, wir haben uns nicht gestritten«, sagte sie mit einem Seufzen.

»Aber uns bleibt nicht mehr viel Zeit.«

»Was meinst du damit?« Béatrice konnte sich nicht vorstellen, dass ihre Beziehung zu Ende sein sollte. Sie schienen so verliebt, so glücklich zusammen.

Sophie seufzte wieder. »Thierry ist in zwei Wochen mit der Ausbildung fertig. Wir haben noch einen Samstagabend zusammen. Dann hat er noch drei Tage Heimaturlaub, um seine Familie zu sehen, und dann muss er auf die Insel Réunion im Indischen Ozean.«

»Oh, Sophie. Du Arme!« Béatrice drehte sich zur Seite, um sie in den Arm zu nehmen. Normalerweise waren Sophie solche Gefühlsäußerungen unangenehm, aber diesmal erwiderte sie Béatrice' Umarmung mit einem Schniefen. Den Rest der Fahrt verbrachten sie schweigend, dann eilten sie durch die menschenleeren Straßen von Locronan nach Hause. Sophie schien noch immer sorgenvoll, als sie in ihrem Zimmer ankamen.

»Béatrice …? Können wir reden?«, bat sie.

»Natürlich. Ich bin deine Freundin. Du kannst mir alles sagen.«

Béatrice setzte sich aufs Bett und klopfte auf den Platz neben sich, aber Sophie blieb stehen, zu erregt, um sich hinzusetzen. Sie zögerte eine ganze Zeit, als hätte sie vor etwas Angst.

»Thierry möchte, dass wir an diesem letzten Wochenende zusammen sind«, sagte sie schließlich. »Ich weiß nicht, ob ich soll oder nicht.«

Béatrice starrte sie verständnislos an. »Warum solltest du nicht das Wochenende mit ihm zusammen sein?«

»Nicht zusammen, wie an jedem Wochenende«, sagte Sophie mit einem ungeduldigen Stirnrunzeln. »Er will mit mir schlafen, bevor er nach Übersee abkommandiert wird.«

»Oh.« Béatrice wandte den Blick ab, peinlich berührt von dem Thema – und von ihrer eigenen Naivität. »Ich finde, das ist keine gute Idee«, sagte sie schließlich.

»Ich weiß, ich weiß«, sagte Sophie, während sie vor Béatrice auf dem Flickenteppich auf und ab ging. »Ich habe ihm gesagt, dass ich das nicht will wegen meines … ist ja egal, weswegen. Aber ich habe solche Angst, sein Aufenthalt würde ständig verlängert werden und dass ich keine zweite Gelegenheit bekomme, mit ihm zusammen zu sein. Ich würde es für den Rest meines Lebens bereuen.«

»Hör mal, ich weiß, dass ich ziemlich naiv bin«, sagte Béatrice und wählte ihre Worte sorgfältig, »und ich habe nicht halb so viel Ahnung von diesen Dingen wie du. Aber meine Großmutter sagte immer, ein Junge würde kein Mädchen heiraten, das ihm nachgibt. Was ist, wenn du schwanger wirst?«

»Das weiß ich auch! Aber ich sehe Thierry vielleicht erst in einem Jahr wieder. Ich möchte eben gern wissen, wie es ist, mit ihm zusammen zu sein. Ich liebe ihn doch so sehr!« Sie biss sich auf die Unterlippe, um nicht zu weinen.

»Jeder kann sehen, wie sehr ihr einander liebt, Sophie, aber es ist trotzdem keine gute Idee. Ich weiß, das klingt furchtbar altmodisch und so, aber die Bibel sagt, dass man es nicht tun darf, wenn man nicht verheiratet ist.«

Sophie ließ die Schultern hängen und sank auf den Stuhl, als wäre die Energie, die sie antrieb, plötzlich entladen worden, wie bei einem Ballon, aus dem man die Luft herauslässt. »Ich weiß. Das ist der Hauptgrund, weshalb ich Nein gesagt habe. Ich bin auch Christin.« Sie musste Béatrice' Erstaunen registriert haben, denn sie fügte hinzu: »Ich bin gläubig, auch wenn ich den Gottesdienst hin und wieder schwänze. Ich weiß auch, dass es immer Konsequenzen hat, wenn Menschen gegen Gottes Gebot verstoßen.« Sie hielt inne, dann fügte sie hinzu: »Ich liebe Thierry so sehr! Ich wünschte, wir könnten sofort heiraten.«

»Ihr seid beide noch so jung, Sophie.«

»Ich bin schon fast zwanzig. Thierry war noch nie mit einem Mädchen zusammen … nicht auf diese Art. Er weiß, dass ihm etwas zustoßen kann, und er möchte wissen, wie es ist, und er will es mit mir tun. Ich will nicht, dass er sauer auf mich ist, Béatrice, nicht jetzt, nicht kurz bevor er fortmuss.«

»Wenn er sauer ist, ist das sein Problem. Außerdem ist es nicht richtig von ihm, dich unter Druck zu setzen. Halt an deinen religiösen Überzeugungen fest. Er wird dich dafür respektieren.«

»Du hast recht«, sagte Sophie seufzend. »Danke für deine Hilfe.«

Sie stützte die Hände auf die Armlehne des Stuhls und erhob sich. Sophie wirkte immer noch angespannt, als sie ihren Schlafanzug anzog und ins Bett stieg, und Béatrice konnte nicht anders, als sich zu fragen, was sie wirklich dachte.

Am folgenden Wochenende, als Sophie sich für ihren letzten Samstagabend mit Thierry fertig machte, beschloss Béatrice, das Thema noch einmal zur Sprache zu bringen.

»Bitte tu es nicht, Sophie«, drängte sie. »Es wäre ein Fehler, den du nicht mehr rückgängig machen kannst.«

»Ich tu es nicht. Ich weiß, dass du recht hast.« Sophie lächelte, aber es wirkte gequält. »Hör zu, warte nicht am Bus auf mich. Thierry hat gesagt, dass er mich nach Hause bringt.«

Den ganzen Abend über machte Béatrice sich Sorgen um ihre Freundin. Sie fuhr allein mit dem Bus nach Locronan zurück, und noch lange nach Mitternacht schritt sie im Morgenmantel in ihrem Zimmer auf und ab, als sie endlich Sophies Schlüssel unten in der Tür hörte. Einen Augenblick später kam Sophie mit leuchtenden Augen zur Tür hereingestürzt. Sie packte Béatrice' Hände und wirbelte sie im Kreis herum, während sie rief: »Rate mal! Rate mal! Rate mal!«

Béatrice hatte Angst zu raten, weil sie fürchtete, dass Sophie ihrem Freund doch nachgegeben hatte.

»Thierry und ich werden uns verloben.«

»Verloben? Wenn er wieder da ist?«

»Nein! Nächstes Wochenende. Er hat einen dreitägigen Heimaturlaub, bevor er ausrückt, also gehen wir Ringe kaufen und verloben uns.«

»Bist du sicher, dass du das willst? Du kennst ihn doch erst kurze Zeit.«

»Absolut sicher. Wenn uns das Leben etwas gelehrt hat, dann, dass es kurz und die Zeit kostbar ist. Falls etwas passieren sollte – dann weiß ich wenigstens, wie es war, eine angehende Ehefrau zu sein. Thierry sagt, dass es ihm in seiner Abwesenheit helfen wird, zu wissen, dass er sich auf ein Leben mit mir freuen kann.«

»Und was ist, wenn ihr nach der Zeit nicht mehr so füreinander empfindet wie jetzt?«

»Was für eine dämliche Frage! Ich will den Rest meines Lebens mit Thierry verbringen. Ich kann mir ein Leben ohne ihn gar nicht mehr vorstellen.«

»Ist er sich denn auch so sicher? Oder ist die Verlobung für ihn nur ein Mittel, um … du weißt schon?«

»Nein! Um Himmels willen, Béatrice! Wie kannst du so von Thierry denken?«

»Sei mir nicht böse. Ich war noch nie verliebt, deshalb musst du mich entschuldigen. Ich weiß nicht, was du durchmachst.«

Tränen traten in Sophies Augen. »Es tut so weh, wenn wir getrennt sind; es tut weh, zu atmen und zu essen und zu schlafen. Ich fühle mich, als wäre ich ohne ihn nur ein halber Mensch. Aber wenn wir zusammen sind … oh, die Welt ist so wunderbar, und ich habe das Gefühl, vor lauter Leben zu explodieren! Ich habe nie gedacht, dass es so schrecklich und zugleich so wundervoll ist, sich zu verlieben, und du?«

»Meine Eltern haben nie viel von Liebe gesprochen, als ich ein Kind war. Sie glaubten, dass Leute heiraten, damit sie zusammen arbeiten und Kinder in die Welt setzen können. Ich habe nie gesehen, dass sie viele Zärtlichkeiten ausgetauscht hätten.«

Sophie blickte in die Ferne, als hätte sie vergessen, dass Béatrice da war. »Meine Mutter hat mir einmal erzählt, wie sehr die Liebe schmerzt, aber ich habe ihr nicht geglaubt. Sie war verrückt nach meinem Vater und hätte alles für ihn getan. Ich wollte nie so besessen von einem Mann sein, dass ich mich derart verliere. Und jetzt, sieh mich an. Ich bin völlig verloren! Oh, ich glaube, ich könnte ohne Thierry nicht leben.« Sie schlug die Hände vors Gesicht und weinte.

Béatrice nahm sie in die Arme. »He, jetzt ist keine Zeit für Tränen. Wir müssen deine Verlobung planen, heute in einer Woche, richtig? Du brauchst ein Kleid und einen Ort für die Feier. Ich werde dir behilflich sein, wo ich nur kann.«

Sophie lachte unter Tränen und erwiderte ihre Umarmung. »Danke, Béatrice. Du bist die beste Freundin, die ich je hatte.«

*

Eine Woche später war Béatrice ganz aufgeregt. Heute sollte der Tag der Verlobung sein. Das Paar sah überglücklich aus, als sie einander in die Augen sahen und sich gegenseitig ihr Eheversprechen gaben. Thierry hatte Sophie einen wunderbaren Verlobungsring an den Finger gesteckt. Und Sophie sah den Beginn eines ganz neuen Lebens als Frau, die auf die Erfüllung ihrer Träume zusteuerte.

Der Personalchef Christian Montjoi hatte Sophie widerwillig den Freitag und Samstag Urlaub gegeben, damit sie ihre kurze Zeit genießen und dann ihren Verlobten zum Busbahnhof bringen konnte. Als Béatrice am Samstagnachmittag von der Arbeit nach Hause kam, war Sophie schon da. Sie trug eine Schürze um die Taille und ein Kopftuch, und die Musik von Jacques Brel plärrte aus dem Radio, während sie das Zimmer in einem Putzrausch auf den Kopf stellte.

»Wenn das nicht Sophie … angehende … ist«, sagte Béatrice, als sie ihre leere Lunchbox und die Thermosflasche in die Spüle stellte. »Erst drei Tage verlobt und schon eine fleißige kleine Hausfrau geworden, wie ich sehe.«

Sophie lächelte, während sie sich bückte, um einen Haufen Dreck auf die Kehrschaufel zu fegen. »Thierrys Zug ist heute Vormittag abgefahren. Ich wusste nicht, was ich sonst mit mir anfangen sollte.«

»Wie fühlt man sich denn so als vergebene Frau? Ist es so wunderbar, wie du es dir vorgestellt hast?«

»Es ist traumhaft!«, sagte Sophie lachend. »Wir haben das Hotelzimmer zwei Tage nicht verlassen. Mit Thierry zusammen zu sein ist …« Sie brachte den Satz nicht zu Ende. Sophies Fassade stürzte in sich zusammen, und sie sank in dem Dreckhaufen zu Boden und weinte.

*

In den folgenden Wochen hielt Sophie die Fassade in der Öffentlichkeit aufrecht, aber Béatrice wusste, wie dünn und zerbrechlich die gelassene Ruhe war, die ihre Freundin an den Tag legte. Sophie tat alles, was sie anpackte, mit fieberhafter Intensität, als versuche sie, ihre Gedanken von Thierry loszureißen. Ihre Stimmung hob sich oder sank mit der Tagespost. Jeden Nachmittag rannte Sophie nach der Arbeit nach Hause, um zu sehen, ob auf dem Schränkchen im Flur ein Brief von Thierry lag. Dann saß sie jeden Abend auf ihrem Bett und weinte sich die Seele aus dem Leib. Kein einziger Brief war seit der Zeit, in der Thierry in Übersee stationiert war, eingetroffen.

Sophies Sorge um ihren Verlobten war eine ständige lodernde Flamme, die eine rastlose Energie wachrief. Sie ging jeden Tag in die Kirche und zündete unzählige Kerzen für ihn an.

Béatrice machte sich Sorgen, weil ihre Freundin immer nervöser wurde. Sie war ständig bemüht, Sophie abzulenken, und besuchte mit ihr ihren Schwager auf dem Leuchtturm. Sie gingen mit Claudette Babysachen einkaufen. Aber die ganze Zeit, während sie sich beschäftigten, schien Sophie die Tage, Stunden

204

und Minuten abzuhaken und nur darauf zu warten, dass Thierry zu ihr nach Hause kam. Äußerlich war sie immer noch die alte Sophie, aber Béatrice durchschaute diese aufgesetzte Selbstsicherheit. Dahinter war Sophie ein Nervenbündel falscher Fröhlichkeit, das versuchte, Thierry zu beschützen und ihn durch schiere Willenskraft nach Hause zu holen.

Kapitel 26

Als der Sommer in den Herbst überging und dieser in den Winter, war Béatrice das alles leid. Sie hatte genug von der Leidensmiene ihrer Freundin. Und so beschloss Béatrice, samstagabends allein auszugehen. Sie hatte an Selbstvertrauen gewonnen und genoss es, alle möglichen Männer kennenzulernen. Sie erklärte sich bereit, einigen von ihnen zu schreiben, aber aus keiner dieser Beziehungen wurde etwas Ernsthaftes. Dann, nach einer Weile, machten Béatrice diese Tanzabende auch keinen Spaß mehr. Hin und wieder besuchte sie Sophies Schwager auf dem Leuchtturm, der die seltene Abwechslung sehr genoss. Er erklärte Béatrice, wie ein Leuchtturm funktionierte, und sie hörte ihm fasziniert zu. Die Menschen im Hause Pasteau, Sophies Schwester, die einen kleinen Sohn namens Pierre auf die Welt gebracht hatte, wie auch Sophie – niemand wusste von diesen Besuchen bei Gérard. Sie wollte nicht, dass ein falscher Eindruck entstand und man sie aus dem Haus jagte. Und dennoch, Béatrice' Leben fühlte sich allmählich an, als wäre es stehen geblieben. Sophie interessierte sich nicht mehr für Mode und Make-up. Sie sparte jeden Franc ihres Lohns, als glaube sie, Thierry dürfe nach Hause kommen, wenn sie nur genug Geld zusammenhatte.

Jeder Tag schien Béatrice gleich, als stecke sie in einem eintönigen Film ohne Ende fest. Die Arbeit in der Weberei langweilte sie zu Tode. Sie wollte ihr Leben in die Hand nehmen, sich verlieben, heiraten, Kinder bekommen.

»Diese Arbeit ist so öde und monoton«, klagte sie Sophie, als sie an einem warmen Sommertag auf dem Rasen saßen und ihr Mittagessen verzehrten. »Ich kann mir nicht vorstellen, den Rest meines Lebens hier zu arbeiten, und du?«

Sophie gab ihr keine Antwort, zupfte unterdessen an der Rinde ihres Butterbrotes und zerpflückte sie in kleine Fetzen, aß sie aber nicht. »Jedes Mal, wenn ich ein Stück von einem Segeltuch fertig habe, denke ich an Thierry. Vielleicht ist ihm etwas passiert, sonst würde er doch schreiben.«

Ihre Fixierung auf Thierry zerrte allmählich an Béatrice' Nerven.

Drei Monate nachdem Thierry und Sophie sich verlobt hatten, kam endlich der lang ersehnte Brief. Sophie sperrte sich in ihrem Zimmer ein. Wenige Minuten später stürmte sie tränenüberströmt aus dem Raum an Béatrice vorbei, die bei ihr nachfragen wollte, was er denn so geschrieben habe. Dieser Auftritt ängstigte Béatrice. Sie machte sich ernsthafte Sorgen um ihre Freundin. Durch die geöffnete Tür sah sie den Brief auf dem Bett liegen. Sie konnte nicht widerstehen und las ihn.

Liebe Sophie,

ich möchte nicht viele Worte machen. Die Umstände haben sich geändert. Ich habe die Frau gefunden, nach der ich immer gesucht habe. Ich habe die Liebe meines Lebens kennengelernt und werde sie bald heiraten. Es tut mir leid, Dir dies nicht persönlich sagen zu können, aber wir beide sind ja realistische Menschen und wissen, dass das Leben Veränderungen mit sich bringen kann. Damit löse ich unsere

Verlobung und wünsche Dir für die Zukunft alles Gute.

In alter Freundschaft
Thierry

PS: Den Ring darfst Du natürlich behalten.

Béatrice ließ den Brief auf die Decke fallen, als sie Sophie die Treppe heraufrennen hörte. Sie sah ihre Freundin mitfühlend an. Thierrys Worte hatten Béatrice getroffen, und sie wusste, dass sie auf Sophie eine noch viel schlimmere Wirkung haben mussten. Sie fühlte sich so hilflos. Béatrice nahm Sophie in ihre Arme, und sie weinten gemeinsam eine lange, lange Zeit. Schließlich machte Sophie sich von Béatrice los und wischte sich die Tränen fort. »Ich werde es überleben«, flüsterte sie.

»Bist du sicher?«

»Ganz sicher.«

Béatrice schluckte schwer. Sie konnte kaum sprechen, weil die Tränen ihre Stimme erstickten. Sie konnte es nicht glauben.

Kapitel 27

Locronan, 1977

Das warme Frühlingswetter ließ die Hoffnung aufblühen. Béatrice sah Narzissen und Krokusse, als sie und Sophie zur Arbeit gingen, und Rotkehlchen sangen in den Bäumen vor ihrem Fenster. Sophies lethargischer Zustand wurde von Tag zu Tag schlimmer. Béatrice litt furchtbare Qualen mit ihrer Freundin. Vier Wochen später verfiel Sophie in eine so schwere Depression, dass sie nichts mehr aß und immer mehr an Gewicht verlor. Die ganze Familie machte sich Sorgen, vor allem Béatrice, dass ihre Freundin ernsthaft krank werden würde. Oft hörte sie nachts, wie Sophie, die nicht schlafen konnte, im Dunkeln auf und ab ging und leise schluchzte.

»Ich will nicht mehr«, sagte Sophie, wenn Béatrice versuchte, sie zu trösten. »Ich vermisse Thierry so sehr, dass ich nicht weiß, wie ich ohne ihn existieren soll.« Béatrice fürchtete, dass sie ihrem Leben ein Ende machen könnte.

Dann folgte die Zeit, wo der anfängliche Schock und der Kummer allmählich nachließen. Béatrice versuchte krampfhaft, ihren normalen Alltag wieder aufzunehmen und Sophie zu helfen, ebenfalls wieder nach vorne zu blicken. Aber die einfachsten Dinge erinnerten sie beide an Thierry und ließen Sophie immer wieder in ein tiefes Loch der Trauer fallen.

*

Das Wetter wurde frühlingshaft, und Béatrice war bereit für eine Veränderung in ihrem tristen Alltag. »Komm, wir gehen irgendwohin und unternehmen etwas«, schlug Béatrice an einem sonnigen Samstagnachmittag vor. »Ich mache uns ein Lunchpaket zurecht, und wir gehen zum Strand.«

»Wie kannst du auch nur an einen Ausflug denken?«, erwiderte Sophie verärgert. »Du hast ja keine Ahnung, wie ich mich fühle.«

Béatrice holte tief Luft und versuchte, ihre eigene Verärgerung zu unterdrücken. »Du hast recht, ich weiß nicht, wie du dich fühlst. Ich kann es mir noch nicht einmal vorstellen. Nur habe ich das Gefühl, dass ich in deiner Nähe nur noch wie auf rohen Eiern laufe, weil ich immerzu versuche, dich nicht aufzuregen. Es fällt mir schwer, dich so leiden zu sehen. Ich will dir helfen, dich aufmuntern. Aber ich weiß nicht, was ich tun kann.«

»Du kannst gar nichts tun. Und andere auch nicht.«

Béatrice musste sich abwenden. Sie floh nach draußen und lief in Richtung Leuchtturm. Sie hoffte, dort Claudettes Mann Gérard anzutreffen. Sophie frustrierte sie und machte sie manchmal regelrecht wütend. Béatrice war es leid, unter einer Wolke des Trübsinns zu leben, und sie wollte, dass Sophie endlich daraus auftauchte. Aber dann hatte Béatrice gleich ein schlechtes Gewissen, weil sie so ungeduldig war. Wie würde sie sich fühlen, wenn sie die Liebe ihres Lebens so betrogen hätte? Es musste einen Weg geben, wie sie Sophie durch diese Zeit hindurchhelfen konnte, aber Sophie weigerte sich, Hilfe anzunehmen. Sie war fest entschlossen, den Rest ihres Lebens zu trauern. Und Béatrice hatte genug davon. Sie sehnte sich danach, von ihr fortzukommen. Aber sie war doch ihre beste Freundin, nein, sie konnte nicht fort.

Das erzählte sie alles Gérard auf dem Leuchtturm. Wenn er sie mit seinen dunklen samtigen Augen ansah, hatte Béatrice jedes Mal das Gefühl, er könnte ihr bis in die Seele sehen. Die Sonnenstrahlen tanzten auf seinem braunen Lockenkopf. Er war ein guter Zuhörer, und er versprach Béatrice, deren Worte wie ein Wasserfall aus ihrem Mund herausflossen, niemandem etwas zu erzählen, auch nicht seiner Frau.

Auf dem Nachhauseweg musste Béatrice ständig an dieses Kribbeln denken, das die Berührungen von Gérard in ihr ausgelöst hatten. Er hatte sie zum Abschied zart auf den Mund geküsst, und Béatrice war nahe daran gewesen, ihre Arme um ihn zu schlingen und mehr zu fordern.

Doch als sie Sophies Gesicht sah, holte sie die Gegenwart wieder ein.

»Ich kann es einfach nicht mehr ertragen, dich so zu sehen.« *Ich hatte gerade einen schönen zärtlichen Augenblick mit deinem Schwager*, hätte sie ihr am liebsten gebeichtet. Aber es war nicht möglich.

Sophie gab keine Antwort, sah offensichtlich nicht das Glänzen in den Augen ihrer Freundin. Nichts.

»Bitte sag mir, was ich tun kann, um dir zu helfen«, flehte Béatrice.

»Du kannst mich in Ruhe lassen. Hör auf, mich aufzumuntern. Geh und amüsiere dich.«

»Wie kann ich das tun und dich so zurücklassen? Ich bin deine Freundin!«

»Weil ich dir sage, dass du es tun sollst. Das ist die beste Methode, mir zu helfen. Geh und lass mich allein.«

»Gut. Dann gehe ich.« Béatrice war sich sicher, dass es das Schlimmste war, was sie tun konnte, aber sie war das Ganze leid. Sie fuhr mit dem Bus nach Brest und schlenderte durch die Geschäfte, und an jenem Abend ging sie allein zur Tanzveranstaltung. Aber die ganze Zeit musste sie nicht an Sophie denken, sondern an Gérard, der ihr seit Stunden im Kopf herumspukte. Sie fühlte sich schuldig, weil sie diese Annäherung zugelassen hatte. Es hatte so gutgetan, dieses Gefühl, wahrgenommen zu werden. Natürlich war sie sich bewusst, dass dies nie mehr passieren durfte. Er war verheiratet und Vater eines Sohnes. Und trotzdem war es wunderschön.

Dann stand Sophie plötzlich wieder vor ihrem geistigen Auge, und Béatrice bekam ein schlechtes Gewissen. Sie hatte sie im Stich gelassen.

Sophie hörte kein Radio mehr. Sie hasste Musik und sagte, sie erinnere sie an die Tanzabende, bei denen sie Thierry kennengelernt hatte. Sie schloss sich in ihrem Zimmer ein. Und Béatrice schlich zum Leuchtturm.

Sie wusste nicht, was sie tun sollte. Sie hatte Angst, dass ihr Techtelmechtel mit Gérard herauskommen würde. Aber sie waren beide voneinander magisch angezogen. Er drängte Béatrice nie, mit ihm zu schlafen, und machte auch nie irgendwelche Andeutungen. Aber allein ihre Schmuserei versetzte Béatrice auf Wolke sieben. Sie war nahe daran, Gérard, ganz gleich, was passieren würde, um den Verstand zu bringen.

Schließlich gebot Gérard dem Ganzen Einhalt. »Ich weiß«, sagte er eines Abends, »es klingt nicht fair von mir. Aber, Béatrice, wir müssen damit aufhören, sonst endet dies in einer Katastrophe. Ich mag dich mehr, als mir lieb ist und … Wenn das jemand erfährt, bist du für alle Zeiten als leichtes Mädchen abgestempelt, und niemand wird dich heiraten wollen. Das verstehst du doch?«

Sie hatte jetzt ihren eigenen Kummer, und Sophie merkte es nicht einmal. Wenn sie ehrlich war, wollte Béatrice überhaupt nicht in Sophies Nähe sein. Immer wieder übte Béatrice im Geiste, wie sie es Sophie erzählen konnte, und sie plante, was sie mit ihrem eigenen Leben anfangen wollte, denn sie musste sich eingestehen, dass Gérard recht hatte. Ihre Liaison hatte keine Zukunft.

Kapitel 28

Locronan, ein Jahr später

Béatrice betrachtete ihr Abbild im Badezimmerspiegel, und was sie sah, gefiel ihr. Ihr dunkles Haar, zu einer eleganten Banane hochgesteckt, glänzte im Licht wie Gold. Ihr Make-up war so natürlich und makellos wie das eines Filmstars, und ihr neues schwarzes Cocktailkleid würde sicher einigen Männern den Kopf verdrehen.

Sie warf einen Blick auf ihre Armbanduhr. Es war immer noch zu früh, um nach unten zu gehen und auf ihre Verabredung zu warten. Sie hatten vereinbart, sich vor dem Postamt zu treffen, weil sie nicht wollte, dass er bei den Pasteaus vorbeikam und sah, in welcher kleinen Dachkammer sie wohnte. Es hätte seinen Eindruck von ihr als Klassefrau verderben können.

Béatrice schaltete das Licht im Bad aus und trug ihre hochhackigen Schuhe in ihr Zimmer. Es gab keinen Grund, sie früher anzuziehen als nötig. Sie suchte einen Notizblock und einen Bleistift, um eine Nachricht für Sophie aufzuschreiben, als sie hörte, wie langsame Schritte die Treppe heraufkamen. Dann klopfte es an ihrer Tür. Sie öffnete und war überrascht, Sophie vor sich zu sehen.

»Du bist aber früh zu Hause. Ich wollte dir gerade einen Zettel schreiben.«

»In der Manufaktur war heute nicht viel los, und ich bin ganz erschöpft. Ich habe meine Geschirrteile einer anderen Arbeiterin überlassen und bin nach Hause gegangen.« Sie ließ sich auf das Bett fallen, als könnten ihre Beine sie unmöglich auch nur eine weitere Sekunde tragen, dann streckte sie sich auf dem Rücken aus. Béatrice wollte gerade fragen, wieso sie nach nur drei Stunden an einem so ruhigen Abend so fertig war, aber Sophie sprach zuerst.

»Wozu hast du dich denn so fein gemacht? Das Kleid kenne ich gar nicht.«

»Es ist neu. Wie sehe ich aus?« Sie ging ein paar Schritte und drehte sich dann langsam um, als wäre sie ein Model bei einer Modenschau.

»Großartig. Du hast dich wirklich zu einer Klassefrau gemausert, Béatrice. Obwohl ich mir nicht vorstellen kann, dass es irgendeinen Mann hier in Locronan gibt, der eine so elegante Verabredung wert wäre. Wer ist denn der Glückliche?«

Béatrice zögerte, denn sie hatte Angst, es ihr zu sagen. Sie hatte ihr Privatleben nicht mehr mit Sophie besprochen, seit sie beide über Sophies Weigerung, sich mit Männern zu verabreden, gestritten hatten. Sophie arbeitete seit einem halben Jahr in einer Porzellanmanufaktur in Quimper. Sie hatte dort extra um die Freitag- und Samstagabendschichten gebeten und arbeitete für gewöhnlich, wenn Béatrice ausging, und wenn ihre Freundin nach Hause kam, schlief sie bereits.

»Es ist jemand, den ich von der Arbeit kenne«, sagte Béatrice und sah wieder auf ihre Uhr.

»Komm schon … erzähl mir von ihm.« Sophie lächelte, aber es kam nicht von Herzen. »Du bist viel zu chic für einen von den Typen aus der Weberei oder vom Fischfang. Ist er einer von den Vertretern?«

»Nein … Er ist mein Chef.«

»Dein Chef! Wie hast du das denn angestellt, den Letrec rumzukriegen? Hast du etwa schon …«

»Um Himmels willen, nein. Was denkst du von mir?«

Sophie starrte sie nur an.

»Was spricht dagegen, wenn ich mit ihm ausgehe?«, fragte Béatrice mit einem schüchternen Lächeln. Sie musste einfach lächeln, wenn sie an Arnaud dachte.

»Wir sind schon ein paarmal Kaffee trinken oder ins Kino gegangen. Wir haben viel gelacht. Wie reden über alles Mögliche. Aber das ist jetzt der nächste Schritt, und ich hoffe, er bringt den Wendepunkt in unserer Beziehung. Er hat mich zum Tanz in seinen Nautik-Club eingeladen.«

»Was? In seinen Nautik-Club?« Sophies Lächeln verschwand. »Hast du den Verstand verloren?«

»Nein, warum?«

Sophie setzte sich mühsam auf und runzelte ärgerlich die Stirn. »Arnaud Letrec.«

»Was ist denn so schlimm daran, dass es Arnaud Letrec ist?«

»Béatrice! Du hast mir nie erzählt, dass du mit einem der reichsten Männer aus dem Finistère ausgehst!«

»Warum bist du denn so wütend? Du solltest dich für mich freuen. Arnaud brauchte eine Sekretärin, und er hat mich ausgewählt, weil ich hin und wieder im Schreibbüro ausgeholfen habe. Wo ist da das Problem?«

»Du bist so naiv! Merkst du denn nicht, dass er dich nur benutzt? Natürlich hat er dich ausgewählt – du bist sehr hübsch. Du bist eine Närrin, wenn du einem verwöhnten reichen Jungen traust. Beende es, bevor er dir wehtut!«

»Nicht jeder wohlhabende Mann ist ein zweiter Thierry«, sagte Béatrice leise. »Kannst du dich nicht für mich freuen?«

»Ich werde mich sehr für dich freuen, wenn du den Typen in die Wüste geschickt hast. Ich warne dich nur zu deinem eigenen Schutz, beende es, bevor du verletzt wirst.«

»Ich wusste, ich hätte nicht mit dir darüber reden sollen«, sagte Béatrice verärgert. »Nur weil du mit dem Leben abgeschlossen hast, glaubst du, alle anderen müssten es auch tun. Du hast dich geweigert, mit mir zur Abendschule zu gehen, du hast deinen Traum von einer Ausbildung und einem Beruf aufgegeben, und jetzt lässt du dich total gehen. Du kleidest dich nachlässig, deine Haare sehen furchtbar aus, du arbeitest in einem Job, der keine Zukunft hat. Du scheinst es als Tatsache hinzunehmen, dass du nichts taugst, dass du schöne Sachen oder anständige Kleidung nicht verdienst. Ich weiß, dass Thierry dir etwas Unverzeihliches angetan hat, aber du bist schon zu lange depressiv deswegen. Ich wünschte, du würdest wieder zum Arzt gehen, Sophie. Lass dir endlich helfen!«

»Nur zu deiner Information. Es ist nicht bloß eine Depression. Ich bin krank. Die Mediziner sind sich noch nicht sicher, was es ist, aber ich bin immerzu erschöpft. Ich habe nicht die Kraft, zur Schule zu gehen. Mir ist auch nicht danach, meine Zeit und mein Geld damit zu verschwenden, mich aufzutakeln, nur damit ich irgendwelchen Männern gefalle. Ich versuche dich zu warnen, dass du diesem Typen da oben in seinem Schloss nicht trauen sollst, und du greifst mich an! Danke!« Sie stolperte in ihr Zimmer und knallte die Tür hinter sich zu.

Béatrice wusste, dass sie sich entschuldigen sollte, aber dazu war keine Zeit. Außerdem, wie konnte Sophie es wagen, Arnaud Letrec abzuurteilen, obwohl sie ihn nur vom Sehen kannte? Béatrice zog ihre Schuhe an, schnappte sich ihre Handtasche und schlug die Wohnungstür zu, als sie ging.

Béatrice war dabei, sich zu verlieben. Ihr Abend mit Arnaud war wie ein Märchen. Aschenputtel tanzte mit ihrem Prinzen und trank Champagner. Der Nautik-Club in Brest war der eleganteste Ort, an dem Béatrice je gewesen war, das Essen war hervorragend, die Band wundervoll. Als Arnaud sie auf den Balkon hinausführte und sie unterm Sternenhimmel zum ersten Mal küsste, fühlte sie sich wie im Himmel.

»Du bist wunderschön, Béatrice«, murmelte er ihr ins Ohr. »Wie kommt es nur, dass ich so viel Glück hatte, dich zu finden?«

Sie schwebte nach ihrer Verabredung wie auf Wolken nach Hause und wusste, dass sie Sophie auch nicht ein einziges Wort von alldem sagen würde.

Am Montag gab der Blumenhändler ein Dutzend roter Rosen in dem Wohnhaus der Pasteaus ab. Béatrice' Augen füllten sich mit Tränen, als sie die Karte las: *Ich muss immerzu an dich denken, Arnaud.*

Als Béatrice aufblickte, sah sie, wie Sophie den Kopf schüttelte und die Stirn runzelte.

»Bitte freu dich für mich, Sophie. Ich will nicht, dass dies zwischen uns steht.«

»Wie soll ich mich freuen, wenn ich doch weiß, dass er dir wehtun wird?«

»Arnaud ist nicht Thierry.«

Sophie stieß ärgerlich die Luft aus, ließ sie einfach stehen und ging ohne ein weiteres Wort an ihr vorbei.

Nachdem drei Monate verstrichen waren, war sie es leid, sich ständig von Sophie anhören zu müssen, Arnaud sei nichts für sie, weil er das unverzeihliche Verbrechen beging, reich zu sein.

Eines Nachmittags saß Béatrice bei der Arbeit an ihrem Schreibtisch und tippte einen Brief, als Arnaud sie über die Sprechanlage in sein Büro bat. »Würden Sie bitte einen Moment hereinkommen, Mademoiselle Gall?«, sagte er.

»Selbstverständlich, Monsieur Letrec.« Sie konnte sich ein Lächeln nicht verkneifen. Bei der Arbeit redeten sie einander ganz förmlich an und hatten auch nie jemandem erzählt, dass sie miteinander ausgingen, aber Béatrice wusste, dass jeder, der Augen im Kopf hatte, ihre Liebe sehen konnte. Arnaud rief sie mindestens einmal am Tag in sein Büro, damit er sie küssen konnte, und wenn sie wieder herauskam, war ihr Lippenstift verschmiert und ihre Frisur unordentlich. Sie nahm an, dass dies der Grund war, warum er sie jetzt rief, und sie stellte sich vor, wie er an der Tür wartete, um sie in den Arm zu nehmen. Als sie sein Zimmer betrat, saß er hinter seinem Schreibtisch, und seine Miene war ernst. Mit einer Handbewegung forderte er sie auf, Platz zu nehmen.

»Arnaud, was ist?«

»Ich habe mit meiner Mutter gesprochen.« Er fingerte an seinem Füllfederhalter herum und drehte ihn zwischen den Fingern. »Ich und sie sind der gleichen Auffassung … dass …«

Béatrice hielt den Atem an. Hatte Sophie recht behalten? Tränen traten ihr in die Augen. Arnaud eilte um seinen Schreibtisch herum und ergriff ihre Hand.

»Du sollst zu uns aufs Schloss ziehen. Wir werden unsere Verlobung bekannt geben, und so musst du nicht mehr bei den Pasteaus bleiben. Du wirst bis zu unserer Hochzeit im Westflügel bei meiner Mutter wohnen. Ich hoffe, du stimmst dem zu?«

Sie trocknete sich die Augen, sorgsam darauf bedacht, ihre Wimperntusche nicht zu verschmieren. »Ich tue nichts lieber als das! Ich bin so froh, dass du mir diesen Vorschlag machst.«

Er zog sie aus dem Sessel in seine Arme. »Du hast so ein gutes Herz, Béatrice. Ich liebe dich so sehr.« Er küsste sie, bevor sie ihm sagen konnte, dass sie ihn auch liebte.

Béatrice hatte erwartet, dass Sophie die Nachricht von ihrem Umzug ins Schloss der Letrecs mit Bestürzung aufnehmen würde, aber sie war nicht auf die Bitterkeit ihrer Wut gefasst gewesen. Sophie ließ keine Schimpftirade aus. Lange nach Mitternacht, als bereits alle im Haus schliefen, lief sie immer noch im Zimmer auf und ab. Béatrice wusste, dass die eigentliche Zielscheibe von Sophies Hass Thierry Clement war, aber es tat ihr weh, dass ihre Freundin mit solch einer Gehässigkeit über den Mann sprach, den sie liebte – und über sie selbst, weil sie ihn liebte.

»Mir reicht's, Sophie«, sagte sie schließlich. »Gute Nacht. Ich gehe schlafen.«

»Ich kann doch nicht dabei zusehen, dass dieser Mann dich vernichtet, wie Thierry es mit mir getan hat.«

Béatrice gab ihr keine Antwort, ging in ihre Kammer und begann sich auszuziehen, in der Hoffnung, dass Sophie das Thema endlich auf sich beruhen lassen möge. Dann war Ruhe.

Béatrice sank auf ihr Bett, zu müde, um zu streiten. Sie wusste, dass Sophie die Liebe zwischen ihr und Arnaud niemals gutheißen würde. Wenn Béatrice ihre Liebe zu diesem Mann weiterhin verteidigte, würde das wahrscheinlich das Ende ihrer Freundschaft bedeuten. Aber in diesem Augenblick war Béatrice das Zusammenleben mit ihrer verbitterten, depressiven Freundin so leid, dass es ihr egal war.

Zwei Wochen waren vergangen, und Béatrice fühlte sich sehr wohl in ihrem neuen Heim. Arnauds Mutter Adélaide, die erst vor Kurzem ihren Mann verloren hatte, zeigte sich als liebevoller Mensch gegenüber ihrer zukünftigen Schwiegertochter. Im Ort gingen Gerüchte um, dass sich die beiden Schwestern Pasteau so sehr zerstritten hätten, man munkelte, Sophie habe eine Affäre mit ihrem Schwager. Béatrice war es egal, was die Gerüchte sagten. Sophie war immer noch ihre beste Freundin, und sie wollte, dass sie bei ihrer Hochzeit ihre Trauzeugin war. Eines Sonntagmorgens ging sie nach der Kirche zu dem Haus der Pasteaus und läutete an der Tür.

Sophie öffnete. »Was willst du?«, fragte sie Béatrice. Sie hatte die Tür nur einen Spaltbreit geöffnet und blieb dahinter stehen, als wollte sie Béatrice jeden Augenblick die Tür vor der Nase zuschlagen.

»Ich möchte mit dir reden, Sophie. Willst du mich nicht hereinbitten?«

Sophie schüttelte den Kopf.

»Was ist nur passiert, Sophie?«, murmelte Béatrice.

»Wovon redest du?«

»Was ist mit uns geschehen? Mit unserer Freundschaft? Wir haben so viel zusammen erlebt. Das können wir doch nicht einfach alles wegwerfen.«

Aber die mutlose, vernachlässigte Frau vor ihr war eine Fremde. Die elegante, selbstbewusste Sophie, die Béatrice' Leben verändert hatte, die mit ihr gelacht und geweint hatte, war verschwunden.

»Du hast es für diesen Letrec geopfert, Béatrice.«

»Warum erwartest du von mir, dass ich mich zwischen ihm und dir entscheide? Sieh mal, ich bin hergekommen, um dich zu fragen, ob du meine Trauzeugin sein willst …« Sie verstummte, als Sophie den Kopf schüttelte. Ihre Weigerung tat Béatrice mehr weh als jede Kränkung eines anderen Menschen, aber sie versuchte es ein letztes Mal. »Willst du es dir nicht wenigstens überlegen?«

»Nein. Wir haben nichts mehr gemeinsam, Béatrice. Wir haben unterschiedliche Werte, unterschiedliche Lebensstile. Ich will nicht, dass du noch einmal herkommst, und ich bin sicher, Arnaud Letrec und seine Mutter wollen auch nicht, dass du dich mit mir abgibst.«

Béatrice konnte die Tränen nicht länger zurückhalten. »Sophie, warum können wir nicht weiterhin Freundinnen bleiben?«

»Weil ich deine Freundschaft nicht brauche, und du brauchst meine nicht. Leb wohl, Béatrice. Hab ein schönes Leben.«

Sie schloss die Tür.

Kapitel 29

Roussillon, 2012

Die Stille wurde körperlich spürbar, als Florence den letzten Satz gelesen hatte. Serges Stimme riss sie durch Äonen zurück in die Gegenwart.

»Kann ich dir etwas zu trinken holen?« Offenbar hatte er gesehen, dass es ihr nicht gut ging.

»Nein, danke.« Florence hörte, wie brüchig ihre eigene Stimme klang. Sie fühlte sich benommen und tief berührt von diesem Einblick in die Vergangenheit ihrer Mutter.

»Was geht dir jetzt durch den Kopf?«, fragte er leise.

Florence wollte im Moment nicht darüber reden.

»Und dir?« , fragte sie stattdessen und sah zu Serge.

»Meine Tante Sophie sehe ich jetzt mit anderen Augen. In unserer Familie wurde nie darüber gesprochen, warum Sophie so griesgrämig war oder sich so abschottete, bis heute.«

Florence sah die Anspannung in seinem Gesicht.

»Ich bin überzeugt,« fuhr er fort, »dass niemand das Recht hat, andere für ihr Verhalten oder ihre Handlungen zu verurteilen. Andere zu verurteilen ist ein Fehler, denn wir kennen nie alle Gründe, die einen Menschen veranlassen, das zu tun, was er tut.«

Serge sah etwas verloren aus, fand Florence. So hatte er früher nie mit ihr gesprochen.

»Meine Mutter hat sich von deinem Vater verstanden gefühlt«, sagte sie. »Stell dir vor«, fuhr sie

223

fort, »vielleicht wollten sie woanders ein neues Leben beginnen.«

»Nein, das hätte er nicht getan. Ich kann mich erinnern, als er Pierre und mich zum Leuchtturm mitgenommen hatte. Das war, kurz bevor er starb. Er hatte sich seine Pfeife angesteckt, ging mit uns zur oberen Plattform und suchte den Horizont ab. Damals erkannte ich in seinen Augen tiefe Zufriedenheit, das Leben zu leben, das er, Gérard Renaud, leben wollte. Und das war seine Familie und der Leuchtturm; seine Welt. Es war zwar nur ein Moment. Aber diese Erinnerung wird immer bleiben.«

Florence hing an seinen Lippen, aber sie hatte auch ein wenig Angst vor ihm. In der kurzen Zeit ihres Gesprächs hatte er so vieles gesagt, was sie erst verdauen musste.

Serge wollte etwas sagen, aber Florence sagte: »Aber sie waren ein Liebespaar.«

»Florence, das wissen wir nicht. Sie lässt uns im Unklaren. Und wir wissen immer noch nicht, wer sie gefunden hat.«

Es war schwieriger, als Florence es sich vorgestellt hatte. Die Worte ihrer Mutter verrieten so viel Gefühl.

Sie merkte, dass die Lektüre der Briefe ihrer Mutter Teil der Reise war. Béatrice' Worte waren die Verbindung zur Vergangenheit, zu den Frauen der Familien, aus denen diese Vergangenheit bestand. Eine Generationenkette, deren Glieder miteinander verbunden und so stark waren, dass sie nicht auseinandergerissen werden konnte. Florence hielt beim Lesen inne, während Serges Blick in die Ferne wanderte, als würde er die Ereignisse noch einmal vor sich sehen.

Florence las weiter. Die Lektüre war zu einem Dialog geworden, der die Bindung zu ihrer verstorbenen Mutter manchmal verstärkte, manchmal aber auch zu einer wütenden Auseinandersetzung mit ihr führte. Florence kam sich vor wie Treibgut. Menschen wie Patrick, kam es ihr in den Sinn, die ihre Eltern genau kannten, hatten ja keine Ahnung, was für ein Gefühl es war, wenn einem etwas fehlte. Florence, hör auf, schalt sie sich selbst. Der Himmel mochte wissen, warum sie so in Selbstmitleid badete.

Plötzlich schrak sie auf, hielt inne, starrte auf die Buchstaben.

»Der geheime Garten«, flüsterte Florence. »Den hatte ich total vergessen. Es war der Garten meiner Mutter. Ihr Refugium, in das sie sich zurückzog. Dort haben sich die beiden bestimmt getroffen. Deshalb hatte niemand etwas davon geahnt, geschweige denn gewusst.«

Vor ihrem geistigen Auge sah Florence die Geschichte vor sich.

»Was für ein geheimer Garten?«

»Er liegt im Schlosspark ganz versteckt, und wenn man es nicht weiß, wird man ihn auch kaum finden.«

Dann fiel ihr der Abend ein, an dem sie in der Bibliothek gesessen und ihren alten Aufsatz gelesen hatte.

»Kennst du das Theaterstück *Der Menschenfeind* von Molière?«

Serge sah sie überrascht an. »Ja. Wie kommst du darauf?«

»Ich habe vor ein paar Tagen meinen Aufsatz über dieses Stück gefunden.«

»Du bist mir damals damit auf den Wecker gegangen. Immer wieder musste ich dich abfragen, weil du dieses Stück auswendig lernen wolltest.« Er lachte.

Florence' Zigarette war halb heruntergeraucht, als sie hinter sich ein leises Geräusch hörte. Eine der Nonnen stand auf der Schwelle zum Garten. »Stört es, wenn wir hier rauchen?«, fragte Florence.

Die Ordensschwester schüttelte den Kopf, drehte sich um und ging zum Kloster zurück.

Serge zog eine Schachtel Zigaretten aus der Brusttasche seines Hemdes.

»Warum fragst du nach diesem Theaterstück?« Er lächelte.

Florence sah ihm zu, wie er sich eine Zigarette ansteckte. »Was du nicht sagst. Ich wusste gar nicht, dass ich dir damit so auf die Nerven gegangen bin.« Sie erwiderte sein Lächeln.

»Warte mal, ich versuche, einen Teil zusammenzubekommen.«

Florence nickte und streifte ihre Aschenspitze in den Blumenkübel, der neben ihr stand. »Da bin ich ja mal gespannt.« Florence zögerte einen Moment, dann drückte sie ihre Zigarette in der Blumenerde aus.

»Ich zitiere mal den Anfang der dritten Szene des vierten Aktes. Célimène sagt zu Alceste: Sie lieben mich nicht, wie man mich lieben sollte.«

Serge strengte sich merklich an, seiner Stimme, die sonst so nüchtern und emotionslos klang, einen melodischen Ton zu geben.

»Sie will ihm ihr Verständnis von Liebe aufzwingen, worauf er antwortet: Ich wünschte, dass der Himmel Ihnen bei der Geburt nichts gegeben hätte, weder Herkunft noch Wohlstand, und meine Freude

wäre alleine Ihre Sonne und versöhnte Sie mit Ihrem traurigen Geschick.«

Florence sah ihn erstaunt von der Seite an und griff nach ihrer Zigarettenschachtel. Sie war leer. Serge hielt ihr seine Zigaretten hin. »Falls du diese Sorte magst«, fügte er lächelnd hinzu. »Ich persönlich frage mich: Was ist das für eine Liebe, die das Wesen des anderen ändern will?« Sein Feuerzeug flammte auf. Er krümmte seine Hand um die Flamme. Florence beugte sich zu ihm hin. »Danke.«

Serge schaute ihr beim Rauchen zu.

»Für mich der absolute Gipfel des Egoismus.« Sie blies eine lange Rauchwolke aus.

Serge nickte. »Die beiden tragen ihre eigene Welt mit sich, und keiner ist bereit, auch nur einen Schritt auf den anderen zuzugehen.«

Für einen kurzen Moment schloss Florence die Augen. Ihr Brustkorb war so eng, als sei eine Betonwalze darübergerollt.

»Alceste hofft bis zuletzt, Célimène nach seinen Vorstellungen ändern zu können.«

»Vergeblich«, gab Florence mit fester Stimme zurück. »Denn ein Mensch lässt sich nicht einfach ändern.«

Serge stand auf, schaute über die Brüstung hinunter und sagte: »Ganz nach der Devise ›jemanden aufrichtig zu lieben heißt, man nimmt ihn, wie er ist‹, denn er wird sich nie ändern.« Er drehte den Kopf ein wenig und sah sie über die Schulter an.

»Langweile ich dich?«, fragte er unvermittelt.

»Überhaupt nicht«, gab Florence zurück. Das brennende Ende ihrer Zigarette zitterte im Sonnenlicht wie eine Motte, die das Licht suchte.

Serge hob den Kopf und blinzelte.

»Aber wir leben nun mal im 21. Jahrhundert«, sagte Florence, als er nicht weiterredete.

»Absolut. Aber hat sich wirklich etwas geändert?« Florence sah ihn von der Seite an. »Du willst damit sagen, dass es immer noch so schwierig ist wie damals, Liebe mit Selbstverwirklichung zu vereinbaren.«

Serge betrachtete seine Zigarette. »Jeder sollte sich einmal ehrlich die Fragen stellen: Geht mir das Glück des Menschen, den ich zu lieben glaube, über mein eigenes Glück? Bin ich wirklich bereit, auf ihn einzugehen, seine Enttäuschung und Freude mit ihm zu teilen? Ich denke, das wollte Molière mit diesem Stück ausdrücken.« Er zog an seiner Zigarette und inhalierte den Rauch tief in seine Lunge.

»Und das wollte meine Mutter mir mitteilen, als sie darunterschrieb: *Eine große Liebe scheitern zu sehen ist tragisch. Gibt es auf der Welt etwas Schöneres als einen Bund zwischen zwei dieser unvollkommenen Geschöpfe?*«

»Ja, das ist es.« Serge sah sie intensiv an. »Und ich denke, deine Mutter wollte verhindern, dass unsere Liebe auf genau so eine Art ihr Ende findet. Deshalb glaubte sie eingreifen zu müssen und hat die Briefe abfangen lassen.«

»Wie arrogant! Wie selbstsüchtig!« Florence schossen Tränen in die Augen.

Serge drückte ihre Hand, antwortete aber nicht

Nach und nach nahm das Puzzle Gestalt an. Die Einzelteile griffen immer besser ineinander, unbestritten. Doch je mehr sie sich zu einem Bild fügten, desto weniger gefiel ihr dieses Bild.

Sie sah Serge von der Seite an und war angenehm überrascht, als er ihr ein zufriedenes Lächeln schenkte, als wollte er sagen: *Danke, dass du mich an deiner Vergangenheit teilhaben lässt.*

Florence hatte so vieles, wofür sie dankbar sein konnte, und sie spürte, dass viele Wunden an diesem bemerkenswerten Tag gehcilt waren. Und doch gab es immer noch Dinge in ihrem Herzen, die ungeklärt waren.

»Serge, ich versuche mich an diese Zeit zu erinnern. Ich weiß, dass es lange her ist, aber woran erinnerst du dich, vor allem aus der letzten Zeit?«

»Du meinst … mit den beiden? Ob mir je etwas aufgefallen ist?«

»Nein, nein. Ich will nicht, dass du das noch einmal durchleben musst. Ich frage mich nur, hat es irgendjemand gewusst?«

»Ich denke, ja. Wie sonst wäre dein Vater darauf gekommen, die beiden dort anzutreffen?«

»Wer, in Gottes Namen, wer?«

»Es gibt Dinge in Béatrice', Arnauds und Gérards Leben, die wir nie wissen werden«, sagte Serge.

Florence hielt sich die Hand vor die Augen, um ihre Tränen aufzuhalten, aber sie konnte sie nicht unterdrücken. Diese Aufzeichnungen waren ein weiterer Hinweis auf etwas, was sie nicht akzeptieren wollte – dass sie ihre Mutter kaum gekannt hatte. Sie war ihre Tochter, war unter ihrer liebevollen Obhut aufgewachsen, doch alles, was sie von Béatrice wusste, war der winzige Teil, den Béatrice ihr zugänglich gemacht hatte. Aber nichts vom Rest. Nichts von dem hier. Nichts von dem, was Florence als die wahre Béatrice, die Essenz ihrer Persönlichkeit erschien – die Unternehmergattin, die von den Schattenseiten des Lebens in ihrem direkten Umfeld so betroffen gewesen war, dass sie das Bedürfnis gehabt hatte, sich damit zu beschäftigen.

Kapitel 30

Florence stand am nächsten Morgen am Fenster und blickte hinaus. Gestern war es später Nachmittag geworden, bis sie den letzten Brief gelesen hatten. Es hatte leicht zu schneien begonnen, nicht unüblich in dieser Höhenlage, und die Umgebung sah aus, als wäre sie mit Puderzucker bestreut worden.

Es schneite am Morgen zwar nicht mehr, aber der Himmel und die schneebedeckte Landschaft verschmolzen zu einer undurchdringlichen Wand. Florence befahl sich, nicht mehr an die Vergangenheit zu denken, denn dort lauerte der Schmerz. Sie genoss noch den Moment der Ruhe, bevor sie zurück nach Locronan fuhren.

Ihr fiel der Abend wieder ein, an dem sie mit Lucienne in der Bibliothek gesessen und ihr bei einem Glas Wein von dem Brief ihrer Mutter berichtet hatte. Lucienne erzählte ihr daraufhin, dass ihr jüngster Sohn den Beruf des Fischers ergreifen wollte. Aber sie hatte entschieden: Es reicht. Sie hatte ihren Mann und ihren ältesten Sohn auf See verloren. Und ihre Worte hatten Florence sehr berührt. Ein warmer Geruch von brennendem Kaminholz füllte das Zimmer. Lucienne hatte sich eine Zigarette angezündet und den Rauch tief inhaliert, bevor sie weitererzählte: »Damals standen mein kleiner Sohn Henri und ich eine ganze Nacht lang unten am Hafen und warteten auf das Boot meines Mannes. Am nächsten Morgen standen wir immer noch da.«

»Was ist passiert?«

»Mein Mann und mein Sohn waren über Bord gespült worden. Sie wurden nie gefunden. Ich habe Henri danach verboten, jemals einen Fuß auf ein Schiffs-deck zu setzen.«

Und wie Florence sie einschätzte, hatte sie nie öffentlich getrauert. Sie hatte die Trauer in Wut verwandelt.

»Und Henri? Was ist aus ihm geworden?«

»Er ist in Cancal und züchtet Austern. Und ich habe mich daraufhin entschlossen, wieder als Krankenpflegerin zu arbeiten.« Lucienne hatte sich die Nase mit einem Taschentuch abgetupft, das sie in der Hand versteckt hielt. Die Flammen aus dem Kamin hatten sich auf ihrem Gesicht gespiegelt, und Florence hatte gesehen, wie ihr eine Träne aus dem Augenwinkel rann. Mit gesenktem Blick hatte sie weitergesprochen.

»Gott würfelt nicht, Florence. Was deine Mutter betrifft, vergisst du nur eins: den freien Willen. Deine Mutter hatte die Wahlmöglichkeiten. Sie hat sich entschieden, dir kein Lebenszeichen zu geben.« Lucienne hatte recht.

Florence war es gelungen, ihre Nervosität vollkommen zu verdrängen. Als sie am Vortag Serge die Aufzeichnungen vorgelesen hatte, hatte vor ihren Augen die ganze Geschichte Gestalt angenommen – die Geschichte einer großen, verbotenen Liebe. Je tiefer sie in die damalige Welt tauchten, desto mehr Inbrunst hatte sie in ihre Stimme gelegt und sich ganz unerwartet als meisterhafte Vorleserin erwiesen. Béatrice und Gérard waren vor Florence' geistigem Auge so lebendig geworden, dass sie selbst jetzt noch das Gefühl hatte, die beiden könnten jederzeit die Tür öffnen und den Leuchtturm betreten. Von den Wänden schienen noch Klänge seines Schifferklaviers und ihre Tanzschritte widerzuhallen, ihre leisen Stimmen, ihr lustvolles Stöhnen.

Mittlerweile war Florence verstummt. Der letzte Brief war nicht an Gérard gerichtet, sondern an dessen Ehefrau. Darin drückte Béatrice ihr schlechtes Gewissen aus und fragte, ob sie davon gewusst hatte.

Sie fanden nirgendwo ein Antwortschreiben.

Florence konnte Béatrice' Trauer fast körperlich fühlen. Die Kehle war ihr eng, und obwohl sie sich räusperte, brachte sie zunächst keinen Ton hervor.

»Das war's«, flüsterte sie schließlich.

»Und wenn sie nicht gestorben sind …« Da war es wieder – sein spöttisches, fast zynisches Lächeln.

»Nein, ernsthaft!«

Das Lächeln verschwand. »Vielleicht solltest du mal einen Roman über all das schreiben. Unsere verrückten Familien würden so viel Stoff dafür bieten.«

»Sie erscheinen mir nicht verrückt, sondern eher … traurig.«

»Verrückt … traurig … vielleicht ist es das Gleiche«, murmelte er.

Eine Weile blickten sie sich schweigend an.

Florence ging vom Fenster zu ihrer Tasche, nahm sie und verließ die Kammer. Serge wartete bereits im Kreuzgang auf sie. Er hielt ihr die Kiste ihrer Mutter hin. »Die hast du gestern, als es zu schneien begann, stehen lassen.«

»Wir lassen sie hier.«

Serge wandte sich an Florence. »Warum willst du sie nicht behalten?«

»Das hier« – Florence deutete auf das Werk – »war das Leben meiner Mutter. Diese Kiste und alle Geheimnisse, die darin versteckt sind, gehören zu ihr, nicht zu mir. Ich will sie nicht behalten.«

Als Florence eine Weile schwieg, sagte Serge: »Ob wir nun alles über die Menschen wissen, die wir lieben, oder nicht – wir wissen jedenfalls, dass wir sie lieben.« Er gab Florence einen Kuss auf die Wange. »Weißt du«, fuhr er fort, »wir alle brauchen Bereiche in uns selbst, die nur uns allein gehören. Nimm die Aufzeichnungen und bringe sie in diesen *jardin secret*. Dort gehören sie hin.«

Florence stellte sich währenddessen vor, dass jeder von ihnen an Geheimnisse dachte, die sie für sich behielten, die sie nicht einmal den Menschen verrieten, die sie am meisten liebten. Wie schwer musste es ihrer Mutter gefallen sein, Adélaide eins ihrer Geheimnisse zu offenbaren, das sie jahrelang mit sich herumgetragen hatte. Florence fing Serges Blick auf und lächelte ihn an. »Du hast recht.«

Kapitel 31

Erst im Wagen las Florence die vielen Nachrichten auf ihrem Handy, die Patrick, erst wütend und dann zunehmend besorgt, ihr geschickt hatte.

Sie musste ihn anrufen, unbedingt, er würde sich Sorgen machen. Sie konnte es nicht länger hinausschieben. Er hatte ihr mehrere E-Mails geschrieben – sie hatte ihren Maileingang überprüft, zwei Tage bevor sie zum Kloster gefahren war –, doch sie hatte ihm nur sehr knapp geantwortet. Und das war nun schon einige Tage her. Sie zählte nach. Beinahe vier Tage, um genau zu sein. Aber was sollte sie sagen, wenn sie ihn anrief?

Ich habe zufällig meine erste große Liebe getroffen, und er hat mich unterstützt bei der Suche nach der Wahrheit. Was würde sich Patrick da zusammenreimen?

Als ob Serge ihre Gedanken erraten hätte, sagte er: »Wenn du willst, erkläre ich es ihm.«

»Besser nicht«, murmelte sie.

Sie drückte mit dem Zeigefinger auf die Löschtaste. »Später.«

Sie fuhren in die Dämmerung. Serge musste das Fernlicht einschalten und aufpassen, dass ihm kein Wild vors Auto lief. Florence sah aus dem Seitenfenster in die Finsternis und dachte an die vielen Male, die Béatrice und Sophie diesen Weg während ihrer Freundschaft mit dem Bus zurückgelegt haben mussten, als Serge ihre Gedanken unterbrach.

»Möchtest du mir nicht von Patrick erzählen?« Serges Hände umfassten leicht das Lenkrad, und im Halbdunkel konnte sie seine Züge nicht erkennen.

Florence rückte unbehaglich hin und her und zog die Beine an. »Ich habe dir doch schon von Patrick erzählt«, sagte sie ausweichend.

»Nein, Florence. Du hast mir nur erzählt, wie ihr euch kennengelernt habt«, meinte Serge herausfordernd. »Ich würde über Patrick gern solche Dinge erfahren, wie ich sie gestern von Béatrice und Sophie gehört habe. Was für eine Art Person er ist. Die kleinen Dinge, die er gesagt und getan hat, um sich deine große Liebe zu verdienen.«

»Bitte nicht, Serge«, flehte sie. »Nicht ausgerechnet jetzt.«

»Warum?«, fragte er. »Warum nicht jetzt?«

»Es ist eine schwierige Zeit für mich«, gab sie zurück.

»Das weiß ich«, meinte er. »Für mich ist es auch nicht einfach. Aber ich habe mir den Zeitpunkt nicht ausgesucht, Florence. Keiner von uns hat das. Du bist einfach aus dem Nichts in mein Leben getreten. Niemand hat das geplant, und auch ich war ganz bestimmt nicht bereit dafür.« Heftig stieß er den Atem aus, offensichtlich frustriert über die Gefühle, die er empfand. »Aber hier sind wir nun mal«, schloss er.

»Ja«, pflichtete sie ihm bei, »hier sind wir.« Florence glaubte zu verstehen, was er empfand. Denn seit ihrer ersten Begegnung nagte die gleiche Frustration an ihr. Damals war sie in einen Strudel unsinniger Schuldgefühle gestürzt, weil sie ihr gemeinsames Gespräch einfach genossen hatte. Irgendwie schien es nicht fair zu sein, ein so schlechtes Gewissen zu haben, nur weil sie verlobt war.

»Warum willst du diese Dinge über Patrick jetzt wissen?«, fragte sie – ihre Art, Fragen auszuweichen, auf die sie, wie sie fürchtete, keine einfachen Antworten hatte.

»Weil«, sagte Serge leise, »ich dabei bin, mich erneut in dich zu verlieben. Und ich weiß nicht, wie ich mit einem Rivalen konkurrieren soll, der für dich den perfekten Ehemann darstellt.«

Seine Antwort traf sie schwer, denn Großmutter hatte fast dasselbe gesagt, als sie mit ihr über das Problem gesprochen hatte, über den Verlust eines geliebten Menschen hinwegzukommen, der, so wie ihre Eltern, spurlos verschwunden war. Und sie glaubte, dass sie ausnahmsweise vollkommen recht hatte. Denn jedes Mal, wenn sie an Patrick dachte, konzentrierten sich ihre Gedanken – und die Träume – unweigerlich auf die guten Seiten ihrer Beziehung und niemals auf die schlechteren Momente.

»Patrick ist alles andere als perfekt«, begann sie vorsichtig. Florence' gut gemeinte Worte klangen in ihren eigenen Ohren kalt und herzlos. »Wunderbar, aber nicht vollkommen«, verbesserte sie sich. »Ich glaube, es gibt keinen Menschen, der perfekt ist.«

Plötzlich stand Florence ein klares Bild von Patrick vor Augen, und eine unsichtbare Mauer stürzte ein. »Patrick ist stur und rücksichtslos«, fuhr sie wahrheitsgemäß fort. »Und er hat kleine Angewohnheiten, die mich in den Wahnsinn treiben. Zum Beispiel wirft er im Bad seine schmutzigen Sachen einfach auf den Boden. Er vergisst seine Schlüssel und ruft mich an, dass ich sie ihm in die Kanzlei bringen soll.«

Serge sah sie an, und seine Miene war im Dunkeln nicht zu erkennen. Florence schluckte und sprach weiter, denn sie spürte, dass dieser Moment schwer, aber wichtig war. »Er ist auch manchmal merkwürdig geheimnistuerisch und will mir oft nicht sagen, wohin er geht oder wann er zurückkehren wird. Manchmal habe ich einige Tage einsam und allein verbracht«, gestand sie mit zunehmend aufgeregter Stimme, »weil ich nicht wusste, wo er war oder wie riskant seine Fälle sind. Ich habe immer schreckliche Angst davor, dass er sich mit seiner Arbeit einmal umbringen wird.«

Florence hielt inne, um zu Atem zu kommen. Ihr heftiger Ausbruch verblüffte sie selbst.

»Ich glaube, dass du hinter deinem Kummer in Wahrheit sehr wütend darüber bist, Florence«, sagte Serge tonlos.

»Nein!« Energisch schüttelte sie den Kopf, obwohl ein Körnchen Wahrheit darin steckte. »Ich meine, vielleicht bin ich ja wütend«, stammelte sie. »Ich bin wütend auf mich selbst, weil es meine Schuld ist, dass ich mich nicht traue, mit ihm darüber zu sprechen. Ich bin feige.« Sie spürte, dass ihre Stimme zu zittern begann. Gleich würde sie in Schluchzen ausbrechen.

»Du bist nicht feige, Florence«, widersprach Serge heftig. »Dir ist nur auf einmal bewusst geworden, wie dein Leben, wie deine Beziehung mit Patrick ist. Er weiß bestimmt, wie sehr du leidest, weil er so viel unterwegs ist, die Sorgen, die du dir um ihn machst …« Serge brach mitten im Satz ab, und sie sah, dass er fürchtete, zu weit gegangen zu sein.

»Tut mir leid«, entschuldigte er sich. »Das steht mir nicht zu.«

»Nein!« Florence schüttelte den Kopf. Denn Serge hatte ja recht. »Mit Patrick ist es, als lebte ich in einem Vakuum«, fuhr sie fort. »Er ist tagelang fort,

238

und obwohl ich meine Arbeit und meine Freunde habe, scheint mein Leben zum Stillstand gekommen zu sein. Ich fühle mich vollkommen leer und warte nur auf seinen Anruf. Dann kommt er plötzlich wieder nach Haus, ein paar Tage oder nur ein paar Stunden. Und es beginnt alles wieder von vorne. Ich habe das Gefühl, als könnte ich nicht mehr lange …«

Sie hielt inne und holte tief Luft, um sich zu beruhigen.

»Könntest du dir vorstellen, eine Beziehung mit jemand anders einzugehen?«

Mit zitternder Hand berührte sie Serges Wange. »Ich kann in dieser Sache nicht um den heißen Brei herumreden«, sagte sie. »Ich fühle mich stark von dir angezogen, und ich glaube sogar … ich könnte mich leicht wieder in dich verlieben, Serge. Aber ich muss mir über so vieles klar werden.«

Er senkte den Kopf und küsste zärtlich ihre Finger. »Ist schon okay«, versicherte er ihr. »Nimm dir so viel Zeit, wie du brauchst, Florence. Ich warte, bis du bereit bist.«

Sie fuhren eine Weile durch die Dunkelheit, ohne zu sprechen, und genossen es, einander nah zu sein. Florence schmiegte sich an Serges Schulter, spürte seinen warmen, starken Körper und wusste, dass soeben etwas Außerordentliches passiert war. Zwischen ihnen beiden war ein Band geschmiedet worden, das keiner Worte mehr bedurfte.

»Ich würde noch gerne mit zu dir kommen«, sagte Florence, als Serge den Weg zum Schloss einschlagen wollte. »Ich würde gern die kleine Kammer sehen, in der meine Mutter bei euch gewohnt hatte.«

»Ihr Wunsch sei mir Befehl.«

Kapitel 32

Sie wanderte in dem kleinen Raum umher, berührte alles und versuchte sich vorzustellen, wie ihre Mutter hier gelebt hatte. Es sah alles noch so aus, wie sie es gestern gelesen hatte. Die Vergangenheit.

Als sie sich Serge wieder zuwandte, lächelte sie.

»Schau mich nicht so an.« Hitze durchströmte ihren Körper.

»Ich habe ein Lächeln auf dein Gesicht gezaubert.«

»Ja, du hast mich wirklich zum Lächeln gebracht.«

Sie ergriff seine ausgestreckten Hände, und er zog sie an sich. Mit einem Seufzer ließ er den Finger über ihre Wange, ihre Unterlippe gleiten. Florence schloss die Augen. Eine Woge des Verlangens brandete in ihr auf.

Florence' Herzschlag glich dem Spiel von sich auftürmenden und wieder zurückziehenden Wellen. Früher hatte sie geglaubt, ihr Herz schlage regelmäßig und sei frei von Serge. Doch er hatte im Unsichtbaren weitergelebt, in den Aussetzern zwischen den Schlägen, in dem Geheimnis, von dem Florence wusste, auch wenn sie es nicht kannte.

»Während du fort warst, während dieser langen Zeit habe ich überlegt, was ich dir sage. Ich habe dir so viel zu sagen.« Wieder berührte er ihren Mund. »Jetzt bist du hier in meinem Haus, und ich finde keine Worte.« Serge schloss die Augen. Er küsste ihren Hals, bis er die kleine Vertiefung zwischen ihren Schlüsselbeinen fand. Bei der Erinnerung an seine Berührung wurde ihr heiß. Florence' Körper wurde weich und nachgiebig. Ihre Finger zitterten, griffen in sein Haar.

Serge streichelte ihr Gesicht, strich ihr über die Lippen.

»Ich möchte etwas von dir hören. Ich will wissen, was du in den Tagen gedacht hast, seit du die Briefe gelesen hast.« Sie schaute ihm direkt in die Augen. »Wachst du seitdem mitten in der Nacht auf und fragst dich, wie uns das passieren konnte? Wie wir auf so manipulierte Weise getrennt werden konnten?«

»Ja.«

Florence zitterte. Jetzt lag alles an ihr. Sie konnte das Warten beenden, das dreizehn Jahre lang gedauert hatte, auch wenn es ihr plötzlich vorkam, als wäre es nur einen Augenblick gewesen.

Serge streifte ihr den Mantel ab, sodass er auf dem Boden landete. Sie sahen sich tief in die Augen.

Florence fühlte seine Haut, spürte an seiner Berührung, dass er sie verstand. Er kannte sie, er wusste, was sie sich wünschte, wer sie war, was sie mochte. Und er wollte sie.

Er trug sie in sein Schlafzimmer. Behutsam legte er sie aufs Bett und zog sie langsam aus.

Sie wollte ihn so sehr, sie wollte wieder entdeckt werden, erkannt werden.

Er zog sich aus und legte sich zu ihr. Sein Mund wanderte über ihre Schulter, und sie bog sich ihm entgegen, ihre Finger vergruben sich in seinem Haar. Florence stöhnte auf. Wie war es möglich, dass ihnen diese Vertrautheit, dieses vollkommene Wissen um den anderen so lange vorenthalten worden war?

»Endlich, Florence, endlich!« Sie hörte das unabdingbare Verlangen in seiner Stimme.

So fühlt es sich also an, wenn man im Augenblick lebt, dachte Florence, wenn man sich dem Unabwendbaren, dem Schicksal ergibt.

»Serge …« Florence wölbte den Rücken und gab sich ihm ganz hin. Trieb auf einer Woge der Empfindungen dahin, die ihr den Atem raubte, und klammerte sich nach Luft ringend an ihn. Dann lag sie erschöpft und benommen da.

Serge hatte das Gesicht in ihrem Haar vergraben. Sie konnte seine langen, tiefen Atemzüge hören.

Die Kirchturmglocke schlug siebenmal. Serge streckte sich und trat ans Fenster. Florence setzte sich auf und betrachtete seine in Schatten und Licht getauchte Gestalt. Er drehte sich um.

»Wie schön du bist.«

Florence antwortete nicht.

»Und jetzt?«, fragte er mit sanfter Stimme.

Florence zuckte mit den Achseln.

»Ich habe Jahre gebraucht, um dich zu vergessen; ich dachte, es sei mir gelungen. Ich glaubte, bei der Marine die Angst kennengelernt zu haben, doch ich habe mich auf der ganzen Linie getäuscht. Das war nichts, verglichen mit dem, was ich hier in meinem Zimmer durchmache bei der Vorstellung, dich noch einmal zu verlieren.«

»Serge …«

»Was wirst du mir sagen, Florence? Dass es ein Fehler war? Vielleicht. Als mein Bruder mir gesagt hat, dass du wieder da bist, stellte ich mir vor, dass die Zeit den Unterschied, der uns getrennt hat, ausgelöscht hätte – zwischen dir, dem Mädchen aus gutem Hause, und mir, dem Jungen aus einfachen Verhältnissen! Ich hoffte, das Älterwerden hätte uns wenigstens dies an Gutem gebracht. Doch unsere Leben sind noch immer sehr verschieden, nicht wahr?«

»Ich bin Schriftstellerin, du bist Manager. Wir haben beide unsere Träume verwirklicht …«

»Nicht die wichtigsten, ich auf jeden Fall nicht. Du hast mir immer noch nicht die Gründe genannt, weshalb du einfach nach Paris gegangen bist, ohne mir etwas zu sagen.«

»Ich hatte keine Wahl, als dem Wunsch meiner Großmutter zu folgen.«

»Warum bist du wirklich zurückgekommen? Nur wegen der Vergangenheit deiner Mutter?«

»Ich weiß es nicht. Vielleicht der Brief, ja. Vielleicht auch wegen Großmutter …«

»Nein, nein. Du kannst nicht heiraten, ohne sicher zu sein; ist es das?«

»Kein Grund, gemein zu werden.«

Serge setzte sich ans Fußende des Bettes. »Ich habe die Einsamkeit besiegt, und dazu braucht man unendlich viel Geduld. Man sagt, die Gedanken von zwei Menschen, die sich lieben, treffen am Ende immer aufeinander, und so habe ich mich beim Einschlafen oft gefragt, ob du manchmal, wenn ich an dich dachte, auch an mich gedacht hast. Ich bin nach Paris gereist und durch die Straßen gestreift, habe gehofft, dich irgendwo zu sehen, und es gleichzeitig auch gefürchtet. Ich habe hundertmal geglaubt, dich zu erblicken, und wenn ich eine Frau sah, deren Gestalt mich an dich erinnerte, blieb mir jedes Mal das Herz stehen. Ich habe mir geschworen, nie wieder so zu lieben; das ist Irrsinn, die reinste Selbstaufgabe. Die Zeit ist vergangen, die unsere auch, glaubst du nicht? Hast du dir diese Frage gestellt, bevor du in Paris in deinen Wagen gestiegen bist?«

»Hör auf, Serge, verdirb nicht alles. Was soll ich dir sagen? Nein, ich habe mir diese Frage nicht gestellt, als ich in mein Auto gestiegen bin.«

»Was schlägst du vor? Dass wir Freunde bleiben? Dass ich dich anrufe, wenn ich mal in Paris bin? Dann treffen wir uns auf ein Gläschen und tauschen unsere Erinnerungen aus, verbunden durch das Einvernehmen, welches das Verbotene erzeugt? Du zeigst mir Fotos von deinen Kindern, die nicht die unseren sein werden. Ich sage dir dann, dass sie dir ähnlich sehen, und versuche angestrengt, in ihren Zügen nicht die ihres Vaters zu erahnen. Während ich dann im Badezimmer bin, greifst du zum Handy, um Patrick anzurufen, und ich lasse das Wasser laufen, um nicht hören zu müssen, wie du ›Hallo, Liebling‹ sagst. Weiß er überhaupt von mir? Weiß er von dem Brief aus dem Kloster? Und dass wir gemeinsam dort waren?«

»Hör auf«, rief Florence.

»Was wirst du ihm sagen, wenn ihr euch wiederseht?«, fragte Serge und trat erneut ans Fenster.

»Ich weiß es nicht.«

»Siehst du, ich hatte recht, du hast dich nicht verändert.«

»Doch, Serge, natürlich habe ich mich verändert, aber ein Zeichen des Schicksals reichte aus, um mich hierherzuführen, und ich stelle fest, dass meine Gefühle sich nicht geändert haben …«

»Wirst du nach Paris zurückfahren und ihm die ganze Wahrheit sagen?«, fragte Serge und ließ die Gardine wieder vors Fenster fallen.

»Das ist nicht so einfach, wie du es dir vorstellst. Ich denke …«

»Sag nichts mehr«, fiel er ihr ins Wort. »Du hast recht; lass uns die Erinnerung an diese Nacht nicht verderben. Man kann einen Menschen nicht lieben und ihn belügen – nicht du, nicht wir.«

»Ich belüge dich nicht …«

»Nimm deine Sachen, die auf dem Sessel liegen, und fahr nach Hause«, murmelte Serge.

Er zog sich Hose, Hemd und Jacke an und nahm sich nicht einmal Zeit, seine Schuhe zu schnüren. Er trat zu Florence und nahm sie in den Arm.

»Ich weiß jetzt schon, dass ich ständig an dich denken werde. Keine Sorge, ich bereue nichts. Unzählige Male habe ich mir vorgestellt, diesen Augenblick erleben zu dürfen. Und dieser Moment war göttlich, meine Liebste. Dich noch einmal spüren zu dürfen, nur ein einziges Mal, war etwas, was ich nicht einmal zu träumen gewagt hätte. Du warst die große Liebe meines Lebens und wirst es immer bleiben – diejenige, die mir die schönsten Erinnerungen geschenkt hat, und das ist schon viel. Ich bitte dich nur um eines: Schwör mir, glücklich zu sein.«

Serge küsste Florence zärtlich und ging, ohne sich noch einmal umzudrehen, aus seinem Zimmer.

Kapitel 33

Sie war am Ziel. Zögernd streckte Florence die Hand aus und drückte gegen die alte Holztür. Sie schwang auf, und einen Moment später stand Florence in dem verwilderten Garten ihrer Mutter. Sie atmete die kühle Morgenluft ein und bemerkte, dass Nebel vom Boden aufstieg, hauchdünn, während der Tag erwachte. Plötzlich war Florence wieder zehn Jahre alt. *Der magische Garten.* Er soll Zauberkräfte haben, hatte Béatrice ihr ein ums andere Mal erzählt. So sollten junge Mädchen, die von den dort wachsenden Johannisbeeren aßen, später eifersüchtige Ehefrauen werden. Florence lächelte in sich hinein.

»Holprige Pfade, zarte Gräser und knorrige Gehölze – das Spiel mit Strukturen bringt Magie in den Garten.« Ihre Mutter hatte die Natur so schön beschreiben können. Florence ging einige Schritte weiter. Die Bäume formten einen Bogengang, der das Tageslicht verdeckte, wie ein Tunnel. Am Ende befand sich der Weg des Alchimisten. Béatrice hatte ihn sich ausgedacht. Durch seine Pflanzen wollte sie die Suche nach dem Stein der Weisen darstellen. *»Der Stein der Weisen ermöglicht es«*, erklärte sie ihrer Tochter, *»aus unedlen Metallen Gold und Silber zu gewinnen und ein Universalheilmittel herzustellen.«*

Der Weg führte über drei Etappen. Die erste, das schwarze Werk, war gedacht, um die Geburt des Kindes heraufzubeschwören. Dessen körperliche Entwicklung sollte durch das schwarze Labyrinth dargestellt werden. In diesem Teil des Gartens befanden sich damals viele schwarze Pflanzen und schwarzer Schiefer. Jetzt waren die Pflanzen verdörrt und der

Schiefer mit dicken Moosschichten bedeckt. Florence blieb stehen, beobachtete, wie die Sonnenstrahlen im Osten immer stärker wurden.

Eine kleine Brücke führte vom schwarzen Werk zur nächsten Etappe, dem weißen Werk. Es sollte die Zeit der geistigen und emotionalen Entwicklung des Menschen symbolisieren. Béatrice hatte hier weiße Rosen, Gräser und Stauden miteinander kombiniert. Daran konnte sich Florence genau erinnern. Der weiße Kiesweg führte um ein Wasserbecken, das den Mond darstellte. »Er steht für die Gefühle«, flüsterte Florence. Auch hier waren noch Spuren des damaligen Gartens zu erkennen. Das Wasserbecken war veralgt. Sie ging langsam weiter, genoss die Lichtpunkte, die durch das restliche Blätterdach der Bäume fielen. Während sie die frische Luft auf ihrem Gesicht spürte, den Duft der Tannen wahrnahm, hörte sie die Stimme ihrer Mutter.

»Anspruchsvolle Menschen«, philosophierte Béatrice, »sind im roten Werk dem Sinn des Lebens und der spirituellen Erfüllung auf der Spur.« Hier hatten rote Rosen und Granatbäume dominiert.

»Ich mag den weißen Garten am liebsten. Besonders zur Blütezeit ist er eindrucksvoll. Da fühlt man sich ganz klein inmitten von Wolken. Man hat das Gefühl, in einem Universum zu schweben, mitten in Baumwolle«, hatte ihre Mutter damals gesagt. Florence musste leider feststellen, dass nicht mehr viel vom Garten und den einzelnen Etappen zu erkennen war. Es stimmte sie ein wenig traurig, hatte sie sich doch erhofft, ihn so vorzufinden, wie er einmal ausgesehen hatte. Alles war verwildert und verwittert. Florence sortierte den Garten in ihren Gedanken, als hinge das Familienleben davon ab, wie sie diese Unordnung bewältigte. Mochte in ihr selbst auch Chaos herrschen, dieses Fleckchen Erde hier würde sie aufräumen. Sie beschloss in diesem Moment, ihn wieder zum Leben zu erwecken. Benoît würde sich darum kümmern. Und Serge hatte recht behalten, hier war der beste Platz, um Béatrice' Vergangenheit zu begraben.

Serge.

Seit Serge in ihr Leben zurückgekehrt war, hatte sie kein einziges Mal versucht, sich vorzustellen, wie es gewesen wäre, wenn er die Briefe erhalten hätte und so mit ihr in Kontakt geblieben wäre. Sie hatte sich nur auf die Gefühle konzentriert, die sie damals gehabt hatte, und sich den in ihrem Körper gespeicherten Erinnerungen an Serge überlassen. Jetzt malte sie sich zum ersten Mal aus, wie ihr Leben verlaufen wäre, wenn er ihre Briefe erhalten und beantwortet hätte. Sie stellte sich vor, wie sie nach dem Studium wieder zurückgekommen wäre.

Hätte Serge die Marine verlassen, um die Firma zu leiten? Nein. Es war unmöglich, sich ein anderes Leben vorzustellen, ein Leben, das nur darauf beruhen würde, dass sie in einem entscheidenden Moment einen anderen Weg eingeschlagen hätte.

Warum schlagen wir einen bestimmten Weg ein? Diese Frage drängte sich Florence in ihrem Inneren auf. Hier war der passende Ort, um darüber nachzudenken, in diesem engen Labyrinth, in dem jeder neue Pfad genauso aussehen konnte wie der, den man gerade hinter sich gelassen hatte.

Florence saß inmitten des Labyrinths auf einer Bank aus Granitstein neben dem winzigen Teich, blickte ins Wasser und dachte voller Zuneigung an ihre Mutter. Wie konnte es ihr gelingen, endlich Frieden zu finden?

Mit Blick auf die verwilderten Pflanzen flüsterte sie sanft den Namen ihrer Mutter und vernahm eine ebenso verhaltene Antwort – von wem auch immer. Sie verharrte so lange, bis sie von all den Gedanken an Béatrice wie benommen war. Schließlich fand sie die Kraft, zu ihrer Großmutter zurückzugehen. Zurück in ihr jetziges Leben, dachte sie. Und nicht etwa in das Leben, das hinter ihr lag.

Kapitel 34

Florence schlenderte durch den Park zum Schloss und ließ die vergangenen Stunden Revue passieren. In der Nacht hatten sie und Serge sich aneinandergeklammert wie Kinder. Sie hatten nicht mehr über die Vergangenheit gesprochen. Alle Worte wären zu schwach gewesen, um auszudrücken, was ihnen diese gemeinsamen Stunden bedeuteten. Sie wussten beide, dass sie sich ohne den anderen nicht mehr als vollständige Menschen fühlten. Auch Serge kam sich offenbar vor, als hätte man ihm plötzlich seine Jugend und all seine Träume geraubt. Sein Leben, das geprägt war von seiner Liebe zu ihr und der Liebe zum Meer, hatte sich durch das Familiengeheimnis verändert. Mittlerweile hatte sie erkannt, dass Serge sie wirklich verstanden hatte, dass sie nur zu gut wusste, was für eine schreckliche Leere sich um einen herum auftat, wenn man plötzlich ganz allein auf der Welt war.

Als sie ins Wohnzimmer kam, saß ihre Großmutter am Fenster, das zum seitlichen Rasen und zum Gerätehaus hinausging. Florence trat hinter sie und legte ihr den Arm um die Schulter. »Das ist schön, dass du wieder wohlauf bist. Geht es dir gut?«

Adélaide schaute aus dem Fenster. »Ja, ich fühle mich prächtig. Du kannst wieder nach Paris fahren.«

Florence ließ den Arm sinken und betrachtete ihr Gesicht. »Alles in Ordnung?«

Adélaide nickte. »Sicher.«

»Woran denkst du?«

Sie drehte sich um und lächelte schwach. »Erzähl mir von deinem Besuch im Kloster.«

Florence seufzte. »Es war sehr aufwühlend und …«

»Er war dabei«, unterbrach sie die Großmutter, »habe ich recht?«

Florence wandte sich von ihr ab, denn sie spürte, wie ihre Wangen heiß wurden. In der Hoffnung, dass Großmutter das nicht auffallen würde, ging sie auf die andere Seite des Raumes und nahm in einem Sessel Platz. »Ja, Serge war dabei. Und ich war sehr froh darüber.«

»Du hast ihn also in alles eingeweiht?«

»Ja.«

»Und du wusstest, dass ihr beide euch wieder näherkommen würdet.«

Florence schloss die Augen und rieb sich die Stirn. »Ja, ich wusste es.«

»Und warum diese Heimlichtuerei?«

Florence schüttelte den Kopf. »Das war keine Heimlichtuerei. Ich hielt es nur nicht für … wichtig.«

Großmutter nickte. »Aha.« Sie drehte sich zu ihrer Enkelin um. »Hast du die vergangene Nacht bei ihm verbracht?«

»Ja.«

»Und was ist dann passiert?«

Florence schaute aus dem Fenster und betrachtete die Wipfel der Tannen am Ende des Rasens, die sich sanft im Wind wiegten. »Wir haben uns gestritten.«

»Worüber?«

Florence funkelte ihre Großmutter an. »Ich habe keine Ahnung, worüber. Er meinte nur, dass ich die Nacht lediglich bei ihm verbracht habe, um herauszufinden, ob ich Patrick wirklich heiraten soll.«

»Und zu welcher Erkenntnis bist du gekommen?«, fragte Adélaide ruhig.

Florence lächelte abwesend. »Ich habe keine Ahnung.«

»Was willst du unternehmen? Zurückgehen, so weiterleben wie bisher oder dich deinem Leben stellen?«

»Wir werden sehen, Großmutter.« Sie schaute zum anderen Fenster. Auf der Fensterbank hatte sich eine Elster niedergelassen, die ihr Umfeld aus schwarzen Knopfaugen intensiv beobachtete.

»Dann erzähl mir, was ihr herausgefunden habt.«

Florence berichtete ihr von den Briefen, den Aufzeichnungen ihrer Mutter und davon, was die Nonnen ihr erzählt hatten.

Ihre Großmutter sah sie an. Sie belehrte Florence nicht, hielt ihr nicht vor, dass sie nun endlich Ruhe geben solle, noch erteilte sie Tadel oder machte zynische Bemerkungen. Sie legte nur ihre Hände aufeinander.

»Ich denke, du brauchst heute nicht alle Einzelheiten zu erfahren.«

»Doch, erzähl es mir, bitte«, sagte Adélaide müde.

Florence hatte den Eindruck, sie wollte alles wissen.

Die Großmutter kniff die Augen zusammen, und Florence dachte, sie habe vielleicht Kopfschmerzen. Doch dann sah sie, dass sie sich geirrt hatte. Die Augen der alten Frau hatten sich mit Tränen gefüllt, die ihr über das Gesicht rannen. »Nicht weinen, Adélaide«, bat Florence. Die Großmutter nahm sie am Arm. Ihr Körper fühlte sich schwach und ihre Haut so zart an. Aber sie drückte ihre Enkelin mit erstaunlicher Kraft.

Florence verstummte, als sie überlegte, ob Großmutter tatsächlich wegen Béatrice fragte oder nicht vielmehr um ihrer selbst willen.

»Aber weißt du … mir ist gerade noch etwas eingefallen, das damals passiert ist.«

Es klang wie ein Ratschlag.

»Es ist leicht«, sagte Adélaide zu ihrer Enkelin, »die Worte ›Ich liebe dich‹ zu sagen. ›Ich habe sie oft gehört, und Sophie auch, und du bestimmt auch, weil du eine schöne Frau bist, Béatrice‹, habe ich zu deiner Mutter gesagt, als sie mir sagte, ja, Gérard liebt mich. ›Weißt du, wie du herausfinden kannst, ob jemand auch die Wahrheit sagt?‹« Großmutter schien in die Vergangenheit abgetaucht zu sein. Sie schnäuzte sich in ein Taschentuch. »Deine Mutter zuckte damals mit den Schultern und schüttelte lächelnd den Kopf. Ich habe zu ihr gesagt: ›Hör nicht nur auf Gérards Worte, mein Kind. Worte können dich täuschen. Achte darauf, was er für dich aufzugeben bereit ist. Er soll dir zeigen, wie sehr er dich liebt.‹«

»Warum hast du nicht deinen Sohn verteidigt, zu ihm gehalten? Ihr gesagt, dass es falsch ist.« Florence entfuhr ein tiefer Seufzer.

»Ich hatte kein Recht, mich in die Angelegenheiten deiner Eltern einzumischen.«

Aber in mein Leben hast du dich eingemischt, dachte Florence und sog dabei tief die Luft ein.

»Einerseits habe ich deine Mutter verstanden. Dein Vater lebte für die Firma und liebte sie mehr als alles andere.«

»Und das war der Grund, warum du Serge zum Geschäftsführer ernannt hast. Du hattest erkannt, dass er ehrgeizig ist und wir beide dadurch keine gemeinsame Zukunft haben würden. Ist es so?«

Adélaide holte tief Luft, so als müsse sie unter Wasser tauchen. »Ich habe immer gewusst, dass Serge dich noch liebt«, begann sie. »Was passiert ist, ist also größtenteils meine Schuld. Wie du inzwischen weißt, war ich es, die deine Briefe abfangen ließ. Ich kann dir nicht erklären, wie ich mir einreden konnte, dass dieser Betrug nicht auf mich allein zurückfallen würde, dass ich dich und Serge durch solche Lügen zwingen könnte, dass ihr euch nicht mehr lieben würdet. So ist es gewesen. Ich habe geglaubt, und deine Mutter auch, das Richtige zu tun.«

Zumindest hat sie es zugegeben, dachte Florence.

Ihre Großmutter zündete sich eine Zigarette an. Tränen liefen ihr immer noch über die Wangen. Florence fragte sich, ob Adélaide es überhaupt wahrnahm.

»Du hattest dann deinen Patrick gefunden. Also war bei dir alles im Lot. Nur Serge, dem fehlte der Rettungsanker. Ich merkte bei unseren gemeinsamen Gesprächen, dass er dich nicht vergessen konnte. Die unmögliche Liebe gibt es wirklich, das hat mir Serge bewiesen. Ich spürte, dass du unersetzlich warst in seinem Leben, nur du hattest jetzt ein anderes gewählt.« Adélaide sog den Rauch tief ein. »Ich habe keine andere Möglichkeit gesehen, als ihn zu retten. Also habe ich alle Mittel eingesetzt, die mir zu Verfügung standen. Und ich habe es bis heute nicht bereut.«

Florence antwortete nicht.

»Du glaubst, ich bin die Schlimme, die Böse, die Serge von dir ferngehalten hat. Mag sein, dass ich es so am Anfang geplant hatte. Nun habe ich meine Meinung geändert. Wenn man Entscheidungen aufgrund von Halbwahrheiten trifft, können sie nicht richtig sein, oder? Ich habe das mühsam lernen müssen.«

254

Florence stand auf, setzte sich jedoch wieder. »Ich vergebe dir, Adélaide. Aber es wird eine Weile dauern, bis ich dir wieder vertrauen kann.«

Adélaide legte ihre Zigarettenspitze in den Aschenbecher, lehnte sich zurück und schloss die Augen. Dann nahm sie das Gespräch wieder auf. »Um wieder auf deinen Vater zu sprechen zu kommen. Es war nicht nur die Firma, mein Kind. Dein Vater litt seit vielen Jahren unter Depressionen, wie dein Großvater. Und dadurch wusste ich, was deine Mutter durchmachen musste. Gérard Pasteau gab deiner Mutter einen gewissen Halt. Er oder Béatrice hätten niemals ihre Familien verlassen, so groß die Liebe auch gewesen sein mochte.«

Das ist es, ja, genau, dachte Florence erstaunt. Großmutter war Béatrice' Verbündete. Sie hat davon gewusst und sich ihrer Schwiegertochter nicht in den Weg gestellt. Sie wusste, dass Serges Vater für ihre Mutter alles tun würde, was in seiner Macht stand. Und das hatte Adélaide auch bei ihrer Enkelin und Serge erkannt. Nur wollte sie nicht erneut so eine Tragödie erleben. Großmutter Adélaide ist und war immer der Schlüssel zu dieser Geschichte, dachte Florence und sah aus dem Fenster, als könne sie dabei besser in ihrer Erinnerung forschen.

Ihr Vater war ein Mörder. Oder, wie man heute sagen würde: Er hatte einen erweiterten Suizid begangen. Das Wort »Mörder« ließ vor Florence' innerem Auge all die Verbrecher erscheinen, über die sie in Büchern gelesen und die sie in Filmen gesehen hatte. Harte, aggressive Männer mit Tätowierungen auf den Armen, die bereit waren, wieder zu morden. Es war ein Schock für sie, als sie sich bewusst machte, dass ihr Vater ernsthaft krank gewesen war. Dann lösten die Bilder sich auf, und Florence sah ihren Vater vor sich, wie sie ihn in Erinnerung hatte. Lachend, unbekümmert, wie er sie mit seinen schmalen Armen hochhob oder mit ihr spielte. Sie konnte sich nicht erinnern, dass ihm einmal der Kragen geplatzt wäre – oder dass er sie übers Knie gelegt hätte, auch wenn sie es verdient gehabt hätte –, selbst dann nicht, wenn er etwas getrunken hatte, was in den letzten Monaten vor seinem Tod öfter vorgekommen war. Und zu Béatrice war er immer liebevoll und zärtlich gewesen. Wie zu seiner Mutter, der er großen Respekt entgegengebracht hatte.

Großmutter erzählte weiter. Warum sich ihre Mutter ausgerechnet an diesem Abend mit Serges Vater auf dem Leuchtturm getroffen hatte, war immer noch ein Rätsel. Gerüchte besagten, Arnaud Letrecs Motiv sei Eifersucht gewesen, er sei aufgebracht gewesen, weil er von Béatrice' Affäre erfahren hatte. Dass Béatrice dort war, deutete auf die Möglichkeit hin, dass Béatrice vorhatte, die Affäre zu beenden.

Florence konnte sich nach allem, was sie in Erfahrung gebracht hatte, nicht vorstellen, dass ihre Mutter ihren Vater wegen Gérard Renaud verlassen hätte. Der Leuchtturmwärter war eine Parallelwelt, die sich ihre Mutter erschaffen hatte, um sich aus ihrer Langeweile zu erlösen.

»Es ist schön, dass du wieder da bist«, flüsterte die Großmutter und riss Florence aus ihren Gedanken.

Florence sah sie nur an, ging zu ihr und legte ihr die Hand auf den Arm. »Wir werden sehen, wie es sich entwickelt.«

Adélaide Letrec öffnete die Augen wieder und sah Florence eindringlich an. »Du wirst sehen, meine

Kleine, die Dinge entwickeln sich zum Besten aller Beteiligten.«

»Ach, Adélaide!« Florence setzte sich neben sie und senkte die Stirn auf die dünnen gefalteten Hände. Die Großmutter legte eine Hand auf Florence' Haar. »Du liegst mir am Herzen, Florence. Ich habe dich lieb.«

»Ich dich auch. Und es ist schön, wieder hier zu sein.« Sie stand auf und gab ihrer Großmutter einen Kuss auf die Wange. »Wir sehen uns beim Essen. Ruhe dich so lange noch aus!«

»Florence?«

Sie blieb auf dem Weg zur Tür stehen. »Ja?«

»Ich habe dich sehr vermisst.«

Die lieben Worte und die Aufrichtigkeit ihrer Großmutter brachten Florence' Herz zum Schmelzen. Sie lächelte. »Ich habe dich auch vermisst.«

Ihre Großmutter wandte sich ab und schloss die Augen.

Florence lief die Treppe hinauf und ging in ihr Zimmer.

Manche Erinnerungen brannten wie Wunden. Florence wollte ihrer Großmutter begreiflich machen, wie schwer ihr die Lektüre von Béatrice' Briefen gefallen war. Wie jeder Absatz sie in die Welt ihrer Mutter hineinversetzt hatte – eine Welt, von der sie als Kind und bis heute keinerlei Vorstellung gehabt hatte. Dass es manchmal einfach zu schmerzhaft gewesen war, weiterzulesen. Aber während dieses Gesprächs fiel Florence auf, was sie nie richtig verstanden hatte.

Großmutter Adélaide und Florence' Mutter hätten unterschiedlicher nicht sein können, doch sie ergänzten sich für Florence zu einer idealen Mutterfigur.

Großmutter hielt sich gewissenhaft an die Etikette der vornehmen Gesellschaft, die in ihrer Familie über viele Generationen hinweg überliefert worden war. Béatrice dagegen, die tatsächlich aus dieser Welt am Meer stammte, liebte die Natur und alles, was Gott um sie herum geschaffen hatte. Die ausgeprägten Persönlichkeiten dieser beiden Frauen waren zu einem Netz verwoben, zu einer sicheren Hängematte, in der Florence durch ihre Kindheit schaukelte. Das hatte Florence bis heute immer geglaubt. Ein Trugschluss. Hatten beide ihr eine Facette der Wahrheit erzählt? Aber die Wahrheit kannte keine Facetten.

Kapitel 35

Lucienne schwenkte mit einer Zigarette in ihre Richtung. »Orientierungslos?«

»Ich weiß nicht. Vielleicht.« Florence zuckte mit den Schultern. »Lucienne, was zum Teufel stimmt nicht mit mir? Ich führe ein gutes Leben, oder? Ich habe einen Freund, ich habe einen tollen Beruf, ich habe Erfolg. Ich dachte, ich wäre darüber hinweg!«

»Natürlich bist du nicht darüber hinweg«, sagte Lucienne. »Wie könntest du auch, wenn du dich nie damit auseinandergesetzt hast?«

Florence wurde es flau im Magen. »Wie meinst du das, ich hätte mich nie damit auseinandergesetzt? Ich habe die letzten Jahre damit verbracht …«

»Du hast dich nicht damit auseinandergesetzt«, beharrte Lucienne. »Sondern du hast es unterdrückt. Als wir uns kennenlernten, warst du auf der Flucht, und du bist es immer noch.«

»Worauf willst du eigentlich hinaus?«

Lucienne beugte sich vor. »Darauf, dass du dich nicht mit deinem Schmerz und deiner Wut über Serge konfrontiert hast. Und dass du es nicht riskieren kannst, jemanden wie Patrick zu nahe an dich heranzulassen, weil er herausfinden könnte, was los ist.«

Der Pfeil traf sein Ziel, und Florence zuckte zusammen. »Du bist ziemlich direkt.«

»Hast du mich je anders kennengelernt?«, fragte Lucienne grinsend. »Es nennt sich ›liebevolle Strenge‹, Florence. Ich dachte, du hättest dich bereits daran gewöhnt.« Florence sah die ältere Frau erstaunt an. Als sie Lucienne am ersten Ankunftstag gegenüberstand, hätte sie sich nicht vorstellen können, mit dieser

Person jemals Freundschaft zu schließen. Doch Großmutter hatte die gute Seele erkannt.

»Eine Seele braucht Licht, Luft und Ehrlichkeit, Florence«, fuhr sie fort. »Eine Lüge zu leben bedeutet, gar nicht zu leben, selbst wenn der Rest stimmt.«

Lucienne kontrollierte das Tablett. »So, das nimmst du jetzt und frühstückst gemeinsam mit deiner Großmutter.«

Eine Stunde später stand Florence wieder in der Küche und räumte das Geschirr in die Spülmaschine. Lucienne nun wieder gewohnt energisch, scheuchte sie aus ihrem Reich und verordnete ihr einen freien Tag.

»Kauf dir was Schönes zum Anziehen. Neue Schuhe. Irgendetwas, das dir Freude macht. Und sag jetzt nicht, dass du schon alles hast, oder so was in der Art.«

Ihrem entschlossenen Gesichtsausdruck nach zu urteilen, war sie bereit, Florence persönlich nach Quimper zu tragen, wenn sie sich nicht freiwillig auf den Weg machte.

»Es ist Samstag, die Geschäfte werden knallvoll sein«, wagte Florence einen schwachen Einwand.

»Umso besser, dann kommst du mal unter Menschen«, sagte Lucienne trocken.

»Aber ich helfe gerne!«, protestierte Florence.

»Du brauchst mehr Zeit für dich. Du musst mehr raus und dir Gedanken machen, wohin die Reise des Lebens gehen soll. Weniger um deine Großmutter.«

»Vielleicht will ich gar nicht verreisen, hm?« Florence meinte es nur halb im Scherz.

»Für solche Antworten gibt es die Rote Karte. Heute hast du frei.«

»Bin ich so eine schlechte Hilfe?«

»Du machst es ganz gut, aber es ist nicht das, wofür du hier bist. Diskussion beendet. Jetzt raus hier.« Sie deutete mit dem Kopf in Richtung Flur, aber sie lächelte dabei.

Florence entschloss sich, ein wenig auszureiten. Sie versuchte vergebens, Angélique zu erreichen, und so probierte sie es bei Pierre im Restaurant. Der überredete sie, sein Pferd zu reiten, da Angéliques Pferd eine Hufentzündung hatte. Serges Pferd sei zu temperamentvoll, sein Wallach Artus dagegen sehr friedlich. »Ich werde Benoît Bescheid geben, dass er ihn für dich sattelt. Viel Spaß.«

Florence wollte gerade das Gespräch beenden, als sie die Frage hörte. »Welche Strecke willst du denn reiten?«

»Ich dachte, ein Strandritt wäre ganz schön«, antwortete sie.

»Zurzeit herrscht Ebbe, und das Wasser hat sich ziemlich weit zurückgezogen.«

»Dann werde ich wohl den Pilgerweg zur Kapelle nehmen«, sagte sie und bedankte sich noch, bevor sie auflegte.

Nachdem Artus durchs Gatter getrabt war, erhöhte Florence den Schenkeldruck und gab ein bisschen mehr Zügel, sodass der Wallach in einen anmutigen Handgalopp verfiel. Pierre hatte recht. Das Pferd war aufmerksam und galoppierte kraftvoll auf die große Mauer zu. Florence gab ihm die Fersen und machte sich darauf gefasst, falls nötig, auch den Schenkeldruck zu erhöhen. Im Geist zählte Florence die Pferdeschritte mit, während die Entfernung zwischen ihnen und der Mauer immer geringer wurde. Sechs, fünf, vier, drei, zwei …

In den entscheidenden Sekunden, die sie jetzt noch vom Hindernis trennten, geschah es. Ein Schuss durchbrach die Stille. Noch mal und noch mal. Der Wallach brach den Sprung ab, bremste in vollem Lauf, aber viel zu schnell, als dass Florence seinen Schwung hätte abfangen können. Sie wurde aus dem Sattel katapultiert und flog direkt auf die graue Mauer zu. Kurz vor dem Steinwall schlug Florence' Kopf dumpf auf. Irgendetwas rann ihr über das Gesicht – wahrscheinlich eine Platzwunde, dachte sie ganz nüchtern, bevor sie das Bewusstsein verlor. Sie merkte nicht mehr, dass ihr Fuß sich im Steigbügel verfangen hatte und das Pferd sie noch ein Stück mitschleifte.

Kapitel 36

Er beugte sich über die blasse junge Frau.

Plötzlich sah er Béatrice Letrecs Gesicht vor sich.

Achtzehn Jahre war das Ganze jetzt her. Man bat ihn, die Frau in ein Kloster zu bringen. Auf ihren eigenen Wunsch. Kein Mensch, auch nicht die Tochter Florence, sollte je davon erfahren. Er bekam bis heute großzügige Spenden. Niemand hatte je etwas davon gewusst, und nun stellte Florence Letrec zu viele Fragen.

Der Sargdeckel hatte sich über einem leeren Sarg geschlossen, und damit hatte sich Frieden über die Gemeinde Locronan gesenkt. Niemand sollte diesen Frieden stören.

Der Pfarrer sah, dass Florence wieder zu sich kam, schaute ihr direkt in die Augen und lächelte.

»Also wirklich, Florence, man kann Sie einfach nicht allein lassen!« Vergeblich versuchte der Pfarrer mit seinen Worten seine Erschütterung über ihren Anblick zu überspielen.

Er runzelte die Stirn, als Florence Anstalten machte aufzustehen.

»Bleiben Sie ruhig liegen, ich rufe Hilfe.«

Doch Florence erhob sich trotzdem.

Er betrachtete ihre Kleidung, die an manchen Stellen aufgerissen war, und das Blut, das über ihre Wange lief. Dann nahm er ein Papiertaschentuch und drückte es ihr fest auf die aufgeplatzte Braue.

»Wir Bretonen haben harte Schädel, aber ich möchte, dass Sie ärztlich untersucht werden.«

»Wie Sie schon sagten, Hochwürden, wir haben harte Schädel. Und ich brauche keinen Arzt«, brachte

Florence mühsam heraus und nahm ihm das Taschentuch ab.

Er hielt ihrem Blick einen Augenblick stand, dann zuckte er die Achseln und griff nach seinem Handy, ohne sie weiter zu beachten.

»Morineau? Pfarrer Tharaud hier. Kommen Sie sofort zur Kapelle Notre-Dame-de-Bonne-Nouvelle. Aber ohne großes Aufsehen, wenn das möglich ist.«

Er verdrehte die Augen.

»Ja, natürlich zur Kapelle! Kennen Sie noch eine Kapelle hier im Ort?«

Er unterbrach die Verbindung und runzelte die Stirn, als er bemerkte, dass Florence krampfhaft versuchte, sich auf den Beinen zu halten.

»Kann man denn nichts gegen diese verdammte Wilderei tun? Jeder in diesem Land kann sich einfach ein Gewehr kaufen und ohne Kenntnisse zur Jagd gehen.« Florence' Augen blitzten vor Wut und Verzweiflung. »Irgendein Verrückter hat durch die Gegend geballert. Und das Pferd hat daraufhin gescheut.«

Er gönnte ihr keine Antwort. Bislang wusste er nicht einmal, was wirklich vorgefallen war.

*

Für Florence' Geschmack brach der Morgen viel zu schnell an. Sie hatte ein wenig in dem unbequemen Krankenhausbett geschlafen und von Serge geträumt, der in einem dichten Nebel verschwand, wo sie ihn nicht mehr wiederfand. Sie wünschte sich, dass er sie wieder in die Arme nahm, dass er ihr sagte, er würde auf sie warten, solange es dauern würde, bis sie zurückkehren würde. Verzweifelt sehnte sie sich nach einem Versprechen, nach irgendetwas, an das sie sich halten, an das sie sich erinnern konnte. Aber Serge war zu klug, zu beständig, um ihr ein Versprechen abzunehmen, wo die Zukunft unüberschaubar wie ein riesiger Ozean vor ihnen lag.

Vielleicht hatten die alten Seefahrer recht gehabt; vielleicht gab es einen Punkt am Ende der Welt, an dem die Schiffe über den Rand in die Vergessenheit fuhren.

In gewisser Weise hatte Florence das Gefühl, sich mit hoher Geschwindigkeit auf diesen Punkt zuzubewegen. Die Vorstellung, nach all den Tagen nach Paris zurückzukehren und Patrick gegenüberzutreten, machte ihr Angst. Und doch musste es sein. Irgendwie hatte sie das Gefühl, dass es eine Art Berufung war, ein Schicksal, dem sie nicht entfliehen, das sie auch nicht ignorieren konnte. Es hatte etwas zu tun mit Gerechtigkeit – und mit Freiheit.

Dann kehrte ohne Vorwarnung die Erinnerung an den gestrigen Tag zurück. Stück für Stück.

Florence ritt im gleichmäßigen Trab und genoss die Aussicht auf dem Rücken des Pferdes. Sie setzte zum Sprung an. Dann plötzlich fielen Schüsse, und der Trakehner scheute und warf Florence ab. Ihr wurde schwarz vor den Augen. Als sie wieder zu sich kam, hörte sie es: das Geräusch des keuchenden Atmens. Ihre Augen flogen auf. Sie war jetzt hellwach. Obwohl sie sich nicht rührte, war jeder Nerv in ihrem Körper angespannt. Sie lauschte angestrengt, aber das Klopfen ihres Herzens war so laut, dass sie nichts anderes wahrnehmen konnte. Sie spürte das Blut in ihren Schläfen pulsieren, spürte den Adrenalinstoß in ihren Venen.

Jemand war da.

Sie hörte einen Schritt. Eine Pause. Ein weiterer Schritt. Die Verschwommenheit vor ihren Augen hüllte sie ein.

Hilfe, Hilfe, Hilfe!, schrie ihr Verstand. Aber die Schritte kamen näher und brachten den außergewöhnlichen Geruch von etwas vage Bekanntem mit.

Das Atmen war jetzt lauter, näher. Der Geruch von Bratfett und abgestandenem Tabak legte sich auf sie. Die Gestalt lauerte hinter ihr.

Florence drehte den Kopf gerade rechtzeitig, um die Umrisse einer kräftigen Hand wahrzunehmen, die sich grob auf ihren Mund legte. Sie blinzelte, versuchte, das Gesicht zu erkennen, aber sie sah nichts weiter als einen dunklen Schatten.

»Ich behalte dich im Auge«, flüsterte eine Stimme in ihr Ohr. »Ich kenne jeden Schritt, den du machst. Was dir passiert ist, war ein Unfall, verstanden? Du wirst diesen Ort verlassen und verschwinden. Wenn du das nicht von alleine tust, werde ich das für dich übernehmen. Und dass du keiner Menschenseele etwas davon verrätst. Verstanden?«

Florence nickte.

Die große Hand glitt hinunter zu ihrem Hals, und der Daumen drückte auf die Vene unter ihrem rechten Ohr. »Ich habe dich einmal gefunden, ich werde dich auch wieder finden. Außerdem weiß ich, wo deine Großmutter wohnt. Das nächste Mal, wenn ein Unfall passiert, könnte es die alte Dame treffen. Vielleicht wird jemand dabei ums Leben kommen. Wenn du auch nur ein Wort irgendjemandem gegenüber verlauten lässt, dann …« Die Finger schlossen sich um ihren Hals. »Du weißt, was passieren wird, nicht?«

Sie nickte erneut.

»Gut«, flüsterte die Stimme. »Wir verstehen einander.«

Die Hand ließ sie los, und Florence blieb zitternd liegen, die Augen fest zugekniffen, bis die Schritte verklangen und sie sich sicher fühlte. Ihr wurde schwarz vor den Augen. Dann war auf einmal Pfarrer Tharaud da.

Kapitel 37

Drei Männer umstanden das Krankenhausbett, in dem Florence reglos lag. Ihr malträtierter Körper, obwohl von sterilen weißen Laken bedeckt, wirkte seltsam exponiert. Gleiches galt für ihren Kopf. Von ihrem Gesicht sah man kaum mehr etwas. Sie trug einen Verband aus zahlreichen Gazestreifen und ähnelte damit einer unfachmännisch verhüllten Mumie. Der einzige Körperteil, den man ungehindert einsehen konnte, war ihr rechter Arm. Die Infusionsnadel steckte in der Vene, die Kanüle führte hinauf zum Flüssigkeitsbehälter.

Die Augen hatte sie geschlossen, und die dunklen, dichten Wimpern hoben sich überdeutlich von ihrer blassen Haut ab.

Obwohl Florence' Reithelm beim Aufprall verrutscht war und sie eine furchtbar blutende Platzwunde davongetragen hatte, war sie glücklicherweise nicht ernsthaft verletzt worden. Die zahllosen Tests, die man im Krankenhaus durchgeführt hatte, ergaben auch keinerlei Hinweise auf ein Schädelhirntrauma, und die Ärzte waren zuversichtlich, dass keine weiteren Komplikationen eintreten würden.

Was die Platzwunde nur wenige Zentimeter oberhalb ihres Auges betraf, hatte ein einziger Anruf von Patricks Anwaltsbüro genügt, um den besten plastischen Chirurgen des Landes mit einem Privatjet einfliegen zu lassen. Eine Stunde später war das Werk vollbracht, und dreißig winzige Stiche hielten Florence' bogenförmigen Hautriss zusammen.

Ein Blick ihres Verlobten erstickte jeden Protest des Krankenhauspersonals im Keim, als man ihn darauf hinweisen wollte, dass in einem Krankenzimmer nur eine bestimmte Anzahl von Blumensträußen gestattet sei. Die Schwestern und Pfleger waren davongeeilt und hatten es ihm mit seiner Begleitung und Pfarrer Tharaud überlassen, die Patientin zu beobachten.

Eine Stunde nach Pfarrer Tharauds Anruf war der Hubschrauber mit Patrick Bonnaire und seinem persönlichen Assistenten gelandet. Sie waren von einem Fahrer abgeholt worden, der sie im Eiltempo nach Quimper ins Krankenhaus brachte, wo Florence immer noch im OP lag. Der plastische Chirurg war selbst erst dreißig Minuten früher eingetroffen.

Patrick und sein Assistent Eric kümmerten sich nicht um das Handyverbot, das in diesem Gebäude galt. Die Telefonate wurden auch nicht unterbrochen, als man Florence später auf dem Krankenhausbett hereinschob.

»Eric, rufen Sie London an und machen Sie einen neuen Termin für die Telefonkonferenz heute Nachmittag. Sie soll morgen früh um acht Uhr stattfinden. Dann rufen Sie im Büro an und verschieben das Meeting auf morgen Nachmittag, und stellen Sie sicher, dass der Jet bereit ist, um uns heute Nachmittag alle drei hier rauszufliegen.«

»Uns alle, Monsieur Bonnaire?«, fragte Eric verwundert nach. »Wird Madame Letrec das Krankenhaus denn schon so bald verlassen können?«

Pfarrer Tharaud, der am oberen Ende des Bettes stand und nachdenklich Florence' bandagierten Kopf betrachtete, hob für einen Moment den Blick. Er hatte noch nie erlebt, dass sich jemand dermaßen ungehobelt benahm und sich über alle Anstandsregeln hinwegsetzte.

Patrick Bonnaire warf einen Blick auf die Uhr. »Ja, meine Verlobte auch. Wenn sie bis dahin nicht wieder wach ist, soll das notwendige Krankenhauspersonal mit uns zurückfliegen. Die Schwestern und Pfleger können sie überwachen, während wir in der Luft sind. Sagen Sie ihnen, dass sie nach der Landung umgehend zurückgebracht werden. Sie brauchen nicht zu bleiben; wir können zu Hause jemanden engagieren, wenn Madame Letrec weiterhin Hilfe benötigt. Aber ich will sie hier raushaben. Ich muss die Verhandlungen in Monaco abschließen, bevor sich da noch etwas ändert. Und ich will nicht, dass Florence hier ist, während ich mich im Süden des Landes aufhalte.«

»Wollen Sie nicht der Großmutter Bescheid geben?«, mischte sich der Pfarrer ein.

Patrick sah ihn teilnahmslos an. »Das könnten Sie doch übernehmen. Ich werde Florence' Großmutter dann anrufen und sie auf den neusten Stand bringen.«

»Wenn Sie meinen«, antwortete der Pfarrer. Er holte tief Luft und strich Florence mit seiner Hand sacht über den bandagierten Kopf – ein stillschweigendes Auf Wiedersehen. Er wünschte nur, er hätte mehr tun können, jetzt, wo sie Hilfe so bitter nötig hatte. Bei dem Gedanken, dass ihm die Hände gebunden waren, überkam ihn eine ohnmächtige Wut. Rasch wandte er sich ab und verließ den Raum.

Eine einzige Träne trat unter Florence' nach wie vor geschlossenen Lidern hervor und hinterließ eine glänzende Spur auf ihrer blassen Haut.

270

Kapitel 38

Florence warf sich ruhelos in ihrem Bett herum, bis das erste Licht des Morgens durch die Vorhänge drang. Als sie vollkommen erschöpft aufwachte, zeigte die Uhr ihrem Bett gegenüber 3.45 Uhr.

Ihr Hals tat weh, und sie hatte Durst. Das Eis in dem Krug auf dem Tisch war über Nacht geschmolzen, und das Wasser war lauwarm, aber sie trank es trotzdem. Das Schlucken tat immer noch schrecklich weh. Sie legte eine Hand an ihren Hals, und schon kam die Erinnerung zurück.

Es war kein Albtraum gewesen. Jemand war tatsächlich dort gewesen, am helllichten Tag, und hatte sie nach dem Abwurf vom Pferd bedroht.

Allmählich kam das Verdrängte zurück, wie bei einem Bild, das langsam scharf wird, erinnerte sie sich an alles, was ihr gestern im Krankenhaus nicht eingefallen war. Ein Mann war hinter ihr gewesen. Er hatte ihr den Mund zugehalten und ihr mit verstellter Stimme gedroht. Dann hatte er sie einfach zurückgelassen. Er schien nicht die Absicht zu haben, sie umzubringen. Sie sollte für immer verschwinden und zu niemanden ein Wort sagen, sonst würde tatsächlich noch jemand getötet werden. Großmutter! Florence fing an zu zittern.

Da war noch etwas anderes, ein undeutliches, verschwommenes Bild, das mit Serge zu tun hatte. Er beugte sich über sie, als sie mitten auf dem Pfad lag. Irgendetwas von einer Hand, etwas auf dem Handrücken.

Die Erinnerung kehrte als warmer, sanfter Strom zurück. Kurz bevor sie auf den Wallach gestiegen war, hatte sie etwas gefühlt, eine beruhigende Gegenwart, die sie befreite, sie ruhig machte. Sie und Serge waren füreinander bestimmt. Es würde alles gut werden. Sie konnte ihm vertrauen … und ihn lieben.

Nein, das kannst du nicht, wandte eine Stimme in ihrem Kopf ein. Der Mann hatte nicht nur Florence bedroht, sondern auch den Menschen, den sie liebte. Ihre Großmutter. Er wusste, wo sie wohnte. Das nächste Mal, wenn ein *Unfall* passierte, würde jemand dabei ums Leben kommen. Panik machte sich in Florence breit, und sie konnte kaum noch atmen. Sie hatte keine Wahl, als das zu tun, was er forderte: Erzähl niemandem davon und verschwinde aus diesem Ort.

Noch immer hörte sie seine Schritte, spürte seine Hand auf ihrem Hals, roch den Tabak in seinem Atem. Und seine Worte: *Du weißt, was passieren wird, wenn du es erzählst …*

Aber warum? Warum wollte ihr jemand wehtun?

Ungewollt drang die Antwort an die Oberfläche ihres Bewusstseins: der Brief. Es musste noch jemand gewusst haben, dass ihre Mutter damals nicht umgekommen war. Ihre Großmutter konnte es nicht gewesen sein. Wer dann? Lebte vielleicht ihr Vater auch noch?

Florence schüttelte den Kopf, um sich von dieser ungewollten Vorstellung zu befreien. Sie war verwirrt.

Sie drehte sich auf die Seite und betrachtete Patrick eingehend. Auch auf ihn war sie zornig. Seine Rückholaktion hatte ihr wieder einmal gezeigt, wie rücksichtslos dieser Mann sein konnte. Er handelte eigensinnig und ohne Feingefühl, was andere Menschen betraf.

Er hatte schwarze Bartstoppeln im Gesicht, die seit dem Morgen gesprossen waren. Eigentlich war

Patrick ein gut aussehender Mann; er hatte diese etwas weichen Züge, die Florence schon häufiger bei Männern aus Paris gesehen hatte, deren Familien Hotels, Banken oder Ministerposten besaßen – fast, als würde sich das privilegierte Leben über die Generationen in den Gesichtern abzeichnen.

Patrick war ein Mann, der selbstverständlich davon ausging, dass er erfolgreich sein würde; mit dieser Sicherheit hatte er auch sie erobert. Florence hatte sein Selbstbewusstsein damals noch mehr beeindruckt als sein Aussehen. Er war nett, souverän, charmant gewesen, und als sie ihn besser kannte, lernte sie ihn schätzen. Doch er hatte ihr niemals Schmetterlinge im Bauch beschert. Sie war trotz Patricks Heiratsantrag immer nur in Serge Renaud verliebt gewesen.

Aber die Liebe trug nicht immer den Sieg davon.

Müdigkeit kroch ihr in die Glieder, und sie schaltete mit der linken Hand die Nachttischlampe aus. Patrick wandte sich ihr zu, und sein Schnarchen drang in ihr Ohr. Florence rollte sich auf die andere Seite und betrachtete die bunten Lichtreflexe vom Eiffelturm, die auf ihren hellen Vorhängen tanzten. Dabei wurden ihre Lider schwer wie unter Hypnose.

Sie wünschte, alles wäre eindeutig, und sie könnte sagen, ihr Leben mit Patrick sei nicht das, was sie sich vorgestellt hatte. Sie hatte nicht gelitten in all den Jahren. Doch jedes Mal, wenn sie daran dachte, Patrick zu verlassen und nach Hause zurückzukehren, musste sie einräumen, dass er ein zuverlässiger Partner war. Gerne erzählte er anderen, was für ein fantastisches Paar sie abgaben; dass sie ein ähnliches Temperament und einen ähnlichen Geschmack hätten und dass Florence viel erreicht habe im Leben. Er hatte seine Beziehung mit ihr ebenso lückenlos durchgeplant wie seine Karriere.

Und dennoch übersah er geflissentlich, wer die Frau an seiner Seite in Wirklichkeit war.

Nicht die Frau aus seinen Schilderungen jedenfalls. Sie würde es auch niemals werden, aber Florence sah keinen Sinn darin, ihm das mitzuteilen. Er konnte auch gar nicht wissen, wer sie wirklich war, weil sie Teile von sich vor ihm verborgen hielt.

Patrick wusste auch nicht, wie oft sie schon erwogen hatte, ihn zu verlassen – und das war ihr in der Bretagne erst richtig klar geworden –, und doch außerstande gewesen war, sich zu so einem radikalen Schritt zu entschließen. Aber sie hatte die Brücke zu jenem Ufer, das sie gerne wieder betreten hätte, noch nicht in die Luft gesprengt. Sie musste nur hinübergehen.

Kapitel 39

Als sie nach dem Handtuch griff, zuckte sie zusammen. Bei bestimmten Bewegungen schmerzten ihre Prellungen immer noch und erinnerten sie daran, dass alle Wunden Zeit brauchten, um zu heilen.

Während des Duschens hatte sie beschlossen, ohne jeden Umweg Patrick in alles einzuweihen, was mit ihrer Vergangenheit zu tun hatte.

Während sie sich bemüht hatte, tief durchzuatmen, wurde ihr bewusst, dass es noch etwas Schlimmeres gab, als vom Pferd zu stürzen durch jemanden, der es auf ihre Person abgesehen hatte – nämlich das Sterben im Alltag, wenn der Seele langsam der Sauerstoff ausging und nur eine leere Hülle übrig blieb. Sie wollte das Rätsel der geheimnisvollen Frau lüften und ihm ihre weiteren Pläne unterbreiten. Es war sein Recht zu erfahren, wer sie war und dass sie eine endgültige Entscheidung getroffen hatte. Ihre Beziehung zu beenden und aus der gemeinsamen Wohnung auszuziehen.

Sie würde sich noch heute den Weg aus dieser Krise heraus arbeiten und Patrick zwingen, sie anzuhören. Es gab keinen anderen Weg, Patrick klarzumachen, dass sie ihn verlassen und zu ihrer Großmutter ziehen würde.

Sie steckte ihr Haar mit einer Klammer fest, den Verband hatte man ihr entfernt. Sie trug in langsamen Kreisen Reinigungsmilch auf ihr Gesicht auf, während sie sich dabei im Spiegel betrachtete. Die Augen ihrer Romanheldinnen schienen sie aus dem Spiegel anzusehen und sie etwas zu fragen. Verlassen zu werden. Wusste sie wirklich, wie sich das anfühlte? Sie hatte so oft darüber geschrieben. Aber sie hatte es nie richtig verstanden. Sie konnte sich zwar die fantastischen Geschichten ausdenken, aber sie konnte sich niemals überwinden, diese Fantasie in die Tat umzusetzen, sodass ihre Gefühle nach außen hin sichtbar werden würden. Ja, es war ein Wendepunkt. Sie wusste es. Sie stand an der Schwelle zu etwas, das sie selbst nicht begriff. Sollte sie auf dieser Schwelle verharren oder tief einatmen und einfach drauflosgehen?

Sie ging ins Schlafzimmer, um sich anzukleiden. Auf dem Weg in die Küche blieb Florence vor dem Badezimmer stehen, wo Patrick sich gerade rasierte. Sie wollte ihm sagen, dass sie miteinander sprechen mussten, denn wenn sie es jetzt nicht tat, würde die Gelegenheit wieder ungenutzt verstreichen.

Sie sah ihm ein Weilchen beim Rasieren zu. Er rasierte sich nass und zog die Klinge mit geübter Bewegung über seine Wangen. Dabei behielt er noch einen kleinen Flachbildfernseher im Auge, der letztes Jahr im Badezimmer installiert worden war.

»Kannst du noch kurz dableiben, wenn du fertig bist?«, fragte sie.

»Weshalb?«, erkundigte sich Patrick und rasierte sein Kinn.

»Ich muss dir was erzählen.«

»Kannst du das nicht jetzt tun?«, fragte er, wie üblich ohne das Geringste von ihrer Stimmung zu spüren.

»Nein«, antwortete sie schlicht und ging hinaus, um eine Diskussion zu vermeiden.

Patrick folgte ihr ins Arbeitszimmer. Er trug einen dunkelblauen Anzug, ein weißes Hemd, eine gemusterte Hermès-Krawatte und Gucci-Schuhe.

»Es geht um gestern Abend, oder? Deine Selbstfindung.« Er sah sie eindringlich an und fügte hinzu: »Das hat bestimmt mit deiner Gehirnerschütterung zu tun. Ich möchte so etwas nicht noch einmal erleben. Da werde ich wach, und du liegst auf dem Boden neben dem Bett. Du weinst und flüsterst: ›Ich kann mich hier nicht finden!‹ Ich war sehr besorgt.« Er sah in der Tat zerknirscht aus, obwohl sich Florence unwillkürlich fragte, wie groß seine Sorge wirklich gewesen war. Patrick verbarg seine wahren Gefühle, auch vor ihr.

Er fügte hinzu: »Ich dachte nur … schau dich doch an. Du bist erfolgreich, attraktiv. Manchmal frage ich mich, was dir fehlt. Du hast doch alles.«

»Darum geht es nicht, Patrick. Ich wollte dir von der Zeit …«

»Ich dachte schon«, fiel er ihr ins Wort, »du wolltest verkünden, dass du in die Bretagne ziehst zu deiner Großmutter.« Seine Stimme zitterte leicht, und Florence spürte, dass er wirklich Angst davor hatte.

»Nein«, antwortete sie und spürte einen Schmerz in der Brust, denn was sie ihm zu sagen hatte, würde seine schlimmsten Befürchtungen übertreffen.

Patrick lehnte sich an das Bücherregal. Er wirkte jetzt wieder entspannt, zuversichtlich, ganz der hochkarätige Anwalt. Unangreifbar. Florence wusste, dass er das nicht war, und sie bedauerte ihn. Er konnte mit den Tücken des wirklichen Lebens gar nicht umgehen, weil er nie Hindernisse zu überwinden gehabt hatte. Er war sein Leben lang beschützt, versorgt, gehätschelt und gehegt worden. Von seiner Familie, vor allem von der Mutter, von seinen Angestellten – und ja, auch von ihr.

»Du wolltest doch immer etwas aus meiner Vergangenheit wissen.«

»Ja, schon. Aber du hast ja immer so ein Geheimnis daraus gemacht.«

Er sah einen Fussel auf seinem Anzug, den er sofort entfernte, als könne er ihm etwas anhaben. So funktionierte Patricks Leben, und Florence tat die Vorstellung leid, dass sie nun diese Ordnung zerstören würde. Sie sah ihm in die Augen, in diesem letzten Moment der Ahnungslosigkeit, und sagte: »Mein Vater hat sich und zwei Menschen getötet, so hat er es zumindest geplant. In Wirklichkeit hat meine Mutter überlebt und ist erst vor einigen Wochen gestorben.«

Er blinzelte verwirrt. »Wie?«

»Mein Vater litt unter Depressionen und wurde dadurch zum Mörder.«

»Florence …«, sagte er und hob hilflos die Hände, als wollte er sagen: *Wie konntest du das nur verschweigen?*

»Ich weiß«, sagte sie und zuckte mit den Achseln. »Ich kenne die ganze Geschichte auch erst seit ein paar Tagen.«

Patrick blickte auf die Spitzen seiner braunen Schuhe. Sie konnte sich bereits vorstellen, was in seinem Kopf vorging. Wenn das an die Öffentlichkeit käme, würde man ihn immer in Verbindung bringen mit ihrer Geschichte – bei Events würden die Leute einander zuraunen: *Das ist der Mann, dessen zukünftige Frau, die Schriftstellerin, einen Mörder zum Vater hat, der sich und zwei andere Menschen in den Tod riss.*

Er schaute auf und schüttelte den Kopf. »Ich weiß nicht, was ich sagen soll.«

»Wir reden weiter, wenn du von deiner Geschäftsreise zurück bist, ja? Flieg nach Monaco, kümmere dich um deine Geschäfte und versuch, nicht daran zu denken.«

»Ist so etwas vererbbar? Ich meine, eine Depression.«

»Weiß ich nicht«, erwiderte sie, und Patrick zuckte leicht zusammen.

»Kann man so etwas nicht feststellen lassen?« Er konnte sie nicht ansehen.

»Keine Ahnung«, sagte sie völlig gelassen.

»Ich kann es einfach nicht fassen …«

»Bis in zwei Tagen«, sagte Florence.

Als Patrick gegangen war, kochte Florence sich einen Kaffee und ging wieder in ihr Arbeitszimmer. Sie öffnete das Fenster, um die feuchte, kühle Morgenluft hereinzulassen, dann widmete sie sich ihrer Arbeit.

Doch es wollte nicht vorangehen. Ihr Verleger glaubte, sie schriebe bereits an der Fortsetzung ihres Romans *Claudettes Geheimnis*; doch Florence hatte dazu nicht die geringste Lust. Sie konnte einfach keinen Anschluss an den frischen, direkten Stil des letzten Romans finden. Es kam ihr so vor, als hätte eine andere diese Geschichte geschrieben, eine, die viel jünger und unbekümmerter war als sie selbst. Als Florence sich dabei ertappte, wie sie dies zu ihrer eigenen Rechtfertigung auf ihrem Computerbildschirm festhielt, musste sie lachen. Das klang geradezu so, als sei sie nun alt und trübsinnig geworden. Dabei fühlte sie sich zum ersten Mal in ihrem Leben völlig im Reinen. Während sie auf den blinkenden Cursor ihres Laptops schaute, machte sich Frieden in ihr breit. Zumindest verstand sie nun ihre Berufung, dass sie immer schreiben würde, ganz gleich, wo sie sich auf dieser Erde befand. Nun wusste sie, wie sie ihre Träume erfüllen konnte. Ihr Herz war so übervoll. Sie hatte ihre Antwort. Sie erinnerte sich an den Besuch in der Kirche, als Pfarrer Tharaud zu ihr sagte: »*Vielleicht brauchen Sie nur darauf zu hören.*«

Gott hatte ihren stummen Schrei erhört und in die Stille gesprochen. Florence Letrec hatte zugehört. Ihre Finger schwebten über die Tastatur. *Jeder hat Träume, und die meisten Menschen haben nie die Gelegenheit, sie sich zu erfüllen, oder gehen nicht das Risiko ein, es zu versuchen. Der Weg liegt vor dir, Florence, nicht hinter dir. Vergeude nicht deine Zukunft an die Vergangenheit.*

Florence lehnte sich zurück und sah zum Fenster. Ist es möglich, fragte sie sich, dass eine unsichtbare Macht mich aus einem bestimmten Grund auf meine Unzufriedenheit mit meinem jetzigen Leben lenkt? Und der Brief, der sie dazu gebracht hatte, der Familiengeschichte nachzugehen. Eine Information hatte zu einer weiteren geführt, dann zu noch einer und noch einer. Jetzt war der Kreis geschlossen, und sie stand sich selbst gegenüber.

Gab es einen Plan für ihr zukünftiges Leben, und wohin führte er sie? Sie hatte keine Ahnung. Zum ersten Mal seit vielen Jahren war sie bereit, das herauszufinden. Bereit, die Möglichkeiten auszutesten. Bereit, die vollkommene Kontrolle abzugeben.

Sie wusste endlich, wo sie hingehörte. Sie wurde gebraucht, allerdings nicht hier in Paris, und war deshalb zufrieden, auch wenn ihr ganzer Beitrag zu dem Geschehen auf diesem Planeten darin bestand, sich selbst zu finden.

Kapitel 40

Pierre schob das Besteck zur Seite, legte die Speise-karte und das Buch mit den Reservierungen auf die blütenweiße Tischdecke und fuhr sich durch das Haar, ehe er sich auf den Stuhl setzte. Er rückte an den Tisch heran und schlug die Seite des Buches auf, wo die Reservierungen für den Tag eingetragen waren. Alle Tische waren ausgebucht, sowohl für die Mit-tagszeit als auch für den Abend, und zusätzlich waren acht Namen samt Telefonnummern in Rot notiert, für den Fall, dass eine Reservierung abgesagt wurde. Und das galt auch für den morgigen Tag.

Pierre drehte sich in Richtung Küche um. Sein Hilfskoch hatte sich immer noch nicht blicken lassen. Er sah auf die Uhr und fluchte leise vor sich hin. Er musste zum Hafen nach Concarneau zum Fischmarkt. Aber wenn der zweite Koch nicht gleich auftauchte, würde er sich stattdessen um die Vorbereitungen in der Küche kümmern müssen.

»Merde, ausgerechnet heute.« Pierre nahm sein Handy und wählte die Nummer seines Bruders.

»Serge? Hier ist Pierre. Ich brauche deine Hilfe. Du musst für mich nach Concarneau fahren. Mein Koch, dieser unzuverlässige Idiot, ist mal wieder nicht da. Danke, Bruderherz, ich bin dir was schuldig. Bis gleich.«

Zwanzig Minuten später kam Serge durchs Re-staurant geeilt.

»Hier hast du eine Liste. Die Händler kennst du ja.«

»Wie sieht es mit dem Gemüse aus?«, fragte Ser-ge.

»Müsste in ein paar Minuten eintreffen.« Pierre sah seinen Bruder an, während er sich nervös die Hände an seiner gestärkten Schürze abwischte.

»Fleisch?«

»Davon habe ich mehr als genug. Der Preis war vor drei Tagen so günstig, dass ich gleich eine größere Bestellung aufgegeben habe.«

Serge nickte.

»Ich würde dir ja noch einen Kaffee anbieten, aber die Zeit drängt«, sagte Pierre und schaute aus dem Fenster. Es regnete so heftig, dass man das Haus auf der anderen Straßenseite kaum erkennen konnte.

»Ist schon gut«, sagte Serge und griff nach dem Stück Papier. Dann ging er durch die Küche hinaus in den Hof, wo der Lieferwagen stand. Der Schlüssel steckte, und er fuhr los.

Als Serge am Fischmarkt ankam, hatte sich das Wetter noch weiter verschlechtert. Über den Parkplatz lief das Wasser wie in Sturzbächen in Richtung Einfahrt herunter. Nass bis auf die Knochen liefen die Händler und Einkäufer wild durcheinander.

Serge sprang über reißende Bäche, die sich in den Rinnsteinen gebildet hatten, und vollführte geschickte Manöver, um den Fontänen auszuweichen, die von den vorbeifahrenden Lastwagen hochgespritzt wurden.

Er kontrollierte die Kisten und stapelte sie aufeinander, hielt noch ein kurzes Schwätzchen und eilte zum Transporter. Er stellte die Kisten auf dem nassen Asphalt ab und öffnete die hintere Tür. Rasch versuchte er die Körbe in den Laderaum zu stapeln, als er merkte, dass irgendetwas seine Arbeit behinderte. Er griff nach der Decke, die dort lag, und wollte sie nach hinten schieben. Plötzlich bemerkte er, dass sich etwas darunter befand. Er schlug den Vliesstoff zurück. Er starrte auf eine Schrotflinte. Seit wann hatte sein Bruder so ein Gewehr? Er ging weder zur Jagd, noch hatte er je Interesse an Waffen irgendeiner Art gezeigt.

Serge nahm die Flinte in die Hand, und sein Bauchgefühl sagte ihm, dass nichts in seinem Leben mehr bleiben würde, wie es war.

Serge kam mit quietschenden Reifen zum Stehen, sprang aus dem Wagen und stellte die Flinte in die Ecke. Dann riss er die Tür auf, schnappte seinen völlig überraschten Bruder am Kragen und bugsierte ihn hinaus in den Hof.

»Was ist denn los?«, rief Pierre aufgebracht. »Der Laden ist voll und …«

Er spürte kaltes Metall unter seinem Kinn.

»Das ist los, Bruderherz.« Serge sah ihn wutentbrannt an. »Ich habe nachgeladen, die Patronen lagen im Handschuhfach. Also komm mir jetzt nicht damit, dass dir die jemand untergejubelt hat, oder mit irgend so einem Scheiß. Ich höre.«

»Nimm das Gewehr aus meinem Gesicht«, flehte Pierre.

»Fang endlich an, los, erzähl. Alles.«

»Ja, aber erst, wenn du …«

Serge nahm die Schrotflinte von Pierres Kinn und stellte sie vor sich ab.

Pierre atmete tief durch, bevor er langsam zu sprechen begann. »Ich habe Florence' Mutter am Strand gefunden. Ich hatte eine Verabredung, die nicht so lief, wie ich es mir vorgestellt hatte. Deshalb bin ich noch etwas am Strand spazieren gegangen.

Und da lag sie – und ich brauchte fast zwei Minuten, bis ich wusste, wer sie war. Sie sah aus wie ein Monster. Ihre Haut schien überall verbrannt zu sein, und sie stöhnte schrecklich vor Schmerzen. Ich wusste nicht, was ich machen sollte. Schließlich nahm ich sie auf meine Arme und trug sie an eine sichere Stelle, wo ich sie ablegte. Dann ging ich mein Auto holen.« Pierre unterbrach sich und zündete sich hastig eine Zigarette an, bevor er stockend fortfuhr.

»Ich weiß nicht, warum, aber ich hatte Angst, dass man mich sehen würde und … Obwohl ich ja nichts getan hatte. Ich entschloss mich, Béatrice erst zum Schloss zu bringen. Als ich dort ankam und Adélaide Letrec erklärte, wen ich im Wagen hatte, erkannte ich in ihrem Blick, dass sie mir glaubte. Sie half mir, Béatrice nach drinnen zu tragen, und befahl mir zu warten. Sie telefonierte etwa eine Stunde, dann kam sie zu mir und gab mir eine Adresse in Lyon. Ich sollte mit ihrer Schwiegertochter sofort dorthin fahren. Man würde sich dort um sie kümmern. Dann griff sie nach meinem Arm und sah mich streng an. ›Kein Wort zu niemandem.‹ Ich war wie hypnotisiert und fuhr noch an diesem Abend nach Lyon.

Später hat sie mir eine große Summe für mein Schweigen gezahlt, natürlich unter der Bedingung, niemandem davon zu erzählen. Das war das Startkapital für dieses Restaurant. Ich musste ihr versprechen, einige Jahre zu warten, bis niemand mehr zurückverfolgen konnte, woher ich dieses Geld hatte.«

»Und was ist mit Angélique, hat sie auch ein sogenanntes Startkapital bekommen?«

Pierre nickte. »Sie hatte damals zufällig ein Gespräch zwischen mir und Adélaide Letrec mitgehört.

Daraufhin hat auch unsere Schwester ein Schweige-geld bekommen.«

»Wer noch?«, fragte Serge und sah seinen Bruder abwartend an.

»Ich denke, der Pfarrer hatte so einige Spenden auf seinem Kirchenkonto zu verzeichnen. Die er na-türlich für Renovierungsarbeiten und so weiter benutzt hat.«

»Und wieso hat keiner von euch mir jemals etwas davon erzählt?«

Pierre zuckte mit den Achseln. »Wir dachten, du würdest das Geld nehmen und es der Alten vor die Füße werfen. So groß, wie dein Unmut auf sie war.«

»Was sollte die Ballerei im Wald? Du hättest Flo-rence umbringen können!«

»Das war nicht meine Absicht. Ich wusste nicht, dass sie über die Mauer springen wollte. Ich dachte, sie reitet gemütlich über den Pfad.« Seine Augen wei-teten sich, und er flehte: »Serge, glaub mir. Ich wollte nicht, dass Florence etwas Ernsthaftes passiert. Ich habe ihr danach ein wenig Angst gemacht, um sie zur Rückkehr nach Paris zu zwingen.«

»Du hast was?«

Pierre erzählte seinem Bruder von dem Vorfall, und Serge konnte sich nur mit äußerster Mühe zu-rückhalten, ihn nicht zu verprügeln.

»Du elender Mistkerl! Du willst mein Bruder sein!«

Serge drehte seinem Bruder den Rücken zu und stellte das Gewehr an die Autotür. Er spürte eine Taubheit in seinen Brustkorb kriechen, und auf höl-zernen Beinen bewegte er sich auf seinen Bruder zu. Nach diesem Geständnis schien sich Pierre unmittel-bar befreit zu fühlen. Serge glaubte es an seinen Augen erkennen zu können. Beide Brüder verstanden sich ohne viele Worte. Ihre gegensätzlichen Charaktere, die Tatsache, dass der eine von ihnen dynamischer, der andere ausgeglichen war, hatte dieses Einverständnis niemals getrübt. Bis zu diesem Augenblick.

Pierre steckte seine Hände in die Hosentaschen und wiegte sich auf seinen Fußsohlen leicht vor und zurück. »Es sieht so aus, als liege der Erhalt unserer Familie und auch der beiden Letrec-Frauen jetzt in deinen Händen.«

»Da scheinst du ja auch noch stolz darauf zu sein, was?«

»Nein, ganz und gar nicht. Wenn du wüsstest, wie lange mich Béatrice' furchtbares Gesicht mit ihren teils weggebrannten Lippen und den angesengten Wimpern und Haaren in meinen Träumen gequält hat. Ich habe mir mehr als einmal gewünscht, ich hätte sie nicht gefunden und das Meer hätte sie wieder zu sich geholt. Das kannst du mir glauben.« Pierre warf die Zigarettenkippe in die Wasserpfütze, kreuzte die Füße, räusperte sich und schwieg.

Serge dagegen legte den Kopf in den Nacken und kratzte sich am Kinn.

Diese Haltung war eine Angewohnheit aus seiner Kinderzeit, die Pierre sicherlich sagte, dass irgendetwas in der Luft lag.

Serge hatte plötzlich die Bilder vor Augen, wie sein Bruder Florence Angst einjagte. Seine starken Hände an ihrem zarten Hals. Wie er den Moment genossen hatte, dass sie vor Panik zitterte.

Florence.

Serge konnte sich nicht länger beherrschen. Kochend vor Wut, umklammerte er mit eiserner Hand Pierres Schulter und wirbelte ihn herum.

Pierre schwankte. Er versuchte das Gleichgewicht wiederzufinden, plumpste stattdessen aber auf sein Hinterteil, die Füße hoch in die Luft gestreckt. Mühsam rappelte er sich wieder auf und ging mit einem wortgewaltigen Fluch auf seinen Bruder los.

Der duckte sich seitlich weg und streckte ein Bein aus. Pierre kam ins Stolpern, doch diesmal fing er sich noch rechtzeitig.

Dann griff Serge erneut an. Boxend und die Hiebe von Serge so weit wie möglich abblockend, ging sein Bruder zu Boden.

Mühsam und mit schmerzverzerrtem Gesicht setzte Pierre sich auf.

Serge stemmte die Hände in die Hüften, sah zu, wie sein Bruder sich aufrappelte und mit schweren Schritten den Weg in die Küche einschlug.

Pierre stoppte und drehte sich zu Serge um. »Danke, dass du heute Morgen eingesprungen bist.«

Serge wollte etwas Sarkastisches entgegnen, doch dann zuckte er mit den Achseln und sagte nur: »Gern geschehen.«

Sie starrten einander an, als wollten sie abwarten, wer von ihnen den Kampf erneut eröffnen würde. Doch Serge brach das Duell ab, indem er sich umdrehte und vom Hof ging.

Auf dem Weg zu seinem Haus versuchte er, Ordnung in seine Gedanken zu bringen und die Bilder der Vergangenheit zu verarbeiten, die ihn nie ganz losgelassen hatten.

Er musste mit Florence sprechen, ganz gleich wie.

Kapitel 41

Eine Minute vor acht klingelte Florence' Handy. Sie saß lesend im Wohnzimmer auf dem Parkett, in der Hand das Kapitel, das sie am Nachmittag geschrieben hatte.

Sie freute sich über den Namen auf dem Display. »Serge. Wie schön, dass du anrufst. Wo bist du?«, fragte sie.

»Ich mache einen Spaziergang.« Seine Stimme klang weich. »Und du? Bist du zu Hause, oder sitzt du in einem Café?«

»Im Wohnzimmer.« Sie sah ihn vor sich, in der Umgebung ihrer gemeinsamen Jugendträume: die Küchenschränke aus Holz, die Fenster, an denen sie so oft die Läden mit Hammer und Nägeln repariert hatte, der bunte Flickenteppich, den Angélique täglich ausgeschüttelt hatte – die kleine Schwester wollte teilhaben an Florence' und ihres Bruders romantischer Zukunft.

»Kannst du reden?«, fragte Serge.

»Ja. Ich bin allein.«

»Dann komm ich zu dir?«

»Was? Wie?« Sie war überrascht.

»Um mit dir und Patrick zu plaudern?«

»Du machst Witze.«

»Nein, keineswegs. Ich bin in Paris.«

»Patrick ist bis morgen verreist …«

»Bin schon unterwegs. Beschreib mir den Weg.«

Während Florence auf ihn wartete, las sie das Kapitel noch einmal. Sie rieb sich die Augen und ließ sich rückwärts auf die großen Kissen fallen. Sie dachte an die gemeinsame Nacht, als sie aus dem Kloster zurückgekommen waren. Es war eine große Erleichterung für sie, dass er sie noch sehen wollte, dass er sie nicht verachtete. Florence fiel ein, dass sie gar nicht nach dem Grund für dieses Treffen gefragt hatte. Es war so oder so egal. Ihre Zukunft lag im Ungewissen, und Florence handelte nur noch rein impulsiv.

Sie ging zum Fenster, von dem aus sie die Straße beobachten konnte, wenn sie im Dunkeln stand. Er musste gleich da sein. Ihr stockte fast der Atem; sie hatte keine Ahnung, was sie tun, was sie sagen würde. Sie hatte ihn aus einer euphorischen Stimmung heraus eingeladen, und nun wusste sie nicht mehr, wie sie sich verhalten sollte.

Doch jetzt gab es kein Zurück mehr. Sie blickte an sich herunter, fühlte sich plötzlich unsicher. Die Sachen, die sie trug – ein Seidenkleid, orangebraun wie ein Sonnenuntergang, mit einem tiefen Ausschnitt, und sie war barfuß.

Florence konnte Serge vom Fenster aus sehen, wie er aus dem Wagen stieg und die Fassade hinaufschaute. Sie ging zur Tür und betätigte den Türöffner. Kurz danach hörte sie, wie sich der schmiedeeiserne Fahrstuhl in Bewegung setzte.

Als er schließlich vor ihr stand, erwartete sie eine Bemerkung über den typischen Pariser Wohlstand. Florence war darauf gefasst, zu kontern, dass er ja kaum weniger vermögend sei. Er sagte gar nichts, sondern trat auf sie zu und nahm sie in seine Arme.

Florence schloss die Augen, lehnte die Wange an seine Schulter, die sich so warm und beruhigend anfühlte. Seinen Geruch wahrzunehmen, seinen Körper zu spüren, das war wie eine Heimkehr für ihre Sinne.

Er hielt sie ganz fest und vergrub sein Gesicht in ihrem Haar, murmelte etwas Beruhigendes.

Sie konnte seine Worte nicht verstehen, weil ihr Herzschlag in ihren Ohren dröhnte.

Irgendwann ließ er sie langsam los, und sie sahen einander an.

»Wie geht es dir?«, fragte er.

»Ganz gut.« Ihre Stimme war rau, und sie räusperte sich. »Komm rein. Ich spendier dir einen Whisky.«

Sie gingen ins Wohnzimmer und ließen sich mit einem Glas Whisky in der Hand auf der Couch nieder. Beide hätten sie niemals geahnt, dass sie eines Tages gemeinsam in einem schicken Appartement mit modernen Designermöbeln mitten in Paris sitzen würden. Sie beide gehörten eigentlich zwischen Kassettenfenster und bretonisches Mobiliar. In einen Raum mit dicken Holzbalken an der Decke und einem riesigen Kamin aus Granitstein. Wo bei geöffneten Fenstern der Geruch von Meer und Algen hereinströmte und man die Möwen in der Ferne hören konnte. Dieses Zimmer hier hatte eine Ausstrahlung, als gehöre es zu einer fremden Person, und Florence fühlte sich hier so fehl am Platz, als wäre sie 1992 auf einen falschen Weg eingebogen und ihn bis jetzt gegangen, ohne auf die Warnschilder zu achten.

»Was macht die kleine Nina?«, fragte Florence, um ein Gespräch in Gang zu bringen.

»Sie ist ein Wirbelwind. Angélique kann sie kaum bändigen.«

»Und wie geht's Pierre?«

Serges Blick schweifte ab, und er trank einen Schluck.

»Der Whisky ist gut«, sagte er schnell.

Florence ließ sich auf den vorsätzlichen Themenwechsel ein. »Einer meiner Bekannten hat ihn aus Schottland mitgebracht. Den gibt es da überall, und er ist dort ein Getränk wie anderswo Wasser.«

Allmählich wurde die Situation zum Glück etwas entspannter. Serge wirkte ein bisschen ruhiger, obwohl er sich immer noch das Kinn rieb wie damals im Kloster. Es war für Florence eine Wohltat, zu wissen, dass sie ihn nicht vollkommen verloren hatte, dass sie sogar an diesem absurden Ort eine gewisse Nähe zu ihm haben konnte, wenn auch nur für kurze Zeit.

»Florence, ich bin hier, weil ich dir etwas …« Er hielt inne, da in diesem Moment ein Geräusch an der Tür ertönte. Beide blickten auf. Patrick kam in einem langen Trenchcoat herein, sagte »Guten Abend« und blieb dann wie angewurzelt stehen.

»Hallo, Patrick! Ich dachte, du kommst erst morgen zurück.«

Serge rückte ein Stück von Florence ab. Patrick dagegen wandte den Blick nicht von den beiden.

»Und wer ist das, wenn ich fragen darf?«

»Das ist Serge Renaud. Er stammt aus Locronan, ein alter Freund.«

»Erklär mir bitte, was hier los ist.«

»Wir beide kennen uns aus Kindertagen. Er hat in Paris zu tun, ist vorbeigekommen, und wir sind ins Plaudern geraten.« Florence warf Serge einen Blick zu. Sie hatte ihm zwar einen Vorwand für seine Anwesenheit geliefert, aber damit hatte sie ihm auch bewiesen, wie leicht ihr das Lügen fiel und dass sie aus dem Stegreif eine Geschichte voller Halbwahrheiten erfinden konnte.

Florence fühlte sich schmutzig, fast als hätte sie Serge verraten. Er sah verletzt aus, aber sie trat zu

Patrick und legte ihm die Hand auf den Arm. »Er wollte gerade gehen«, sagte sie. Ein Gemisch aus Panik und Verzweiflung überkam sie, als sie Serge in die Augen sah. Es war nicht zu übersehen, was er in diesem Moment dachte. *Du hast ihm nicht die Wahrheit gesagt. Ich hatte recht, du hast dich nicht verändert.*

Serge drehte sich um. Er würde fortgehen und sie in verzweifelter Einsamkeit zurücklassen.

Florence drückte Patricks Hand. Sie spürte, dass er Serge am liebsten an die Kehle gesprungen wäre.

»Keine Sorge, ich bin schon weg«, sagte Serge schnell, ohne Patrick dabei eines Blickes zu würdigen. »Auf Wiedersehen!«

»Ich glaube nicht, dass wir uns wiedersehen!«, rief Patrick ihm als Abschiedsgruß zu.

»Das Leben ist voller Überraschungen«, gab Serge eisig zurück.

Florence sah Patrick an. »Tut mir leid.« Sie schaute auf ihre Hände. »Aber ich hielt es nicht für ein Problem, Serge einzuladen.«

»Und ich, Florence? Soll ich jetzt begeistert sein? Du hast mir nicht einmal was davon gesagt!«

»Es war spontan und hat sich so ergeben. Mein Gott, es war doch nur auf einen Drink. Warum reagierst du denn so heftig?«

»Wie würde es dir wohl gefallen, wenn ich meine Exfreundin hierher einladen würde? Wenn sie aufgetaucht wäre und du hättest höflich sein müssen, obwohl du am liebsten Gift und Galle gespuckt hättest?«

»Das kann man wohl kaum vergleichen«, versetzte Florence. »Und soweit ich weiß, hast du auch keinerlei Beziehung mehr zu deiner Verflossenen.«

Patrick deutete mit dem Zeigefinger auf sie. »Und genau das meine ich! Seit wann hast du eine Beziehung mit diesem Serge? Herrgott, du erzählst mir gar nichts mehr, Florence!«

Florence stand auf, ging zum Fenster und blickte hinaus auf den erleuchteten Eiffelturm. Er wusste in der Tat gar nichts. Sie hatte Patrick weder erzählt, dass sie mit Serge im Kloster gewesen war, noch, dass er der Geschäftsführer ihres Familienunternehmens war. Nicht einmal ihre frühere Beziehung zu ihm hatte sie erwähnt. Sie hatte nie mit Patrick über Serge gesprochen. Doch sein extremes Verhalten verriet, dass er etwas ahnte.

Sie hatte zwar viele Jahre lang ihr Leben mit Patrick gemeinsam verbracht, nicht jedoch ihre Gefühle und ihre innersten Empfindungen mit ihm geteilt. Florence verstand jetzt, dass damit auch die Distanz innerhalb ihrer Beziehung zu erklären war. Hätte Patrick jemals mehr von ihr verlangt, hätte sie nicht so lange in einer gewissen Harmonie mit ihm zusammenleben können. Ironischerweise versuchte er ihr gerade jetzt näherzukommen, wo sie sich von ihm entfernte. In gewisser Weise schmeichelte ihr sein Verhalten, aber es machte sie auch traurig, denn ihm hätte sie sich niemals anvertraut, selbst wenn Serge nicht so unvermittelt wieder in ihr Leben getreten wäre.

Sie wandte sich um und sagte leise: »Gut, Patrick. Du möchtest wissen, was hier los ist? Ich bin dabei, mein Leben zu verändern.«

»Was … was meinst du damit? Willst du unsere Beziehung aufs Spiel setzen?«

Sie nickte. »Ich werde mich von dir trennen.«

Patrick sah empört aus. »Du kannst doch nicht … ich meine … du bist mit mir verlobt, was soll das denn, Florence? Denk an meinen Ruf – wie stehe ich dann da?«

Florence zwang sich, nicht sofort zu reagieren. Er hatte die Fassung verloren und klammerte sich an einen Strohhalm.

»Es ist nun mal so. Das Leben verändert sich, und ich habe mich entschieden.«

Er starrte sie an, als habe sie den Verstand verloren. »Und wenn du glaubst, dass du nach ein paar Wochen wieder zu mir zurückkehren kannst – vergiss es.«

Sie holte tief Luft, dann sagte sie: »Ich werde nicht zurückkommen. Ich werde zu meiner Großmutter in die Bretagne ziehen.«

»Großer Gott.« Patrick sank auf den Rand des Sessels und rieb sich die Stirn. »Hast du sonst noch was an Neuigkeiten, mit denen du mich fertigmachen kannst?«

»Tut mir leid, dass es so abrupt kommt, aber ich sehe keinen Sinn darin, Zeit und Kraft zu vergeuden, indem ich um das Thema herumrede. Ich möchte meine letzten Stunden hier absolut aufrichtig zubringen, und ich hoffe, dass du das respektieren kannst.«

Patrick schaute auf. »Aufrichtig? Und was ist mit verantwortungsbewusst? Wie wäre es, wenn du mal an mich und meine Karriere denken würdest?«

Jetzt riss Florence der Geduldsfaden. »Wie wäre es, wenn du mal überlegen würdest, was ich alles für dich getan habe, um dir den Rücken freizuhalten! Nur, die Welt dreht sich nicht ausschließlich um dich, mein Lieber.«

Sie starrten einander einen Moment lang wütend an, dann wandte Patrick den Blick ab. »Ich will diese Diskussion nicht.«

»Dann lass es einfach.«

Patrick stand auf. »Ich brauche Zeit zum Nachdenken.« Ohne ein weiteres Wort verließ er die Wohnung. Florence war es egal, was er tat. Sie hatte einfach keine Kraft mehr, sich um seine Gefühle und sein Ego zu kümmern. Sie kam kaum mit ihren eigenen Emotionen zurecht.

Nach einer Stunde war Patrick wieder zurück. Florence lag im Bett und starrte an die Decke.

Patrick ließ sich auf sein Kissen sinken. »Ich kann nicht darüber sprechen, Florence.«

»Wieso nicht? Wir müssen aber darüber sprechen. Das Thema wird erst beendet sein, wenn ich nicht mehr hier bin.«

Er sah schockiert aus. »Wie schaffst du das nur?«

»Was? Sachlich darüber zu sprechen? Ich weiß nicht … es ist einfach unumgänglich. Für uns beide. Es ist sonderbar, natürlich … aber früher oder später wird man in einer Beziehung mit diesem Thema konfrontiert. Wir hatten eben erwartet, dass es später sein würde.«

»Normalerweise beendet ein Mann die Beziehung«, sagte er mit gepresster Stimme. »Ich … ich … das ist einfach nicht richtig.« Er wandte sich ab, richtete seine Augen auf die Doppeltür zu dem begehbaren Schrank. Woran mochte er jetzt denken? Dieser Schrank war mit Regalen und Schubladen für jeden erdenklichen Zweck ausgestattet und größer als das Zimmer, das ihre Mutter früher bei Sophie bewohnt hatte. Würde ihr Platz schnell durch neue Frauensachen ersetzt werden?

Florence berührte Patrick an der Schulter. »Hey – es wird schon werden. Ich werde mir Mühe geben, es dir so leicht wie möglich zu machen.«

»Das ist doch Unsinn. Was soll denn daran leicht sein, kannst du mir das sagen?« Als er sich ihr zuwandte, sah sie, dass seine Augen feucht waren.

»Komm zu mir«, sagte sie und nahm ihn in ihre Arme.

Es war einfacher, als sie erwartet hatte, und auch viel aufrichtiger. Sie dachte nur einen einzigen Moment an Serge, als sie wieder einmal spürte, wie anders ihre Gefühle für Patrick waren. Sie empfand keine Leidenschaft für ihn, sondern hatte eher das Gefühl, ihn beschützen zu müssen. Am Anfang ihrer Beziehung hatte sie sich darum bemüht, wilder zu sein. Ihr Körper verlangte damals nach den starken Empfindungen wie bei der Liebe mit Serge. Aber Patrick war kein inspirierender Liebhaber. Er brauchte lediglich eine Frau, die attraktiv, sauber und zu simplem Sex bereit war. Aber das war ja jetzt vorbei, hoffte sie.

Als Patrick eingeschlafen war, ging Florence ins Bad und wusch sich mit kaltem Wasser das Gesicht. Sie war stolz auf sich.

Kapitel 42

Langsam tauchte Florence aus den Tiefen eines bleiernen Schlafs auf, bis sie begriff, dass jemand die Klingel unaufhörlich betätigte. Mit einem Stöhnen richtete sie sich auf und schwang vorsichtig die Beine aus dem Bett. Mit geschlossenen Augen und schmerzendem Kopf tastete sie sich im Halbdunkel bis zur Tür. »Wer ist da?«

»Blumenlieferservice, Madame.«

Florence öffnete, und als der riesengroße Strauß in den Flur hineingehalten wurde, fiel ihr ein, dass es eigentlich keinen Anlass gab, ihr Blumen zu schicken. Die Tür wurde leise wieder geschlossen, und während Florence verschlafen abwartete, durchquerte jemand das Zimmer und schob die Vorhänge zur Seite.

»Guten Morgen, chérie! Wie gefallen dir die Blumen?« Patrick drehte sich zu ihr um und kam auf sie zu. Doch Florence wich zurück.

»Ich gehe duschen«, erklärte sie in abwehrendem Ton und legte den Blumenstrauß auf die Kommode.

Sie flüchtete sich ins Bad und setzte sich vorsichtig auf den Rand der Badewanne. Letzte Nacht hatten Patrick und sie doch noch ihre erste große Auseinandersetzung gehabt. Patrick war wieder aufgewacht, als Florence gerade einzuschlafen versuchte. Sie hatten so laut gestritten, bis ein diskreter Anruf vom Nachbarn kam, dass sie bitte etwas leiser sein sollten. Patrick hatte ihr lautstark vorgeworfen, sie habe ja offensichtlich nichts Besseres zu tun gehabt, als direkt nach seiner Abreise einen Mann einzuladen, Jugendfreund hin oder her. Er hatte sie ein Flittchen genannt oder zumindest gemeint, sie sehe mit dem tief ausgeschnittenen Kleid und den offenen Haaren aus wie eines. Und dass er unter keinen Umständen eine solche Frau heiraten könne. Daraufhin hatte Florence vorgeschlagen, das Heiraten doch am besten gleich zu lassen, denn man könne ihm nicht zumuten, ein Flittchen zu ehelichen. Außerdem brauche sie keinen Aufpasser, und das sollten er und auch seine Familie sich endlich hinter die Ohren schreiben, sie sei kein Teenager mehr.

Mit einem Stöhnen erhob sich Florence, band die Haare im Nacken zusammen, stieg in die Dusche, putzte sich die Zähne und ging zurück ins Schlafzimmer.

Patrick stand vor dem gedeckten Tisch und schenkte Kaffee in zwei Tassen ein. Florence wusste nicht, ob er sie gehört hatte, denn er wandte ihr den Rücken zu. Seine Schultern wirkten verkrampft, und seine ganze Haltung verriet, wie unglücklich er war. »Weißt du«, begann er, »ich dachte, du freust dich, wenn ich dich überrasche. Deswegen bin ich so schnell wie möglich wieder von meiner Reise zurückgekommen. Und als ich dich da auf der Couch neben diesem fremden Kerl sitzend gesehen habe, hast du so anders ausgesehen. So weiblich, so einfühlsam.« Jetzt erst drehte er sich zu Florence um. Er vergaß, ihr den Kaffee zu geben, ging mit seiner Tasse zum Fenster und sah in den beginnenden Morgen hinaus. Auf einmal wurde sie von einer Flut lebhafter Erinnerungen überschwemmt. Wie sie Patrick auf einer Vernissage kennengelernt hatte. Er hatte direkt hinter ihr gestanden, und als sie sich umgedreht hatte, war sie mit ihm zusammengestoßen. Sie hatte in sein Gesicht hinaufgeschaut, um sich zu entschuldigen, und war sprachlos gewesen – nicht weil er der bestaussehende Mann war, dem sie je begegnet war, sondern wegen seiner Aura, seiner Präsenz. An dem Abend hatten sie stundenlang miteinander gesprochen und danach telefonisch Kontakt gehalten. Wie er vor zwei Jahren versuchte, mitten in der Bucht von Antibes das Segelboot wieder aufzurichten, und dabei brüllte, er brauche ihre Hilfe nicht. Einen Tag später kaufte er ihr den Verlobungsring. In schneller Folge spulten die Bilder sich vor Florence ab wie Fotos in einem Album – Bilder von Patrick Bonnaire, dem Mann, der ihr fremd geworden war. Nie wäre Florence auf den Gedanken gekommen, dass sie eines Tages diese Beziehung aufgeben würde. Was hatte sie nicht alles getan, dachte Florence in diesem Augenblick, um von ihm gesehen zu werden. Nun war es vorbei – ausgelöscht.

»Willst du nichts essen? Die Croissants duften herrlich«, schlug Florence versöhnlich vor.

»Ich frühstücke immer um halb acht, schon vergessen?«, erwiderte Patrick. Sein Gesicht war verschlossen, er biss die Zähne aufeinander, und sie sah, wie seine Kiefer mahlten. Sie setzte sich auf den Stuhl und nahm ein Croissant, brach es in der Mitte durch und strich Butter darauf.

»Ich möchte mich entschuldigen.« Patrick war nervös, verließ seinen Platz am Fenster und setzte sich ihr gegenüber. »Es tut mir leid, was ich gestern Abend gesagt habe.«

Florence erinnerte sich an seine heftige Reaktion auf ihr tief dekolletiertes Kleid und die offenen Haare. Florence dachte an Serge und die leidenschaftliche Umarmung.

»Es tut mir leid, aber ich war eifersüchtig«, fuhr Patrick fort, da Florence sich in Schweigen hüllte. »Weil du so glücklich ausgesehen hast. Ehrlich gesagt, ich verstehe es nicht. Du kommst zurück von deiner Großmutter, erzählst mir was von Familiengeheimnissen, lädst einen mir fremden Mann in meine Wohnung ein und sprichst danach von Trennung.«

Florence biss in die andere Hälfte des Croissants. Sie wusste, Patrick wartete auf eine Erklärung von ihr.

»Warst du mit diesem Mann vor mir zusammen?« Patrick machte eine verächtliche Kopfbewegung in Richtung Couch.

Florence spürte, wie sie rot wurde, als sie nickte. »Ja, und *dieser Mann* hat einen Namen, er heißt Serge Renaud, aber das weißt du ja, ich habe ihn dir vorgestellt. Er hat mir bei der Recherche über meine Mutter geholfen.«

»Und, ist etwas dabei herausgekommen?«

»Ja, ich glaube schon«, erklärte sie ausweichend. »Und er war zufälligerweise in Paris, hat mich angerufen und gefragt, ob er kurz vorbeikommen könnte. Das ist alles.«

Er wollte etwas erwidern, doch Florence unterbrach ihn. »Lass es gut sein!«

»Schon gut.« Patrick beugte sich vor und stellte die Kaffeetasse auf den Tisch zurück. »Reden wir nicht mehr davon! Vielleicht können wir heute Abend schön essen gehen.«

»Nein!« Florence schüttelte heftig den Kopf, und ihr wurde kurz schwindlig. »Patrick, ich muss mit dir reden.«

Er lehnte sich steif zurück und schlug die Beine übereinander. »Gut, dann fang an, ich bin ganz Ohr.«

Plötzlich fühlte Florence sich einem Gespräch mit ihm noch nicht gewachsen, aber sie entschloss sich, es trotzdem durchzustehen.

Sie begann zu erzählen, was sie im Kloster in den Pyrenäen über ihre Mutter erfahren hatte.

An Patricks Gesichtsausdruck konnte sie erkennen, dass er ihr keinen Glauben schenkte.

»Außerdem«, Florence bemühte sich um einen sachlichen Ton, »hatte meine Mutter eine Affäre mit dem Leuchtturmwärter, den mein Vater mit in den Tod gerissen hat.«

»Was?« Patrick stellte seine Kaffeetasse beiseite und schob seinen Teller zurück. Er beugte sich über den Tisch, Florence entgegen. »Das sind ja Neuigkeiten, du lieber Himmel! Und das mit der Depression in deiner Familie finde ich schon bedenklich.«

Florence versuchte, ihre aufkommende Gereiztheit zu verbergen, und erzählte weiter: »Serge Renaud war, wie schon erwähnt, dabei, als ich im Kloster war.«

»Ach ja, der Mann auf der Couch. Recherche. Ich verstehe.«

»Da gibt es nichts zu verstehen«, betonte Florence kühl.

»Schon gut«, antwortete Patrick steif.

Der kurze Augenblick der Vertrautheit war vorbei, und da alles gesagt schien, räumte Florence den Tisch ab. Sie fühlte sich müde und beschloss, sich nochmals hinzulegen. Patrick ging ausgiebig duschen und kam mit einem Handtuch um die Hüften ins Schlafzimmer.

»Weißt du, ich habe nachgedacht«, begann er in einem versöhnlichen Ton.

»Ich bin müde, ich möchte schlafen.« Sie befürchtete, dass dieser Satz Patrick kränken würde, wenn er begriff, dass sie allein sein wollte. Aber er ließ nach kurzem Zögern das Handtuch fallen und legte sich zu ihr, griff nach der Fernbedienung, schaltete leise Musik ein und ließ die Vorhänge automatisch zuziehen. Florence war schon fast eingeschlafen, als er sich über sie beugte. »Ich denke, wir sollten uns diesen Morgen durch die Streitereien gestern und heute nicht verderben lassen.«

»Selbstverständlich«, entfuhr es Florence, »sonntags schlafen wir ja immer miteinander!« Sie hätte sich am liebsten auf die Zunge gebissen, doch der Satz war ihr bereits entschlüpft.

Mit einem Ruck setzte Patrick sich auf. »Das klingt vorwurfsvoll, oder irre ich mich?« Sein Tonfall war beherrscht. »Ich arbeite unter der Woche zu hart. Du hast dich nie beschwert.«

Florence schüttelte den Kopf. »Natürlich nicht, Patrick«, sagte sie. »Aber soll unser Leben immer so weitergehen? Unter der Woche der Job, am Wochenende Sport, der Besuch bei deinen Eltern, und sonntagabends schlafen wir miteinander. Wo bleibt da die Leidenschaft, die Lust, die Spontaneität?«

An seinem Blick erkannte Florence, dass sie ihn tief verletzt hatte. »Ich bin einfach kein spontaner Typ, tut mir leid. Bis jetzt hat dich das nicht gestört. Aber es kann sich doch ändern. Ich denke, wenn wir verheiratet sind und Kinder haben …«

Plötzlich war Florence hellwach und sprang mit einem Satz aus dem Bett. Ihr Kopf dröhnte. »Wie bitte?«

»Jetzt reagiere nicht so gereizt! Ich habe bereits alles mit meinen Eltern abgesprochen. Wenn wir Kinder haben, wird sich meine Mutter um sie kümmern, und du kannst beruhigt deiner Schriftstellerei nachgehen.«

Auch Patrick war aufgestanden. Er ging um das Bett herum und blieb vor Florence stehen, vergaß aber nicht, sich das Handtuch wieder um die Hüften zu schlingen.

Florence brauchte eine Weile, bis sie Patricks Zukunftspläne in ihrer Gänze begriffen hatte.

»Das haben du und deine Eltern alles ohne mein Wissen so festgelegt, ja?« Sie konnte es nicht glauben.

»Mein Gott, Florence, ist das denn so abwegig? Ich möchte nun mal eine Großfamilie.«

»Du, ja. Aber was ist mit mir? Wer fragt mich denn, was ich möchte?«

»Ich dachte, du bist meiner Meinung, du wünschst dir das ebenso. Schließlich bist du keine Anwältin oder Managerin, die in der Führungsetage arbeitet.«

Da Florence immer noch reglos vor ihm stand, zog Patrick sie an sich. »Komm ins Bett, bitte!« Seine Hand glitt zärtlich ihren Rücken entlang, doch ihr Körper blieb ohne Regung. Mit einer geschickten Bewegung befreite sie sich aus seiner Umarmung und machte einen Schritt zurück. Patrick aber folgte ihr. Fordernd griff er nach ihr und umschloss sie fest mit seinen Armen.

»Nein, Patrick«, fauchte sie. »Lass mich los. Seit wann gehörst du zu den Männern, die glauben, Probleme mit Sex lösen zu können?«

Als Patrick sie unsanft zurückstieß, sah sie in seinen Augen Wut und Schmerz.

»Es tut mir leid, wenn ich dich belästigt habe. Ich wusste nicht, dass du mich auf einmal abstoßend findest.«

»Nein, Patrick, darum geht es nicht. Es geht darum, dass du und deine Eltern ohne mein Wissen Entscheidungen über meine Zukunft trefft. Versteh mich doch bitte, die letzten Wochen haben mein Leben total auf den Kopf gestellt. Ich brauche einfach Zeit.«

Patrick griff nach seiner Hose, stieg hinein und zog sein Hemd über. Er lief zur Tür, und als er sie bereits geöffnet hatte, drehte er sich noch mal um. »Es geht immer nur um dich. Madame braucht Zeit, Madame muss nachdenken, denn ihr Leben verändert sich. Jeder muss nur für dich Verständnis haben. Und weiß Madame schon das Neuste. Es kotzt mich an!«

Als er weitersprach, klang seine Stimme hart und schneidend. »Es gibt zwei Arten von Menschen, die einen, die geben, und die anderen, die nehmen. Du, mein Schatz, gehörst zur letzteren Kategorie.«

Florence begriff, dass er sie verletzen wollte, so wie sie ihn mit ihrer Zurückweisung verletzt hatte. Sie zuckte unter seinen Worten zusammen, denn instinktiv erfasste sie, dass sich bei ihm schon seit Langem Aggressionen gegen sie aufgestaut haben mussten. Sonst hätte Patrick nicht plötzlich so reagiert. Sie erschrak, als sie in sein verzerrtes Gesicht blickte.

»Patrick«, flüsterte sie, »du kannst mir nicht diese Behauptung an den Kopf werfen und dann einfach gehen. Bitte, bleib!«

»Schick mir eine SMS, wenn du ausgezogen bist.«

Kapitel 43

Adélaide schrak in ihrem Sessel hoch, als sie den sanften Druck einer Hand verspürte. Einen Augenblick lang betrachtete sie verschlafen und verwirrt das erloschene Feuer, dann drehte sie sich um und bemerkte die dunkelhaarige Frau, die auf dem Sofa neben ihrem Sessel saß und deren Umrisse sich gegen das grelle Licht der Vormittagssonne abhoben. »Lucienne«, sagte sie und lächelte sie an, »wie geht es Ihnen, meine Liebe?«

»Nicht Lucienne, Adélaide«, erwiderte die Frau, »ich bin es, Florence.«

Adélaide riss die Augen auf. »Florence. Aber du bist doch in Paris.«

»Ja, das stimmt, aber ich bin gekommen, um dich zu besuchen und mich um dich zu kümmern.«

Adélaide tätschelte Florence' Hand. »Wie nett von dir.«

»Ich werde meinen Urlaub mit dir zusammen verbringen.«

»Ach, das freut mich«, antwortete sie abwesend. »Ich hoffe, das Wetter bessert sich wieder. Wir hatten sehr viel Regen.«

Florence lächelte traurig. Die Sonne stand an einem wolkenlosen Himmel, und bei ihrer Ankunft vor zwanzig Minuten war ihr aufgefallen, dass der Rasen vor dem Schloss vor Trockenheit bereits einen Gelbton annahm. Kein Wunder, dass Adélaide sich nicht an die Vorfälle mit Patrick erinnerte.

»Es wird bestimmt wieder schön.« Sie drückte liebevoll Adélaides Hand. »Wie geht es dir denn?«

»Ach, nicht schlecht«, erwiderte die Großmutter und fasste sich ans Bein, das sie auf dem Schemel vor sich gelegt hatte, »außer dass ich so dumm war, die Treppe runterzufallen und mir dabei den Knöchel zu verstauchen.«

»Ja, davon habe ich gehört.«

»Ich weiß.«

Großmutter schaute schmunzelnd zum Fenster hinaus. »Warst du heute schon im Garten deiner Mutter?«

»Noch nicht. Ich bin gerade erst angekommen.«

»Du solltest mal rübergehen. Die Pflanzen sehen wundervoll aus. Benoît macht das großartig.«

Florence zwang sich zu einem Lächeln. »Das glaube ich gern.«

»Er versteht eine Menge vom Gärtnern. Immer schon.«

Als Florence die Küche betrat, stand Benoît Kartoffeln schälend am Tisch und plauderte mit der dominanten rothaarigen Frau, die ihm gegenübersaß und emsig einen Korb grüner Bohnen putzte. Seit ihrer Ankunft hatte sie Lucienne noch gar nicht zu Gesicht bekommen. Als sie Benoîts Blick begegnete, legte sie einen Finger an die Lippen, schlich sich hinter die Haushälterin und hielt ihr die Augen zu.

»Allmächtiger!«, schrie Lucienne auf.

»Rate mal!«

Als Florence die Hände wegnahm, drehte Lucienne sich langsam zu ihr herum. »Ach du liebe Güte, meine Kleine höchstpersönlich!« Sie stand auf und nahm sie mit Tränen in den Augen in die Arme. »Komm her, lass dich drücken.«

Florence spürte die kräftigen Arme und die trockene Gesichtshaut, als Lucienne ihr einen Kuss auf die Wange drückte. Lucienne trat einen Schritt zurück und musterte sie von oben bis unten. »Gut sieht Madame aus, und ein bisschen zugelegt hast du auch. Kocht da jemand besser als ich?«

Florence schnappte nach Luft und schaute Benoît an, der sich ein Kichern nicht verkneifen konnte.

»Das ist aber nicht sehr nett, Lucienne«, sagte er dann.

»Ach, sei du doch still, du alter Mann«, entgegnete Lucienne streng, »ich kenne die junge Frau sehr gut.« Sie hielt eine Hand an ihrer Hüfte. »Ich kann zu ihr sagen, was mir gefällt.« Sie kniff Florence sanft in die Wange. »Hab ich recht, meine Liebe?«

»Wie könnte ich dir widersprechen«, erwiderte Florence lachend.

»Und, wie geht es dir so in Paris?«, fragte Lucienne, die sich an den Tisch setzte und ihre Arbeit wieder aufnahm.

»Ganz gut.«

»Und dein neuer Roman?«

»Das läuft auch gut.«

»Hört sich aber nicht so überzeugend an.« Sie warf eine Bohne in den Topf und wandte sich dann wieder zu Florence um, diesmal mit einem traurigen Gesichtsausdruck. »Und was denkst du über deine Großmutter?«

Florence spielte mit dem leeren Glas. »Sie hat sich … verändert.«

»Du wirst dich noch wundern. Der Verstand schwindet langsam, das ist eigentlich nicht so schlimm. Aber dass dich dein Verlobter einfach so ohne ein Wort wieder nach Paris verfrachtet hat, das hat ihr den Rest gegeben. Sie ist manchmal noch ganz die Alte.« Lucienne lächelte Benoît an. »Dann liest sie so viel wie möglich.«

Benoît machte seine Zigarette aus und kam um den Tisch herum. »Soll ich dir das noch einmal vollmachen?«, fragte er und streckte die Hand nach dem Glas aus.

Florence reichte es ihm. »Vielen Dank«, erwiderte sie und folgte dem älteren Mann zur Spüle.

»Großmutter hat mir erzählt, dass du dich um den Garten meiner Mutter kümmerst.«

»Ja, es war sehr viel Arbeit, denn er war sehr verwildert. Aber ich denke, ich habe ihn wieder ganz gut in Schuss gebracht.«

»Vielen Dank, Benoît.«

»Mach ich doch gerne, Florence.«

»Was macht dein Neffe Serge?«

»Der war gestern oder vorgestern hier«, sagte er und reichte ihr das Glas.

Florence sah ihn an. »Serge? Was macht er hier?«

»Er erledigt viel für deine Großmutter und informiert sie über die Firma. Er kommt jeden Tag hierher, seit du fort bist.«

»Seit ich fort bin?« Florence runzelte die Stirn. »Das ist gerade zwei Wochen her.«

»Ja, natürlich«, erwiderte Lucienne. »Er verbringt so viel Zeit mit deiner Großmutter, wie er erübrigen kann, und plaudert mit ihr. Serge ist sehr geduldig. Manchmal bringt er auch seine Nichte Nina mit. Die Kleine ist ein ziemlicher Racker. Aber ein süßes Kind.« Sie unterbrach ihre Schnippelarbeit und lehnte sich auf ihrem Stuhl zurück, den Blick auf einen Punkt über dem Küchenregal geheftet. »Ich hoffte, nachdem ihr aus dem Kloster zurückgekommen wart, dass ihr es noch einmal miteinander versuchen würdet. Aber es hat wohl nicht sollen sein, oder?«

»Mmmh …«, murmelte Benoît vor sich hin.

Florence schaute abwechselnd Lucienne und Benoît an. Sie war kaum länger als eine Stunde in diesem Haus, und schon hatte die Vergangenheit sie eingeholt. Sie rang sich ein Lächeln ab. »Ich glaube, ich bringe Großmutter mal ihr Wasser«, sagte sie und hielt das Glas hoch.

»Mach das, Liebes. Sie wird es brauchen. Alte Menschen sollen viel trinken.«

Lucienne blickte Florence nach, als sie die Küche verließ, dann wandte sie sich mit einem Seufzer wieder ihren Bohnen zu. Benoît zog sich einen Stuhl heran und setzte sich Lucienne gegenüber. Er fuhr sich mit der Hand durch sein schütteres Haar und zündete sich eine Zigarette an. Die Neugier stand ihm ins Gesicht geschrieben, als er sie ansah.

»Was schaust du mich so an, Benoît?«, fragte Lucienne.

»Jede Wette, dass die beiden wieder ein Paar werden.«

»Das geht uns nichts an«, erwiderte sie und vertiefte sich wieder in ihre Arbeit.

»Die sind füreinander bestimmt. Ich kann mich noch daran erinnern, dass die beiden damals unzertrennlich waren.«

Lucienne legte ihr Messer auf den Tisch und stieß einen resignierten Seufzer aus. »Ich nehme an, du hilfst mir sowieso nicht weiter, bevor du mir alles erzählt hast.«

Benoît grinste.

»Hab ich es mir doch gedacht.« Lucienne schwieg eine Weile, während sie sich die Hände am Geschirrtuch abtrocknete. Dann griff sie nach Benoîts Zigarettenschachtel und zündete sich genüsslich einen Glimmstängel an. »Na, dann leg mal los. Und lass nur nichts aus.«

Kapitel 44

Florence war ganz aufgeregt, als sie den Garten ihrer Mutter betrat. Ihre Großmutter hatte recht, er war wundervoll. Er war sehr gepflegt, und Florence spürte, wie ihr die Freudentränen in die Augen stiegen. Sie wandelte regelrecht durch alle Stationen und kam aus dem Staunen nicht mehr heraus. Alle Sträucher und Hecken waren ordentlich zurückgeschnitten. Die Oberfläche des Teiches schimmerte und kräuselte sich im Wind. Man konnte jede der einzelnen Stationen wieder erkennen. Benoît hatte ganze Arbeit geleistet. In der Luft lag der Geruch nach Eiche und Rauch aus den Schornsteinen des Schlosses. Für einen Moment schloss Florence die Augen, lauschte dem Wind und dem papierartigen Geraschel der Blätter und sog den Duft des Gartens tief in sich ein. Sofort kehrten die Erinnerungen an Paris zurück. Sie hatte an dem Morgen versucht, Patrick aufzuhalten. Doch er hatte die Wohnung wortlos verlassen. Danach streifte sie durch die Zimmer, und ihre Gedanken hatten sich überschlagen.

Was war los mit ihr? Hatte sie das nicht alles so gewollt? Dieses Leben, das sie beide sich geschaffen hatten, hatte sie aktiv Stück für Stück mitgestaltet. Sie hatte die gerahmten Fotos, die auf einem Glasregal standen, betrachtet. Warum hatte sie sich nicht darin gesehen? Als sie zurück nach Paris gekommen war, hatte sie ihr ganzes bisheriges Leben infrage gestellt. Jedes Wort dieser vergangenen Tage, jede Geste von Patrick war sie an diesem Morgen durchgegangen. Er hatte überempfindlich reagiert, es hatte ihm wohl nicht gepasst, dass sie neue Wege gehen wollte, eigene Wege. Vielleicht war es das gewesen, was ihn gestört hatte. Und dass sie daran die Schuld trug? Das Einzige, was noch schwieriger war, als zu bleiben, war, zu gehen. Sie hatte niemandem wehtun wollen. Sich auch nicht leise durch die Haustür stehlen und im Dauerlauf nonstop bis in die Bretagne rennen wollen. Doch nun war sie hier.

Als sie auf das Wasser sah, fiel ihr eine Zeile ein. Sie hatte sie an dem Tag, an dem sie das erste Mal in Paris angekommen war, in ihr Tagebuch geschrieben. Jetzt tauchten die Worte aus den freigegebenen Erinnerungen wieder auf.

Die Liebe ist kein Wasserhahn, den man auf- und zudrehen kann. Sie gleicht eher einem Fluss. Er beginnt als munterer Bach und windet sich schließlich dem Meer entgegen. Manchmal trocknet er aus, manchmal verschwindet er auch vorübergehend unter der Erde.

Tränen stiegen in ihr hoch. Sie hatte es geschafft. Sie konnte loslassen. Ihre Beziehung mit Patrick war endgültig vorbei.

Florence ließ ihre Gedanken wandern, und das Bild ihrer Romanheldin Claudette trat ihr vor Augen. *Halte deine Augen und dein Herz offen*, sagte Claudette.

Das war ein guter Rat. Ein Rat, den Florence endlich befolgen wollte.

Florence fand den Garten tröstlich, er beruhigte sie. Versonnen schaute sie über die Wege. Ihr Unterbewusstsein nahm die Einzelheiten in sich auf: die unterschiedlichen Farben, die Neigung des Lichts, die verschiedenen Gerüche. Sie schloss wieder die Augen und sah das Gesicht ihrer Mutter vor sich. Florence konnte sie beinahe lächeln sehen. Sie schluckte, ihr

Blick wanderte durch die Natur. Niemand war hier bei ihr, doch sie spürte eine Gegenwart – nicht nur Béatrice' Gegenwart, sondern mehr, etwas außerhalb von ihr selbst und trotzdem in ihrem Innern.

Plötzlich zogen mächtige dunkle Wolken über sie, und einige Sekunden später schüttete es, als würde der Himmel sämtliche Schleusen öffnen. Florence lief zurück zum Schloss.

Nachdem sie sich die Jacke und die Schuhe in der Eingangshalle ausgezogen hatte, fuhr sie sich mit der Hand durch das klatschnasse Haar und ging ins Wohnzimmer. Sie blieb wie angewurzelt stehen, als sie Adélaide entdeckte, die am Fenster stand und sich mühselig auf die Fensterbank stützte.

»Großmutter, was machst du da?«, rief sie aus und eilte quer durch das Zimmer.

Die alte Dame drehte sich steif zu ihr um. »Gut, was? Wollte doch mal ausprobieren, ob meine alten Knochen noch durchhalten.«

Florence fasste sie am Arm, aber Adélaide schüttelte ihre Hand ab. »Lass das, Florence, ich schaffe es schon.« Langsam schob sie sich am Tisch entlang und ließ sich dann stöhnend in den Rollstuhl sinken.

»Siehst du? Bin doch schon auf dem Weg, wieder fit zu werden, oder?«

Als sie Florence ansah, verschwand ihr triumphierendes Lächeln. »Also gut, lass hören. Worum geht es? Das mit dem ›Urlaub hier verbringen‹ ist doch Unfug.«

»Ich habe Patrick verlassen. Es ist aus. Ich würde gerne wieder hier wohnen, bei dir, Großmutter.«

Adélaide schloss die Augen. Nach einer Weile fragte sie: »Und du bist dir ganz sicher, dass es das Richtige ist?«

»Ganz sicher.«

Adélaide sah ihre Enkelin an. »Na ja, es ist nicht zu ändern.« Sie schwieg einen Moment, verschränkte die Hände und rieb sie gegeneinander. »Herzlich willkommen.«

Florence umarmte ihre Großmutter. »Ich danke dir so sehr.«

Adélaide tätschelte Florence' Arm. »Nichts zu danken. Wir müssen jetzt in die Zukunft blicken.«

Florence küsste ihre Großmutter auf die Stirn und legte ihren Kopf an ihren, während sie den Geruch des schweren Parfums einatmete. »Du bist alles, was ich habe, Großmutter.«

Adélaide drehte den Kopf, um sich aus ihrer Umarmung zu befreien. »Ja, ja, ist schon gut, meine Kleine.«

Florence lachte und wischte sich eine verräterische Träne von der Wange. »Du hast wie immer recht.«

»Gut«, erwiderte Adélaide, drehte den Rollstuhl und fuhr zur Tür. »Komm, es gibt eine Menge zu tun.«

Kapitel 45

Serge schlich die Hintertreppe hoch und blieb in der Eingangshalle stehen, um auf Geräusche im Haus zu lauschen. Aus der Küche drang leises Stimmengewirr. Er ging an die Tür und warf vorsichtig einen Blick hinein, darauf gefasst, sich sofort wieder zu verdrücken, falls dort jemand war, auf den er noch nicht treffen wollte. Erleichtert atmete er aus, als er nur Lucienne und Benoît am Küchentisch sitzen sah, vor sich eine Tasse dampfenden Kaffees. Serge klopfte kurz an und trat ein.

Lucienne wandte sich steif zu ihm um und sah ihn an. »Ah, ein Fremder. Wo versteckst du dich denn seit zwei Tagen?«

»Ich hatte viel um die Ohren. Die Auftragsbücher sind voll, da läuft die Weberei auf vollen Touren.«

Lucienne warf Benoît einen vielsagenden Blick zu. »Aha, das ist bestimmt der Grund.«

Serge lächelte die Pflegerin schmallippig an. Lucienne war keine Närrin. Sie konnte sich denken, warum er nicht ins Schloss kam, also ging er nicht weiter auf ihre Bemerkung ein. »Seid nur ihr beide hier?«, fragte er.

»Die Luft ist rein, mein Lieber«, erwiderte Lucienne lachend. »Hier bist du in Sicherheit. Florence ist zu deiner Schwester ins Geschäft gefahren.« Sie musterte ihn mit einem vielsagenden Blick. »Aber das weißt du wahrscheinlich schon längst.«

Serge nickte. »Angélique hat mir eine SMS geschickt.«

»Das habe ich mir schon gedacht.«

»Wie geht es denn Adélaide?«

»Gut, sie scheint sich allmählich an den Rollstuhl zu gewöhnen.«

Serge lächelte und lehnte sich gegen den Türrahmen. »Und ihr Geisteszustand?«

»Also, auch an dieser Front scheint sich eine Besserung abzuzeichnen. Der Doktor gibt ihr seit ein paar Tagen ein anderes Medikament, und ich habe das Gefühl, dass ihr Oberstübchen wieder besser funktioniert. Kannst dich ja selbst davon überzeugen.«

»Ist sie wach?«

»Ja, ich habe ihr vorhin eine Tasse Tee ins Wohnzimmer gebracht.«

»Dann werde ich mal nach ihr sehen.«

»Tu das«, erwiderte Lucienne. »Sie fragt sich schon, wo du bleibst.«

Als Serge die Wohnzimmertür öffnete, schaute er automatisch zu dem Sessel hinüber, in dem Adélaide normalerweise saß. Er war leer. Er betrat das Zimmer auf der Seite, wo ihn die Sonne nicht so blendete, und sah Adélaide am hinteren Fenster in ihrem Rollstuhl sitzen, wo sie sich über den Tisch beugte, als würde sie etwas mit großer Sorgfalt studieren. Serge ging zu ihr, und Adélaide blickte auf, als sein Schatten auf das riesige Blatt Papier fiel, das vor ihr auf dem Tisch lag. Ein fröhliches Lächeln erhellte ihr Gesicht.

»Serge, mein Junge, was für eine Überraschung! Wie geht es dir? Was macht die Firma?«

»Mir und deiner Firma geht es gut. Die Frage ist eher, wie es dir geht.«

»Kann nicht klagen.« Sie zeigte auf einen Stuhl. »Setz dich doch.«

Serge zog den Stuhl näher und nahm Platz. »Und was macht der Knöchel?«

316

»Wird jeden Tag besser. Das einzig Schlimme ist, dass mich einmal in der Woche dieser Feldwebel von Physiotherapeut heimsucht und in die Mangel nimmt. Danach bin ich fix und fertig. Allmählich glaube ich, er ist ein verkappter Sadist.«

»Übertreiben wir nicht ein bisschen?« Serge lächelte die alte Frau an. Er hatte sie jetzt fast zwei Tage nicht gesehen, und die Veränderung in ihrer Erscheinung war bemerkenswert. Ihr Gesicht wirkte voller, die Wangen waren wieder rosig, und ihre Augen funkelten lebhaft, wie in alten Zeiten. Was Serge am meisten beeindruckte, war die geistige Klarheit, die aus ihrem wachen Blick sprach.

Adélaide tätschelte Serge den Arm. »Ich hab dich vermisst, mein Junge. Hast du mir etwas mitgebracht?«

Serge grinste. »Ohne das würde ich mich gar nicht zu dir trauen.« Er gab ihr eine Packung Zigaretten. »Lucienne bringt mich um.«

»Die raucht doch selbst wie ein Schlot. Die soll sich mal nicht so haben, sonst muss ich mal wieder klarstellen, wer hier das Sagen hat.« Adélaide grinste zurück.

Serge sah zu, wie Adélaide sich eine Zigarette in den Mund steckte und ihm eine anbot. Er lehnte ab und gab ihr Feuer.

Adélaide blies genussvoll den Rauch in Richtung Decke. »Wie geht es der kleinen Nina?«

»Gut. Ist ein richtiger Wirbelwind.«

Adélaide lächelte. »Genau wie ihre Mutter in dem Alter, meinst du nicht auch?«

Serge kratzte sich am Kinn. »In gewisser Weise.«

»Ach, ich hätte auch noch gerne einen Urenkel.«

Serge wollte nicht auf das Thema eingehen und beugte sich über den Tisch, um die Aufmerksamkeit auf das Blatt Papier zu lenken, das vor Adélaide lag. Es war eine Architektenzeichnung in einem großen Maßstab. »Was ist das?«

»Das ist ein Plan für ein Mehrgenerationenhaus. Ich dachte, wenn man diesen alten Kasten umbauen würde, könnten hier einige Personen sehr schön modern wohnen.«

Serge entging nicht, dass sie das Wort ›einige‹ bewusst betonte.

Adélaide zeigte auf die Stelle im Plan. »Hier in diesem Bereich sollen ein Schwimmbecken und ein Fitnessraum untergebracht werden. Wir müssen ja alle was für unsere Gesundheit tun, nicht wahr?« Sie lachte und lehnte sich in ihrem Rollstuhl zurück. »Ziemlich beeindruckend, findest du nicht auch?«

Serge spürte, wie ihm die Hitze ins Gesicht stieg. Auf so etwas war er nicht vorbereitet gewesen. »Weiß Florence davon?«

Adélaide drückte langsam ihre Zigarette im Kristallaschenbecher aus. »Noch nicht.«

»Also hat sie keinen blassen Schimmer von deinen Plänen?«, fragte Serge, während er die Zeichnung studierte.

Adélaide schmunzelte. »Das Haus gehört immer noch mir, wie du weißt.«

»Ja, natürlich«, murmelte Serge. Er lehnte sich zurück und schaute nachdenklich zum Fenster hinaus, während Adélaide sich weiterhin in die Pläne vertiefte.

Was hatte das zu bedeuten? Was hatte die alte Dame vor? Ihm blieben gut fünf Minuten, um seine Gedanken zu ordnen, bis Adélaide sich ihm mit einem breiten Lächeln zuwandte. »Alles ziemlich aufregend, findest du nicht auch?«

»Ja, es sieht sehr beeindruckend aus«, erwiderte Serge.

»Wer soll denn deiner Meinung nach hier einziehen?«

Adélaide verschränkte die Hände. »Das kann ich dir nicht so genau sagen. Nur, wie der Zufall will, hat mich meine Enkeltochter gebeten, hier wohnen zu dürfen. Sie hat ihre Verlobung gelöst und möchte wieder in diesem Haus leben. Ich freue mich sehr.«

Serge versuchte zu lächeln. »Das ist schön, das freut mich.« Er sah auf die Uhr. »Ich muss los. Ich habe noch eine Besprechung.« Er stand auf und legte Adélaide eine Hand auf die Schulter. »Ich bin vor allem froh, dass es dir so gut geht.«

»Du weißt, dass ich dir immer vertraut habe«, rief Adélaide ihm nach, als er zur Tür ging.

»Ja, das weiß ich«, antwortete Serge und drehte sich noch einmal zu der alten Dame um, »und ich werde dein Vertrauen niemals missbrauchen. Es bedeutet mir sehr viel, liebe Adélaide.«

Serge schloss die Tür hinter sich, warf schnell einen Blick in Richtung Küche und durchquerte die Eingangshalle. Er nahm sein Handy aus seinem Jackett, drückte eine Taste und hielt es sich ans Ohr. »Madame Moreau, sagen Sie die Besprechung bitte ab und verschieben Sie sie auf morgen früh. Und Madame Moreau, ich komme heute nicht mehr ins Büro. Okay, bis morgen.«

Kapitel 46

Du weißt, was passieren wird, wenn du es erzählst …

Florence stand am Fenster ihres Zimmers, sah die Pferde auf der Koppel grasen, sofort kam die Erinnerung zurück.

Sie hörte wieder die Stimme: *Du weißt, was passieren wird, wenn du es erzählst …*

Noch während die Idee in ihrem Kopf Gestalt annahm, löste sich der Knoten in ihrem Magen. Ihre Gedanken wurden klarer, die Furcht verschwand und wurde ersetzt von der heißen Flamme des Zorns. Wenn dies gerechter Zorn war, dann mochte Florence das Gefühl. Es erfüllte ihre Seele, und Entschlossenheit machte sich in ihr breit.

»Nein«, murmelte sie verhalten. »Dieses Mal nicht. Ich habe es satt, mich an der Nase herumzuführen zu lassen.« Und lauter, geradezu überschwänglich rief sie in ihr Schlafzimmer: »*Ich werde nicht nachgeben! Ich werde die Wahrheit ans Licht bringen!*«

Die Tür flog auf, und Lucienne Rocher stand im Türrahmen. »Ist alles in Ordnung? Ich dachte, ich hätte ein Schreien gehört.«

Florence lachte laut auf. »Mir geht es gut. Wirklich.«

*

Florence ging zu Pierre, um einen Kaffee zu trinken. Sie hatte Angélique in ihrem Geschäft besucht, musste aber feststellen, dass ihre Freundin ziemlich im Stress war. Sie versprach ihr, später wieder reinzuschauen.

Pierre begrüßte sie überschwänglich. »Schön, dass du vorbeigekommen bist. Setz dich. Willst du etwas essen?«

»Nein, danke. Ich würde gern einen Kaffee trinken.«

Pierre gab seiner Bedienung ein Zeichen. Fünf Minuten später stand der Kaffee vor ihnen. Sie plauderten eine Weile. Dann stand Pierre abrupt auf. »Lass uns ein bisschen spazieren gehen, ja?«

Wie in Zeitlupe folgte Florence ihm nach draußen. Ihre wohldurchdachten Pläne für den Tag – dass sie ihre Koffer auspacken und sich um ihre Großmutter kümmern wollte – waren vergessen. Dabei wollte sie gar nicht hören, was Pierre zu sagen hatte. Ein ungutes Gefühl machte sich in ihrer Magengegend breit.

Schweigend gingen sie eine Weile nebeneinander her, bis Pierre sich auf eine Bank mit Blick auf die Bucht setzte. Florence ließ sich neben ihm nieder. Er nahm ihre Hand.

»Ich möchte nicht, dass du dich grundlos quälst. Da ist etwas, was du wissen musst.«

Forschend schaute Florence ihm in die Augen, als könnte sie die Worte dort erkennen, ohne dass er sie aussprechen musste. »Tu nicht so geheimnisvoll.«

Pierre schloss die Augen. »Wir alle haben Geheimnisse, Florence.«

»Du hast recht«, sagte sie nur.

Er ließ ihre Hand los. »Ich bin der Mann, der deine Mutter gefunden hat und nach Lyon in die Spezialklinik gebracht hat.«

Die Luft vor Florence waberte. »Was?«, fragte sie leise. Sie schloss die Augen und zuckte zusammen.

»Serge hat es …«, flüsterte Florence. Ein Schauer ging durch sie hindurch, als sie seinen Namen nannte.

»Nein, außer deiner Großmutter und Angélique hat das nie jemand erfahren. Keine Menschenseele. Nicht einmal Serge. Ich war damit einverstanden, geheim zu halten, dass ich sie gefunden hatte.«

Florence musste sich vergewissern, ob sie träumte oder ob der Mann, den sie praktisch ihr ganzes Leben lang kannte, etwas Derartiges hatte tun können, ohne dass sie davon gewusst hatte. Sie berührte Pierre am Bein, dann am Arm, um zu testen, ob er aus Fleisch und Blut bestand oder ein Geist war, die ungreifbare Luftgestalt eines enthüllten Geheimnisses.

»Du hast geschossen und mich bedroht.« Das war keine Frage. »Die ganze Zeit …«

»Ja«, unterbrach sie Pierre mit ausdrucksloser Stimme, »und ich erzähl dir das, weil Serge mich fast totgeprügelt hat, als er es durch einen Zufall herausgefunden hat.«

In Florence herrschte ein solches Gefühlschaos, dass sie überhaupt nicht mehr durchblickte. Sie starrte auf Pierres Hände, die er auf seine Knie gestützt hatte. Da war es, dieses undeutliche, verschwommene Bild, das sie nicht richtig einordnen konnte. Natürlich! Der helle Streifen, den sie auf dem Handrücken gesehen hatte. Das war die Narbe, Pierres Narbe, die ihm Serge in der Kindheit während einer Rauferei zugefügt hatte. Florence stockte der Atem, als hätte sie einen Schlag in den Magen erhalten. Sie spürte, wie ihr schlecht wurde. Sie hatte keine Zweifel mehr, dass es Pierre war. Das Geständnis, dass er derjenige gewesen war, der geschossen und sie bedroht hatte, war in Florence' Seele explodiert wie eine Tonne gut platziertes Dynamit. Weil sie es sich im Innersten einfach nicht hat vorstellen können. Dass Serges Geschwister all die Jahre das alte Geheimnis gehütet hatte, zerstörte mit einem Schlag ihren Glauben an ihre unkomplizierte, aufrichtige Freundschaft. Sie wusste nicht, wie sie reagieren sollte, und starrte Pierre einfach nur an.

»Schau mich doch nicht so an, Florence! Bitte. Ich kann viel aushalten, aber nicht diesen feindlichen Blick von dir. Du hast keine Ahnung, wie das damals war.«

»Nein, ich habe keine Ahnung. Woher auch. Ihr habt alle geschwiegen.«

»Ich habe so lange gebraucht, bis ich die Bilder verdrängen konnte. Vergessen kann man es einfach nicht. Ich konnte mir nicht vorstellen, dass ein Mensch so etwas überleben kann. Ich war froh, dass sie immer wieder das Bewusstsein verloren hatte. Denn ich wusste nicht, wie ich sie tragen sollte, ihr helfen sollte, ohne dass sie vor Schmerzen geschrien hätte.« Er wiegte den Kopf hin und her. »Es war fürchterlich.«

Als sie dieses Bild ihrer schwer verletzten Mutter vor Augen hatte, spürte Florence, dass sie nicht allein Pierre die Schuld geben konnte. Obwohl es so einfach gewesen wäre, ihn dafür verantwortlich zu machen, für das Leid, das sie erlebt hatte. Jemand musste die Verantwortung tragen. Die aber waren tot. Florence drehte sich eine breite Haarsträhne um den Zeigefinger und schaute auf den Atlantik hinaus. »*Lass los*«, drängte die Stimme ihrer Mutter. »*Öffne dich, so wie es Pierre getan hat. Vergib. Du kannst es. Du hast es schon einmal getan.*« Florence holte ihren Blick ins Diesseits zurück. Allmählich schlug ihr Herz wieder in dem verlässlichen Rhythmus, den sie nur kannte, wenn sie hier war, zu Hause.

Florence musterte Serges Bruder, doch Pierres Blick verlor sich in der Ferne. Ihr fielen seine angespannten, harten Gesichtszüge auf. Das Gewicht von ungesagten Worten, Geheimnisse und Bedauern waren von seinen Schultern abgefallen. Automatisch wanderte sein Blick zu ihr. Gegen ihren Willen musste sie lächeln. Er runzelte die Stirn. Für eine Sekunde spiegelten Pierres Augen ihr Lächeln wider.

»Es tut mir aufrichtig leid, Florence.« Pierre legte ihr die Hand auf den Rücken, was sie als seine Form der Umarmung deutete. Sie sah ihn eindringlich an. In seinem Gesicht stand die gleiche Traurigkeit, die ihr selbst das Herz zusammenschnürte. Verzweifelt wünschte sie sich in diesem Augenblick, sie könnte ihre Eltern wieder in den Armen halten. Eine tiefe Sehnsucht nach damals, als das alles noch nicht passiert war, überkam sie.

»Ich will die Stelle sehen, wo du meine Mutter gefunden hast.«

Sie fuhren mit Pierres Wagen in Richtung Strand. Erst als Florence über den Dünenweg gegangen war, wurde ihr auf einmal klar, dass sie sich an der Stelle befanden, an der sich vor vielen Jahren die Tragödie abgespielt hatte.

Der Leuchtturm, der früher am Ende des Strandes aufgeragt hatte, fehlte. Auf dem festeren, mit Gras und Algen bedeckten Boden befand sich eine Betondecke.

Die Wärme des Tages hatte sich in die tieferen Sandschichten zurückgezogen, und eine laue Brise – das Wärmste, was sie sich erhoffen konnten – strich vom Atlantik herüber.

»Hier auf diesem kleinen Felsvorsprung habe ich sie gefunden. Sie hatte sich da unten in die Grotte gerettet, und als sie merkte, dass die Flut kam, hatte sie all ihre Kräfte mobilisiert, um hier heraufzukommen. Wenn ich sie nicht entdeckt hätte, wäre sie nicht nur an ihren Verbrennungen, sondern auch an Erschöpfung gestorben.«

Florence setzte sich als Erste auf den Felsen, und Pierre ließ sich neben ihr nieder.

Eine Möwe stürzte ins Wasser und tauchte mit einem Fisch im Schnabel wieder auf.

Nachdenklich stützte Florence den Kopf in die Hand und sah auf das Meer hinaus.

»Weißt du was, Pierre? Ich habe tausendmal versucht, mich an die Nacht damals zu erinnern und dich da irgendwo zu sehen, aber ich kann dich nirgends finden. Serge sehe ich noch vor mir, aber wo du warst, will mir nicht mehr einfallen.«

»Ich war bei meiner Mutter. Sie musste geahnt haben, dass mein Vater eine Affäre hatte. Und die Erkenntnis hatte sie ohnmächtig werden lassen, und sie haben sie ins Krankenhaus gebracht – jedenfalls haben sie mir das so erzählt.«

»Hast du vorher etwas gesehen?«

»Ja«, flüsterte er.

Florence zuckte zusammen. »Ja? Wen hast du auf dem Turm gesehen, bevor er explodiert ist?«

Pierre legte die Hand auf ihren Arm. »Ich habe gesehen, wie deine Eltern sich gestritten haben. Nach ihren Gebärden zu urteilen.«

Überrascht schaute Florence ihn an.

»Ich habe gesehen, dass dein Vater einen Sprengstoffgürtel getragen hat und einen Aktenkoffer bei sich trug.« Er wandte den Blick ab, während er das sagte, so, als stehe der Leuchtturm noch auf dem Felsen.

»Aber ich konnte überhaupt nichts tun, Florence. Ich sah meinen Vater, wie er deine Mutter ins Innere des Turms zog, und dein Vater ist ihnen gefolgt. Bevor mir klar wurde, was passieren könnte, gab es eine riesige Explosion.« Pierres Mund wurde zu einem schmalen Strich, so fest presste er die Lippen aufeinander. »Und dann ist der Turm ins Meer gestürzt, und da waren nur noch Chaos und Rauch. Ein Gendarm hat mich kurz darauf weggezerrt, und der Turm samt den drei Menschen war einfach … verschwunden. Sie waren weg.« Pierre räusperte sich. »Ich habe deine Mutter einen Tag später gefunden.«

»Einen Tag war meine Mutter hier draußen und hat ums Überleben gekämpft«, flüsterte Florence.

Pierre nickte.

»Warum hast du mir das alles nicht früher erzählt?«, fragte sie.

Er zuckte die Achseln und runzelte die Stirn. »Wann denn? Du warst noch klein, später warst du mit Serge zusammen, dann gingst du nach Paris. Ich habe damals immer wieder mit deiner Großmutter darüber gesprochen, dass sie dir alles erzählen sollte.«

Florence' erster Impuls – Großmutter allein die Schuld zu geben – wurde von Mitgefühl abgelöst. Adélaide hatte sie so gut beschützt, wie sie es verstand. Totales Schweigen bedeutete totalen Schutz. Auf diese Weise hatte Großmutter selbst überlebt, und sie hatte geglaubt, auch ihrer Enkelin werde das helfen, die Tragödie zu überstehen.

Florence legte Pierre den Arm um die Schultern. »Ich bin dir dankbar, dass du es mir erzählt hast. Ich habe immer überlegt, wie es meine Mutter geschafft hat. Aber weißt du was? Irgendwie habe ich es gewusst. Ich wusste es schon, bevor du es mir erzählt hast. Ich habe es vor meinem inneren Auge gesehen.«

»Und dass ich so brutal zu dir war, tut mir sehr leid.« Pierre flehte fast. »Aber ich war frustriert und hatte Angst, dass du alles kaputt machen würdest. Und dann hätten alle Beteiligten nur noch mehr gelitten.«

»Oh, Pierre, ich glaube, es wird nicht so einfach, dir diese Attacke zu verzeihen. Irgendwie kann ich es nachvollziehen. Nur dass du zu solchen Mitteln greifst und mich fast getötet hättest …«

»Ich hatte nie die Absicht, dir etwas anzutun, das musst du mir glauben. Und mein Pferd ist nicht besonders schreckhaft. Aber weil du zum Sprung angesetzt hattest, ist alles etwas außer Kontrolle geraten.«

»Und das danach?«

»Das war nicht geplant. Ich habe den Verstand verloren, habe mich selbst in Rage gebracht. Ich wollte, dass die Vergangenheit endlich ruht und nicht wieder und wieder hochkocht. Und da du noch Serge auf deiner Seite wusstest, hatte ich Angst, meinen Bruder zu verlieren, wenn alles ans Licht kommt. Deswegen hat auch deine Großmutter so eisern geschwiegen. Und Angélique hatte damals gelauscht, und so ist sie ohne böse Absicht zur Mitwisserin geworden.«

Florence trat einen Schritt zurück und betrachtete den Strand mit ihren Erwachsenenaugen, sah sie alle, die erwachsenen Geschwister Renaud, die seit ihrer Jugend fest miteinander verschweißt waren, mit dem Ort, dem Meer und der Vergangenheit.

Pierre griff in seine Tasche und tastete nach einem Gegenstand. »Das ist für dich.« Auf seiner offenen Handfläche lag ein silberner Ring mit einer schimmernden perlmuttfarbenen Muschel.

Florence sah ihn erstaunt an. »Für mich?«

Er streckte die Hand aus. »Es ist eine Abalone, man nennt sie auch Irismuschel.« Pierre räusperte sich. »Der Ring gehörte deiner Mutter.«

»Das kann nicht sein. Unmöglich. Ich würde ihn kennen.« Sie starrte ihn an.

»Sie hatte ihn fest in ihrer Hand gehalten, so als hätte er ihr das Leben gerettet. Dann hat sie ihn mir gegeben, bevor ich sie zu deiner Großmutter brachte. Ich wollte das nicht. Aber an ihrem flehenden Ton habe ich erkannt, wie viel ihr daran lag, dass man ihn nicht bei ihr finden sollte.«

»Du willst sagen …« Florence stiegen Tränen in die Augen.

Pierre nickte. »Ja, ich glaube, mein Vater hat ihn ihr geschenkt. Er mochte die Ohrmuscheln mit ihren bizarren Formen, die blau, grün und bronzefarben schimmern. Bitte nimm diesen Ring. Er gehört dir.« Pierre versagte die Stimme.

Florence konnte sich ausmalen, was sich in seinem Inneren abspielte.

»Ich danke dir, Pierre. Ich bin ganz gerührt.«

»Florence, bitte vergib mir. Die ganze Sache tut mir so leid … doch, wirklich. Es tut mir leid, dass ich so lange gewartet habe, es dir zu erzählen.«

»Gib mir Zeit, Pierre. Ich weiß noch nicht, wie ich damit umgehen soll. Aber ich danke dir, dass du den Mut gefunden hast, es mir zu beichten.«

Er nickte.

Ein Weilchen blieb Florence noch an der Stelle stehen und beobachtete den Himmel – allein. Sie ließ den kurzen Augenblick des Geständnisses von Pierre über sich hinwegziehen. Sie verstand nicht, warum sie nicht wütend oder zornig auf ihn sein konnte. Vielleicht war es ein Ausdruck ihrer gemeinsamen Nähe gewesen? Pierre wusste, wer sie damals gewesen war und wer sie jetzt war. Er hatte sie nach wie vor gern. Und sie? Was fühlte sie?

Kapitel 47

Die eigentümliche Stille der Nacht füllte ihr Zimmer. Der Ruf eines Kauzes, leises Windgemurmel, Äste, die draußen vor ihrem Fenster über das Dach kratzten. An Schlaf war nicht zu denken. Florence schlüpfte aus dem Bett und zog einen Fleeceanzug über.

Als sie auf die Veranda kam, saß Serge dort in einen Stuhl gekauert. »Ich dachte, du würdest nie kommen.«

»Das glaube ich jetzt nicht. Woher wusstest …«

»Ich wusste es eben. Der Atlantik zieht dich magisch an.« Er legte den Kopf zur Seite und grinste.

»Touché.« Sie machten sich auf den Weg, Serge voran.

»Hat Pierre dir alles gebeichtet?«

»Ja.«

»Wirst du ihm …?«

Bevor er die Frage beenden konnte, schnitt sie ihm das Wort ab. »Serge, bitte frag mich jetzt so etwas nicht!«

»Tut mir leid.« Er wirbelte herum und ging ein paar Schritte rückwärts vor ihr her. »Geht es dir gut?«

»Ja.«

Serge blieb stehen und wartete, bis Florence neben ihm war. Dann passte er sich dem Rhythmus ihrer Schritte an.

»Nachts ist es hier draußen so unwirklich, als würde die Welt bis ins Unendliche weitergehen«, bemerkte er.

»Ja, aber es ist herrlich.« Sie schlüpfte aus den Schuhen, zog die Socken aus und spielte mit den Füßen in der im Mondlicht glitzernden Gischt. »Einfach schön.« Sie zeichnete mit dem großen Zeh die Grenze zwischen Wasser und Sand nach. »Die Flut kommt.«

»Du hast es nicht vergessen?« Serge hockte sich hin und zog die Finger durch den Sand. Florence sah ihn wieder als Zwölfjährigen vor sich, der einer Zehnjährigen zeigte, wie man so schnell gräbt, dass man die Krebse packen kann, die sich nach unten in den Sand wühlen, um sich zu verstecken.

Lachend stupste sie Serge in die Rippen. »Wie früher.«

»Ja, da gingen wir auch nachts schwimmen.« Er zog sich den Pullover über den Kopf, streifte seine Jeans ab und rannte auf das Meer zu. »Und zwar nackt!«, brüllte er und verschwand in der Gischt.

Florence öffnete den Mund, wollte lachen oder schreien, brachte aber keinen Laut heraus. Also schleuderte sie ihre Turnschuhe weg, krempelte die Hosenbeine hoch und watete hinter ihm her. Drei Meter von ihr entfernt kam Serges Kopf wieder zum Vorschein. Plötzlich stand er splitternackt neben ihr und reckte die Arme zum Himmel. Mit einem Prusten verschwand er erneut im Wasser, tauchte wieder auf.

Florence warf den Kopf in den Nacken und lachte.

»Komm rein, Florence!«

»Auf keinen Fall. Du spinnst. Es ist eiskalt.«

»Du traust dich bloß nicht.«

Über den Wellen glaubte sie Béatrice' Worte zu hören: *Trau dich, hör auf deine innere Stimme.*

Florence zog die Jacke aus, streifte den Pulli über den Kopf, riss die Jogginghose und Unterwäsche herunter. Sie schleuderte alles auf den Strand und rannte in den Atlantik hinein. Bekannte Empfindungen stiegen in ihr auf: die Freiheit und der Wagemut, die sie zuletzt gespürt hatte, als sie und Serge noch ein Paar waren. Seitdem nie wieder. Jetzt tauchte Florence ganz darin ein, ließ sich von den Emotionen einhüllen wie vom Salzwasser, bis ihre Angst sich auf dem Meeresgrund auflöste.

Unter Wasser hörte sie Serges Gelächter hallen, und als sie auftauchte, vibrierte es durch die Nachtluft. Sie konnte nur sein Gesicht sehen, das in den Wellen auf und ab tanzte. »Ich wusste doch, dass du dich trauen würdest. Du warst als Kind bei jeder Mutprobe dabei.«

»Schon Jahre nicht mehr, glaub mir.«

»Dann warst du nicht mehr du selbst.«

»Stimmt.«

Eine Weile schwammen sie gemeinsam in den dunklen Wogen, tauchten, drehten sich und ließen sich auf dem Rücken treiben. Dann paddelten sie zum Ufer zurück. Rasch streiften sie ihre Kleidungsstücke wieder über und ließen sich nebeneinander in den Sand fallen. Florence zog die Knie zum Kinn hoch.

»Das war gut«, sagte Serge.

»Ja, einfach fantastisch.«

Das Rauschen der einsetzenden Flut umgab sie. »Serge, jetzt habe ich die Besonderheit erkannt«, sagte sie nach einer Weile, »diesen riesigen Unterschied zwischen *ein Leben führen* und *ein Leben leben*. Nachdem wir uns getrennt hatten und ich nach Paris gegangen war, habe ich mein Leben geführt – ich habe eine Sache nach der anderen gemacht, hatte immer etwas zu tun. Dazu braucht man kein Herz. Aber wirklich *leben*, das geht nicht ohne Herz.«

»Apropos Herz.« Serge nahm ein Kästchen aus seiner Jacke. »Schließ bitte deine Augen«, bat er Florence. Dann legte er ihr die Kette um. »Das keltische Herz. Jetzt ist es da, wo es hingehört.«

Florence beugte den Kopf und nahm es zwischen Daumen und Zeigefinger, um es genau zu betrachten. »Wie wunderschön. Danke.« Sie wollte ihn übermütig umarmen, als plötzlich eine kreischende Stimme den romantischen Augenblick unterbrach.

»Wer ist da? Was ist hier los?« Ein Lichtstrahl hüpfte über den Strand und landete in Serges Gesicht.

Er hob die Hände. »Tante Sophie, wir sind es bloß, Florence und ich, dein Neffe.«

Sophie Pasteau schwang die Taschenlampe herum, sodass das Licht nun Florence ins Gesicht schien. »Ihr befindet euch auf meinem Grundstück«, schrie sie. Sie schien leicht angetrunken zu sein.

Serge sprang auf und ging auf die Frau zu. »Tante Sophie, bitte, beruhige dich! Das hier ist nicht dein Grundstück. Wir sind am Strand, und was machst du eigentlich um diese Zeit hier?«

Sophie blieb stocksteif stehen, ein Schatten in der Dunkelheit, der einen Lichtstrahl aussandte. »Ich bin euch gefolgt und habe euch beobachtet«, schimpfte sie und schwang zu ihren Worten die Taschenlampe, sodass ein unruhiges Muster entstand. »Ihr habt nackt gebadet, das habe ich genau gesehen. Das ist unanständig! Ich wollte bereits die Polizei rufen.« Sie richtete den Lichtkegel wieder auf Serges, dann auf Florence' Gesicht. »Ich habe schon immer gewusst, dass die Tochter von Béatrice durchtrieben ist, wie ihre Mutter. Gott sei Dank hast du sie damals nicht geheiratet, mein Junge.«

Florence zuckte die Achseln und wünschte sich, sie könnte Serges Gesichtsausdruck erkennen, um zu wissen, ob sie lachen oder weinen sollte. Doch an seiner Stimme hörte sie, dass er nur mit Mühe ein Lachen unterdrücken konnte.

»Ach, Tante Sophie, das ist schon so lange her. Ich würde sagen, wir bringen dich erst einmal nach Hause.«

Florence musste lächeln. Während der Tag in den nächsten überging und sie neben Sophie und Serge herging, fiel ihr auf, dass sie zufrieden war. Eine kühle Brise wehte vom Meer her und streichelte ihre Wange, und sie spürte die sanfte Berührung des keltischen Herzens auf ihrer Haut.

Florence trottete zurück zum Schloss. Sie hatte Serge gebeten, noch etwas bei Sophie zu bleiben.

Da sie so aufgewühlt war, schaltete sie ihren Laptop an und gab mehrere Namen ein sowie eine Stadt. Sie klickte sich durch verschiedene Seiten, betätigte den Drucker und las Artikel, bis ihr die Augen schmerzten. Sie schaltete den Computer ab, zog ihren Morgenmantel aus, kroch unter die Decke und schaute auf das Bild in ihren Händen.

»Da bist du ja«, sagte sie leise vor sich hin. Morgen würde sie Sophie besuchen gehen. Mit dem Gedanken schlief sie ein.

Kapitel 48

Florence wusste, dass es nicht einfach war, in Sophies Nähe zu kommen. Sie wusste, Serges Tante würde ihr die Tür nicht aufmachen. Also hatte sie die Unterlagen einfach unter der Tür durchgeschoben. Nun fand sie sich damit ab, den Rest des schönen Nachmittags auf der Terrasse vor dem Haus in der Rue des Charrettes zu verbringen. Eine leichte Brise kam aus dem Norden und brachte bauschige Kumuluswolken mit. Die einzige Gesellschaft, die sie hatte, bestand aus dem Kater, der ihr vor Wochen im Schloss begegnet war. Jetzt thronte er wie ein Torwächter auf der Verandabrüstung. Aber die Zeit, die sie tatenlos herumsaß, war nicht völlig verschwendet. Von der quietschenden alten Schaukel aus konnte sie einen Eindruck von Sophies Pasteaus Leben gewinnen.

Florence' Gedanken wurden von dem Knarzen eines Fensters unterbrochen, das genau über ihrem Kopf geöffnet wurde.

»Bist du immer noch hier, Mademoiselle? Ich habe dich nicht eingeladen, und das hier brauche ich auch nicht!«

Auf Sophies Tirade folgte ein Rascheln, und plötzlich war die Luft nicht mit dem erwarteten Regenschauer, sondern mit zerknülltem Papier erfüllt, das über das Vordach auf die Erde fiel. Florence versuchte, die Papierknäuel zu zählen.

Mit einem Knall wurde das Fenster wieder zugeschlagen.

Als Florence sicher war, dass der Hagelsturm aus Blättern geendet hatte, stand sie auf, um eine der Seiten zu betrachten, die ihr vor die Füße gefallen waren.

Sie faltete das Knäuel auseinander und glättete es. Es war die Seite der Aufzeichnung ihrer Mutter, wo Sophie Thierry kennengelernt hatte.

Florence hatte Fotokopien angefertigt, in einen Umschlag gesteckt und diesen Sophie soeben unter der Tür durchgeschoben. Anschließend hatte sie geklingelt. Florence wartete. Es tat sich nichts. Sie wollte sich gerade umdrehen, als sie sah, wie die Ecke des Umschlages unter dem Türspalt verschwand. Der Köder war geschluckt.

Ohne dass noch mehr vom Himmel fiel, kehrte Florence auf die Schaukel zurück, zog die Knie an, stützte ihr Kinn darauf und fuhr mit ihrer Inspektion der Umgebung fort.

Sie hatte in diesem Garten oft mit Serge Kirschen gepflückt und die meisten davon gleich gegessen. Es war das Haus von Sophies Großeltern mütterlicherseits und lag nicht weit von Serges Elternhaus entfernt. Auf dem Weg zu diesem Haus war Florence wie immer von den Gassen von Locronan verzaubert gewesen. Von den Krokussen, die am Wegrand blühten, und von den gemütlichen Kühen, die dank des Golfstroms auch im milden Winter auf den Weiden grasten. Florence konnte sich daran erinnern, dass das Thermometer in den Kältemonaten selten unter null Grad fiel. Während sie darauf wartete, dass Sophie ihre Meinung änderte, glättete sie die restlichen Papierseiten.

Es nieselte, graue Wolken hingen am Himmel und machten den Nachmittag vorzeitig zum Abend.

Der Wind blies jetzt noch heftiger, dunkle Wolken ballten sich zusammen, ein paar dicke Regentropfen fielen herab.

Das Fenster knarzte erneut. »Und wenn du schon mal dabei bist, nimm das hier auch gleich mit!«, rief Sophie. »Glaubst du, ich brauche die Geschenke deiner Mutter?«

Ein Morgenmantel flog hinter einem Nachthemd her. Beides sollten also Geschenke ihrer Mutter gewesen sein.

Nun landeten sie auf dem Verandageländer.

»Oder deiner Großmutter!«, fügte Sophie hinzu.

Florence hoffte, ihre Großmutter hatte Sophie nicht ein Klavier oder einen antiken Sekretär geschenkt. Sie war erleichtert, als dann lediglich ein Pelzmantel auf seinem Weg zur Treppe an ihr vorbeiflog.

Wieder wurde das Fenster zugeknallt.

Heute schien alles wie ausgestorben zu sein in Locronan. Die ganze Zeit, die Florence hier gesessen und darauf gewartet hatte, dass Sophie Pasteau ihre Hände als Zeichen ihrer Ergebung heben und sie ins Haus bitten würde, war kein einziger Mensch oder ein Auto vorbeigekommen. Keine Traktoren mit güllegefüllten Anhängern. Keine Reiter, die den Nachmittag auf dem Pferderücken verbrachten. Wenn man sich vorstellte, was hier im Sommer los war, wo sich die Touristen gegenseitig auf die Füße traten!

Eigentlich hatte Sophie, die am Ende der Rue des Charrettes wohnte, den Ortsausgang für sich allein. Sollte Sophie in diesem Haus sterben, wäre ihr Leichnam sicherlich mumifiziert, bevor jemand mitbekommen würde, dass sie nicht mehr da war.

In der Ruhe dieses nostalgischen Ortes hingegen, wo man den Rauch aus den Kaminen schnuppern und die Naturgeräusche hören konnte, war es schwer vorstellbar, dass es überhaupt eine Stadt gab. Die Einfachheit und Schönheit der Landschaft war fast überwältigend. Nachdem sie lange Zeit Pariser Abgase in möglichst flachen Atemzügen inhaliert hatte, sogen sich ihre Lungen nun gierig voll mit der klaren bretonischen Luft.

Florence hatte sich nie Gedanken darüber gemacht, mit welcher Geschwindigkeit sich das Leben ihrer Mutter verändert hatte. Béatrice war in Armut aufgewachsen, das stimmte wohl, aber es hatte in ihrem Zuhause Liebe und Freude gegeben, auch wenn der Vater sehr streng gewesen war. Dann, innerhalb kurzer Zeit, wurde sie die Frau eines vermögenden und einflussreichen Unternehmers. Aber was schlimmer war, sie hatte ihre beste Freundin verloren.

Kapitel 49

Die Haustür quietschte beim Öffnen. Florence stellte die Füße wieder auf den Boden, legte ihre Hände in den Schoß und bemühte sich bewusst, die Verspannungen in ihrem Nacken zu lockern. Sie stand auf und ging auf Sophie zu, was der Kater mit einem ärgerlichen Maunzen quittierte.

»Ich schätze es eigentlich, wenn Besucher sich vorher ankündigen, Florence Letrec«, erklärte Sophie, als Florence vor ihr stand.

»Tut mir leid, dich zu stören, aber ich hatte gehofft, dass ich für dich interessante Neuigkeiten hätte«, entschuldigte sich Florence.

Sophie führte Florence ins Wohnzimmer, wo der Fernseher lief. Im Kamin brannten drei Holzscheite und schufen eine stickige und beengte Atmosphäre im Raum, was durch die Bücher und Zeitungen, die überall verstreut lagen, noch verstärkt wurde.

Sophie schien dieses Chaos nicht mehr zu bemerken. Sie setzte sich in einen Schaukelstuhl und sah Florence erwartungsvoll an. Florence reichte ihr die restlichen Ausdrucke der Aufzeichnungen ihrer Mutter und beobachtete das Gesicht der verbittert wirkenden Frau beim Lesen. Die Seiten handelten von der Freundschaft zwischen Béatrice und Sophie.

»Wo hast du das her?« Sophies Tonfall verriet keine Emotionen, und auch ihre Miene zeigte keinerlei Veränderung.

Florence erzählte ihr die Geschichte von Béatrice' Aufenthalt im Kloster und überbrachte ihr die Nachricht von ihrem Tod. Sie beobachtete Sophie, während die vergrämte Frau die übrigen Seiten, die sie nicht aus dem Fenster geworfen hatte, las.

»Es ist alles so gewesen, wie sie es aufgeschrieben hat. Nur das mit ihr und Gérard habe ich nicht gewusst.«

Die Worte sprudelten aus Sophie heraus, während Florence ihr zuhörte, ab und an nickte, sie aber nicht unterbrach. Sophie bekam keine feuchten Augen beim Reden, sondern starrte bloß ins Leere, während alter Zorn und Demütigungen ihre Erinnerungen spickten. Florence saß da, lauschte und sog die Worte in sich auf.

Das Ticken der großen Standuhr klang wie ein nervöser Herzschlag in die Stille hinein.

»Und was ist mit deiner Schwester Claudette? Denkst du, sie hat gewusst, dass meine Mutter und ihr Mann eine Affäre hatten?«

Sophie stand auf, um das brennende Kaminholz zu schüren. »Ich weiß es nicht. Aber wen interessiert das denn noch?«

Florence blickte sie ungläubig an. »Mich!«

Sophie lachte. »Das macht niemanden mehr lebendig«, verkündete sie und setzte sich wieder.

»Und du, Sophie, was hast du so gemacht?«, fragte Florence.

»Ich tat mein Bestes. Ich musste die Vergangenheit einfach hinter mir lassen und nach vorn schauen.«

Für Florence beinhaltete der letzte Satz die entscheidende Frage. Die Sophie, die ihre Mutter beschrieben hatte, die junge, optimistische Frau, die Florence nie kennengelernt hatte, schien nicht das Geringste mit der bekümmerten und verbitterten Frau zu tun zu haben, die ihr jetzt gegenübersaß.

»Du hast es hinter dir gelassen«, hob Florence vorsichtig an. »Was genau hast du hinter dir gelassen?« Sie sah kurz zu einem Bild, das hinter Sophie hing. Es war die Familie Pasteau, und Florence hatte den Eindruck, als wollten die Gesichter sie warnen. Doch starrsinnig, wie sie war, sah sie wieder weg. »Die Erinnerungen, Sophie? Oder auch die Gefühle? Die Liebe, die Hoffnung, das Lachen?«

Sophie schien sich die Antwort auf diese Frage zu überlegen. Sie reagierte nicht ärgerlich darauf, wie Florence erwartet hatte. Es schien, als fiele es Sophie schwer, zu antworten. »Nachdem sich Thierry von mir getrennt hatte, wollte ich nicht zurückschauen. Das ist alles, was ich dazu sagen kann.«

»Für mich ist es so, als hätte meine Mutter von einer völlig Fremden erzählt. Ich habe das Gefühl, ich habe diese Frau, von der du sprichst, nie gekannt. Du hast vor allem Angélique nie daran teilhaben lassen, wie du früher warst. Wie die Leute waren, die dich damals geliebt haben und die mich ebenso geliebt hätten.«

»Sie waren tot.«

Florence beugte sich vor. »Und das warst du auch.«

Florence bemerkte, dass sich Sophie keine Mühe gab, diesen Satz falsch zu verstehen. Sie nickte nicht, aber der Blick in ihren Augen gab Florence recht. Sophie stand auf und ging auf die Küchentür zu, aber sie drehte sich noch einmal um, als sie die Klinke schon in der Hand hatte.

»Weißt du, ich habe sie alle verloren, Florence. Jeden einzelnen Menschen, den ich geliebt habe. Du warst Béatrice' kleines Mädchen. Und immer wenn ich dich mit Serge sah, dachte ich daran, dass ich auch so eine Tochter hätte haben können.«

Florence wartete, bis die Tür zugefallen war. Die Audienz war beendet. Sie griff in ihre Handtasche und legte ihre sorgfältig geschichteten Ausdrucke auf den Tisch. Als erstes Blatt kam das aktuellste Bild von Thierry Clement. Florence hatte vergangene Nacht, als sie nicht schlafen konnte, im Internet recherchiert. Thierry lebte bereits seit 1985 in Saint-Nazaire und hatte die Reederei seines Vaters übernommen. Er hatte zwei erwachsene Söhne und war seit fünf Jahren verwitwet. Und so, wie es aussah, gab es auch keine neue Frau in seinem Leben. Wenn das kein Wink des Schicksals ist, dachte sich Florence, als sie aufstand und nach draußen ging.

Der herannahende Abend war voller Geräusche. Nicht weit weg schrie eine Eule, um ihr Territorium zu markieren. Hinter dem Haus erschallte das Gegacker von Hühnern, die der Nachbar züchtete. Und in der Ferne braute sich ein Gewitter zusammen, das vermutlich heftigen Regen bringen würde. Sie musste sich beeilen, um rechtzeitig wieder zu Hause zu sein.

Während sie automatisch den Weg zum Schloss einschlug, wanderten ihre Gedanken zu ihrem Besuch bei Sophie.

Florence hatte Sophie eigentlich schelten wollen, wollte sie der Gefühlskälte bezichtigen, aber dann erinnerte sie sich daran, wie Sophie von Béatrice erzählt hatte. Sie hatte die Liebe gehört, die in Sophies Stimme mitklang. War sie vielleicht schon immer liebevoll und besorgt gewesen, und das war der jetzigen Familie, wie Serge, Pierre, Benoît und vorneweg Angélique, bisher nur nicht aufgefallen?

»Es war schwer für dich, diese Geschichte zu lesen«, hatte sie zu Sophie gesagt.

Florence spürte, dass sie immer noch einen Kloß im Hals hatte. Wie alle anderen auch hatte sie Sophie als eine vergrämte Frau abgeschrieben, die keinen an sich heranließ. Sophie hatte tatsächlich alle Menschen, die sie am meisten geliebt hatte, verloren. Indem sie auf Distanz ging, hoffte sie, sich davor schützen zu können, nie mehr einen solchen Verlust verarbeiten zu müssen.

*

Die letzten Sonnenstrahlen spendeten dem Raum noch ein wenig Licht. Sophie saß am Küchentisch, sah auf die Artikel, die ihr Florence dagelassen hatte, und schenkte sich das dritte Glas Rotwein ein. Die Gedanken schossen ihr wild durch den Kopf. Verflucht sollte sie sein, Béatrice' Tochter, mit ihrer Neugier und ihrer Schnüffelei!

Sophie merkte, wie ihre Zunge immer schwerer wurde. Sie dachte an die Aufzeichnungen, die Béatrice verfasst hatte. Sophies Erinnerung an Béatrice war verschwommen.

Jetzt, so viele Jahre später, war Béatrice' Tochter hierhergekommen, spionierte herum und grub all die alten Erinnerungen wieder aus. Und wie es schien, hatte sie vieles herausgefunden.

Kein Rotwein der Welt konnte Sophie trösten, als sie mit halb geschlossenen Augen dasaß, während ein dumpfer Schmerz an ihren Schläfen pochte und sie sich an den Tag erinnerte, an dem sie die Freundschaft mit ihrer besten Freundin beendet hatte.

»Es ist mir egal, was aus dir geworden ist, Thierry ... Ich hoffe nur, dich holt der Teufel!«

Kapitel 50

Unter der Dusche dachte Florence noch einmal über den Nachmittag bei Sophie nach. Ob sie sich die Artikel angesehen hatte? Während sie sich das nach Rosen duftende Shampoo aus den Haaren wusch, überlegte Florence, ob sie den Tag damit verbringen sollte, über den Markt zu schlendern, einen Strandspaziergang zu machen oder zu Hause zu bleiben, um an einem weiteren Kapitel ihres neuen Romans zu arbeiten.

Sie tauchte in der Küche auf, als Lucienne gerade Crêpes backte und Rührei zubereitete. »Das riecht ja herrlich, Lucienne.«

»Sag mal«, rief Lucienne, »wie lange wollt ihr zwei euch noch aus dem Weg gehen?« Sie warf Florence einen bedeutungsvollen Blick zu, woraufhin Florence die Augen verdrehte.

»Da sind Sie aber nicht auf dem neusten Stand, meine Liebe.«

Erschrocken drehten sich Florence und Lucienne gleichzeitig um. In der Mitte der Küche hielt Adélaide den Rollstuhl an. »Die zwei waren vorgestern Abend nackt baden. Wenn Sophie sie nicht gestört hätte, wer weiß …«

»Großmutter!«, spielte Florence sich theatralisch auf. »Ich muss immer wieder staunen, wie gut die Buschtrommeln hier in Locronan funktionieren.«

Lucienne begann schallend zu lachen. »Nackt baden – in diesem eiskalten Wasser. Seid ihr beiden von allen guten Geistern verlassen?« Lucienne, dachte Florence, konnte einem innerhalb weniger Sekunden das Gefühl geben, wieder ein Schulkind zu sein, das etwas Schreckliches angestellt hat.

Florence zuckte die Achseln. »War ganz lustig.« Aber es hatte sich nicht ergeben, dass sie sich für den Abend in Paris, wo sie sich schäbig benommen und Patrick nicht Paroli geboten hatte, zu entschuldigen. Sie wusste nicht einmal, warum Serge an diesem Abend zu ihr gekommen war.

»Was hast du denn da für einen schönen Anhänger?« Großmutter riss sie aus ihren Gedanken. »Wenn ich mich nicht täusche, ist es das keltische Herz.« Adélaide sah sie fragend an.

Florence nahm es zwischen Daumen und Zeigefinger und war immer noch ganz gerührt. So lange hatte Serge es aufgehoben.

»Du weißt, was es bedeutet? Es steht für die ewige Liebe und soll durch das Herz, welches in den ewigen Knoten eingebunden ist, ein Zeichen für die Verbundenheit der Menschen und der keltischen Sage sein.«

Florence nickte verständnisvoll.

»Wie romantisch«, kommentierte Lucienne.

Florence ging nach draußen. Die Veranda war noch nass. Das Regenwasser hatte sich in Lachen gesammelt, in denen sich silbrig weiß der Himmel spiegelte. Sie kam mit dem Schreiben einfach nicht weiter. Sie fühlte sich blockiert. Sie kannte den Grund. Serge!

Die Sonnenstrahlen hatten die Nebelstreifen über den Dünen und dem Strand geradezu wegradiert.

Ach, so ein schöner ausgedehnter Strandspaziergang, der den Kopf frei machen würde, das war die Lösung! Dabei würde sie vielleicht ihren Seelenfrieden wiederfinden. In der Einsamkeit, nur mit den Wellen und den Gezeiten zusammen, die sie immer so geliebt hatte, und ohne Adélaides und Luciennes forschende Blicke würde sie womöglich begreifen, was mit ihr los war.

Der Sandweg zog sich über die Dünen hin, über Strandhafer und dichte Grasbüschel. Während sie dem Pfad folgte, befahl sie sich, sich einfach zu entspannen, am Strand entlangzuschlendern und das Meer auf sich wirken zu lassen.

Sie schaute über den Atlantik. Zu dieser Tageszeit zauberte die Sonne einen goldenen Schimmer auf das Wasser. Man vernahm nur das sanfte Rauschen der Flut, die den Strand erreichte, um sich sogleich wieder zurückzuziehen und in diesem sich stetig wiederholenden Rhythmus gegen die Felsen zu schlagen.

Die starke Brise zerrte an ihren Haaren, zupfte Strähnen aus dem Gummiband und peitschte sie Florence ins Gesicht. Wütend strich sie sie weg, aber das wehende Haar war nur ein zusätzliches Ärgernis. Von wegen Entspannung! Florence fühlte sich so zermürbt, als flatterten mit den Haaren auch ihre Nerven im Wind.

Als der Weg endete, ging sie am Wasser weiter. Mit jeder Biegung änderte der Strand seinen Charakter. Muschelschalen knackten unter ihren Schuhen mit einem Geräusch, als würde dünnes Glas zerbrechen. Bald verwandelte sich der weiße, von Wind und Wasser glatt gefegte Strand in ein Feld aus kleinen Meerestieren, Steinen, ausgedörrten Baumästen und Seetang.

Im Gehen zog sie die Schultern bis zu den Ohren hoch. Florence grub die Fingernägel in die Handflächen, und ihre Schritte waren so schwer, dass sie in dem feuchten Sandstreifen, den das ablaufende Wasser hinterließ, tiefe Spuren gruben. Weiße Schaumkronen tanzten auf den Wellen. Die niedrig hängenden zinngrauen Wolken kündigten Regen an. Das Gefühl, das sie in ihrem zu schweren Kopf und ihrer Kehle spürte, hatte weder etwas mit Seelenfrieden zu tun noch mit Verstehen.

Daran erinnerte Florence sich – wie sie als Kind, wenn sie eine Weile am Atlantik gestanden hatte, plötzlich aus dem Bauch heraus etwas wusste, noch bevor sie diese Wahrheit mit dem Verstand erkannt hatte. Als läge die Antwort weit hinter dem Horizont. Sie lenkte ihre Gedanken auf das Gute in ihrem Leben, auf die Situationen, die sie verstehen konnte, auf Großmutter und deren verlässliche Liebe.

Nur ganz allmählich beruhigte sich Florence' Atem. Ihre Lunge öffnete sich weit und nahm die würzige Seeluft auf. Florence blickte in den weiten Himmel hinauf, in die grauen Wolken, die vom Wind getrieben leicht und schnell dahinjagten, sich teilten, neue Formen annahmen und sich wieder auflösten. Wie oft hatte sie als Kind im Gras gelegen und versucht, in den weißen Formationen Gestalten zu erkennen. Stundenlang konnte sie den Wolken zusehen. Heute aber wurde ihr fast schwindlig, und sie schloss die Augen. Sie horchte auf das Rauschen des Meeres und die Schreie der Möwen.

Die Sonne hatte noch Wärme, und der Wind war sanfter geworden. Florence schloss die Augen, sodass sie die Strahlen hinter ihren Lidern lediglich als helle Lichtpunkte gewahrte. Sie empfand das gleiche aufregende Gefühl der Freiheit, des Ungebundenseins, das sie bereits vor zwölf Jahren in ihren Bann geschlagen hatte. Die Erinnerung hieß sie gern willkommen.

Florence saß völlig still da. Sie spürte, wie sich jemand näherte – Serge. Er setzte sich neben sie und sah sie an.

»Ich bin gekommen …« Er stockte und wollte noch einmal von vorne beginnen.

»Nein, nicht«, sagte Florence und hob abwehrend die Hand. »Ich muss mich bei dir entschuldigen. Alles, was ich an diesem Abend in Paris gesagt habe – es war absolut unverzeihlich, ich kann es nicht erklären … ich erwarte nicht, dass du mir vergibst, doch …«

»Nein!« Serge war über ihre Worte erstaunt. »Nein! Entschuldige dich nicht! Ich war vermessen, einfach bei dir aufzutauchen. Ich wollte dich auf Pierres Geständnis vorbereiten. Ich dachte, du könntest annehmen, dass ich schon immer ein Mitwisser war und dich hinters Licht führen wollte. Und ich könnte es auch verstehen, dass du mich für einen Mistkerl hältst. Ich könnte es nicht ertragen, wenn du das von mir denkst. Selbst wenn du es tust, sag, dass es nicht so ist! Mein Gott, Florence, ich habe dich so vermisst! Du hast gar keine Ahnung, wie sehr ich dich vermisst habe.« Florence sah ihn an, und er hielt inne.

»Aber«, flüsterte Florence, »aber …«

»Was?«, fragte Serge verwirrt.

»Ich habe dich auch vermisst«, antwortete sie mit noch leiserer Stimme.

»Du meinst, du glaubst mir, dass ich davon nichts gewusst habe?«

»Ja! Würde ich sonst diesen wunderschönen Anhänger tragen, der alles aussagt?«

»Oh!« Er küsste sie wieder und wieder, und sie spürte seine Erleichterung. Florence hielt ihn von sich fort und sah ihm in die Augen. »Ich hätte da noch eine Frage«, sagte sie und grinste.

»Und die wäre?«

»Wie hast du es angestellt, dass Großmutter dich plötzlich zu ihrem Vertrauten gemacht hat?«

»Ich habe ihr den Rollstuhl besorgt und ihr den lästigen Papierkram abgenommen. Et voilà, ich bekam eine Audienz bei ihr. Das ist alles.« Er nahm ihr Gesicht in seine Hände, seine Lippen suchten ihren zitternden Mund und baten um Einlass, während sich in ihr das Gefühl der heraufdämmernden Glückseligkeit breitmachte.

»Und wir? Wie geht es jetzt weiter?« Florence musste sich eingestehen, dass ihr schwindelte vor Sehnsucht, ihr klangen die Ohren vor unerträglichem sexuellen Verlangen, ihr ganzer Körper bebte vor Hunger, den nur Serge Renaud stillen konnte, den nur seine fordernden Hände und sein Mund befriedigen, den nur sein Körper mit ihrem Körper zur Ruhe bringen konnte. *Gütiger Himmel, sie verlor den Verstand.*

»Wir können ganz am Anfang beginnen, ganz von vorn, so wie es sich gehört. Ich werde dich bitten, mit mir auszugehen, und dann werde ich vorbeikommen und dich abholen und zum Essen ausführen, dann werde ich dich nach Hause bringen und dich fragen, ob ich dich wiedersehen darf. Vielleicht am nächsten Samstag, und dann werde ich dich fragen, ob ich dir einen Gutenachtkuss geben kann, so wie diesen und diesen und …«

»Müssen wir so weit zurückgehen?«, gelang es Florence zwischen seinen brennenden Küssen zu flüstern. Den Küssen, die so lange ihre Gedanken beherrscht hatten, dass sie ihre Wärme, ihre atemberaubende Realität kaum begreifen konnte, kaum zu glauben vermochte, dass das nicht nur einer ihrer vielen Tagträume war.

»Wie du willst, Liebling. Wir heiraten. Oder meinst du, du könntest erneut nach zehn Jahren auftauchen, Chaos in mein Leben bringen und dann wieder verschwinden?«

Florence' Finger verfingen sich in seinem Haar. Ihre Blicke trafen sich unmittelbar, schienen tief in den anderen einzudringen – nicht suchend, sondern voller Innigkeit. Lächelnd zog ihn Florence näher zu sich heran. Ihr Mund war auf seinem, noch ehe er weiterreden konnte.

Sie küssten sich langsam, leidenschaftlich, mit einer unerwarteten Sanftheit. Wieder und wieder trafen sich ihre Lippen, und sie kosteten den Kuss lange und schwelgerisch aus.

Florence strich ihm das Haar aus dem Gesicht. »Du fühlst dich gut an für dein Alter.« Sie grinste. »Aber du siehst etwas erschöpft aus«, flüsterte sie rau.

»Du willst mich provozieren?«

»Und was willst du dagegen tun?«

»Wart's nur ab.«

»Wie lange, Serge?«

»Jetzt. Ich werde dir zeigen, wer hier gleich erschöpft ist.«

»Serge, nein, nicht am Strand! Hör auf!«

Kapitel 51

Der Sonntagmorgen zog hell und sonnig herauf. Es würde ein wunderschöner milder Maitag im Finistère werden. Nach allem, was sich seither ereignet hatte, hätte es auch gut ein Jahr gewesen sein können. Florence lehnte ihre Stirn an das kühle Glas, sah hinaus auf die grünen Felder und die Bucht, die sich zum Atlantik hin öffnete, und fasste einen Entschluss. Sie würde bis zum Kirchgang im Garten ihrer Mutter weiter an ihrem Roman arbeiten.

An der Eingangstür zum Garten standen Blumenkübel voller Stiefmütterchen. Florence hörte, wie die Pferde auf der Koppel herumtollten. Sophies Kater schlich um ihre Beine, und ein gelber Schmetterling landete auf dem Türriegel. Am liebsten hätte Florence von jeder Einzelheit einen Schnappschuss gemacht und alles in sich aufgenommen, um Kraft zu tanken.

Sie legte sich auf die schmiedeeiserne Liege mit der dicken hellen Auflage. Sie nahm ihr Manuskript zur Hand und ging die Kapitel der vergangenen Tage durch. In der letzten Zeit hatte sie mehr zu Papier gebracht, als sie je für möglich gehalten hätte. Sie hatte sich auf diesen Seiten all ihren Zorn, ihre Wut, ihre Einsamkeit und Unsicherheit von der Seele geschrieben. All ihre Gefühle in Bezug auf ihr Leben, ihre Isolation, ihre Mutter, ihre fehlende Bereitschaft, sich anderen gegenüber zu öffnen. Es war ungewohnt und schwer, sich so offen der Wahrheit zu stellen. Aber endlich hatte sie Frieden gefunden.

Noch waren natürlich nicht alle Enden miteinander verknüpft. Im Leben ging es so nicht zu. Auf einige ihrer Fragen würde sie nie eine Antwort bekommen. Aber sie hatte angefangen, ihrer Mutter, ihrer Großmutter, Angélique und Pierre zu vergeben, sie und sich selbst aus dem emotionalen Gefängnis freizulassen, das sie sich im Laufe der Jahre selbst geschaffen hatte. Sie versuchte, Vertrauen zu lernen. An eine zweite Chance zu glauben.

»Manchmal muss uns erst etwas wehtun, bevor wir uns klarmachen, was wir wirklich fühlen«, sagte sie ebenso zu sich selbst wie zu ihrem eigenen Schatten.

Florence betrachtete die knospenden Azaleen und die lilafarbenen Iris, die an der Mauer ihre Köpfe aus der Erde streckten.

Sie las weiter. Es war eine besondere Geschichte. Manchmal hatten ihre Augen sich mit Tränen gefüllt, und sie hatte sich vor lauter Konzentration auf die Unterlippe gebissen. Dann döste sie ein.

Als Florence aufwachte, hörte sie klar und deutlich Béatrice' Worte: *Du bist einfach nur die geworden, die du bist. Das ist wunderbar.*

Während Florence sich aufsetzte, spürte sie Béatrice' Anwesenheit so deutlich, als könnte sie die Hand ausstrecken und ihr schönes Gesicht ansehen. Laut sagte Florence: »Oscar Wilde hat einmal gesagt: *Es ist wichtig, Träume zu haben, die groß genug sind, dass man sie nicht aus den Augen verliert, während man sie verfolgt.*«

Florence sah nach oben und suchte den Himmel nach weiteren Anzeichen der Morgendämmerung ab.

Das Sonnenlicht glitt über den Park und ergoss sich in schmalen Streifen auf den Teich und den Rasen – ein neuer Tag. Langsam spazierte Florence durch die drei Elemente des Gartens. Tief in ihrem Herzen war Florence überzeugt, dass ihre Mutter dieses Naturschauspiel inszeniert hatte – als Geschenk an sie.

*

Jahrelang hatte Florence keine Sonntagsmesse mehr besucht, aber es kam ihr vor, als wäre es gestern gewesen. Noch immer saß dieselbe Anzahl weißhaariger Damen mit ihren gestärkten Spitzenhauben in der Witwenreihe, der vierten Reihe von hinten auf der linken Seite. Noch immer schlenderten die Menschen herum, begrüßten sich mit Umarmungen, Wangenküssen und Handschlag, bis der Organist die ersten Noten des Präludiums spielte.

Großmutter deutete auf die leeren Stühle auf der rechten Seite. Florence setzte sich neben Serge. Sie überflog das Gottesdienstblatt, dann sah sie die Reihe entlang. Was für eine Truppe sie waren, sie alle zusammen! Sogar Sophie war mitgekommen und saß neben Pierre, mit dem sie sich angeregt unterhielt. Man munkelte, sie habe sich einige Male mit Thierry in Brest getroffen. Neben Pierre saß Angélique mit Nina, die sich neugierig umblickte. Ihr Vater ermahnte sie, damit sie endlich still saß. Großmutter tätschelte Florence' Knie und lächelte sie an.

»Danke, dass du mitgekommen bist«, flüsterte Adélaide ihr ins Ohr. »Ich bin so froh, dass du hier bist.«

»Ich bin auch froh«, erwiderte Florence. Sie erhaschte einen Blick auf die linke Wange ihrer Großmutter. »Bitte dreh den Kopf zur Seite. Da ist was an deiner Wange.«

»Kein Wunder, ich konnte mich ja kaum gegen all diese Küsse und Umarmungen wehren«, erklärte Adélaide fröhlich.

»Ja, das ist richtig. Alle lieben dich so sehr.« Sie holte ein Taschentuch aus ihrer Tasche und wischte den rosafarbenen Lippenstift fort. In Florence stieg eine solche Zärtlichkeit für ihre Großmutter auf, dass sie kurz die Hand auf ihr faltiges Gesicht legte. Jetzt konnte sie sich nicht mehr vorstellen, wieso sie sich jemals allein und verlassen gefühlt hatte, wo sie doch einen so wunderbaren Menschen wie Großmutter hatte.

Sie sah sich nach allen Seiten um, und jeder nickte ihr freundlich zu. Wie reich sie war und wie gesegnet mit Menschen, die sie liebten. Eine Liebe wie diese sollte ihr eigentlich das Gefühl geben, vollständig zu sein. Sie gehörte zur Familie. Warum nur fühlte sie sich noch immer nicht komplett?

Das erste Lied wurde angestimmt, und damit bekam Florence ihre Antwort. *Du hast des Höchsten Sohn, Maria rein und schön, in deinem keuschen Schoß getragen …*

Das war er. Der fehlende Teil. Sie sehnte sich danach, Mutter zu werden, Kinder auf die Welt zu bringen, sie aufwachsen zu sehen. Von der Predigt bekam Florence nichts mehr mit. Ihre Gedanken wirbelten durcheinander, und tief in ihrer Seele spürte sie eine bewegende Antwort auf diese Wahrheit, eine Glocke, die die Ankunft neuen Lebens einläutete.

Die Predigt war vorbei, und um sie herum begannen die Leute sich zu rühren, blätterten in ihrem Liederbuch und erhoben sich, als der Organist die ersten Akkorde des letzten Liedes zu spielen begann. Florence konnte ihre Freudentränen nicht mehr zurückhalten, sie liefen ihr übers Gesicht und tropften auf Serges Ärmel. Sie versuchte nicht einmal, sie zu unterdrücken.

Serge legte das Liederbuch zur Seite, nahm ihre Hand und hielt sie fest, während tief in Florence' Seele – an diesem dunklen Ort, den sie so viele Jahre lang versiegelt hatte – etwas aufbrach.

Es war keine Explosion, es waren keine Feuerzungen. Kein Sturm und keine singenden Feen. Nur ein Hauch frischer Luft, nachdem der Stein vor dem Grabeingang endlich fortgerollt war.

Epilog

Florence stand am Fenster des Turmzimmers mit ihrem Neugeborenen auf dem Arm und sah in den Schlosspark hinab. Lilafarbene Iris blühten an der alten Mauer. Tulpen und Lilien wuchsen zwischen den Steinen des Steingartens und in den Beeten unter den Bäumen. Großmutter Adélaide saß in ihrem Rollstuhl auf dem Rasen, rauchte genüsslich ihre Zigarette und sah ihrem zweijährigen Urenkel Arnaud beim Spielen zu. Sie hatte ihre Pläne von einem Mehrgenerationenhaus in die Tat umgesetzt. Florence und Serge mit ihren zwei Kindern wohnten hier, ebenso wie Adélaide und Sophie. Lucienne und Benoît hatten eine kleine Wohnung. Sie waren eine große Familie.

Florence öffnete den rechten Flügel. »Übertreib es nicht mit dem Rauchen, Großmutter.«

Die alte Dame sah nach oben. »Hör auf, dir übermäßige Gedanken um mich zu machen, Florence. Mir geht es gut und dem Kleinen hier auch. Ist das nicht ein wundervoller Tag?«

Florence hob ihr Gesicht zum wolkenlosen Himmel empor. Es war ein unbeschreibliches Blau. Die Sonne fing sich in dem Diamant, der den Finger ihrer linken Hand zierte, und warf ein buntes Licht in alle Richtungen. Sie senkte den Blick und sah ihre Tochter an. »Deine Maman muss jetzt weiterarbeiten.« Sie schloss das Fenster, legte das Baby in seine Wiege und ging zum Schreibtisch – Béatrice' Schreibtisch. Darauf lagen die Aufzeichnungen ihrer Mutter, Manuskriptentwürfe, die sie zusammengetragen hatte, und eine Schachtel mit alten Fotos.

Sie hatte die Fotos durchgesehen und schließlich gefunden, was sie gesucht hatte. Das Foto von Großmutter mit ihrem kleinen Sohn Arnaud auf der Veranda des Hauses. Ein ähnliches, an der gleichen Stelle: sie mit ihrer Mutter.

Sie starrte das Foto an. Maman hatte so frisch und jung gewirkt. So glücklich.

Florence widmete sich ihrem Manuskript. Einige Teile ihrer halb erfundenen Geschichte waren scharf und spitz, sie konnten ins Herz schneiden und eine blutende Wunde hinterlassen. Einige Kapitel waren sanft und abgerundet, leicht zu lesen. Aber alles passte ineinander. Familien, die durch eine gemeinsame Tragödie, durch gemeinsame Kämpfe und ein gemeinsames Leben verbunden waren.

Nachdem sie einige Seiten geschrieben hatte, legte sie sich noch ein wenig auf das Sofa und nickte wenige Minuten später ein. Drei Personen standen an der Couch und sahen sie an. Florence wusste, dass es ein Traum war. Sie war überwältigt, neugierig und ließ sich darauf ein.

Ihr Vater sah sie aus seinen gutmütigen Augen an. Er sah genauso aus, wie sie ihn in Erinnerung hatte. Er lächelte.

Neben ihm standen Béatrice und Gérard, einander untergehakt. Alle sahen sie an.

Maman beugte sich vor und legte die Arme um Florence' Hals. »Ich liebe dich, Florence«, flüsterte sie. »So viele Menschen lieben dich.« Sie hob den Kopf, und Florence sah die Tränen in ihren Augen. Arnaud und Gérard hinter ihr winkten, wurden immer kleiner, als würden ihre Bilder ausgeblendet.

Béatrice wich zur Tür zurück und griff nach Arnauds Hand. »Auf Wiedersehen.«

»Geht nicht!«, rief Florence.

Béatrice lächelte. »Behalte uns in Erinnerung, Florence.«

»Ich werde immer an euch denken«, sagte sie. »Vor allem an dich, Maman.«

Béatrice nickte und winkte. Florence' Herz machte einen Sprung. Die beiden Männer waren schon beinahe verschwunden. Béatrice wurde immer schwächer, immer durchsichtiger. Sie konnte ihre Mutter noch erkennen, aber sie konnte beinahe durch sie hindurchsehen. »Geh nicht, Maman!«, rief Florence.

»Ich werde dich immer lieben. Wir werden bei dir sein. In deinem Herzen«, sagte Béatrice mit ferner Stimme.

Dann waren sie fort, verschwunden im Nebel. Die Erinnerung ließen sie zurück.